1984

Éditions : JDH Éditions pour Edico
77600 Bussy-Saint-Georges
Imprimé par BoD – Books on Demand, Norderstedt, Allemagne

Traduit et adapté de l'anglais par Clémentine Vacherie

ISBN : 978-2-38127-174-3
Dépôt légal : juin 2021

George Orwell

1984

Traduit de l'anglais par Clémentine Vacherie

Préfacé par Jean-David Haddad

JDH Éditions
Les Atemporels

Les Atemporels

Qu'il s'agisse d'œuvres du vingtième siècle, du dix-neuvième, du dix-huitième ou encore plus tôt…

Qu'il s'agisse d'essais, de récits, de romans, de pamphlets…

Ces œuvres ont marqué leur époque, leur contexte social, et elles sont encore structurantes dans la pensée et la société aujourd'hui.

La collection « Les Atemporels » de JDH Éditions réunit un choix de ces œuvres qui ne vieillissent pas, qui ont une date de publication (indiquée sur la couverture), mais pas de date de péremption. Car elles seront encore lues et relues dans un siècle.

La plupart de ces atemporels sont préfacés par un auteur ou un penseur contemporain.

Préface

Gros succès dès sa sortie en librairie en 1949, le célèbre *1984* de George Orwell n'est jamais tombé dans les oubliettes de la littérature ; au contraire, il s'est affirmé au fil du temps comme l'un des principaux monuments de la littérature anglaise et même mondiale du XXe siècle. Mieux : une bible romanesque dénonçant les régimes autoritaires.

Pourquoi *1984* ?

Parce que George Orwell dépeignait un monde futuriste, ni très proche, ni très lointain de son époque. Son époque était celle de l'après-guerre, époque post-nazisme où s'affirmaient d'autres pouvoirs dictatoriaux tout aussi ravageurs, en URSS puis en Chine. L'ouvrage d'anticipation a été écrit en 1948. L'auteur a donc tout simplement inversé les chiffres pour arriver à 1984. Car ce livre, bien que publié en 1949, a bel et bien été écrit en 1948. C'est d'ailleurs parce que cette inversion des chiffres était si importante à son auteur que, une fois n'est pas coutume, sur la couverture de la présente édition, nous avons retenu 1948, année d'écriture, et non 1949, année de publication.

Entre 1948 et 1984, il y avait un écart de 36 ans.

Rajoutons ces 36 ans à 1984 et on arrive à… 2020 !

2020 est précisément l'année d'une nouvelle jeunesse pour ce grand classique du fait que de nombreux observateurs ont cru déceler une véritable analogie entre le contexte autoritaire mis en place en Europe et en Asie à l'occasion de la crise sanitaire, et le contexte narré par Orwell dans *1984*.

J'ai voulu, en tant qu'éditeur, publier ce monument dans notre collection « Les Atemporels », dès lors qu'il tomberait dans le domaine public, c'est-à-dire en 2021. Pour cela, ma maison d'édition l'a fait traduire, et j'ai tenu moi-même à le préfacer. La traduction que vous avez entre les mains est donc une exclusivité JDH Éditions. Les fans de *1984* en langue française pourront donc le relire sous un autre angle.

Je pourrais longtemps disserter sur la comparaison entre *1984* et les restrictions imposées en 2020 et 2021. Même si je dois les mentionner, cela ne sera qu'à titre d'exemple, car je souhaite que le propos de cette préface ait une portée plus vaste, qui transcende les bornes d'une période ou la politique de tel ou tel chef d'État. L'œuvre d'Orwell est universelle. Tant qu'elle ne sera pas censurée par une Police de la Pensée, elle demeurera un guide de réflexion, une grille d'analyse dont chacun de nous devrait s'imprégner.

Chaque époque où s'érigent, ici ou là, des pouvoirs autoritaires peut être mise en parallèle avec *1984*. Les années 2020 ne font pas exception.

Évidemment, nous ne sommes pas dans le monde sombre dépeint par Orwell. Il n'y a pas un Parti au pouvoir comme c'est le cas dans *1984*, sauf dans quelques États comme la Chine. Et dans ce pays, cela ne date pas d'hier, mais précisément de 1949, année de publication du présent monument, qui est aussi l'année où Mao arriva au pouvoir. L'Histoire, la grande Histoire, a ses troublantes coïncidences… De la même manière, notre monde n'est pas le théâtre d'un affrontement entre l'Océania, l'Eurasia et l'Estasia. Pas d'affrontement militaire comme dans le célèbre roman, mais la métaphore de l'affrontement économique, de l'affrontement idéologique entre un bloc de l'est, un bloc américain et un bloc européen, n'est-elle pas suffisante à montrer qu'Orwell avait vu juste ? Un romancier d'anticipation n'est pas censé avoir une boule de cristal et décrire le futur avec exactitude, mais par ses métaphores, imaginer un futur qui, lorsqu'il se conjugue au présent, permet de déceler les allégories que l'Histoire aura bien voulu nouer.

Le parallèle le plus pertinent à mon sens que l'on puisse faire entre *1984* et notre monde actuel concerne « Big Brother ».

« *Big Brother is watching you.* » Cette célèbre phrase imprègne tous les esprits lettrés depuis la publication du roman de George Orwell. Dans *1984*, il y a cette omniprésence incarcératrice des écrans, cette surveillance des faits et gestes de chacun. La réalité du XXIe siècle est moins brutale en apparence, mais tout aussi insidieuse, quand on sait qu'avec notre consentement, nos téléphones portables, ordinateurs, webcams et autres objets connectés peuvent savoir tout de nous : nos données, notre mobilité, notre santé, etc. Dès l'année calendaire 1984, précisément, Steve Jobs l'avait bien perçu et a créé le système Apple dans le but de protéger de cette intrusion technologique. À l'une de ses fastueuses présentations, le génial et caractériel homme d'affaires avait projeté un extrait du film *1984*, parfaite adaptation du roman, avec le regretté Richard Burton, qui décéda juste après le tournage. Ce film venait alors de sortir sur les écrans, afin de dénoncer ce qui pouvait advenir, et contre quoi Apple devait lutter. Mais Apple n'a pas gagné cette bataille-là. Car cette bataille est coûteuse et a finalement été sacrifiée sur l'autel de la rentabilité.

En Occident, nous ne sommes pas soumis à un Parti qui nous oblige à penser d'une certaine manière comme dans *1984*, mais nous nous soumettons de plus en plus à la pensée unique. Une pensée uniformisante, qui est plus aisée à produire dans une république unitaire (comme la France) que dans une République fédérale (comme les États-Unis, l'Allemagne, l'Espagne). Un État fédéral étant composé de plusieurs entités autonomes dotées de leur propre gouvernement, et donc leur propre culture, se fondant dans un moule culturel global, mais servant chacune de rempart à la prégnance d'un moule culturel unique et totalisant, transcendant les individualités. La notion de République, que les gouvernements aiment brandir comme notion suprême, comme quasi-religiosité en France, est d'ailleurs très différente de celle de démocratie, bien que l'école ou les médias fassent, volontairement ou pas, un certain amalgame. Les deux ne riment pas. La preuve par l'Histoire avec l'URSS (Union des républiques socialistes soviétiques), qui était d'ailleurs visée par l'autre roman de George Orwell, *La ferme des animaux*, publié en 1945 et qui lui a probablement servi de prélude à l'écriture de *1984*. Un texte qui a été également traduit et publié par JDH Éditions, dans la présente collection, en 2021 également.

Puisque j'ai la fierté de publier une des rares traductions de *1984* pour la France, parlons justement un peu de notre Hexagone, où la liberté d'expression régresse d'année en année, où les sketchs d'humoristes comme Coluche, Le Luron, Popeck ou Desproges seraient aujourd'hui passibles d'opprobre national et peut-être de peines de prison ; où les paroles de Renaud ou Gainsbourg subiraient le même sort. La liberté d'expression se restreignant sous prétexte de respect des minorités, sous prétexte de ne pas heurter ni choquer, sous prétexte de ne pas troubler l'ordre public républicain, c'est avec elle la liberté de pensée qui va se restreindre. La pensée et son expression verbale sont intimement liées. En bornant l'expression, nous en viendrons, via les processus de socialisation, à borner la pensée des générations futures. C'est ainsi que la Police de la Pensée, chère à George Orwell dans *1984*, est présente, même si on ne la voit pas, même si elle ne porte pas d'uniforme. La Police de la Pensée, c'est vous, c'est nous. La censure nous conduit à épier, à stigmatiser notre voisin qui n'aurait pas des pensées ou des propos conformes aux standards. Dévier de la pensée standard, c'est être complotiste ou conspirationniste. Les nouveaux termes à la mode. Et être complotiste, même si peu de gens le sont réellement, c'est être un danger. Et les dangers doivent être écartés. Conspués. Stigmatisés. Comme dans *1984*.

Le but d'un pouvoir, c'est le contrôle. Contrôler la pensée, mais aussi astreindre les plaisirs. Car les plaisirs, c'est l'évasion, et l'évasion mène à la contestation. Qui doit être contrôlée. Ainsi, George Orwell a imaginé un monde dans lequel l'orgasme devait être banni. Dans notre monde, ne sommes-nous pas en cours de bannissement progressif de tous les plaisirs depuis les années 90 ? Voire même depuis 1984, peut-être ?

Le tabac : pas bien, ça tue…

L'alcool : pas bien, ça tue…

Les grosses cylindrées : pas bien, ça pollue…

La libération sexuelle des années 70 : pas bien, il y a le SIDA, et désormais, tout rapport sexuel ou presque peut être attaqué en justice pour cause de non-consentement.

Certains vont jusqu'à dire qu'il faut réinventer les rêves des enfants… Car rêver de voir le bout du monde, ce n'est pas bon pour l'environnement !

L'environnement et la santé : deux sujets majeurs, présents d'ailleurs en toile de fond dans l'œuvre d'Orwell, qui sont de bons prétextes, de nobles causes pour asservir la population et pour imposer une doxa à tout un peuple. « Nous vous promettons d'être en bonne santé dans un environnement sain, mais en contrepartie, nous avons besoin de tout contrôler. » Ce n'est pas ce que disent nos gouvernants, mais leurs politiques reviennent à cela. Et aujourd'hui, la technologie permet ce contrôle : drones, caméras de surveillance avec reconnaissance faciale, applications qui permettent de savoir qui vous avez vu, qui vous avez croisé.

Le fin mot de *1984* rejoint celui de notre époque : contrôle social. Orwell a imaginé que la technologie allait permettre un contrôle des individus, et finalement, comme le dit O'Brien (héros négatif du roman) à Winston (héros positif du roman) lors de la scène de torture : « L'humanité est infiniment malléable. » Des propos plus que jamais d'actualité, surtout quand on brandit la cause sanitaire, la cause environnementale, et par-dessus tout, en France du mois, la cause républicaine.

Quelle est la réalité dans tout cela ? La réalité est-elle celle que vous voyez ou bien celle qu'on vous dit de voir ? Quelle est la réalité de la dangerosité de ce satané virus qui a envahi la planète ? La réalité des contaminations, du risque ? Quelle est la réalité de la pollution par les voitures par rapport à la pollution des avions ou des bateaux ? Si vous voyez 4 doigts mais que la pensée unique, relayée par votre gouvernement, par les médias, les réseaux sociaux, les organisations internationales, vous demande d'en voir 5… combien en voyez-vous ? 4 ou 5 ? Réfléchissez… et lisez Orwell !

« La réalité est dans l'esprit humain, pas dans l'esprit de l'individu. », dixit O'Brien dans *1984*. La lutte contre la notion d'individualisme, de plus en plus forte, et tant adulée par la bien-pensance anti-libérale sous prétexte d'humanisme et de lien social, ne donne-t-elle pas in fine raison au héros négatif du chef-d'œuvre de George Orwell ?

Au final, c'est une trajectoire qu'a voulu dénoncer Orwell et pas seulement tel ou tel pouvoir de tel ou tel État en 1948. Et cette trajectoire qu'il présentait, nous l'avons empruntée. Ici et ailleurs. À des stades et des degrés différents.

Jusqu'où ?

Jusqu'à quand ?

Préface de *1984*, rédigée par Jean-David Haddad,
professeur agrégé de sciences économiques et sociales,
éditeur et fondateur de JDH Éditions.

Le 5 mai 2021

PREMIÈRE PARTIE

I

C'était une belle journée d'avril, l'air était frais et les pendules sonnaient treize heures. Winston Smith, le menton collé contre sa poitrine dans l'espoir d'échapper au vent glacial, se glissa rapidement entre les portes en verre des immeubles de la Victoire, mais pas assez vite pour empêcher un tourbillon de poussière et de sable d'entrer avec lui.

Le couloir sentait le chou bouilli et le vieux paillasson moisi. Au bout de ce couloir, une affiche en couleur, trop grande pour être affichée en intérieur, avait été fixée à l'aide de punaises. Elle se composait simplement d'un visage immense, de plus d'un mètre de large : le visage d'un homme d'environ quarante-cinq ans, arborant une épaisse moustache et des traits d'une beauté sauvage. Winston se dirigea vers les escaliers. Inutile d'essayer l'ascenseur. Même dans les bons jours, il fonctionnait rarement. À présent, le courant était coupé pendant la journée. Cela faisait partie de la campagne de restrictions budgétaires en vue de la Semaine de la Haine. Son appartement se trouvait au septième étage, et Winston, qui avait trente-neuf ans et traînait un ulcère variqueux au-dessus de sa cheville droite, monta lentement les marches, faisant de nombreuses pauses dans son ascension. Sur chaque palier, à l'opposé de la cage d'ascenseur, l'immense visage de l'affiche l'observait depuis le mur. C'était l'un de ces portraits arrangés de telle sorte que les yeux semblaient vous suivre lorsque vous bougiez. *Big Brother vous surveille*, disait la légende en dessous du visage.

Dans l'appartement de Winston, une voix mielleuse lisait une liste de chiffres qui avaient un rapport avec la production de la fonte. Cette voix venait d'une plaque en métal rectangulaire, semblable à un miroir terni, qui occupait une partie du mur de droite. Winston tourna un bouton et la voix s'évanouit peu à peu, même s'il arrivait encore à comprendre ce qu'elle disait. Le son de cet instrument (appelé un télécran) pouvait être baissé, mais il était impossible de l'éteindre complètement. Winston se dirigea vers la fenêtre : assez petit, une silhouette chétive, la maigreur de son corps à peine accentuée par sa salopette, qui était l'uniforme du Parti. Il avait les cheveux très clairs et un visage naturellement rougi. Sa peau était rêche à cause du savon râpeux, des lames de rasoir émoussées et du froid de l'hiver qui venait de prendre fin.

Dehors, même à travers la fenêtre close, le monde avait l'air froid. En bas de la rue, de petites bourrasques faisaient tournoyer de la poussière et des papiers déchirés, et bien que le soleil brillât et que le ciel fût d'un bleu éclatant, le monde semblait totalement dépourvu de couleurs, hormis les affiches placardées un peu partout. Le visage à moustache brune veillait du haut de chaque angle de la rue. Il était plaqué sur la devanture d'une maison pile en face de Winston. *Big Brother vous surveille*, disait encore la légende, alors que les yeux sombres plongeaient dans ceux de Winston. Un peu plus bas, au niveau de la rue, une autre affiche, avec un coin déchiré, claquait par intermittence au gré du vent, couvrant et découvrant un seul mot : *ANGSOC*. Au loin, un hélicoptère glissa entre les toits, plana un instant comme une mouche à viande, puis s'éloigna à nouveau dans un vol courbe. C'était la patrouille de police ; elle fouinait en regardant à travers les fenêtres des habitants. Cela dit, les patrouilles n'avaient aucune importance. Seule la Police de la Pensée comptait.

Dans le dos de Winston, la voix du télécran continuait à débiter des informations sur la fonte et le dépassement des prévisions du Neuvième Plan Triennal. Le télécran recevait et transmettait les informations simultanément. Chaque son émis par Winston, plus fort qu'un chuchotement, était capté par le télécran. De plus, tant qu'il se trouvait dans le champ de vision de la plaque en métal, il pouvait aussi bien être vu qu'entendu. Bien sûr, il n'était possible à aucun moment de savoir si vous étiez observé ou non. À quelle fréquence ou par quel système la Police de la Pensée se branchait à un quelconque réseau individuel ne relevait que d'hypothèses. Il était même envisageable qu'ils regardent tout le monde en permanence. En tout cas, ils pouvaient se brancher à votre réseau chaque fois qu'ils le voulaient. Vous deviez vivre – oui, vivre, car l'habitude devient instinct – en supposant que tous les sons que vous faisiez étaient entendus et que tous vos mouvements étaient scrutés, sauf dans l'obscurité.

Winston garda le dos tourné au télécran. C'était plus sûr, même s'il savait très bien que même un dos pouvait être révélateur. À un kilomètre s'élevait le ministère de la Vérité, son lieu de travail, un bâtiment immense et d'un blanc immaculé surplombant le paysage crasseux.

Voilà Londres, pensa-t-il avec une sorte de vague dégoût ; capitale de la Piste Aérienne 1, elle-même la troisième plus peuplée des provinces d'Océania. Il essaya d'extraire quelques souvenirs d'enfance qui pourraient lui dire si Londres avait toujours été ainsi. Y avait-il toujours eu cette vue de maisons du XIXe siècle en train de tomber en ruine, leurs murs soutenus par des poutres, les vitres de leurs fenêtres rafistolées avec du carton, leurs toits recouverts de tôle ondulée et leurs clôtures de jardin partant dans tous les sens ? Et les sites bombardés où la poussière du plâtre tournoyait dans l'air et l'épilobe qui poussait sur les amas de gravats ? Et les espaces élargis par les bombes où avaient émergé de sordides colonies d'habitations en bois ressemblant à des poulaillers ? Mais c'était peine perdue ; il ne se souvenait de rien. Il ne restait rien de son enfance qu'une série de tableaux éclairés par une lumière vive, incompréhensibles pour la plupart, sur un fond noir.

La différence entre le ministère de la Vérité – Minivrai, en novlang[1] – et tout ce qui l'entourait était saisissante. C'était un gigantesque bâtiment pyramidal en béton d'un blanc éclatant, s'élevant à trois cents mètres dans les airs, une terrasse à chaque niveau. De l'endroit où il se trouvait, Winston parvenait à peine à déchiffrer les trois slogans du Parti, inscrits sur la façade dans une police élégante :

LA GUERRE, C'EST LA PAIX
LA LIBERTÉ, C'EST L'ESCLAVAGE
L'IGNORANCE, C'EST LA FORCE

Il paraissait que le ministère de la Vérité contenait trois mille pièces au-dessus du sol, ainsi que des ramifications souterraines correspondantes. Londres abritait seulement trois autres bâtiments de taille et d'apparence similaires, disséminés à travers la ville. Ils écrasaient tant les constructions alentour que vous pouviez les voir tous les quatre depuis le toit des immeubles de la Victoire. Ces bâtiments représentaient les quatre ministères entre lesquels était partagé le gouvernement. Le ministère de la Vérité s'occupait de l'information, des divertissements, de l'éducation et des beaux-arts. Le ministère de la Paix gérait

---

[1] Langue officielle d'Océania. Pour la structure et étymologie, voir Appendice.

la guerre. Le ministère de l'Amour veillait au respect de la loi et maintenait l'ordre. Et le ministère de l'Abondance était responsable des affaires économiques. En novlang, ils s'appelaient Minivrai, Minipaix, Minilove et Miniplein.

Le ministère de l'Amour était de loin le plus effrayant. À l'intérieur, il n'y avait aucune fenêtre. Winston n'y était jamais entré, pas plus qu'il ne s'en était approché à moins de cinq cents mètres. Il était impossible d'y pénétrer sauf pour affaire officielle, et dans ce cas-là, il fallait emprunter un labyrinthe de fils barbelés enchevêtrés, de portes en acier et de nids de mitrailleuses dissimulées. Même les rues menant aux barrières extérieures du ministère grouillaient de gardes au visage de gorille, vêtus d'uniformes noirs et armés de matraques télescopiques.

Winston se retourna brusquement. Il avait veillé à afficher un air légèrement optimiste sur son visage, ce qui était recommandé lorsque l'on se trouvait face au télécran. Il traversa la pièce pour atteindre la petite cuisine. En quittant le ministère à cette heure-ci, il avait sacrifié son déjeuner à la cantine. Il était conscient qu'il n'y avait aucune nourriture chez lui, à part un quignon de pain noirci qu'il devait garder pour le petit-déjeuner du lendemain matin. Il attrapa sur l'étagère une bouteille remplie d'un liquide transparent, où les mots « GIN DE LA VICTOIRE » étaient inscrits sur une simple étiquette blanche. Il dégageait une odeur écœurante d'huile, comme l'alcool de riz chinois. Winston en remplit une tasse presque à ras bord, rassembla tout son courage pour supporter le choc et l'avala d'un trait, comme un médicament.

Son visage vira instantanément au rouge écarlate et des larmes s'échappèrent de ses yeux. Ce breuvage était comme de l'acide nitrique, et en plus, lorsqu'on l'avalait, on avait l'impression de recevoir un coup de matraque en caoutchouc derrière la tête. Cela étant dit, l'instant d'après, la sensation de brûlure dans son estomac s'évanouit et le monde commença à lui paraître plus gai. Il sortit une cigarette d'un paquet écrasé, estampillé CIGARETTES DE LA VICTOIRE, et sans y faire attention, il la tint à la verticale, ce qui fit tomber le tabac sur le sol. La deuxième tentative fut plus réussie. Il revint dans le salon et s'assit à la petite table qui se trouvait à gauche du télécran. Du tiroir de la table, il sortit un porte-plume, un flacon d'encre et un livre vierge en format in-quarto, épais, avec le dos rouge et la couverture marbrée.

Pour une raison ou une autre, le télécran dans le salon n'était pas à sa place habituelle. Au lieu de se trouver sur le mur du fond, où il pouvait surveiller toute la pièce, il était sur le mur le plus long, en face de la fenêtre. D'un côté de ce dernier, là où Winston était assis, il y avait une alcôve avec un léger renfoncement qui, lorsque les appartements avaient été construits, était probablement destinée à accueillir des étagères. En étant assis dans l'alcôve, bien en retrait, Winston pouvait rester en dehors du champ de vision du télécran. Bien sûr, il pouvait être entendu, mais tant qu'il restait à cet endroit, il ne pouvait pas être vu. C'était en partie l'agencement inhabituel de la pièce qui avait fait naître en lui l'idée de ce qu'il était sur le point de faire à ce moment-là.

Mais cette idée avait également été provoquée par le carnet qu'il venait de sortir du tiroir. Il était particulièrement beau. Son papier lisse et crémeux, un peu jauni par le temps, était d'une qualité que l'on ne trouvait plus depuis les quarante dernières années, au moins. Cependant, Winston devinait que ce cahier était bien plus vieux que cela. Il l'avait aperçu à travers la vitrine d'un petit bric-à-brac délabré, dans un quartier sordide de la ville (quel quartier exactement, il ne s'en rappelait plus) ; il avait alors ressenti un désir irrépressible de le posséder. Les membres du Parti n'étaient pas censés se rendre dans des boutiques ordinaires (« basées sur une économie libérale », comme ils disaient), mais cette règle n'était pas strictement respectée, car de nombreuses choses, comme les lacets ou les lames de rasoir, étaient impossibles à trouver autre part. Il avait jeté un coup d'œil de chaque côté de la rue avant de se glisser à l'intérieur et avait acheté le livre pour deux dollars cinquante. À l'époque, il n'avait pas conscience qu'il le voulait dans un but en particulier. D'un air coupable, il l'avait rapporté chez lui, dans sa mallette. Même s'il n'y avait rien d'écrit à l'intérieur, il s'agissait d'une acquisition compromettante.

La chose qu'il s'apprêtait à faire était de commencer la rédaction d'un journal intime. Ce n'était pas illégal (rien ne l'était, puisqu'il n'y avait plus de lois), mais si quelqu'un le découvrait, il était très probable que cela serait puni de mort ou d'au moins vingt-cinq ans en camp de travaux forcés. Winston posa une plume dans le porte-plume et la suça pour retirer la graisse. La plume était un outil archaïque, très peu utilisé, même pour les signatures, mais il avait réussi à s'en procurer une, de façon furtive et non sans difficulté, simplement parce qu'il pensait que le magnifique papier crémeux méritait le contact d'une véritable plume au lieu du gribouillage d'un stylo-bille. À vrai dire, il n'était pas habitué à écrire à la main. À part pour des notes très brèves, il était de coutume de tout dicter dans le phonoscript, ce qui était bien évidemment impossible dans le but qu'il poursuivait. Il plongea la plume dans le flacon d'encre, puis il hésita un instant. Son estomac s'était noué d'un coup. Poser la plume sur le papier était un acte décisif. Il écrivit en petites lettres maladroites :

4 avril 1984

Il se rassit. Un sentiment de totale impuissance s'était emparé de lui. Pour commencer, il n'était pas certain qu'il se trouvait en 1984. Ce devait être dans ces eaux-là, puisqu'il était pratiquement sûr qu'il avait trente-neuf ans et qu'il pensait qu'il était né en 1944 ou 1945. Mais à présent, on ne pouvait fixer une date qu'à un ou deux ans près.

Winston se posa soudainement une question : pour qui écrivait-il ce journal ? Pour le futur, pour ceux qui n'étaient pas encore nés. Son esprit resta bloqué un instant sur la date incertaine écrite sur la page, puis il se heurta d'un coup au mot novlang « double-pensée ». Pour la première fois, il mesura l'ampleur de ce qu'il avait entrepris. Comment pourrait-on communiquer avec l'avenir ? Par définition, c'était impossible. Soit le futur ressemblerait au présent et on ne l'écouterait pas, soit il serait différent et ses recommandations n'auraient aucun sens.

Il resta assis un certain temps, son regard vide posé sur le papier. Le télécran émettait à présent une musique militaire stridente. C'était étrange qu'il semblât avoir non seulement perdu la capacité de s'exprimer, mais aussi oublié ce qu'il avait eu l'intention de dire en premier lieu. Il s'était préparé à ce moment pendant des semaines et il n'avait jamais envisagé le fait qu'il n'aurait besoin que de courage. En soi, écrire serait facile. Il avait juste à coucher sur papier le monologue interminable et ininterrompu qui tournait littéralement en boucle dans sa tête depuis des années. Pourtant, à ce moment-là, il avait même oublié son monologue. De plus, son ulcère variqueux avait commencé à le démanger de façon insoutenable. Il n'osa pas se gratter, car lorsqu'il le touchait, cela ne faisait qu'envenimer les choses. Les secondes défilaient. Il n'avait conscience que du vide de la page devant lui, de la démangeaison au-dessus de sa cheville, du vacarme de la musique et d'une légère ivresse due au gin.

Soudain, il commença à écrire, pris de panique, pas tout à fait conscient de ce qu'il écrivait. Son écriture minuscule et enfantine s'étalait de haut en bas sur la page, abandonnant tout d'abord les majuscules, puis finalement les points.

4 avril 1984. Hier, soirée ciné. Que des films de guerre. Un très bon film montrait un bateau rempli de réfugiés bombardé quelque part dans la mer Méditerranée. Public très amusé par un homme obèse qui essayait de s'enfuir à la nage avec un hélicoptère à ses trousses, on le voyait d'abord se vautrer dans l'eau comme un marsouin, puis on le voyait dans le viseur des hélicoptères, et ensuite, il était criblé de trous et l'eau autour de lui est devenue rose et il a coulé d'un coup, comme si les trous avaient laissé passer l'eau, le public hurlait de rire quand il a disparu de la surface. puis on voyait un canot de sauvetage rempli d'enfants avec un hélicoptère qui planait au-dessus de lui. il y avait une femme d'âge mûr qui devait être juive assise à la proue avec un petit garçon d'environ trois ans dans ses bras. le petit hurlait de peur et cachait sa tête entre ses seins comme s'il essayait de s'enterrer à l'intérieur d'elle et la femme l'avait entouré de ses bras et essayait de le rassurer même si elle était elle-même morte de peur, le couvrant un peu plus chaque seconde comme si elle pensait que ses bras allaient le protéger des balles. puis l'hélicoptère largua une bombe de vingt kilos sur eux, énorme éclair et le bateau brûla comme une boîte d'allumettes. puis il y avait eu un magnifique plan sur lequel on voyait le bras d'un enfant monter haut, haut dans le ciel un hélicoptère avec une caméra sur son nez avait dû le suivre et les personnes assises dans la tribune du parti ont beaucoup applaudi, mais une femme au poulailler a soudainement commencé à piquer une colère et à crier qu'ils n'auraient pas dû montrer ça aux enfants ce n'était pas bien pas devant les enfants jusqu'à ce que la police la fasse sortir je suppose qu'il ne lui est rien arrivé tout le monde se fiche de ce que les prolos disent réaction typique des prolos jamais ils ne –

Winston arrêta d'écrire, en partie à cause d'une crampe. Il ignorait ce qui l'avait conduit à déballer ce flot d'âneries. Mais le plus surprenant, c'était que, tandis qu'il écrivait, un souvenir complètement différent s'était éclairé dans son esprit, à un point tel qu'il se sentait presque capable de l'écrire. Il se rendit compte à ce moment-là que c'était à cause de cet autre incident qu'il avait soudainement décidé de rentrer chez lui et de commencer son journal ce jour-là.

C'était arrivé le matin même au ministère, si l'on pouvait dire qu'une chose aussi nébuleuse était arrivée.

Il était presque onze heures, et dans le département des Archives, où travaillait Winston, ils sortaient les chaises des bureaux pour les regrouper au centre de la salle, face à l'immense télécran, pour les Deux Minutes de la Haine. Winston se contentait de prendre place sur l'une des chaises dans la rangée du milieu lorsque deux personnes, qu'il connaissait de vue mais auxquelles il n'avait jamais parlé, entrèrent à l'improviste dans la pièce. L'une d'elles était une fille qu'il croisait souvent dans les couloirs. Il ne connaissait pas son nom, mais il savait qu'elle travaillait au département des Fictions. Comme il l'avait parfois vue avec les mains couvertes d'huile en train de transporter une clef à molette, il présumait qu'elle accomplissait un genre de travail mécanique sur l'une des machines qui écrivaient les romans. C'était une femme qui avait l'air audacieuse, environ vingt-sept ans, des cheveux épais, des taches de rousseur sur le visage et des mouvements vifs et sportifs. Une fine ceinture écarlate, emblème de la Ligue Anti-Sexe Junior, était enroulée plusieurs fois autour de sa taille sur sa salopette, juste assez serrée pour faire ressortir les formes de ses hanches. Winston l'avait détestée à la seconde où il l'avait vue la première fois. Il en connaissait la raison. C'était à cause de l'atmosphère de terrain de hockey, de bains glacés, de randonnées communautaires et de propreté morale à toute épreuve qui émanait d'elle. Il détestait presque toutes les femmes, en particulier celles qui étaient jeunes et belles. Les femmes, et surtout les jeunes, étaient toujours les partisanes les plus fanatiques du Parti : gobeuses de slogans, espionnes amateurs et dénicheuses de l'anticonformisme. Mais il avait l'impression que cette fille-là était l'une des plus dangereuses de toutes. Une fois, lorsqu'ils s'étaient croisés dans le couloir, elle avait jeté sur lui un regard rapide, du coin de l'œil, qui semblait le transpercer de part en part et l'avait envahi, pendant un instant, d'une terreur noire. Il avait même vaguement envisagé qu'elle pût être un agent de la Police de la Pensée. À dire vrai, c'était peu probable. Pourtant, il continuait à se sentir particulièrement mal à l'aise chaque fois qu'elle se trouvait près de lui : il ressentait autant de peur que d'hostilité.

L'autre personne était un homme du nom de O'Brien, membre du Parti Intérieur, qui occupait un poste si important et si élevé que Winston n'avait qu'une vague idée de ce en quoi il pouvait bien consister. Un court silence s'installa au sein des personnes regroupées autour des chaises lorsqu'elles virent la salopette noire d'un membre du Parti Intérieur s'approcher. O'Brien était un homme grand, costaud, au large cou et au visage rude, acerbe et dur. Malgré sa superbe apparence, il dégageait un certain charme par ses manières. La façon dont il relevait ses lunettes sur son nez était étrangement déconcertante – et, d'une manière indéfinissable, curieusement raffinée. Ce geste aurait pu rappeler un aristocrate du XVIIIe siècle offrant sa tabatière, si quiconque pouvait encore penser en ces termes. Winston avait dû voir O'Brien une dizaine de fois en autant d'années. Il se sentait intensément attiré par lui, et pas seulement parce qu'il était intrigué par le contraste entre les manières raffinées d'O'Brien et son physique digne d'un champion de boxe. Cela relevait plutôt d'une croyance secrète – ou peut-être pas une croyance, seulement un espoir – que le conformisme politique d'O'Brien n'était pas parfait. Quelque chose sur son visage le suggérait implacablement. Peut-être n'était-ce même pas l'anticonformisme qui était inscrit sur son visage, mais simplement l'intelligence. Mais dans tous les cas, il semblait être un homme à qui vous pouviez parler si vous arriviez à tromper le télécran et à vous retrouver seul avec lui. Winston n'avait jamais fait le moindre effort pour vérifier cette théorie : c'était tout simplement impossible. À ce moment-là, O'Brien regarda sa montre, vit qu'il était presque onze heures et décida visiblement de rester dans le département des Archives jusqu'à ce que les Deux Minutes de la Haine soient terminées. Il prit une chaise dans la même rangée que Winston, deux places plus loin. Une petite femme aux cheveux blond roux, qui travaillait dans le box voisin de celui de Winston, était assise entre eux. La fille aux cheveux bruns avait pris place juste derrière eux.

L'instant d'après, un crissement affreux, comme celui d'une de ces machines monstrueuses qui fonctionnaient sans huile, jaillit du télécran à l'autre bout de la salle. C'était un bruit à vous faire grincer des dents et à vous hérisser les poils. La Haine avait commencé.

Comme toujours, le visage d'Emmanuel Goldstein, l'Ennemi du Peuple, apparut à l'écran. Certaines personnes sifflèrent de part et d'autre du public. La petite femme aux cheveux roux émit un couinement de peur et de dégoût. Goldstein était le renégat et le rebelle qui avait été, très longtemps auparavant (quand exactement, personne ne pouvait s'en rappeler), l'une des figures majeures du Parti, presque équivalent à Big Brother lui-même, puis il s'était engagé dans des activités contre-révolutionnaires, avait été condamné à mort, puis il s'était mystérieusement évadé avant de disparaître. Le programme des Deux Minutes de la Haine variait d'un jour à l'autre, mais Goldstein restait toujours le sujet numéro un. Il était le tout premier traître et profanateur de la pureté du Parti. Tous les crimes contre le Parti qui suivirent, tous les sabotages, trahisons, hérésies et déviances venaient directement de son enseignement. Il était encore vivant, quelque part, et élaborait des conspirations : peut-être quelque part au-delà de la mer, sous la protection de ses intendants étrangers, ou peut-être même – comme les rumeurs l'avançaient parfois – caché quelque part en Océania même.

Le diaphragme de Winston s'était contracté. Il n'arrivait jamais à regarder le visage de Goldstein sans ressentir un flot d'émotions douloureuses. C'était le visage maigre d'un Juif, avec une large auréole de cheveux blancs crépus et un petit bouc – un visage empreint d'intelligence et pourtant méprisable, avec un genre de grain de folie sénile dans son long nez fin, au bout duquel une paire de lunettes était perchée. On aurait dit la tête d'un mouton, et sa voix était également proche du timbre de cette bête. Goldstein délivrait son attaque venimeuse habituelle contre les doctrines du Parti – une attaque si exagérée et perverse qu'un enfant aurait été capable de la percer à jour, et pourtant juste assez plausible pour que les gens soient envahis par la crainte que d'autres, moins raisonnables qu'eux, puissent s'y laisser prendre. Il insultait Big Brother, il dénonçait la dictature du Parti, il exigeait la signature immédiate de la paix avec l'Eurasia, il prêchait la liberté d'expression, de la presse, de réunion, de la pensée ; hystérique, il hurlait que la révolution avait été trahie – et tout cela en un discours polysyllabique, une sorte de parodie du style habituel des orateurs du Parti, et il contenait même des mots novlangs : plus de mots novlangs, de fait, que n'en utiliserait n'importe quel membre du Parti dans la vie réelle. Et pendant ce temps-là, afin d'éviter que quiconque pût douter de la réalité des bêtises spécieuses débitées par Goldstein, sur le télécran, derrière sa tête, défilaient les colonnes sans fin de l'armée eurasienne – d'innombrables rangs d'hommes à l'aspect robuste avec des visages asiatiques impassibles qui remontaient jusqu'en haut de l'écran avant de disparaître, pour être remplacés par d'autres, en tous points semblables. Le martèlement sourd et rythmé des bottes des soldats constituait le bruit de fond au milieu duquel ressortait la voix bêlante de Goldstein.

À peine trente secondes après que la Haine eut commencé, la moitié des personnes présentes dans la pièce laissèrent échapper d'incontrôlables exclamations de rage. Le visage autosatisfait aux allures de mouton sur l'écran et le pouvoir terrifiant de l'armée eurasienne rendaient le visionnage insupportable ; de plus, voir ou ne serait-ce que penser à Goldstein engendrait automatiquement de la peur et de la colère. Il inspirait une haine bien plus constante que l'Eurasia ou l'Estasia, puisque quand l'Océania était en guerre contre l'une de ces Puissances, elle était généralement en paix avec l'autre. Mais voici ce qui était étrange : même si Goldstein était haï et méprisé de tous, même si chaque jour, et mille fois par jour, sur les plateformes, le télécran, dans les journaux, les livres, ses théories étaient réfutées, réduites à néant, ridiculisées et exhibées aux yeux de tous pour qu'ils se rendent compte de l'absurdité de celles-ci – malgré tout cela, son influence semblait ne jamais tarir. Il y avait toujours de nouveaux pigeons qui attendaient qu'il les séduisît. Il ne se passait pas un jour sans que des espions et des saboteurs sous ses ordres ne soient démasqués par la Police de la Pensée. Il était à la tête d'une vaste armée de l'ombre, d'un réseau clandestin de conspirateurs dévoués au renversement de l'État. On pensait que cette armée s'appelait la Fraternité. On racontait également des histoires à voix basse, à propos d'un horrible livre, un recueil de toutes les hérésies que Goldstein avait écrit et qui circulait clandestinement çà et là. Ce livre n'avait pas de titre. Les gens y faisaient simplement référence en l'appelant « *Le Livre* » – si tant est qu'ils en parlent. Mais ce n'était le fruit que de vagues rumeurs. Aucun membre lambda du Parti ne mentionnait la Fraternité ni *Le Livre* s'il pouvait l'éviter.

Dans sa deuxième minute, la Haine engendra une certaine frénésie. Les spectateurs bondissaient de leurs sièges et hurlaient à s'en arracher les cordes vocales, dans le but de noyer le bêlement exaspérant de la voix provenant de l'écran. Le visage de la petite femme aux cheveux blond roux avait viré au rouge vif ; sa bouche s'ouvrait et se fermait comme celle d'un poisson hors de l'eau. Même le visage dur d'O'Brien était cramoisi. Il était assis bien droit sur sa chaise, son torse puissant se gonflant et se contractant comme pour résister à l'attaque d'une vague. La fille brune assise derrière Winston avait commencé à hurler « Fumier ! Salaud ! Ordure ! », et soudain, elle attrapa un gros dictionnaire novlang et le lança sur l'écran. Il frappa le nez de Goldstein avant de rebondir ; la voix continua, implacable. Dans un moment de lucidité, Winston s'aperçut qu'il hurlait de concert avec les autres et qu'il frappait violemment ses talons contre le barreau de sa chaise. Concernant les Deux Minutes de la Haine, le plus horrible n'était pas le fait que chacun fût obligé d'y prendre part, mais au contraire, qu'il était impossible d'éviter d'y participer. Au bout de trente secondes, toute simulation devenait inutile. Une extase hideuse de peur et de haine, un désir de tuer, torturer, fracasser des têtes avec une masse, semblait gagner toutes les personnes présentes comme un courant électrique, transformant chacun en un fou qui grimaçait et hurlait, même contre sa volonté. Et pourtant, la rage que chacun ressentait n'était qu'une émotion abstraite et indirecte qui pouvait passer d'un objet à un autre comme la flamme d'un chalumeau. Ainsi, à un moment, la haine de Winston n'était plus du tout dirigée vers Goldstein, mais, au contraire, vers Big Brother, le Parti et la Police de la Pensée ; et dans des moments comme celui-ci, son cœur allait à l'hérétique solitaire et ridiculisé présent à l'écran, unique gardien de la vérité et du bon sens dans un monde de mensonges. Et pourtant, l'instant d'après, il se joignait aux personnes qui l'entouraient, et tout ce qui était dit à propos de Goldstein lui semblait vrai. Alors, sa haine secrète pour Big Brother se muait en adoration, et Big Brother semblait s'élever, comme un protecteur invincible et sans peur, se dressant comme un roc contre les hordes d'Asia, et Goldstein, malgré son isolement, son impuissance et le doute qui planait sur son existence même, avait l'air d'un sorcier malveillant, capable par le seul pouvoir de sa voix de détruire l'organisation de la civilisation.

Par moments, il était même possible de tourner sa haine dans une direction ou une autre volontairement. Soudain, par une sorte d'effort violent, comme lorsque l'on arrache sa tête à son oreiller en plein cauchemar, Winston parvint à transférer sa haine pour le visage sur l'écran à la fille brune derrière lui. Des hallucinations, belles et précises, lui traversèrent l'esprit. Il la battait à mort avec une matraque en caoutchouc. Il l'attachait nue à un poteau et la transperçait de flèches comme Saint-Sébastien. Il la violait et tranchait sa gorge au moment de l'orgasme. Il réalisa plus que jamais la raison pour laquelle il la haïssait. Il la détestait parce qu'elle était jeune, jolie et frigide, parce qu'il voulait la mettre dans son lit et ne le ferait jamais, car autour de sa douce taille souple, qui semblait vous demander de l'encercler de votre bras, se trouvait cette odieuse ceinture écarlate, symbole agressif de chasteté.

La Haine atteignit son apogée. La voix de Goldstein était véritablement devenue un bêlement, et pendant un instant, son visage se mua en celui d'un mouton. Puis il s'évanouit dans la silhouette d'un soldat eurasien qui semblait avancer, immense et effrayant, sa mitraillette rugissante, et donnait l'impression de bondir à l'extérieur de l'écran, si bien que quelques personnes assises au premier rang reculèrent dans leur siège. Mais au même moment, arrachant un profond soupir de soulagement à tous les participants, la silhouette hostile se fondit dans le visage de Big Brother : les cheveux noirs, une moustache brune, des traits remplis d'une autorité et d'un calme mystérieux, un visage si grand qu'il remplissait pratiquement tout l'espace de l'écran. Personne n'entendait ce que Big Brother était en train de dire. Il ne s'agissait que de quelques paroles d'encouragement, le genre de mots que l'on entend dans le tumulte des combats, impossibles à distinguer individuellement, mais qui redonnent confiance lorsqu'ils sont prononcés. Puis le visage de Big Brother disparut de nouveau, et surgirent à sa place les trois slogans du Parti, en lettres capitales :

LA GUERRE, C'EST LA PAIX
LA LIBERTÉ, C'EST L'ESCLAVAGE
L'IGNORANCE, C'EST LA FORCE

Mais les traits de Big Brother semblèrent persister sur l'écran pendant de nombreuses secondes, comme si l'impact qu'ils avaient sur les rétines de tous était trop vif pour s'effacer immédiatement. La petite femme rousse s'était jetée en avant sur le dossier de la chaise devant elle. Dans un murmure tremblant qui ressemblait à « Mon Sauveur ! », elle tendit les bras devant elle, en direction du télécran. Puis elle enfouit son visage dans ses mains. Il était évident qu'elle priait.

À cet instant, toutes les personnes présentes entonnèrent un chant profond, lent et rythmé de « B-B ! … B-B ! », encore et encore, très lentement, marquant une longue pause entre le premier « B » et le second – un lourd murmure sonore, pourtant étrangement sauvage. On croyait entendre en fond le bruit de pieds nus et la palpitation des tam-tams. Ils continuèrent pendant peut-être trente secondes. C'était un refrain que l'on entendait souvent dans les moments d'émotion intense. C'était en partie un genre d'hymne dédié à la sagesse et à la majesté de Big Brother, mais plus encore, il représentait un acte d'autohypnose, un moyen de noyer délibérément sa conscience par un bruit rythmé. Un froid glacial sembla s'emparer des entrailles de Winston. Pendant les Deux Minutes de la Haine, il ne pouvait s'empêcher de partager le délire général, mais ce chant inhumain de « B-B ! … B-B ! » l'emplissait d'horreur. Bien sûr, il psalmodiait avec eux ; faire autrement était impossible. Dissimuler ses sentiments, contrôler les expressions sur son visage, faire la même chose que tout le monde, était une réaction instinctive. Mais l'espace d'une seconde, l'expression dans ses yeux aurait probablement pu le trahir. Et ce fut exactement à ce moment-là qu'une chose importante se passa – si elle avait vraiment eu lieu, évidemment.

Pendant un instant, il rencontra le regard d'O'Brien. Ce dernier s'était levé. Il avait retiré ses lunettes et s'apprêtait à les remettre sur son nez de son geste caractéristique. Mais pendant une fraction de seconde, lorsque leurs yeux se rencontrèrent, Winston sut – oui, il *sut* – qu'O'Brien pensait la même chose que lui. Un message clair était passé. C'était comme si l'esprit de chacun d'eux s'était ouvert et que leurs pensées voyageaient de l'un à l'autre par l'intermédiaire de leurs yeux. O'Brien semblait lui dire : « Je suis avec toi. Je sais exactement ce que tu ressens. Je connais par cœur ton mépris, ta haine, ton dégoût. Mais ne t'inquiète pas, je suis de ton côté ! » Puis l'éclair de compréhension disparut et le visage d'O'Brien redevint aussi impénétrable que ceux des autres.

C'était fini, et Winston doutait déjà que cette scène se fût passée. De tels incidents n'avaient jamais de suite. Tout ce qu'ils faisaient était entretenir au fond de lui la croyance, ou l'espoir, que d'autres que lui étaient les ennemis du Parti. Peut-être que les rumeurs à propos des grandes conspirations clandestines étaient vraies – peut-être que la Fraternité existait vraiment ! Malgré les arrestations, les aveux et les exécutions qui n'en finissaient pas, il était impossible d'être sûr que la Fraternité n'était rien d'autre qu'un simple mythe. Il y avait des jours où il y croyait, d'autres non. Il n'y avait aucune preuve, seulement de brèves lueurs qui pouvaient tout et rien dire : des bribes de conversations entendues par hasard, de vagues gribouillages sur les murs des toilettes – même une fois, lorsque deux inconnus se rencontraient, un léger mouvement de la main qui aurait pu être un signe de reconnaissance. Il ne s'agissait que de suppositions ; il avait même peut-être tout imaginé. Il était retourné dans son box sans regarder O'Brien à nouveau. L'idée de poursuivre leur contact passager l'effleura à peine. Cela aurait été extrêmement dangereux, même dans le cas où il aurait su comment s'y prendre. L'espace d'une seconde ou deux, ils avaient échangé un coup d'œil ambigu, fin de l'histoire. Mais cela restait un évènement mémorable dans la solitude scellée où chacun devait vivre.

Winston se ressaisit et se redressa sur sa chaise. Il laissa un rot s'échapper de sa gorge. Le gin remontait de son estomac.

Ses yeux se concentrèrent à nouveau sur la page. Il découvrit que pendant qu'il était resté assis à méditer sans pouvoir s'arrêter, il était également en train d'écrire, comme par automatisme. Et ce n'était plus la même écriture étroite et maladroite qu'auparavant. Sa plume avait voluptueusement glissé sur le papier lisse, écrivant en lettres capitales « À BAS BIG BROTHER À BAS BIG BROTHER À BAS BIG BROTHER À BAS BIG BROTHER À BAS BIG BROTHER » encore et encore, noircissant la moitié d'une page.

Il ne put s'empêcher de ressentir une vague de panique. C'était absurde, d'autant qu'écrire ces mots en particulier n'était pas plus dangereux que l'acte initial d'avoir ouvert le journal, mais pendant un instant, il fut tenté d'arracher les pages gribouillées et d'abandonner son entreprise dans le même temps.

Néanmoins, il n'en fit rien, car il savait que c'était inutile. Qu'il écrivît À BAS BIG BROTHER ou qu'il s'abstînt de l'écrire revenait au même. Qu'il continuât à tenir son journal ou qu'il l'arrêtât revenait au même. La Police de la Pensée l'attraperait de toute façon. Il avait commis – même dans le cas où il n'aurait jamais posé sa plume sur le papier – le crime principal qui contenait tous les autres. Ils appelaient ça le *crime-pensée*. Ce n'était pas une chose que l'on pouvait dissimuler éternellement. Vous pouviez réussir à ruser pendant un certain temps, voire même des années, mais tôt ou tard, ils finissaient par vous attraper.

Cela se passait toujours pendant la nuit – les arrestations avaient invariablement lieu la nuit. Le réveil en sursaut, la main rude qui vous secoue l'épaule, les lumières aveuglantes dans les yeux, le cercle de visages durs autour du lit. Dans la grande majorité des cas, il n'y avait aucun procès, aucun compte rendu de l'arrestation. Les personnes disparaissaient, tout simplement, toujours durant la nuit. Votre nom était retiré des registres, chaque trace de tout ce que vous aviez fait était éliminée, votre ancienne existence était niée, puis oubliée. Vous étiez supprimé, anéanti ; *évaporé* était le terme en vigueur.

Un instant, il fut saisi par un genre d'hystérie. Il commença à écrire, d'une écriture illisible et précipitée :

ils vont me fusiller je m'en fous ils vont me tirer dans la nuque je m'en fous à bas big brother ils vous tirent toujours dans la nuque je m'en fous à bas big brother…

Il se cala à nouveau dans son fauteuil, légèrement honteux, puis reposa la plume. L'instant d'après, il sursauta violemment. Quelqu'un venait de frapper à sa porte.

Déjà ! Il resta assis, aussi discrètement qu'une souris, dans l'espoir vain que qui que fût cette personne, elle partirait après une seule tentative. Mais non, on frappa une nouvelle fois. La pire chose à faire serait de retarder le moment où il allait ouvrir. Son cœur battait comme un tambour, mais son visage était probablement impassible – l'habitude. Il se leva et se dirigea d'un pas lourd vers la porte.

II

Lorsqu'il posa sa main sur la poignée de porte, Winston vit qu'il avait laissé le journal ouvert sur la table. « À BAS BIG BROTHER » en remplissait les pages, en lettres si grandes qu'elles pouvaient presque être lues à l'autre bout de la pièce. C'était la chose la plus stupide à faire. Mais il se rendit compte que même dans la panique, il n'avait pas souhaité tacher le papier crémeux en fermant le carnet alors que l'encre n'était pas sèche.

Il inspira avant d'ouvrir la porte. Une agréable vague de soulagement le parcourut instantanément. Une femme au visage terne et ridé se tenait devant lui ; elle avait les cheveux poivre et sel et semblait préoccupée.

— Salut, camarade, commença-t-elle d'une voix plus ou moins plate et aiguë. Je pensais bien t'avoir entendu rentrer. Tu crois que tu pourrais venir jeter un œil à l'évier de la cuisine ? Il est bouché et…

Il s'agissait de madame Parsons, la femme d'un voisin qui habitait sur le même palier. (« Madame » était un mot légèrement déconcertant pour le Parti – vous étiez censé appeler tout le monde « camarade » – mais avec certaines femmes, ce mot sortait instinctivement.) Elle avait environ trente ans, mais en paraissait bien plus. On aurait dit qu'il y avait de la poussière entre les rides qui paraient son visage. Winston la suivit le long du couloir. Ces petites réparations d'amateur provoquaient un agacement presque quotidien. Les immeubles de la Victoire étaient de vieux bâtiments, construits autour des années 1930, et tombaient en ruine. Le plâtre des plafonds et des murs s'effritait constamment, les canalisations éclataient aux fortes gelées, le toit fuyait chaque fois qu'il neigeait, le chauffage fonctionnait généralement à moitié, lorsqu'il n'était pas totalement arrêté pour des raisons économiques. Les réparations, sauf celles que vous pouviez faire vous-même, devaient être approuvées par de lointains comités, qui pouvaient très bien retarder ne serait-ce que la réparation de la vitre d'une fenêtre pendant deux ans.

— Évidemment, c'est seulement parce que Tom n'est pas là, dit madame Parsons, l'air ailleurs.

L'appartement des Parsons était plus grand que celui de Winston ; il était toutefois aussi miteux, mais d'une façon différente. Tout semblait usé et piétiné, comme si un énorme animal sauvage venait de visiter les lieux. Des articles de sport – des crosses de hockey, des gants de boxe, un ballon de foot éclaté, un short dégoulinant de sueur à l'envers – étaient éparpillés un peu partout sur le sol ; en ce qui concernait la table, elle était recouverte de vaisselle sale et de livres d'exercices cornés. Sur les murs étaient affichées les bannières écarlates de la Ligue des Jeunes et des Espions, ainsi qu'une affiche grandeur nature de Big Brother. Il y avait toujours l'odeur de chou bouilli habituelle, commune à tout l'immeuble, mais elle lui parvenait à travers une odeur atroce de sueur, plus accentuée, qui était celle d'une personne qui n'était pas présente à ce moment-là – c'était très facile de le deviner après l'avoir à peine senti, bien que difficile à expliquer comment. Dans une autre pièce, quelqu'un maniait un peigne et un morceau de papier toilette en essayant de garder le rythme de la musique militaire qui continuait à sortir du télécran.

— Ce sont les enfants, dit madame Parsons en jetant un coup d'œil légèrement inquiet vers la porte. Ils ne sont pas sortis, aujourd'hui. Et évidemment…

Elle avait pour habitude de s'arrêter au milieu de ses phrases. L'évier de la cuisine débordait presque d'une eau verdâtre qui sentait le chou plus que jamais. Winston s'agenouilla et examina le joint du tuyau. Il détestait se servir de ses mains, ainsi que se baisser, qui ne manquait jamais de lui déclencher des crises de toux. Madame Parsons leva les yeux, désespérée.

— Bien sûr, si Tom était à la maison, il l'aurait réparé en moins de deux, dit-elle. Il adore ce genre de choses. Il est tellement doué avec ses mains, Tom.

Parsons était un collègue de Winston au ministère de la Vérité. C'était un homme plutôt gras mais actif, d'une stupidité paralysante, un tas d'enthousiasme imbécile – un de ces esclaves dévoués qui ne remettent rien en question, et la stabilité du Parti reposait encore plus sur eux que sur la Police de la Pensée. À trente-cinq ans, il avait simplement été expulsé contre sa volonté de la Ligue des Jeunes, et avant d'avoir obtenu un grade dans cette ligue, il avait réussi à rester dans les Espions un an de plus que la limite d'âge l'imposait. Au ministère, il occupait un poste subalterne pour lequel l'intelligence n'était pas un critère requis, mais en revanche, il était une figure majeure du Comité des Sports et de tous les autres comités engagés dans l'organisation de randonnées communautaires, de manifestations spontanées, de campagnes pour l'économie et d'activités volontaires en général. Il vous informait avec une fierté silencieuse, entre deux bouffées de sa pipe, qu'il se rendait chaque soir au Centre Communautaire depuis quatre ans. Une insupportable odeur de sueur, sorte de témoignage inconscient de sa vie éprouvante, le suivait partout où il allait, et restait même derrière lui après son passage.

— Auriez-vous une clef anglaise ? demanda Winston en manipulant l'écrou du joint.

— Une clef anglaise, répéta madame Parsons, devenue instantanément amorphe. Je ne sais pas, sans doute. Peut-être que les enfants…

Nous entendîmes un piétinement de bottes et un autre soufflement sur le peigne lorsque les enfants firent irruption dans le salon. Madame Parsons apporta la clef anglaise. Winston laissa s'écouler l'eau et retira avec dégoût les cheveux qui avaient bloqué le tuyau. Il nettoya ses doigts autant qu'il le put sous l'eau froide du robinet et retourna dans l'autre pièce.

— Haut les mains ! hurla une voix féroce.

Un garçon de neuf ans, mignon et costaud, venait de surgir de derrière la table et le menaçait avec un jouet, un pistolet-mitrailleur, alors que sa petite sœur, d'environ deux ans sa cadette, faisait la même chose avec un bout de bois. Ils portaient tous les deux un short bleu, une chemise grise et un foulard rouge : l'uniforme des Espions. Winston leva les mains au-dessus de sa tête, mais avec un certain malaise ; l'attitude du garçon était si malveillante que cela n'en faisait pas tout à fait un jeu à ses yeux.

— T'es un traître ! hurla le garçon. T'es un criminel de la Pensée ! T'es un espion eurasien ! Je vais te flinguer, je vais t'évaporer, je vais t'envoyer dans les mines de sel !

Soudain, ils bondirent tous les deux autour de lui, hurlant « traître ! » et « criminel de la Pensée ! », la petite fille imitant son frère dans les moindres mouvements. C'était une scène assez effrayante, comme de voir gambader des tigreaux qui deviendront rapidement des mangeurs d'hommes. Il y avait une sorte de férocité calculatrice dans les yeux du garçon, un désir assez évident de frapper ou de donner un coup de pied à Winston et une conscience d'être presque assez costaud pour le faire. *Heureusement qu'il n'a pas un vrai pistolet dans les mains*, pensa Winston.

Les yeux de madame Parsons passaient nerveusement de Winston aux enfants. Sous le meilleur éclairage du salon, il remarqua avec intérêt qu'il y avait réellement de la poussière dans les rides de son visage.

— Ils font un tel raffut, dit-elle. Ils sont déçus parce qu'ils n'ont pas pu aller voir la pendaison, c'est pour ça. Je n'ai pas le temps de les y emmener et Tom ne reviendra pas du travail à temps pour les y conduire.

— Pourquoi on peut pas aller voir la pendaison ? rugit le garçon de sa voix puissante.

— J'veux voir la pendaison ! J'veux voir la pendaison ! chanta la petite fille, toujours en train de gambader autour d'eux.

Winston se souvint que des prisonniers eurasiens, coupables de crimes de guerre, devaient être pendus dans le Parc, cet après-midi-là. Ce genre de choses avait lieu environ une fois par mois et constituait un spectacle apprécié. Les enfants réclamaient toujours d'aller les voir. Winston prit congé de madame Parsons et se dirigea vers la porte. Mais il n'avait pas encore fait six pas dans le couloir lorsque quelque chose frappa sa nuque d'un coup atrocement douloureux. Ce fut comme si un fil de fer chauffé à blanc s'était enfoncé dans sa chair. Il se retourna juste à temps pour voir madame Parsons ramener son fils derrière la porte de leur appartement alors que le garçon rangeait un lance-pierres dans sa poche.

— Goldstein ! beugla le petit lorsque la porte se referma sur lui.

Mais ce qui frappa le plus Winston fut l'effroi paralysé sur le visage grisâtre de la femme.

De retour dans son appartement, il passa rapidement devant le télécran et se rassit devant sa table, encore en train de se masser la nuque. La musique provenant du télécran s'était arrêtée. À la place, une voix militaire et saccadée lisait, avec une sorte de plaisir cruel, une description de l'armement de la nouvelle Forteresse Flottante qui venait de jeter l'ancre entre l'Islande et les îles Féroé.

Avec ces enfants, pensa Winston, *cette pauvre femme doit mener une vie régie par la terreur. Encore un an ou deux et ils la veilleront jour et nuit en guettant les symptômes de la non-orthodoxie*. Pratiquement tous les enfants étaient horribles, de nos jours. Le pire était que grâce aux organisations telles que les Espions, ils devenaient systématiquement de petits sauvages incontrôlables, et pourtant, cela ne les amenait en rien à se rebeller contre la discipline du Parti. Au contraire, ils adoraient le Parti et tout ce qui s'y rapportait. Les chants, les processions, les bannières, les randonnées, les exercices de tir avec de faux fusils, le fait de hurler les slogans, l'adoration de Big Brother – tout ceci représentait pour eux une sorte de jeu magnifique. Toute leur férocité était dirigée vers l'extérieur, contre les ennemis de l'État, les étrangers, les traîtres, les saboteurs, les criminels de la Pensée. Il était presque normal pour des personnes de plus de trente ans d'être effrayées par leurs propres enfants. À plus d'un titre, puisqu'il était rare qu'une semaine passe sans que *Le Times* ne relatât qu'un petit cafteur qui avait écouté aux portes – « enfant-héros » était généralement l'expression employée – avait entendu quelque remarque compromettante et avait dénoncé ses parents à la Police de la Pensée.

La brûlure due au projectile s'était estompée. Il saisit sa plume sans trop d'enthousiasme, se demandant s'il allait pouvoir trouver autre chose à écrire dans le journal. Soudain, il repensa à O'Brien.

Des années auparavant – combien ? Sept ans, peut-être – il avait rêvé qu'il marchait dans une pièce plongée dans le noir complet. Sur son passage, une personne assise à côté de lui avait dit : « Nous nous reverrons là où il n'y a pas de ténèbres. » Elle avait prononcé cette phrase de façon très calme, presque avec désinvolture – il s'agissait d'une affirmation, non d'un ordre. Winston avait continué à avancer sans s'arrêter. Le plus curieux était qu'à l'époque, dans ce rêve, ces mots ne l'avaient pas tant impressionné. Ils n'avaient pris du sens que plus tard, et progressivement. À présent, il était incapable de se rappeler s'il avait fait ce rêve avant ou après avoir vu O'Brien pour la première fois, pas plus que de se souvenir du moment où il avait reconnu la voix comme étant celle d'O'Brien. En tous les cas, l'identification était faite. C'était O'Brien qui lui avait parlé dans le noir.

Winston n'en avait jamais été sûr – même après l'éclair dans ses yeux le matin même. Savoir avec certitude si O'Brien était un ami ou un ennemi restait impossible. Cela ne semblait pas d'ailleurs avoir une grande importance. Une certaine compréhension les liait, plus importante que de l'affection ou de la camaraderie. « Nous nous reverrons là où il n'y a pas de ténèbres », avait-il dit. Winston ignorait ce que cela voulait dire, seulement que d'une façon ou d'une autre, cela se réaliserait.

La voix du télécran s'arrêta. Un appel de trompette, clair et magnifique, flotta dans l'air stagnant. La voix reprit en crissant :

« *Votre attention ! Votre attention, s'il vous plaît ! Un flash d'information vient juste de nous parvenir du front de Malabar. Nos forces ont remporté une éclatante victoire au sud de l'Inde. Je suis autorisé à vous dire que l'action que nous venons d'entreprendre permettra de nous rapprocher de la fin de la guerre. C'était le flash d'information…* »

Cela ne présage rien de bon, pensa Winston. En effet, à la suite d'une description sanglante de la défaite de l'armée eurasienne, livrée avec le nombre remarquable de morts et de prisonniers, la voix annonça qu'à compter de la semaine suivante, la ration de chocolat de trente grammes serait réduite à vingt grammes.

Winston rota de nouveau. Les effets du gin s'atténuaient, laissant un sentiment de découragement. Le télécran – peut-être pour célébrer la victoire, peut-être pour faire oublier le chocolat perdu – lança *Océania, c'est pour toi*. Vous étiez censé vous mettre au garde-à-vous. Cependant, à l'endroit où il se trouvait, il était invisible.

Océania, c'est pour toi laissa place à une musique plus douce. Winston se dirigea vers la fenêtre, gardant le dos tourné au télécran. Le temps était encore froid et clair. Quelque part au loin, une bombe explosa dans un grondement sourd qui résonna dans l'air. À Londres, à cette époque, il en pleuvait entre vingt et trente par semaine.

En bas, dans la rue, le vent faisait claquer l'affiche déchirée, et le mot ANGSOC apparaissait et disparaissait par intermittence. Angsoc. Les principes sacrés de l'Angsoc. Le novlang, la double-pensée, la mutabilité du passé. Il avait l'impression de déambuler dans les forêts des fonds marins, perdu dans un monde monstrueux dont il était lui-même le monstre. Il était seul. Le passé était mort, le futur était impossible à imaginer. Quelle certitude avait-il qu'une seule créature humaine en vie fût de son côté ? Et comment savoir si la domination du Parti ne durerait pas *pour toujours* ? Comme une réponse, les trois slogans sur la façade blanche du ministère de la Vérité lui revinrent en mémoire :

LA GUERRE, C'EST LA PAIX
LA LIBERTÉ, C'EST L'ESCLAVAGE
L'IGNORANCE, C'EST LA FORCE

Il sortit une pièce de vingt-cinq centimes de sa poche. Sur celle-ci aussi, les slogans étaient inscrits en petits caractères lisibles, et sur l'autre côté de la pièce apparaissait la tête de Big Brother. Même sur la pièce, ses yeux semblaient le suivre. Sur les pièces, les timbres, la couverture des livres, les bannières, les affiches et les paquets de cigarettes ; partout. Toujours ces yeux qui vous surveillaient et cette voix qui vous enveloppait. Endormi comme éveillé, en travaillant comme en mangeant, à l'intérieur comme à l'extérieur, dans le bain comme dans le lit : aucune échappatoire. Rien ne vous appartenait pleinement à part les quelques centimètres cubes dans votre crâne.

Le soleil avait tourné, et à présent que la lumière ne se reflétait plus sur elles, les innombrables fenêtres du ministère de la Vérité avaient l'air aussi sombres que les meurtrières d'une forteresse. Son cœur tressaillit devant l'immense forme pyramidale. Elle était trop puissante, elle ne pouvait pas être prise d'assaut. Mille bombes n'en viendraient pas à bout. Il se demanda à nouveau pour qui il écrivait ce journal. Pour le futur, pour le passé – pour une époque sans doute imaginaire. Devant lui, il n'y avait pas la mort, mais l'anéantissement. Le journal serait réduit en cendres et lui en vapeur. Seule la Police de la Pensée lirait ce qu'il avait écrit, avant qu'ils ne le fassent disparaître de la vie et de la mémoire. Comment pouviez-vous faire appel au futur alors qu'aucune trace de vous, pas même un mot anonyme écrit sur un bout de papier, ne pouvait physiquement survivre ?

Le télécran sonna quatorze heures. Dix minutes plus tard, il devait partir. Il devait être de retour au travail à quatorze heures trente.

Curieusement, le carillon semblait lui avoir mis un peu de baume au cœur. Il n'était qu'un fantôme solitaire qui disait une vérité que personne ne voudrait jamais entendre. Mais tant qu'il l'exprimerait, la continuité, d'une façon relativement obscure, ne serait pas brisée. Ce n'était pas en attirant l'attention sur soi que l'on faisait perdurer l'héritage humain, mais en restant sain d'esprit. Il revint vers la table, trempa sa plume dans l'encre et écrivit :

Au futur ou au passé, à une époque où la pensée était libre, où les hommes étaient différents les uns des autres et ne vivaient pas seuls – à un temps où la vérité existait et ce qui est fait ne peut être défait : De l'âge de l'uniformité, de l'âge de la solitude, de l'âge de Big Brother, de l'âge de la double-pensée – Salutations !

Il était déjà mort, pensa-t-il. Il lui sembla que ce n'était que lorsqu'il avait commencé à être capable de formuler ses pensées qu'il avait fait le pas décisif. Les conséquences de chaque acte sont incluses dans l'acte lui-même. Il écrivit :

Le crime-pensée n'entraîne pas la mort ; le crime-pensée est *la mort.*

À présent qu'il reconnaissait qu'il était un homme mort, il devenait important de rester en vie le plus longtemps possible. Deux doigts de sa main droite étaient tachés d'encre. C'était précisément le genre de détails qui pouvaient vous trahir. Un fanatique fouineur du ministère (une femme, sans doute ; quelqu'un comme la petite femme rousse ou la fille brune du département des Fictions) pourrait commencer à se demander pourquoi il avait écrit pendant la pause déjeuner, pourquoi il avait utilisé une plume démodée, mais aussi ce qu'il pouvait bien avoir écrit – avant d'aller le rapporter aux autorités compétentes. Il se rendit dans la salle de bains et retira consciencieusement l'encre en la frottant avec le savon brunâtre et granuleux qui râpait la peau comme du papier de verre, le rendant tout à fait adapté à la tâche à laquelle Winston s'adonnait.

Il rangea le journal dans le tiroir. Cela ne servait à rien de chercher à le cacher, mais il pouvait au moins s'assurer du fait qu'il eût été découvert ou non. Un cheveu à l'extrémité des pages serait trop visible. Du bout de son doigt, il attrapa un grain de poussière blanchâtre qu'il pourrait reconnaître et le déposa sur un coin de la couverture, d'où il tomberait si le journal venait à être déplacé.

III

Winston rêvait de sa mère.

Il devait avoir, selon lui, dix ou onze ans lorsque sa mère avait disparu. C'était une grande femme, sculpturale, avec une magnifique chevelure blonde ; elle était de nature plutôt silencieuse et n'effectuait que des mouvements lents. Le souvenir de son père était plus flou : un homme sombre et mince, portant des lunettes, toujours soigneusement vêtu de noir (Winston se rappelait surtout les semelles très fines de ses chaussures). Ils avaient visiblement été tous deux engloutis par l'une des premières grandes purges des années cinquante.

À présent, sa mère était assise quelque part bien en dessous de lui, tenant la petite sœur de Winston dans ses bras. Il ne se souvenait pas du tout de sa sœur, sauf comme un petit bébé affaibli, toujours silencieux, avec de grands yeux attentifs. Les deux le regardaient. Elles se trouvaient dans une sorte de lieu souterrain – au fond d'un puits, par exemple, ou une tombe très profonde – mais cet endroit, déjà loin en dessous de lui, continuait à descendre plus bas encore. Elles étaient dans le bar d'un bateau en train de couler, les yeux levés vers lui à travers l'eau qui devenait de plus en plus sombre. Il restait de l'air dans le bar, ils pouvaient encore se voir tous les trois, mais elles continuaient à s'enfoncer dans l'eau verte qui finirait par les faire disparaître à jamais. Il était à l'air libre et dans la lumière alors qu'elles étaient aspirées vers la mort, et elles se trouvaient là-bas parce qu'il était là-haut. Ils le savaient tous les trois, et il pouvait le lire sur leur visage. Il n'y avait pas l'ombre d'un reproche ni sur leur visage ni dans leur cœur ; uniquement la certitude qu'elles devaient mourir pour qu'il puisse rester en vie, et que cela faisait partie de l'ordre des choses, que c'était inévitable.

Il ne put se rappeler ce qu'il s'était passé, mais il sut dans son rêve que, d'une certaine façon, la vie de sa mère et de sa sœur avaient été sacrifiées pour la sienne. C'était l'un de ces rêves qui, tout en offrant le décor caractéristique du rêve, représentait le prolongement de la vie intellectuelle d'une personne. Dans ce genre de rêves, on prend conscience d'idées et de faits qui gardent leur caractère nouveau et précieux au réveil. Soudain, quelque chose frappa Winston : la mort de sa mère, presque trente ans plus tôt, avait été d'un tragique et d'une tristesse qui n'étaient plus possibles aujourd'hui. La tragédie, comprit-il, appartenait aux temps anciens, à une époque où existaient encore la vie privée, l'amour, l'amitié, et où les membres d'une famille se serraient les coudes sans avoir besoin d'en connaître la raison. Le souvenir de sa mère lui brisait le cœur, car elle était morte en l'aimant, à une époque où il était trop jeune et égoïste pour l'aimer en retour, mais aussi parce que, d'une certaine façon dont il ne pouvait se rappeler, elle s'était sacrifiée au nom d'une conception personnelle et immuable de la loyauté. Il se rendait compte que de telles choses ne pouvaient se produire aujourd'hui. À présent, il y avait la peur, la haine et la douleur, mais aucune dignité dans l'émotion, aucune tristesse, ni profonde ni complexe. Il lui semblait voir tout cela dans les grands yeux de sa mère et de sa sœur, le regard levé vers lui, à des milliers de mètres dans les profondeurs de l'eau verte sans s'arrêter de s'enfoncer un peu plus.

Soudain, il se tenait sur une pelouse élastique, lors d'une soirée d'été, alors que les rayons obliques du soleil recouvraient le sol d'or. Le paysage qu'il admirait revenait si souvent dans ses rêves qu'il n'avait jamais été absolument certain de l'avoir déjà vu dans le monde réel ou non. À son réveil, il l'appelait le Pays d'Or. C'était un ancien pâturage dévoré par les lapins, traversé par un chemin sinueux et agrémenté de quelques taupinières ici et là. À l'opposé du champ, dans la haie irrégulière, des branches d'ormes se balançaient très légèrement au gré de la brise ; leurs feuilles se déplaçaient en masses épaisses comme des chevelures de femmes. Quelque part, tout près de lui, bien qu'à l'abri des regards, se trouvait un ruisseau au courant lent. Des vandoises nageaient dans son eau claire sous les saules.

La fille aux cheveux bruns se dirigeait vers Winston à travers le champ. D'un seul mouvement, elle arracha ses vêtements et les jeta avec dédain à côté d'elle. Son corps était pâle et lisse, mais il ne faisait naître en lui aucun désir ; à vrai dire, il le regardait à peine. Ce qui le submergeait à cet instant, c'était l'admiration pour le geste avec lequel elle avait lancé ses vêtements. Par sa grâce et sa négligence, il semblait anéantir toute une culture, tout un système de pensée, comme si Big Brother, le Parti et la Police de la Pensée pouvaient tous être réduits à néant par un seul superbe mouvement du bras. Ce geste appartenait également au temps ancien. Winston se réveilla avec le mot « Shakespeare » aux lèvres.

Le télécran émettait un sifflement strident qui garda la même note pendant trente secondes. Il était sept heures et quart, l'heure pour les employés de bureau de se lever. Winston s'arracha du lit – nu, puisque les membres du Parti Extérieur recevaient seulement 3 000 points par an pour obtenir des vêtements, et un pyjama en valait 600 – et attrapa un débardeur miteux et un short, posés sur une chaise. La Culture Physique allait commencer dans trois minutes. L'instant d'après, il se tordit de douleur à cause d'une violente quinte de toux, qui l'attaquait toujours peu de temps après son réveil. Elle vidait tellement ses poumons qu'il ne lui était possible de recommencer à respirer qu'en se couchant sur le dos, avant de réaliser une série de profondes inspirations. Ses veines s'étaient gonflées dans l'effort qu'il avait fait en toussant et son ulcère avait commencé à le démanger.

— Groupe trente à quarante ! jappa une femme à la voix aiguë. Groupe trente à quarante ! En place, s'il vous plaît. Trente à quarante !

Winston se mit rapidement au garde-à-vous devant le télécran, sur lequel l'image d'une femme assez jeune était déjà apparue ; elle était maigre mais musclée, et portait une tunique ainsi que des baskets.

— Flexion et extension des bras ! lança-t-elle. Calez votre rythme sur le mien. UN, deux, trois, quatre ! UN, deux, trois, quatre ! Allez, camarades, mettez-y un peu d'entrain ! UN, deux, trois, quatre ! UN, deux, trois quatre ! …

La douleur de la quinte de toux n'avait pas vraiment effacé de l'esprit de Winston l'impression laissée par son rêve, et les mouvements rythmés de l'exercice, d'une certaine façon, la ravivèrent. Alors qu'il lançait mécaniquement ses bras en avant et en arrière, et qu'il avait plaqué sur son visage la joie inébranlable qui était de mise pendant la Culture Physique, il luttait pour revenir mentalement dans la période floue de sa petite enfance. C'était extrêmement difficile. Au-delà des dernières années 50, tout s'effaçait. Quand vous ne pouviez vous référer à aucun repère extérieur, même les grandes lignes de votre propre vie perdaient en netteté. Vous vous souveniez d'évènements majeurs qui ne s'étaient probablement jamais produits, de détails d'incidents sans être capable d'en recréer l'atmosphère, et il y avait de longues périodes vides auxquelles rien ne se rapportait. À partir de là, tout était différent. Même le nom des pays et leur forme sur les cartes étaient différents. La Piste Aérienne 1, par exemple, ne s'appelait pas ainsi par le passé : elle s'appelait Angleterre ou Grande-Bretagne, même si Londres avait toujours eu le nom de Londres – il en était presque sûr.

Winston n'arrivait pas à se rappeler une époque où son pays n'était pas en guerre, mais il était évident qu'une assez longue période de paix avait eu lieu pendant son enfance, car l'un de ses souvenirs les plus anciens était celui d'une attaque aérienne qui avait semblé surprendre tout le monde. C'était peut-être la fois où la bombe atomique était tombée sur Colchester. Il ne se souvenait pas de l'attaque elle-même, mais il se rappelait immanquablement la main de son père serrant la sienne alors qu'ils se pressaient de descendre toujours plus bas, dans un endroit situé dans les profondeurs de la terre. Ils avaient dévalé encore et encore un escalier en spirale qui résonnait sous chacun de ses pas et qui finirent par tant fatiguer ses jambes qu'il commença à gémir ; ils durent s'arrêter pour se reposer. Sa mère, à sa façon lente et rêveuse, les suivait loin derrière. Elle portait la petite sœur de Winston – ou alors était-ce seulement un paquet de couvertures ; il n'était même pas certain que sa sœur fût née à ce moment-là. Ils étaient finalement arrivés dans un endroit bruyant et rempli de monde ; il avait fini par comprendre qu'il s'agissait d'une station de métro.

Des gens étaient assis un peu partout sur le sol dallé et d'autres, serrés les uns contre les autres, se trouvaient sur des couchettes superposées en métal. Winston, sa mère et son père trouvèrent une place sur le sol ; près d'eux, un vieil homme et une vieille femme étaient assis côte à côte sur une couchette. L'homme portait un costume sombre et élégant, et une casquette noire en tissu repoussée en arrière dévoilait ses cheveux blancs ; son visage était cramoisi et ses yeux bleus étaient remplis de larmes. Il empestait le gin. Cette odeur semblait émaner de sa peau à la place de la sueur, et l'on aurait pu avancer que les larmes qui s'échappaient de ses yeux étaient du gin pur. Mais bien que légèrement ivre, il était également victime d'une douleur sincère et insupportable. De son point de vue d'enfant, Winston comprit qu'une chose terrible venait de se produire, une chose qui ne pourrait jamais être pardonnée et à laquelle on ne pourrait jamais remédier. Il avait également l'impression de savoir de quoi il s'agissait. Une personne que le vieil homme aimait – une petite-fille, peut-être – avait été tuée. Le vieillard répétait toutes les deux minutes : « On n'aurait pas dû leur faire confiance. Je l'avais dit, maman, n'est-ce pas ? Voilà ce qu'il nous coûte de leur avoir fait confiance. Je le disais depuis le début. On n'aurait pas dû faire confiance à ces connards. »

Mais Winston n'arrivait pas à se rappeler à quels connards ils n'auraient pas dû se fier.

À partir de ce moment-là, la guerre n'avait jamais cessé, même si, à proprement parler, ce n'avait pas toujours été la même. Pendant de longs mois de son enfance, il y avait eu des combats de rue confus dans Londres même ; il se souvenait nettement de quelques-uns d'entre eux. Mais retracer le contexte de toute cette période, dire qui combattait qui à tel moment, aurait été tout simplement impossible, puisqu'aucun rapport, écrit ou oral, ne mentionnait autre chose que les évènements actuels. À ce moment-là, par exemple, en 1984 (si nous étions bien en 1984), l'Océania était en guerre contre l'Eurasia et comptait l'Estasia comme alliée. Que ce fût en public ou en privé, il n'était jamais admis que les trois puissances eussent un jour été groupées différemment. À vrai dire – et ceci, Winston le savait très bien – il y avait de cela quatre ans, l'Océania était en guerre contre l'Estasia et avait une alliance avec l'Eurasia. Mais ce n'était qu'une information furtive dont il se rappelait par hasard, parce qu'il ne maîtrisait pas suffisamment sa mémoire. Officiellement, l'inversion des partenaires n'avait jamais eu lieu. L'Océania était en guerre contre l'Eurasia. L'ennemi du moment représentait toujours le mal incarné, et il était impossible qu'un accord, précédent ou à venir, fût passé avec lui.

Le plus effrayant, pensa Winston pour la dix millième fois, se forçant à ramener douloureusement ses épaules en arrière (les mains sur les hanches, ils faisaient pivoter leur buste autour de la taille ; un exercice censé être bénéfique pour les muscles dorsaux), c'était que tout cela pouvait être vrai. Que le Parti pût tendre le bras vers le passé et dire que tel ou tel évènement n'était *jamais* arrivé était bien plus terrifiant que la simple torture et la mort.

Le Parti disait qu'il n'avait jamais eu l'Eurasia comme alliée. Winston Smith, lui, savait que l'Océania s'était alliée à l'Eurasia pas plus tard que quatre ans auparavant. Mais où cette connaissance existait-elle ?

Seulement dans sa propre conscience qui, dans tous les cas, serait bientôt anéantie. Et si tous les autres acceptaient le mensonge que le Parti imposait – si tous les rapports racontaient la même chose – alors le mensonge s'intégrait à l'Histoire et devenait réalité. Le slogan du Parti disait : « Qui contrôle le passé contrôle le futur ; qui contrôle le présent contrôle le passé. » Et pourtant, le passé, bien que par nature susceptible d'être modifié, n'avait jamais été altéré. La vérité actuelle, quelle qu'elle fût, était dorénavant vraie pour l'éternité. C'était assez simple. Tout ce qu'il fallait, c'était une série de victoires sans fin sur votre propre mémoire. Ils appelaient cela « le contrôle de la réalité » ; en novlang, « double-pensée ».

— Rompez ! aboya la monitrice, d'un ton un peu plus aimable.

Winston laissa retomber ses bras de chaque côté de son corps et remplit de nouveau ses poumons d'oxygène. Son esprit glissa dans le monde labyrinthique de la double-pensée. Savoir et ne pas savoir. Être persuadé d'une honnêteté absolue tout en débitant des mensonges soigneusement élaborés. Avoir simultanément deux opinions qui s'annulaient, les savoir contradictoires et les croire toutes deux. User de la logique contre la logique. Répudier la moralité tout en la revendiquant. Croire que la démocratie était impossible et que le Parti était le gardien de la démocratie. Oublier ce qu'il était nécessaire d'oublier, puis en retrouver le souvenir au moment nécessaire, puis l'oublier à nouveau. Et par-dessus tout : appliquer le même procédé au procédé lui-même. Il s'agissait là de la subtilité suprême : provoquer consciemment l'inconscience, puis, encore une fois, devenir inconscient de l'hypnose que vous veniez juste de réaliser. Même comprendre le mot « double-pensée » impliquait l'usage de la double-pensée.

La monitrice les rappela au garde-à-vous.

— Et maintenant, voyons qui parmi nous peut toucher ses orteils ! dit-elle avec enthousiasme. Camarades, penchez-vous en avant, s'il vous plaît. UNE, deux ! UNE, deux ! …

Winston détestait cet exercice ; il lui provoquait des douleurs lancinantes des talons jusqu'aux fesses et se terminait souvent en provoquant une nouvelle quinte de toux. Ses méditations en perdirent leur douceur mitigée. Le passé, songea-t-il, n'avait pas été simplement modifié ; à vrai dire, il avait été détruit. En effet, comment pouviez-vous établir même le fait le plus évident lorsqu'il n'existait aucune preuve en dehors de votre propre mémoire ? Il essaya de se rappeler l'année durant laquelle il avait entendu parler de Big Brother pour la première fois. Il supposait que cela avait eu lieu dans les années 60, mais impossible de l'affirmer avec certitude. Évidemment, dans les histoires du Parti, Big Brother était présenté comme le chef et le gardien de la Révolution depuis les premiers jours. Ses exploits avaient été peu à peu reculés dans le temps jusqu'à ce qu'ils finissent par s'étendre au monde fabuleux des années 40 et 30, à l'époque où les capitalistes, affublés de leurs étranges chapeaux cylindriques, arpentaient encore les rues de Londres à bord d'énormes automobiles rutilantes ou de calèches vitrées. De cette légende, il n'y avait aucun moyen de savoir ce qui était vrai et ce qui était inventé. Winston n'arrivait même pas à se souvenir à quelle date le Parti lui-même était apparu. Il ne pensait pas avoir entendu le mot « Angsoc » avant 1960, mais il était possible que sa forme de la vieille-langue – c'est-à-dire « Socialisme anglais » – eût été courante avant cette date. Tout se fondait dans le brouillard. Parfois, vous pouviez effectivement mettre le doigt sur un mensonge précis. Par exemple, contrairement à ce que les livres d'histoire du Parti affirmaient, le fait que le Parti eût inventé les avions était faux. Winston se rappelait avoir vu des avions depuis sa plus tendre enfance. Mais il ne pouvait pas le prouver. Il n'y avait jamais de preuve. Une seule fois dans toute sa vie, il avait tenu entre ses mains une preuve écrite évidente de la falsification d'un fait historique. Et à ce moment-là…

— Smith ! hurla la voix acariâtre sortant du télécran. 6079 Smith W. ! Oui, *vous* ! Penchez-vous plus bas, s'il vous plaît ! Vous pouvez faire mieux que ça. Vous n'essayez même pas. Plus bas, s'il vous plaît ! Voilà qui est mieux, camarade ! Maintenant, repos, tout le monde, et regardez-moi.

Le corps de Winston s'était subitement recouvert d'une sueur chaude. Son visage restait totalement impassible. Ne jamais montrer le désarroi ! Ne jamais montrer le ressentiment ! Une seule lueur vacillante dans les yeux pouvait vous trahir. Il continua à regarder la monitrice alors qu'elle levait les bras au-dessus de sa tête avant de se pencher en avant – on ne pourrait dire avec grâce, mais avec une précision et une efficacité remarquables – pour finalement ramener la première phalange de ses doigts sous ses orteils.

— *Voilà*, camarades ! C'est *ça* que je veux vous voir faire. Regardez-moi. J'ai trente-neuf ans et j'ai eu quatre enfants. Maintenant, regardez bien.

Elle se pencha de nouveau en avant.

— Vous voyez, mes genoux ne sont pas pliés. Vous pouvez tous y arriver si vous le voulez, ajouta-t-elle alors qu'elle se redressait. Tout le monde en dessous de quarante-cinq ans est parfaitement capable de toucher ses orteils. Nous n'avons pas tous le privilège de nous battre en première ligne, mais nous pouvons au moins rester en forme. Pensez à nos hommes au front Malabar ! Et aux marins sur les Forteresses Flottantes ! Pensez à ce qu'ils doivent endurer, eux. Essayez encore, maintenant. C'est mieux, camarade, c'est beaucoup mieux.

Elle adressa cette dernière phrase à Winston sur un ton encourageant ; ce dernier, d'un brusque mouvement, venait de réussir à toucher ses orteils avec les genoux tendus pour la première fois depuis de nombreuses années.

IV

Avec un profond soupir inconscient, que même la proximité du télécran ne pouvait l'empêcher de laisser échapper lorsque sa journée de travail démarrait, Winston tira le phonoscript vers lui, chassa la poussière présente sur le microphone et mit ses lunettes. Ensuite, il déroula et agrafa ensemble quatre petits cylindres en papier qui avaient déjà glissé du tube pneumatique à droite de son bureau.

Il y avait trois orifices dans les murs du box. À droite du phonoscript, un petit tube pneumatique pour les messages écrits ; à gauche, un plus large pour les journaux ; et enfin, sur la paroi latérale, Winston n'avait qu'à tendre le bras pour atteindre une grande fente rectangulaire protégée par une grille en fer. Ce dernier orifice servait à l'élimination des papiers à jeter. Dans le bâtiment, il y avait des milliers, voire des dizaines de milliers d'ouvertures similaires, non seulement dans chaque pièce, mais aussi dans chaque couloir, disposées à une courte distance les unes des autres. Ces orifices étaient curieusement nommés « trous de mémoire ». Lorsqu'un document devait être détruit, ou même quand quelqu'un voyait un vieux bout de papier traîner quelque part, c'était un geste automatique que de lever le rabat du trou de mémoire le plus proche et de l'y déposer ; à partir de là, le papier était emporté dans un tourbillon d'air chaud jusqu'aux immenses fournaises, cachées quelque part dans les profondeurs de l'édifice.

Winston examina les quatre bouts de papier qu'il venait de dérouler. Chacun contenait un message d'une ou deux lignes seulement, dans le jargon abrégé – pas vraiment du novlang, mais utilisant pour la majeure partie des mots novlangs – utilisé au ministère pour les affaires internes. Ces messages disaient :

times 17.03.84 discours bb afrique malrapporté rectifier

times 19.12.83 prévisions 3 ap 4e trimestre 83 erreurs typo vérifier dernier numéro

times 14.02.84 miniplein malcité chocolat rectifier

times 03.12.83 report ordrejour bb plusnonsatisf. ref non-êtres récrire entire soumhaut avantclassement

Saisi d'un faible sentiment de satisfaction, Winston mit de côté le quatrième message. Il s'agissait d'un travail complexe qui impliquait des responsabilités ; il valait mieux s'en occuper en dernier. Les trois autres missions étaient assez routinières, bien que la seconde pût signifier quelque temps ennuyeux à patauger dans une liste de chiffres.

Winston composa sur le télécran les mots « anciens numéros » et demanda les numéros du *Times* qui lui étaient nécessaires ; ils glissèrent dans le tube pneumatique après seulement quelques minutes. Les messages qu'il avait reçus faisaient référence à des articles ou à des passages qu'il était visiblement nécessaire de modifier, ou, comme l'expression officielle le présentait, de rectifier. Par exemple, dans le *Times* du 17 mars, il était dit que Big Brother, dans son discours de la veille, avait prédit que le front sud indien resterait calme, mais qu'une attaque eurasienne serait bientôt lancée en Afrique du Nord. Or, le Haut Commandement eurasien avait lancé son offensive en Inde du Sud et avait laissé l'Afrique du Nord tranquille. Il était donc nécessaire de réécrire un paragraphe du discours de Big Brother, de telle façon qu'il eût l'air de prédire ce qu'il s'était réellement passé.

Autre exemple : le *Times* du 19 décembre avait publié les prévisions officielles pour la production de diverses sortes de marchandises de consommation au cours du 4ᵉ trimestre de 1983, qui était également le 6ᵉ trimestre du Neuvième Plan Triennal. Le journal du jour publiait un constat de la production réelle, ce qui fit apparaître que les prévisions étaient, dans tous les cas, grossièrement erronées. Le travail de Winston consistait à rectifier les chiffres originaux en les faisant concorder avec les plus récents.

En ce qui concerne le troisième message, il faisait état d'une erreur très simple qui pouvait très vite être corrigée. Pas plus tard qu'en février, le ministère de l'Abondance avait fait la promesse (« pris l'engagement catégorique » étaient les termes officiels) qu'il n'y aurait aucune réduction de la ration de chocolat en 1984. En réalité, Winston était au courant que la ration de chocolat allait être réduite de trente à vingt grammes à la fin de cette semaine-là. Tout ce qu'il avait à faire était de remplacer la promesse originale par un avertissement qu'il serait probablement nécessaire de réduire la ration autour du mois d'avril.

Aussitôt que Winston se fut occupé de chacune de ses missions, il agrafa ses corrections phonoscriptées au numéro du *Times* correspondant, puis il les fourra dans le tube pneumatique. Après cela, avec un mouvement aussi inconscient que possible, il froissa le message original et chaque note qu'il avait écrite lui-même, avant de les jeter dans le trou de mémoire, afin que le papier fût consumé par les flammes.

Winston ne savait pas en détail ce qu'il se passait dans le labyrinthe invisible auquel le tube pneumatique menait, mais il en connaissait les grandes lignes. Dès que toutes les corrections décrétées nécessaires dans tel ou tel numéro du *Times* étaient assemblées et collectées, cette édition serait réimprimée, et l'exemplaire original serait détruit et remplacé par la copie corrigée dans les dossiers.

Ce procédé de modification permanente ne s'appliquait pas seulement aux journaux, mais aussi aux livres, périodiques, pamphlets, affiches, prospectus, films, enregistrements sonores, bandes dessinées, photographies – tout ce qui représentait de la littérature ou des supports qui pourraient sans doute avoir une portée politique ou idéologique. Jour après jour, et presque minute après minute, le passé était actualisé. De cette façon, chaque prédiction faite par le Parti pouvait être clamée comme véridique grâce à des preuves écrites, et aucun article de journal ni aucune expression d'opinion qui contredisait les besoins du moment ne restait consigné. Toute l'Histoire était un palimpseste poli et réécrit aussi souvent que nécessaire. Une fois l'acte accompli, il n'était plus possible de prouver qu'une falsification avait eu lieu.

La plus grande partie du département des Archives, bien plus grande que celle où Winston travaillait, employait des personnes simplement chargées de repérer et collecter tous les exemplaires de livres, journaux et autres documents qui avaient été remplacés, devant donc être détruits. Un numéro du *Times* réécrit une dizaine de fois, dû à des changements dans la ligne politique ou à des prophéties erronées de la part de Big Brother, afficherait toujours la même date dans les dossiers, et aucune autre copie n'existait pour le contredire. Les livres étaient également renommés, réécrits encore et encore avant d'être publiés à nouveau sans admettre qu'ils avaient été modifiés. Même les instructions écrites que Winston recevait, et dont il se débarrassait immanquablement une fois les missions accomplies, ne sous-entendaient jamais qu'un acte de contrefaçon allait être commis ; les messages faisaient toujours référence à des oublis, des erreurs, des fautes d'impression ou des citations inexactes qu'il fallait absolument corriger dans un souci d'exactitude.

Mais à vrai dire, pensa-t-il alors qu'il reprenait les chiffres du ministère de l'Abondance, ce n'était même pas une contrefaçon. Ce n'était que la substitution d'un élément sans importance par un autre. La plupart des informations dont on s'occupait n'avaient aucun lien avec quoi que ce soit appartenant au monde réel, pas même le genre de lien que contient un mensonge direct. Les statistiques relevaient autant du fantasme dans leur version originale que dans leur version rectifiée. La plupart du temps, on attendait de vous que vous les oubliiez. Par exemple, une prévision du ministère de l'Abondance avait estimé la production de bottes du trimestre à 145 millions de paires. La production réelle était estimée à 62 millions. Pourtant, en réécrivant la prévision, Winston baissa le nombre à 57 millions, afin de permettre la déclaration habituelle que les prévisions avaient été dépassées. Dans tous les cas, 62 millions étaient tout aussi loin de la vérité que 57 millions, ou encore 145 millions. Il était fort probable qu'aucune paire de bottes n'eût été produite. Il était encore plus probable que personne ne sût combien avaient été produites ; bien peu s'en souciaient. Tout le monde savait seulement que chaque trimestre, un nombre astronomique de bottes étaient produites sur le papier, alors que peut-être la moitié de la population d'Océania marchait pieds nus.

C'était la même chose pour toutes sortes de faits consignés, qu'ils soient importants ou non. Tout s'évanouissait dans un monde d'ombre dans lequel, finalement, même l'année dans laquelle on vivait était devenue incertaine.

Winston jeta un œil à l'autre bout de la pièce. Au même box à l'opposé du sien se tenait un petit homme d'aspect méticuleux au menton bleu ; il s'appelait Tillotson et il travaillait sans s'arrêter, un journal replié sur ses genoux et la bouche presque collée au microphone du phonoscript. On aurait dit qu'il cherchait à garder secret ce qu'il disait entre lui et le télécran. Il leva les yeux, puis ses lunettes lancèrent un regard vif et hostile dans la direction de Winston.

Winston connaissait à peine Tillotson et il ne savait rien du poste auquel il était affecté. Les employés du département des Archives ne parlaient pas volontiers de leur travail. Dans l'immense pièce sans fenêtre, avec ses doubles rangées de box et ses incessants froissements de papier et bourdonnements de voix murmurant dans les phonoscripts, il n'y avait pas loin de douze personnes dont Winston ignorait jusqu'au nom, bien qu'il les vît tous les jours se presser dans les couloirs ou gesticuler pendant les Deux Minutes de la Haine. Il savait que dans le box à côté du sien, la petite femme aux cheveux roux peinait jour après jour ; elle devait simplement localiser et supprimer de la Presse le nom des personnes qui avaient été vaporisées et qui étaient donc considérées comme n'ayant jamais existé. Il y avait là une certaine ironie, puisque son propre mari avait été vaporisé environ deux ans plus tôt.

Quelques box plus loin, une créature de rêve, petite et incompétente, nommée Ampleforth, avec des oreilles extrêmement poilues et un talent surprenant pour jongler avec les rimes et les mètres, était en train de produire des versions confuses – ils les appelaient les « textes définitifs » – de poèmes qui étaient devenus offensants d'un point de vue idéologique, mais qui devaient, pour une raison ou une autre, rester dans les anthologies.

Cette pièce, avec ses cinquante employés environ, n'était qu'une sous-partie, une simple cellule, si l'on peut dire, dans l'immense complexité du département des Archives. Plus loin, au-dessus, en dessous, il y avait d'autres essaims d'employés impliqués dans une multitude inimaginable de travails. Il y avait les immenses imprimeries avec leurs secrétaires de rédaction, leurs experts en typographie et leurs studios élaborés et équipés pour les fausses photos. Il y avait la section des téléprogrammes avec ses techniciens, ses producteurs et ses équipes d'acteurs choisis spécialement pour leur capacité à imiter des voix. Il y avait les armées de greffiers dont le travail consistait à simplement lister des livres et des périodiques qui devaient être retirés de la circulation. Il y avait les vastes entrepôts où les documents corrigés étaient stockés, ainsi que les fournaises dissimulées où les versions originales étaient détruites. Et quelque part, dans un lieu plutôt anonyme, il y avait les cerveaux des opérations, qui coordonnaient tous les efforts et établissaient la ligne politique qui exigeait nécessaire que tel fragment du passé fût préservé, tel autre falsifié, tel autre détruit.

Et, après tout, le département des Archives n'était lui-même qu'une branche du ministère de la Vérité, dont l'activité première n'était pas de reconstruire le passé, mais de fournir aux citoyens d'Océania des journaux, des films, des manuels, des programmes de télécran, des pièces de théâtre, des romans, le tout accompagné de toutes sortes d'informations, instructions et distractions imaginables, allant d'une statue à un slogan, d'un poème lyrique à un traité biologique, et d'un alphabet pour enfants à un dictionnaire novlang. Le ministère devait non seulement satisfaire les besoins divers et variés du Parti, mais aussi répéter tout ce procédé à une échelle inférieure pour le bénéfice du prolétariat. Il existait toute une suite de départements différents qui gérait la littérature prolétaire, ainsi que la musique, les pièces de théâtre et le divertissement en général. On y produisait des journaux de pacotille, qui ne contenaient pratiquement rien à part des articles de sport, de crimes et d'astrologie, des romans à deux sous sensationnels, des films qui transpiraient le sexe et des chansons sentimentales, exclusivement composées de façon mécanique par le biais d'un genre spécifique de kaléidoscope, connu sous le nom de *versificateur*. Il y avait même toute une sous-branche – nommée *Pornosexe* en novlang – qui s'occupait de produire les films les plus bas de la pornographie, envoyés dans des paquets scellés, et aucun membre du Parti, hormis ceux qui avaient travaillé dessus, n'était autorisé à les regarder.

Trois messages avaient glissé du tube pneumatique pendant que Winston travaillait, mais il s'agissait de choses simples qu'il avait réglées avant que les Deux Minutes de la Haine ne l'interrompent. Lorsque la Haine fut terminée, il retourna dans son box, prit le dictionnaire novlang sur l'étagère, repoussa le phonoscript sur le côté, nettoya ses lunettes et s'attaqua au travail principal de la matinée.

Pour Winston, son travail était son plus grand plaisir dans la vie. Il consistait majoritairement en une routine ennuyeuse, mais il impliquait également des tâches si difficiles et complexes que l'on pouvait autant s'y perdre que dans la complexité d'un problème mathématique – par exemple, de délicates opérations de falsification où il n'avait rien d'autre pour le guider que sa connaissance des principes de l'Angsoc et son estimation de ce que le Parti voulait qu'il dît. Winston excellait en la matière. Parfois, on lui avait même confié la rectification d'articles de fond du *Times*, entièrement rédigés en novlang. Il déroula le message qu'il avait mis de côté plus tôt. Il disait :

times 03.12.83 report ordrejour bb plusnonsatisf. ref non-êtres récrire entire soumhaut avantclassement

En vieille-langue (ou en anglais standard), cela aurait pu donner :

Le compte rendu de l'Ordre du Jour de Big Brother dans le Times *du 3 décembre 1983 est extrêmement insatisfaisant et fait référence à des personnes non existantes. Le réécrire en entier et soumettre l'ébauche aux autorités compétentes avant d'envoyer au classement.*

Winston lut intégralement l'article incriminé. Apparemment, l'Ordre du Jour de Big Brother s'était principalement consacré à louer le travail d'une organisation connue sous le nom de FFCC, qui procurait des cigarettes et autres douceurs aux marins des Forteresses Flottantes. Un certain camarade Withers, célèbre membre du Parti Intérieur, avait été distingué, spécialement cité et décoré de la seconde classe de l'Ordre du Mérite Insigne.

Trois mois plus tard, FFCC avait soudainement été dissolue sans aucune raison connue. On supposait que Withers et ses associés étaient dorénavant en disgrâce, mais ni la Presse ni le télécran n'avait fait état de cette affaire. Il fallait s'y attendre, puisqu'il était inhabituel que les délinquants politiques aient droit à un procès ou même qu'ils soient publiquement dénoncés. Les grandes purges qui impliquaient des milliers de personnes, avec des procès publics de traîtres et de criminels de la pensée qui avaient abjectement confessé leurs crimes et étaient par la suite exécutés, constituaient un spectacle qui n'avait pas lieu plus d'une fois tous les deux ans, environ. Le plus souvent, les personnes qui avaient attiré les foudres du Parti disparaissaient, tout simplement, et on n'entendait plus jamais parler d'eux. Personne n'avait la moindre idée de ce qui leur était arrivé. Dans certains cas, ils n'étaient peut-être même pas morts. Une trentaine de personnes que Winston connaissait, sans compter ses parents, avaient disparu à un moment ou à un autre.

Winston frotta doucement son nez avec un trombone. Dans le box opposé au sien, le camarade Tillotson était toujours mystérieusement penché sur son phonoscript. Il leva la tête une seconde : encore ce regard hostile à travers ses lunettes. Winston se demanda si le camarade Tillotson faisait le même travail que lui, à ce moment-là. C'était tout à fait possible. Une tâche si compliquée n'aurait jamais été confiée à une seule personne ; en revanche, la soumettre à un comité aurait été admettre ouvertement qu'un acte de falsification avait lieu. Au moins une dizaine de personnes était sans doute en train de travailler sur des versions différentes de ce que Big Brother avait vraiment dit. Et bientôt, un cerveau d'élite du Parti Intérieur sélectionnerait telle ou telle version, la rééditerait et entamerait les processus complexes de recoupement qui seraient nécessaires, puis le mensonge sélectionné intègrerait les archives permanentes et deviendrait la vérité.

Winston ignorait pourquoi Withers était tombé en disgrâce. Peut-être pour corruption ou incompétence. Peut-être que Big Brother se débarrassait simplement d'un subordonné un peu trop populaire. Peut-être que Withers ou quelqu'un de son entourage avait été suspecté de tendances hérétiques. Ou peut-être – la chose la plus probable –simplement parce que les purges et les vaporisations étaient nécessaires dans la mécanique du gouvernement. Le seul indice concret reposait dans les mots « *ref non-êtres* », qui indiquaient que Withers était déjà mort. Vous ne pouviez pas forcément envisager que c'était le cas lorsque les personnes étaient arrêtées. Parfois, elles étaient relâchées et autorisées à rester en liberté pendant un an ou deux avant d'être exécutées. À de rares occasions, une personne que vous pensiez morte depuis longtemps allait faire une réapparition fantomatique lors d'un procès public où il en impliquerait des centaines d'autres par son témoignage avant de disparaître, et cette fois-ci, pour toujours. Withers, cependant, était déjà un *non-être*. Il n'existait pas ; il n'avait jamais existé. Winston décida qu'il ne serait pas suffisant d'inverser simplement la tendance du discours de Big Brother. Il était préférable qu'il traite d'un sujet n'ayant aucun lien avec l'original.

Il aurait pu transformer ce discours en l'habituelle dénonciation de traîtres et de criminels de la pensée, mais c'était un peu trop flagrant. Inventer une victoire au front ou quelque triomphe de surproduction dans le Neuvième Plan Triennal compliquerait trop le travail des archives. Il avait besoin d'une histoire de pure fantaisie. Soudain surgit dans son esprit, toute prête, l'image d'un certain camarade Ogilvy, qui avait récemment trouvé la mort lors d'une bataille, dans des circonstances héroïques. Big Brother dédiait parfois son Ordre du Jour à la commémoration d'un membre du Parti, un soldat humble, dont il présentait la vie et la mort comme un exemple à suivre. Aujourd'hui, il commémorerait le camarade Ogilvy. Évidemment, il n'existait aucun camarade Ogilvy, mais quelques lignes dans un article et une ou deux photos truquées le feraient rapidement exister.

Winston réfléchit un instant, puis tira le phonoscript vers lui avant de commencer à dicter, à la façon de Big Brother : un ton à la fois militaire et pédant, et facile à imiter, grâce à cette manie de poser des questions avant d'y répondre sur-le-champ – « Quelles leçons devons-nous retenir de ce fait, camarades ? La leçon – *qui était également l'un des principes fondamentaux de l'Angosc* – est que… », etc.

À l'âge de trois ans, le camarade Ogilvy avait refusé tous les jouets sauf un tambour, un pistolet-mitrailleur et une maquette d'hélicoptère. À six ans – un an plus tôt, grâce à un assouplissement spécial des règles – il avait rejoint les Espions. À neuf ans, il était devenu chef de troupe. À onze ans, il avait dénoncé son oncle à la Police de la Pensée, après avoir entendu une conversation qui lui semblait révéler des tendances criminelles. À dix-sept ans, il avait été organisateur de district de la Ligue Anti-Sexe Junior. À dix-neuf ans, il avait conçu une grenade qui avait été approuvée par le ministère de la Paix, et lors de son premier essai, elle avait tué trente-et-un prisonniers eurasiens d'un seul coup. À vingt-trois ans, il avait péri au combat. Poursuivi par des avions ennemis alors qu'il survolait l'océan Indien en possession d'importantes dépêches, il avait lesté son corps avec sa mitrailleuse avant de bondir hors de l'hélicoptère et d'atterrir au fond de la mer, avec tous les télégrammes – une fin, dit Big Brother, qu'il était impossible de contempler sans une once de jalousie. Big Brother ajouta quelques remarques sur la pureté et la détermination dont avait fait preuve le camarade Ogilvy durant sa vie. Il pratiquait la plus totale abstinence, était non-fumeur, ne profitait d'aucun temps libre à part une heure par jour au gymnase et avait fait vœu de célibat, persuadé qu'être marié et prendre soin d'une famille était incompatible avec sa dévotion à son travail, qui lui prenait vingt-quatre heures par jour. Il n'abordait aucun sujet de conversation à part les principes de l'Angsoc, et n'avait aucun but dans la vie hormis la défaite de l'ennemi eurasien et la chasse aux espions, aux saboteurs, aux criminels de la pensée et aux traîtres en général.

Winston se demanda s'il devait décorer le camarade Ogilvy de l'Ordre du Mérite Insigne ; finalement, il se ravisa à cause des références inutiles que cela entraînerait.

Une fois de plus, il jeta un coup d'œil à son rival, dans le box opposé. Quelque chose lui donnait l'impression relativement certaine que Tillotson travaillait sur la même chose que lui. Il était impossible de savoir quelle version serait finalement adoptée, mais il avait la profonde conviction que ce serait la sienne. Le camarade Ogilvy, inexistant une heure plus tôt, était à présent une réalité. Il fut frappé par le fait étrange de pouvoir créer des hommes morts, mais pas des vivants. Le camarade Ogilvy, qui n'avait jamais existé dans le présent, existait maintenant dans le passé, et une fois l'acte de falsification oublié, sa vie serait aussi authentique et prouvée que celle de Charlemagne ou Jules César.

V

Dans la cantine au plafond bas, située dans un sous-sol profond, la queue pour le déjeuner avança brusquement. La salle était déjà noire de monde et abritait un vacarme assourdissant. De la grille du comptoir, la vapeur du ragoût se déversait dans la pièce, avec une odeur de métal qui arrivait à peine à masquer les émanations de gin de la Victoire. De l'autre côté de la salle se trouvait un bar, un petit trou dans le mur, où l'on pouvait acheter une bonne gorgée de gin pour dix centimes.

— Voilà l'homme que je cherchais, dit une voix dans le dos de Winston.

Il fit volte-face. C'était son ami Syme, qui travaillait au département des Recherches. « Ami » n'était peut-être pas exactement le bon terme. Vous n'aviez pas d'amis de nos jours, seulement des camarades ; mais il y en avait certains dont la compagnie était plus agréable que d'autres. Syme était philologue, un spécialiste du novlang. En effet, il faisait partie de l'immense équipe d'experts qui s'attelait à constituer la Onzième Édition du Dictionnaire Novlang. C'était une minuscule créature, plus petite que Winston, aux cheveux bruns ; il avait de grands yeux globuleux, à la fois mélancoliques et railleurs, qui semblaient examiner votre visage de près lorsqu'il vous parlait.

— Je voulais te demander si tu avais des lames de rasoir, dit-il.

— Pas une seule ! répondit Winston avec une sorte de précipitation coupable. J'en ai cherché partout. Ça n'existe plus.

Tout le monde vous demandait des lames de rasoir. À vrai dire, il en avait deux neuves qu'il gardait précieusement. Depuis des mois, une pénurie de lames sévissait. À un moment donné, un article nécessaire ne pouvait plus être fourni par les boutiques du Parti. Parfois il s'agissait de boutons, parfois de laine à repriser, parfois de lacets ; à présent, c'étaient les lames de rasoir. Vous pouviez vous en procurer, ou pas, seulement si vous en voliez plus ou moins furtivement au marché « libre ».

— J'utilise la même lame depuis six semaines, prétendit-il.

La queue avança de nouveau brutalement. Lorsqu'ils s'arrêtèrent, Winston se retourna et fit de nouveau face à Syme. Chacun d'eux prit un plateau en métal couvert de graisse dans une pile au bout du comptoir.

— Tu es allé voir la pendaison des prisonniers, hier ? demanda Syme.

— Je travaillais, répondit Winston sur un ton indifférent. Je les verrai au ciné, je suppose.

— Un substitut largement insuffisant, remarqua Syme.

Ses yeux moqueurs se perdirent sur le visage de Winston. « Je te connais » semblaient dire ses yeux, « je vois clair en toi. Je sais très bien pourquoi tu n'es pas venu voir ces prisonniers pendus ». D'un point de vue intellectuel, Syme était fielleusement conventionnel. Il parlait avec une satisfaction désagréable et une jubilation malveillante des rafles d'hélicoptères dans des villages ennemis, ainsi que des procès et des confessions de criminels de la pensée, des exécutions dans les cellules du ministère de l'Amour. Lui parler consistait majoritairement à le tenir éloigné de tels sujets et à le plonger, si possible, dans les détails techniques du novlang ; il était intéressant de l'entendre s'exprimer sur ce sujet dont il était expert. Winston tourna légèrement la tête pour éviter le regard insistant de ces grands yeux sombres.

— C'était une belle pendaison, dit Syme, tout à ses souvenirs. Je trouve que ça gâche la scène quand ils attachent leurs pieds ensemble. J'aime les voir se débattre. Et surtout, à la fin, la langue qui pend, bleue – d'un bleu plutôt clair. C'est le détail qui me plaît.

— Suivant, s'il vous plaît ! hurla la prolétaire au tablier blanc avec sa louche.

Winston et Syme poussèrent leurs plateaux sous la grille. Sur ces derniers fut rapidement jeté le déjeuner réglementaire : une timbale en métal contenant un ragoût gris rosé, un morceau de pain, un cube de fromage, une tasse de café de la Victoire sans lait et un sachet de saccharine.

— Il y a une table là-bas, sous ce télécran, dit Syme. Allons nous chercher un verre de gin au passage.

Le gin leur fut servi dans des tasses en porcelaine dépourvues d'anse. Ils se frayèrent un chemin à travers la salle remplie de monde et débarrassèrent le contenu de leurs plateaux sur la table en métal, à un endroit où quelqu'un avait laissé une mare de ragoût, un amas de liquide sale qui ressemblait à du vomi. Winston saisit sa tasse remplie de gin, s'arrêta un instant pour rassembler tout son courage et avala d'un trait le liquide au goût huileux. Après avoir chassé les larmes de ses yeux, il se rendit subitement compte qu'il avait faim. Il commença à avaler plusieurs cuillerées du ragoût qui, au milieu de sa composition générale assez floue, contenait des cubes spongieux rosâtres qui étaient sans doute une préparation de viande. Aucun d'eux ne reprit la parole avant d'avoir vidé leur timbale. À la table située à la gauche de Winston, un peu en retrait, quelqu'un parlait rapidement sans s'arrêter, un charabia discordant qui pouvait presque s'apparenter au coin-coin d'un canard et qui perçait à travers le vacarme de la salle.

— Comment avance le Dictionnaire ? demanda Winston en élevant la voix pour couvrir le bruit.

— Lentement, répondit Syme. Je suis sur les adjectifs. C'est fascinant.

Son visage s'était immédiatement illuminé à l'évocation du novlang. Il poussa sa timbale sur le côté, saisit délicatement son morceau de pain dans une main et son fromage dans l'autre, puis il se pencha par-dessus la table afin de pouvoir parler sans avoir à hurler.

— La Onzième Édition sera la dernière, dit-il. On donne à la langue sa forme définitive – la forme qu'elle aura lorsque personne ne parlera autre chose. Quand on en aura fini avec ça, les gens comme toi devront tout réapprendre du début. Tu crois, je présume, que notre tâche principale est d'inventer des mots – des vingtaines, des centaines, chaque jour. On réduit la langue au maximum. La Onzième Édition ne contiendra aucun mot qui deviendra obsolète avant l'année 2050.

Il mordit avidement dans son morceau de pain, en avala une ou deux bouchées, puis continua de parler, avec une sorte de passion pédante. Son visage sombre et émacié était devenu vivant, ses yeux avaient perdu leur expression moqueuse et affichaient un air presque rêveur.

— C'est une chose magnifique, la destruction des mots. Bien entendu, c'est dans les verbes et les adjectifs qu'il y a le plus de déchets, mais il y a aussi des centaines de noms dont on peut également se débarrasser. Et pas seulement les synonymes, mais aussi les antonymes. Après tout, pourquoi diantre y a-t-il un mot qui est simplement le contraire d'un autre ? Un mot abrite son contraire en lui-même. Prends « bien », par exemple. Si tu as un mot comme « bien », quel besoin d'avoir un mot comme « mal » ? « Non-bien » fera tout aussi bien l'affaire – et même mieux, parce que c'est un opposé exact, ce qui n'est pas le cas de l'autre. Ou encore, si tu veux une version plus forte de « bien », quelle logique y a-t-il à avoir toute une série de mots vagues et inutiles comme « excellent » et « splendide » et tout le reste ? « Plusbien » couvre le sens, ou « doubleplusbien », si tu veux quelque chose d'encore plus fort. Évidemment, on utilise déjà toutes ces formes, mais dans la version finale du novlang, il n'y aura rien d'autre. Au final, la notion de bien et de mal consistera en seulement six mots – en réalité, un seul. Tu ne vois pas la beauté de la chose, Winston ? C'était l'idée de B.B. à la base, bien sûr, ajouta-t-il après-coup.

Une sorte d'enthousiasme insipide passa rapidement sur le visage de Winston à l'évocation de Big Brother. Néanmoins, Syme détecta immédiatement un certain manque d'entrain.

— Tu n'apprécies pas le novlang à sa juste valeur, Winston, dit-il d'un ton presque triste. Même quand tu l'écris, tu penses encore en vieille-langue. J'ai lu quelques articles que tu fais pour le *Times*. Ils sont assez bons, mais ce sont des traductions. Dans ton cœur, tu préfères te raccrocher à la vieille-langue, avec toutes ses imprécisions et ses nuances de sens inutiles. Tu ne saisis pas la beauté de la destruction des mots. Tu sais que le novlang est la seule langue au monde dont le vocabulaire est de plus en plus réduit chaque année ?

Évidemment, Winston le savait. Il sourit, d'une façon qu'il espérait sympathique, n'ayant pas confiance en ce qu'il pourrait dire s'il parlait. Syme arracha avec les dents un autre morceau de pain noir, le mâcha brièvement et continua :

— Ne vois-tu pas que le but du novlang est de réduire le champ de la pensée ? Au final, nous rendrons le crime de la pensée littéralement impossible, car il n'y aura aucun mot pour l'exprimer. Chaque concept qui pourrait s'avérer nécessaire sera exprimé exactement par un mot, avec son sens strictement défini et toutes ses significations subsidiaires effacées et oubliées. Dans la Onzième Édition, nous ne sommes déjà plus très loin de ce stade. Mais ce processus continuera encore longtemps après ma mort et la tienne. Chaque année, de moins en moins de mots, et le champ de conscience toujours un peu plus réduit. Évidemment, même maintenant, il n'y a ni raison ni excuse pour commettre un crime de la pensée. C'est simplement une question d'autodiscipline, de contrôle de la réalité. Mais finalement, il n'y aura même plus besoin de ça. La Révolution sera terminée lorsque la langue sera parfaite. Le novlang est l'Angsoc et l'Angsoc est le novlang, ajouta-t-il avec une sorte de mystérieuse satisfaction. Winston, n'as-tu jamais envisagé le fait que d'ici l'année 2050, au plus tard, aucun être humain vivant ne pourrait comprendre une conversation telle que la nôtre en ce moment même ?

— Sauf… commença Winston avec hésitation, avant de s'arrêter.

Il avait failli dire « sauf les prolos », mais il s'était contrôlé, car il ne pensait pas être totalement certain que cette remarque n'était pas non orthodoxe d'une manière ou d'une autre. Néanmoins, Syme avait deviné ce qu'il allait dire.

— Les prolétaires ne sont pas des êtres humains, dit-il avec négligence. D'ici 2050 – même avant, sans doute – toute la connaissance réelle de la vieille-langue aura disparu. Toute la littérature du passé aura été détruite. Chaucer, Shakespeare, Milton, Byron – ils n'existeront que dans des versions en novlang ; elles ne seront pas simplement changées en quelque chose de différent, mais en une chose contraire à ce qu'elles étaient alors. Même la littérature du Parti changera. Même les slogans changeront. Comment pourrait-on avoir un slogan comme « la liberté, c'est l'esclavage » quand le concept de liberté aura été aboli ? Tout le climat de pensée sera différent. En fait, il n'y aura pas de pensée comme on l'entend aujourd'hui. L'orthodoxie signifie ne pas penser – ne pas avoir besoin de penser. L'orthodoxie, c'est l'inconscience.

Un de ces jours, Syme serait vaporisé, pensait Winston avec une soudaine et profonde conviction. Il était trop intelligent. Il était trop clairvoyant et parlait trop franchement. Le Parti n'aimait pas ce genre de personnes. Un jour, il disparaîtrait. C'était écrit sur son front.

Winston avait terminé son pain et son fromage. Il se tourna légèrement sur sa chaise pour boire sa tasse de café. À la table à sa gauche, l'homme à la voix stridente, implacable, continuait de parler sans arrêt. Une jeune femme, peut-être sa secrétaire, assise dos à Winston, l'écoutait et semblait être en accord total avec tout ce qu'il disait. De temps en temps, Winston percevait quelques remarques comme « Je pense que t'as trop raison, je suis trop d'accord avec toi », prononcées par une voix féminine, puérile et plutôt idiote. Mais l'autre voix ne s'arrêtait pas une seule seconde, même lorsque la fille parlait. Winston connaissait l'homme de vue, bien qu'il ne sût rien d'autre à son propos que le fait qu'il occupait un poste important au département des Fictions. Il avait environ trente ans, un cou musclé et une grande bouche mobile. Sa tête était légèrement inclinée vers l'arrière, et à cause de l'angle sous lequel il était assis, la lumière se reflétait dans les verres de ses lunettes, renvoyant à Winston deux disques blancs au lieu de ses yeux. Fait légèrement affreux : il était impossible de distinguer un seul mot du flot sonore qui s'échappait de sa bouche. Winston arriva seulement à discerner un bout de phrase – « l'élimination totale et définitive du goldsteinisme » – lancée brusquement, avec éloquence et en un seul bloc, semblait-il, comme une ligne de caractères typographiques pleine et entière. Du reste, ce n'était que du bruit, un caquètement. Et pourtant, même si l'on ne pouvait pas entendre ce que disait l'homme, il n'y avait aucun doute quant à la nature générale de ses propos. Il devait certainement condamner Goldstein et exiger des mesures plus sévères contre les criminels de la pensée et les saboteurs, fulminer contre les atrocités de l'armée eurasienne et encenser Big Brother ou les héros au front Malabar – peu importait. Quel que fût le sujet, vous pouviez être sûr que chaque mot sortant de sa bouche était pure orthodoxie, pur Angsoc. Alors qu'il observait le visage dépourvu d'yeux et dont la mâchoire bougeait rapidement de haut en bas, Winston eut la curieuse sensation que cet homme n'était pas réellement un être humain, mais un genre de pantin. Ce n'était pas le cerveau de l'homme qui parlait, mais son larynx. Ce qui en sortait étaient bien des mots, mais pas un discours au sens propre ; il s'agissait d'un son émis inconsciemment, comme le couin-couin d'un canard.

Syme tomba dans le mutisme pendant un instant et, à l'aide de sa cuillère, il traça des motifs dans la flaque de ragoût. La voix provenant de l'autre table continua de cancaner rapidement, aisément audible malgré le vacarme ambiant.

— Il y a un mot en novlang, dit Syme. Je ne sais pas si tu le connais : le *cancanlang*, pour cancaner comme un canard. C'est l'un de ces mots intéressants qui ont deux sens contradictoires. Employé contre un ennemi, c'est une insulte ; employé pour une personne dont tu partages l'opinion, c'est un compliment.

Syme serait vaporisé, c'était un fait incontestable, pensait à nouveau Winston. Il songea à cela avec une sorte de tristesse, même s'il savait bien que Syme le méprisait et le détestait un peu, et qu'il était tout à fait capable de dénoncer Winston comme un criminel de la pensée s'il estimait avoir une raison de le faire. Quelque chose n'allait pas avec Syme ; c'était subtil, mais c'était là. Il lui manquait quelque chose ; de la discrétion, de la réserve, une sorte de stupidité salvatrice. On ne pouvait pas dire qu'il n'était pas orthodoxe. Il croyait aux principes de l'Angsoc, il vénérait Big Brother, il se réjouissait des victoires, il haïssait les hérétiques, pas simplement avec sincérité, mais avec une sorte de zèle incessant, un savoir chaque jour enrichi que le membre ordinaire du Parti n'approchait pas. Pourtant, une certaine mauvaise réputation lui était associée. Il disait des choses qu'il aurait mieux fait de taire, il avait lu trop de livres, il fréquentait le café du Châtaignier, repaire des peintres et des musiciens. Il n'y avait aucune loi, pas même une loi tacite, contre le fait de fréquenter le café du Châtaignier, et pourtant, ce lieu restait plus ou moins de mauvais augure. Les anciens chefs du Parti, discrédités, avaient pour habitude de se retrouver là avant d'être finalement purgés. On disait que Goldstein lui-même avait parfois mis les pieds dans cet endroit, des années, voire des décennies plus tôt. Le destin de Syme n'était pas difficile à prédire. Cependant, si Syme comprenait, ne serait-ce que trois secondes, la nature des opinions secrètes de Winston, il ne faisait aucun doute qu'il le livrerait sur-le-champ à la Police de la Pensée. Comme tout le monde ; mais Syme plus sûrement que tout autre. Le zèle ne suffisait pas. L'orthodoxie, c'était l'inconscience.

Syme leva les yeux.

— Voilà Parsons, dit-il.

Quelque chose dans le ton de sa voix semblait ajouter « ce bougre d'imbécile ». Parsons, le voisin locataire de Winston aux immeubles de la Victoire, essayait en réalité de se frayer un chemin à travers la pièce – un homme rondelet, de taille moyenne, avec des cheveux blonds et un visage de batracien. À trente-cinq ans, il arborait déjà des bourrelets de graisse au cou et à la taille, mais ses mouvements restaient vifs et enfantins. Son apparence était celle d'un petit garçon devenu grand, si bien que même s'il portait l'uniforme bleu réglementaire, il était presque impossible de ne pas penser à lui vêtu du short bleu, de la chemise grise et du foulard rouge des Espions. En le visualisant, on voyait toujours une image de genoux plissés et de manches retroussées sur des avant-bras boudinés. Effectivement, Parsons enfilait systématiquement un short lorsqu'une randonnée communautaire ou toute autre activité physique lui en donnait l'excuse.

Il leur adressa à tous deux un joyeux « holà, holà ! » et s'assit à la table, dégageant une odeur intense de sueur. Des perles d'humidité recouvraient son visage rose. Sa capacité de transpiration était extraordinaire. Au Centre Communautaire, on pouvait toujours dire s'il avait joué au ping-pong, grâce à l'humidité sur le manche de la raquette.

Syme avait produit une bande de papier sur laquelle se trouvait une colonne de mots et il l'étudiait avec un stylo plume entre ses doigts.

— Regarde-le travailler à l'heure du déjeuner, dit Parsons en donnant un coup de coude à Winston. C'est du zèle, hein ? Qu'est-ce que tu as là, mon vieux ? Un truc un peu trop savant pour moi, je suppose. Smith, mon vieux, je vais te dire pourquoi je te poursuis. C'est à cause de cette cotisation que tu as oublié de me payer.

— Quelle cotisation ? demanda Winston, cherchant automatiquement de la monnaie dans ses poches.

Environ un quart du salaire de chacun était réservé à des dons volontaires, qui étaient si nombreux qu'il était difficile d'en tenir une comptabilité.

— Pour la Semaine de la Haine. Tu sais, la collecte en porte-à-porte. Je suis le trésorier de notre immeuble. On fait un effort considérable. On va pouvoir en mettre plein la vue. Ce ne sera pas ma faute si les immeubles de la Victoire n'ont pas les drapeaux les plus imposants de toute la rue, je te le dis. Tu m'avais promis deux dollars.

Winston trouva deux billets graisseux et sales, puis les tendit à Parsons. Ce dernier inscrivit la participation de Winston dans un petit carnet, d'une belle écriture d'illettré.

— Au fait, mon vieux, dit-il. J'ai appris que ma petite crapule de garçon t'a fait tâter de son lance-pierres, hier. Je lui ai passé un sacré savon. En fait, je lui ai dit que je lui confisquerais son jouet s'il recommençait.

— Je crois qu'il était seulement un peu déçu de ne pas aller voir l'exécution, répondit Winston.

— Ah, eh bien… je veux dire, il a le bon esprit, tu ne trouves pas ? Ce sont de vraies crapules, ces deux-là, mais tu parles d'une volonté ! Ils ne pensent à rien d'autre qu'aux Espions, et la guerre, évidemment. Tu sais ce que ma petite fille a fait, samedi dernier, quand sa troupe était en randonnée sur la route de Berkhamsted ? Elle a embarqué deux filles avec elle, s'est éloignée du groupe et a passé tout l'après-midi à suivre un homme louche. Elles lui ont filé le train pendant deux heures à travers le bois, et quand elles sont arrivées à Amersham, elles l'ont livré aux patrouilles.

— Pourquoi ont-elles fait ça ? demanda Winston, quelque peu déconcerté.

Parsons continua, un air triomphant sur le visage :

— Ma fille était persuadée que c'était un genre d'agent ennemi. Il avait pu être parachuté, par exemple. Mais voilà le plus intéressant, mon vieux : pourquoi cet homme l'a interpellée à la base, d'après toi ? Elle a remarqué qu'il avait de drôles de chaussures – elle a dit qu'elle n'avait jamais vu personne porter des chaussures de ce genre. Donc elle en a conclu qu'il y avait des chances que ce soit un étranger. Plutôt futée pour une gamine de sept ans, hein ?

— Qu'est-il advenu de l'homme ? demanda Winston.

— Ah, ça, j'en sais rien, évidemment. Mais je ne serais pas vraiment surpris si…

Parsons fit semblant de tenir un fusil, de viser, puis de tirer en faisant claquer sa langue pour illustrer la déflagration de l'impact.

— Bien, lança Syme d'un air distrait, sans lever les yeux de son bout de papier.

— Bien entendu, on ne peut pas prendre de risques, convint Winston.

— Ce que je veux dire, c'est que nous sommes en guerre, conclut Parsons.

Comme une confirmation de cet état de fait, l'appel d'une trompette sortit du télécran situé juste au-dessus de leur tête. Cependant, cette fois-ci, il ne s'agissait pas de la proclamation d'une victoire militaire, simplement une annonce du ministère de l'Abondance.

— Camarades ! hurla une jeune voix avec ferveur. Votre attention, camarades ! Nous avons de fabuleuses nouvelles pour vous. Nous avons gagné la bataille de la production ! Désormais complètes, les statistiques du rendement dans tous les genres de produits de consommation montrent que le niveau de vie a augmenté de pas moins de 20 pour cent par rapport à l'année dernière. Ce matin, dans toute l'Océania, il y a eu des manifestations spontanées et incontrôlables de travailleurs sortant des usines et des bureaux pour défiler dans les rues avec des banderoles ; ils exprimaient leur gratitude à Big Brother pour la vie nouvelle et heureuse que sa sage direction nous a procurée. Voici quelques-unes des statistiques obtenues : denrées alimentaires…

La formule « notre vie nouvelle et heureuse » revenait souvent. C'était la dernière tournure préférée du ministère de l'Abondance. Assis, Parsons, dont l'attention avait été attirée par l'appel de trompette, écoutait la voix, bouche bée, avec une sorte de solennité, d'ennui dévot. Il n'arrivait pas à suivre les chiffres énoncés, mais il était conscient qu'ils étaient, d'une certaine façon, source de satisfaction. Il avait sorti une grande pipe sale qui était déjà à moitié pleine de tabac carbonisé. La ration de tabac étant de 100 grammes par semaine, il était rarement possible de remplir une pipe jusqu'au bord. Winston fumait une cigarette de la Victoire qu'il veillait à tenir dans une position horizontale. La nouvelle ration ne serait pas distribuée avant le lendemain et il ne lui restait plus que quatre cigarettes. À cet instant, il avait fermé ses oreilles au bruit ambiant et écoutait le flot de paroles qui sortait du télécran. Il s'avéra qu'il y avait même eu des manifestations pour remercier Big Brother d'augmenter la ration de chocolat à vingt grammes par semaine. Et pas plus tard que la veille, pensa-t-il, était annoncé que la ration de chocolat serait *réduite* à vingt grammes par semaine. Était-ce possible qu'ils aient pu avaler ça, seulement vingt-quatre heures plus tard ? Oui, c'était bien le cas. Parsons l'avala sans peine, avec la stupidité d'un animal. La créature dépourvue d'yeux l'avala avec ferveur et passion, envahi par un désir ardent de traquer, dénoncer et vaporiser quiconque suggèrerait que la semaine passée, la ration était de trente grammes. Syme, d'une façon plus complexe, impliquant la double pensée, l'avala également. Mais alors, était-il *le seul* à ne pas avoir perdu la mémoire ?

Les chiffres sensationnels continuaient à sortir du télécran. Comparé à l'année précédente, il y avait plus de nourriture, plus de vêtements, plus de maisons, plus de meubles, plus de marmites, plus de combustibles, plus de navires, plus d'hélicoptères, plus de livres, plus de bébés – plus de tout, en dehors de la maladie, du crime et de la démence. D'année en année, de minute en minute, tout et tout le monde s'élevaient rapidement. Comme Syme l'avait fait un peu plus tôt, Winston avait pris sa cuillère et touillait à présent dans le jus pâle qui coulait lentement sur la table, dessinant un motif dans une longue traînée. Avec un certain ressentiment, il médita sur les conditions matérielles de la vie. Les choses avaient-elles toujours été ainsi ? La nourriture avait-elle toujours eu ce même goût ? Il balaya la cantine du regard. Une salle noire de monde, un plafond bas, des murs crasseux à force de côtoyer d'innombrables corps, des tables et des chaises cabossées en métal, si près les unes des autres que vous étiez au coude à coude avec vos voisins, des cuillères tordues, des plateaux bosselés, des tasses blanches grossièrement fabriquées, l'intégralité des surfaces imprégnées de graisse, chaque recoin crasseux, et une odeur aigre qui compilait le gin bon marché, le mauvais café, le ragoût métallique et les vêtements sales. Dans votre estomac et sous votre peau, il y avait toujours cette sorte de protestation, un sentiment qu'on vous avait trompé, dépossédé de quelque chose à quoi vous aviez droit. Impossible de nier qu'il n'avait aucun souvenir que les choses aient été vraiment différentes. Aussi loin qu'il s'en souvienne, il n'y avait jamais vraiment eu assez à manger ; personne n'avait jamais eu de chaussettes ou de sous-vêtements qui n'étaient pas troués, de meubles cabossés et bancals ; les salles avaient toujours été sous-chauffées, les métros bondés, les habitations en ruine, le pain noir ; le thé avait toujours été rare, le café d'un goût de saleté, les cigarettes insuffisantes ; rien n'était abondant et bon marché à part le gin synthétique. Cela ne faisait qu'empirer avec l'âge, mais, de toute façon, que quiconque fût écœuré par l'inconfort, la saleté et la pénurie, les hivers interminables, la viscosité de ses chaussettes, l'ascenseur qui ne fonctionnait jamais, l'eau froide, le savon râpeux, les cigarettes qui tombaient en miettes, la nourriture et ses goûts étranges et immondes, était bien le signe que ce n'était pas dans l'ordre naturel des choses. Pourquoi quelqu'un trouverait tout cela insupportable à moins d'avoir une sorte de souvenir ancestral d'une époque où les choses étaient différentes ?

Il survola à nouveau la cantine du regard. Presque toutes les personnes présentes étaient laides, et le seraient restées même si elles avaient porté autre chose que l'uniforme bleu réglementaire. De l'autre côté de la pièce, assis seul à une table, un petit homme aux airs étranges de scarabée buvait une tasse de café, ses yeux lançant des coups d'œil suspicieux de tous les côtés. Winston pensa à quel point il était simple, si l'on ne regardait pas autour de soi, de croire que le type physique idéal déterminé par le Parti existait, et même prédominait : garçons grands et musclés, filles à la poitrine abondante, les cheveux blonds, la peau brûlée par le soleil ; dynamiques, insouciants. À vrai dire, autant qu'il pouvait en juger, la majorité des personnes peuplant la Piste Aérienne 1 étaient petites, brunes et laides. Il était curieux de constater comme le type scarabée proliférait dans les ministères : des hommes courtauds qui, très tôt, devenaient corpulents, avec de petites jambes, des mouvements rapides et précipités, ainsi qu'un visage gras impénétrable avec des yeux minuscules. C'était le genre qui semblait le mieux s'épanouir sous la domination du Parti.

L'annonce du ministère de l'Abondance se termina avec un nouvel appel de trompette avant de laisser place à une mélodie métallique. Parsons, que le bombardement des chiffres avait animé d'un vague enthousiasme, retira sa pipe de sa bouche.

— Le ministère de l'Abondance a assurément fait du bon travail cette année, remarqua-t-il en hochant la tête d'un air entendu. Au fait, Smith, mon vieux, je suppose que tu n'as pas de lame de rasoir à me donner ?

— Pas une seule, répondit Winston. J'utilise la même lame depuis six semaines, moi aussi.

— Ah, bon, j'aurais au moins tenté, mon vieux.

— Désolé, répliqua Winston.

Le couin-couin de la voix à la table voisine, temporairement réduite au silence pendant l'annonce du ministère, venait de repartir, plus forte que jamais. Sans vraiment savoir pourquoi, Winston pensa soudainement à madame Parsons, avec ses cheveux fins et clairsemés et la poussière dans les rides de son visage. Deux ans plus tard, ses enfants la dénonceraient à la Police de la Pensée. Mme Parsons serait vaporisée. Syme serait vaporisé. Winston serait vaporisé. O'Brien serait vaporisé. Parsons, en revanche, ne serait jamais vaporisé. La créature dépourvue d'yeux à la voix de canard ne serait jamais vaporisée. Les petits hommes-scarabées qui cavalaient si habilement dans le labyrinthe des couloirs des ministères ne seraient jamais vaporisés, eux non plus. Et la fille aux cheveux bruns, la fille du département des Fictions, elle ne serait jamais vaporisée non plus. Il avait l'impression qu'il savait instinctivement qui survivrait et qui périrait, bien qu'il ne fût pas facile de savoir ce qui entraînerait la survie.

À ce moment-là, il fut tiré de ses rêveries d'un mouvement brusque et violent. La fille assise à la table voisine s'était partiellement tournée et regardait Winston. C'était la fille aux cheveux bruns. Elle l'observait d'un regard en coin, mais avec une étrange intensité. Lorsqu'elle croisa son regard, elle détourna de nouveau les yeux.

De la sueur commença à couler le long de la colonne vertébrale de Winston. Un horrible frisson de terreur le traversa. Il le quitta presque aussitôt, mais lui laissa une sorte de malaise tenace. Pourquoi le regardait-elle ? Pourquoi continuait-elle à le suivre ? Malheureusement, il n'arrivait pas à se souvenir si elle était déjà assise à sa table lorsqu'il était arrivé ou si elle était entrée après lui. Mais la veille, en tout cas, pendant les Deux Minutes de la Haine, elle s'était immédiatement assise derrière lui alors qu'il n'y avait aucune raison apparente de le faire. Il était tout à fait probable que son véritable but était d'écouter Winston et de s'assurer qu'il hurlait assez fort.

Sa première idée lui revint : elle ne faisait probablement pas partie de la Police de la Pensée, mais c'était précisément l'espion amateur qui était le plus dangereux de tous. Il ignorait depuis combien de temps elle le regardait, peut-être cinq minutes au moins, et il était tout à fait possible que les traits de son visage n'aient pas été totalement sous contrôle. C'était très dangereux de laisser ses pensées vagabonder dans un endroit public ou dans le champ de vision d'un télécran. La moindre petite chose pouvait vous trahir. Un tic nerveux, un air anxieux inconscient, l'habitude de vous parler à vous-même, à voix basse – n'importe quoi qui sous-entendrait quelque chose d'anormal. Dans tous les cas, arborer une expression non appropriée sur votre visage (afficher un air incrédule lorsqu'une victoire était annoncée, par exemple) était en soi un délit répréhensible. Il y avait même un terme pour cela en novlang : on appelait ça le *face-crime.*

La fille lui tournait à nouveau le dos. Après tout, peut-être qu'elle ne le suivait pas vraiment ; le fait qu'elle se soit assise si près de lui deux jours d'affilée n'était peut-être qu'une coïncidence. Sa cigarette s'était éteinte ; il la posa délicatement au bord de la table. Il finirait de la fumer après le travail, s'il arrivait à conserver le tabac à l'intérieur. La personne assise à la table voisine était probablement une espionne de la Police de la Pensée, et il serait probablement dans les cellules du ministère de l'Amour dans les trois jours à venir, mais la fin d'une cigarette ne devait pas être gaspillée. Syme avait plié son bout de papier avant de le ranger dans sa poche. Parsons avait recommencé à parler.

— Mon vieux, dit-il en tapotant le tuyau de sa pipe, est-ce que je t'ai déjà raconté la fois où mes deux gamins ont mis le feu à la jupe d'une vieille du marché parce qu'ils l'avaient vue envelopper ses saucisses avec une affiche de B.B. ? Ils se sont faufilés derrière elle et ils y ont mis le feu avec une boîte d'allumettes. Ça lui a fait une vilaine brûlure, je crois. Quelles crapules, hein ? Mais malins comme des renards ! Ils leur donnent un excellent entraînement aux espions, de nos jours – même meilleur qu'à mon époque. Tu sais quelle est la dernière chose qu'ils leur ont donnée ? Des cornets acoustiques pour écouter par les trous de serrure ! Ma petite fille en a ramené un à la maison, l'autre soir, elle l'a essayé sur la porte de notre salon et s'est rendu compte qu'elle entendait deux fois mieux que quand elle colle son oreille à la serrure. Ce n'est qu'un jouet, cela dit, bien sûr. Mais bon, ça leur donne de bonnes idées quand même, hein ?

À ce moment-là, le télécran laissa échapper un sifflement aigu. Cela signifiait le retour au travail. Les trois hommes bondirent sur leurs pieds pour rejoindre la foule regroupée autour des ascenseurs ; le tabac restant tomba de la cigarette de Winston.

VI

Winston écrivit dans son journal :

C'était il y a trois ans. Lors d'une sombre soirée, dans une rue parallèle étroite près de l'une des grandes gares. Elle se tenait à proximité d'une porte encastrée dans le mur, sous un lampadaire qui peinait à émettre de la lumière. Son visage était jeune, lourdement fardé. Ce fut vraiment le maquillage qui m'attira : la blancheur de son teint, comme un masque, et les lèvres d'un rouge vif. Les femmes du Parti ne se maquillaient jamais. Il n'y avait personne d'autre dans la rue, et aucun télécran. Elle avait dit deux dollars. Je…

Pour le moment, il était trop difficile de poursuivre. Il ferma les yeux et les frotta avec ses doigts, essayant d'effacer la vision qui n'arrêtait pas de lui revenir. Il fut saisi d'une tentation presque irrésistible de hurler un tas de jurons aussi fort qu'il le pouvait. Ou de taper sa tête contre le mur, frapper la table et jeter violemment l'encrier par la fenêtre – faire quelque chose de violent, bruyant ou douloureux qui pourrait effacer le souvenir qui le tourmentait.

Notre pire ennemi est notre propre système nerveux, pensa-t-il. À tout moment, la tension contenue en vous était susceptible de se muer en un symptôme visible. Il songea à un homme qu'il avait croisé dans la rue quelques semaines plus tôt : un homme à l'apparence plutôt ordinaire, membre du Parti, entre trente-cinq et quarante ans, assez grand et mince, transportant une mallette. Ils se trouvaient à quelques mètres l'un de l'autre lorsque le côté gauche du visage de l'homme fut soudainement tordu par une sorte de spasme. La même chose arriva lorsqu'ils se croisèrent : ce n'était qu'un tressautement, un frisson, aussi rapide que le cliquetis de l'obturateur d'un appareil photo, mais visiblement habituel. À ce moment-là, il avait pensé : *ce pauvre diable est perdu.* Et le plus effrayant était que cette action était probablement inconsciente. Le plus grand danger de tous était de parler dans votre sommeil. Il était impossible de lutter contre cela, en tout cas à sa connaissance.

Il inspira, puis continua d'écrire :

Je la suivis en passant la porte, puis nous traversâmes l'arrière-cour avant d'arriver dans une cuisine en sous-sol. Il y avait un lit contre le mur et une lampe sur la table, émettant une très faible lumière. Elle…

Les dents de Winston étaient glacées. Il aurait aimé cracher. En même temps que la femme dans la cuisine du sous-sol, il pensa à Katharine, sa femme. Winston était marié – avait été marié, en tout cas. Il l'était probablement encore, car il savait que sa femme n'était pas morte. Il avait l'impression de respirer à nouveau l'odeur tiède et étouffante du sous-sol où se trouvait la cuisine, une odeur composée d'insectes, de vêtements sales et d'ignobles parfums bon marché, néanmoins séduisants, car aucune femme du Parti ne se parfumait jamais, et on ne les imaginait jamais le faire. Seules les prolétaires en mettaient. Pour lui, le parfum était inextricablement lié à la fornication.

Lorsqu'il était parti avec cette femme, c'était son premier écart de conduite en deux ans environ. Fréquenter des prostituées était interdit, évidemment, mais il s'agissait d'une de ces règles que vous pouviez avoir le courage d'enfreindre, occasionnellement. C'était dangereux, mais ce n'était pas une question de vie ou de mort. Être surpris avec une prostituée entraînait cinq années dans un camp de travail forcé, pas plus, si vous n'aviez commis aucune autre infraction. Et c'était assez simple, étant donné que vous pouviez éviter d'être pris sur le fait. Les quartiers les plus démunis pullulaient de femmes prêtes à vendre leur corps. On pouvait même en acheter certaines avec une bouteille de gin, ce que les prolétaires n'étaient pas censés boire. Implicitement, le Parti était même enclin à encourager la prostitution, comme un exutoire aux instincts qui ne pouvaient pas être totalement réprimés. La simple débauche n'importait pas vraiment, tant que c'était une activité furtive, sans plaisir, et qu'elle n'impliquait que des femmes d'une classe déshéritée et méprisée. Le crime impardonnable était la promiscuité entre les membres du Parti. Mais même si c'était l'un des crimes que les accusés des grandes purges confessaient systématiquement, il était difficile d'imaginer qu'une telle chose avait pu se produire.

Le but du Parti n'était pas seulement d'empêcher les hommes et les femmes de se vouer une fidélité qu'il ne serait pas en mesure de contrôler. Secrètement, son réel objectif était de retirer toute forme de plaisir de l'acte sexuel. L'ennemi n'était pas tellement l'amour, mais l'érotisme, aussi bien dans le cadre du mariage qu'en dehors. Toutes les unions entre des membres du Parti devaient être approuvées par un comité réservé à cet effet et, bien que ce principe n'eût jamais été clairement établi, cet accord était toujours refusé si les membres du couple en question donnaient l'impression d'être physiquement attirés par l'autre. Le seul but reconnu du mariage était d'engendrer des enfants au service du Parti. L'acte sexuel devait être perçu comme une opération mineure, légèrement dégoûtante, comme bénéficier d'un lavement. Encore une fois, ce fait n'avait jamais été clairement formulé, mais il était indirectement ancré dans l'esprit de tous les membres du Parti depuis leur plus tendre enfance. Il existait même des organisations telles que la Ligue Anti-Sexe Junior, qui prônait une complète abstinence pour les deux sexes. Tous les enfants devaient être conçus par insémination artificielle (*semart* en novlang) et élevés dans des institutions publiques. Winston savait que ce n'était pas tout à fait sérieux, mais quelque part, cela correspondait à l'idéologie globale du Parti. Le Parti essayait de tuer l'instinct sexuel, ou, s'il ne pouvait être maté, de le déformer et de le salir. Winston ignorait pourquoi les choses étaient ainsi, mais cela semblait naturel que ce fût le cas. Et en ce qui concernait les femmes, les efforts du Parti étaient largement payants.

Il repensa à Katharine. Cela devait faire neuf, dix… presque onze ans qu'ils s'étaient séparés. C'était étrange qu'il pense si peu à elle. Il était même capable d'oublier qu'il avait été marié, et ce pendant plusieurs jours. Ils n'étaient restés ensemble que quinze mois, environ. Le Parti interdisait le divorce, mais il encourageait plus ou moins la séparation lorsque le couple n'avait pas d'enfants.

Katharine était une grande femme aux cheveux blonds, qui se tenait bien droite et exécutait de magnifiques gestes. Elle avait un visage téméraire et aquilin, que l'on aurait pu qualifier de noble jusqu'à ce que l'on découvre que, derrière ce visage, il n'y avait à peu près rien. Très tôt dans sa vie conjugale, il avait décidé – peut-être seulement parce qu'il la connaissait plus intimement que la plupart des personnes qu'il fréquentait – qu'elle avait, sans aucun doute, l'esprit le plus stupide, vulgaire et vide qu'il avait jamais vu. Pas une seule de ses pensées n'était autre chose qu'un slogan, et il n'y avait aucune imbécilité, pas une seule, que le Parti n'arrivait pas à lui faire avaler. « Le disque humain », l'avait-il secrètement surnommée. Et pourtant, il aurait pu se résoudre à vivre avec elle s'il n'y avait pas eu un seul petit souci : le sexe.

Dès qu'il la touchait, elle semblait grimacer et se raidir. Étreindre cette femme était comme étreindre un mannequin articulé en bois. Et le plus étrange était que même lorsqu'elle le serrait contre elle, il avait l'impression qu'en même temps, elle le repoussait de toutes ses forces. La rigidité de ses muscles parvenait à créer cette impression. Elle restait allongée, les yeux fermés, sans résister ni coopérer, mais en se soumettant. C'était incroyablement embarrassant et, après un certain temps, horrible. Malgré cela, il aurait pu supporter de vivre avec elle s'il leur avait été accordé de rester chastes. Mais assez curieusement, ce fut Katharine qui le refusa. Elle disait qu'ils devaient engendrer un enfant s'ils le pouvaient. Cette performance continua donc à se produire, d'une façon assez régulière, une fois par semaine, chaque fois que ce n'était pas impossible. Elle avait même l'habitude de le lui rappeler le matin, comme une tâche qui devait être accomplie ce soir-là et qu'il ne fallait pas oublier. Elle la nommait de deux façons différentes : la première était « faire un bébé », et l'autre, « notre devoir envers le Parti » (oui, elle avait vraiment employé ces mots). Assez vite, il commença à ressentir une certaine appréhension positive lorsque le jour désigné arrivait. Mais, par chance, aucun enfant n'apparut, elle finit par accepter d'arrêter leurs essais, puis, peu de temps après, ils se séparèrent.

Winston soupira sans bruit. Il reprit sa plume et écrivit :

Elle se jeta sur le lit, et d'un coup, sans préliminaire d'aucune sorte, de la façon la plus vulgaire et horrible qu'on pourrait imaginer, elle retira sa jupe. Je…

Il se vit debout dans la faible lumière de la lampe, l'odeur des insectes et du parfum bon marché dans les narines, et, dans son cœur, un sentiment de défaite et de rancune qui, même à cet instant, était mélangé au souvenir du corps pâle de Katharine, figé pour toujours par le pouvoir hypnotique du Parti. Pourquoi les choses étaient-elles toujours ainsi ? Pourquoi ne pouvait-il pas avoir sa propre femme au lieu de ces immondes mégères, à plusieurs années d'intervalle ? Mais une véritable histoire d'amour était une chose pratiquement impensable. Les femmes du Parti étaient toutes pareilles. La chasteté était autant ancrée en elles que la loyauté envers le Parti. Grâce à un conditionnement précoce et minutieux, aux jeux et à l'eau glacée, aux âneries qui leur étaient servies à l'école, chez les Espions et dans la Ligue des Jeunes, ou encore grâce aux leçons, aux défilés, aux chansons, aux slogans et aux musiques militaires, ce sentiment naturel leur avait été arraché. Sa raison lui disait qu'il devait y avoir des exceptions, mais son cœur ne le croyait pas. Elles étaient toutes imprenables, comme le Parti prévoyait qu'elles soient. Et ce qu'il voulait, encore plus qu'être aimé, c'était briser ce mur de vertu, même si cela ne devait se produire qu'une fois dans toute sa vie. L'acte sexuel, réalisé avec succès, était une rébellion. Le désir était un crime-pensée. Même réveiller Katharine, s'il avait pu y arriver, se serait apparenté à de la séduction, même si elle était sa femme.

Mais la suite de l'histoire devait être posée noir sur blanc. Il écrivit :

J'allumai la lampe. Lorsque je la vis dans la lumière…

Après l'obscurité, la faible lumière de la lampe à pétrole semblait très vive. Pour la première fois, il arrivait à bien distinguer la femme. Il s'était avancé d'un pas avant de s'arrêter, envahi de désir sexuel et de terreur. Il était douloureusement conscient du risque qu'il avait pris en venant ici. Il était tout à fait possible que les patrouilles l'attrapent en sortant ; d'ailleurs, ils devaient l'attendre dehors à ce moment précis. S'il s'en allait sans même avoir fait ce pour quoi il était là… !

Cette histoire devait être écrite, elle devait être confessée. À la lumière de la lampe, il avait soudainement découvert que la femme était *vieille*. Elle portait un maquillage si épais qu'on aurait dit que son visage allait se craqueler comme un masque en carton. Elle avait quelques mèches de cheveux blancs, mais le détail véritablement affreux était que sa bouche, entrouverte, ne révélait rien d'autre qu'une noirceur caverneuse. Elle n'avait aucune dent.

Il écrivit précipitamment, d'une écriture griffonnée :

Lorsque je la vis en pleine lumière, c'était une femme plutôt âgée, d'au moins cinquante ans. Mais j'allai de l'avant et le fis quand même.

Il pressa de nouveau ses doigts sur ses paupières. Il avait fini par l'écrire, mais cela ne changeait rien. La thérapie n'avait pas fonctionné. L'envie irrépressible de hurler des jurons aussi fort qu'il le pouvait était plus puissante que jamais.

VII

« *S'il y a de l'espoir, il réside chez les prolétaires* », écrivit Winston.

S'il y avait de l'espoir, il résidait *forcément* chez les prolétaires, car il n'y avait que là, dans ces nuées de personnes méprisées, qui représentaient 85 pour cent de la population d'Océania, que la force de détruire le Parti pouvait être générée. Le Parti ne pouvait être renversé de l'intérieur. Ses ennemis, s'il en avait, ne disposaient d'aucun moyen de se réunir ou de s'identifier entre eux. Même si la légendaire Fraternité existait, ce qui restait possible, il était inconcevable que ses membres puissent se rassembler en groupes de plus de deux ou trois personnes. La rébellion, c'était un regard droit dans les yeux, une inflexion de voix, et au mieux, occasionnellement, un mot chuchoté. Mais les prolétaires, s'ils arrivaient seulement, d'une façon ou d'une autre, à se rendre compte de leur propre force, n'auraient pas besoin de conspirer. Ils auraient seulement à se dresser et se secouer comme un cheval qui s'ébroue pour chasser des mouches. S'ils le décidaient, ils pourraient réduire le Parti à néant le lendemain matin. Tôt ou tard, cela leur traverserait sûrement l'esprit de le faire ? Et pourtant… !

Il se rappela une fois où il descendait une rue noire de monde et où un cri phénoménal de centaines de voix – féminines – avait éclaté dans une rue adjacente, un peu plus loin. C'était un cri impressionnant, mêlant colère et désespoir, un profond et fort « Oh-o-o-o-oh ! » qui bourdonnait en continu comme l'écho d'une cloche. Son cœur avait fait un bond. « Ça a commencé ! », avait-il pensé. « Une émeute ! Les prolétaires se libèrent enfin ! »

Lorsqu'il avait atteint l'endroit d'où provenait le vacarme, il avait vu une foule de deux ou trois cents femmes, regroupées autour des étals d'un marché ouvert ; leurs visages affichaient un air aussi tragique que si elles avaient été les passagères condamnées d'un bateau en train de couler. Mais à cet instant, le désespoir général se brisa en une multitude de querelles individuelles. Il s'avérait qu'un des étals vendait des casseroles en étain. C'était une camelote misérable, mais quelque marmite que ce soit était toujours une chose difficile à se procurer. Le stock s'était brusquement épuisé. Les femmes qui avaient réussi à en obtenir, que les autres poussaient et bousculaient, essayaient de se sauver avec leurs casseroles alors que des dizaines d'autres vociféraient atour de l'étal, accusant le vendeur de favoritisme et d'avoir d'autres casseroles en réserve quelque part.

Il y eut une nouvelle explosion de hurlements. Deux femmes bouffies, dont l'une avait les cheveux défaits, s'étaient emparées de la même casserole et essayaient de l'arracher des mains de l'autre. À un moment, elles tirèrent si fort que le manche se détacha. Winston les regardait avec dégoût. Et pourtant, pendant un bref instant, quel pouvoir presque effrayant avait résonné dans ce cri émis par seulement quelques centaines de gorges ! Comment se faisait-il qu'elles ne pouvaient jamais hurler de cette façon pour des choses importantes ?

Il écrivit :

Ils ne se rebelleront que lorsqu'ils deviendront conscients, et ils ne pourront devenir conscients que lorsqu'ils se rebelleront.

Il songea que cette phrase aurait presque pu se trouver dans l'un des manuels du Parti. Bien entendu, le Parti prétendait avoir libéré les prolétaires de l'esclavage. Avant la Révolution, ils avaient été atrocement opprimés par les capitalistes, ils avaient été affamés et fouettés, les femmes avaient été obligées à travailler dans les mines de charbon (et elles y travaillaient toujours, à vrai dire), des enfants avaient été vendus à des usines à l'âge de six ans. Mais, simultanément, fidèle aux Principes de la double-pensée, le Parti enseignait que les prolétaires étaient inférieurs par nature et qu'ils devaient rester asservis, comme des animaux, par l'application de quelques règles simples. En réalité, on ne savait pas grand-chose à propos des prolétaires. Il n'était pas nécessaire d'en savoir beaucoup. Tant qu'ils continuaient de travailler et de se reproduire, leurs autres activités étaient sans importance. Livrés à eux-mêmes, comme du bétail lâché dans les plaines de l'Argentine, ils avaient repris un mode de vie qui semblait être naturel pour eux, une sorte de fonctionnement ancestral. Ils naissaient, grandissaient dans les caniveaux, commençaient le travail à douze ans, traversaient une brève période d'épanouissement de la beauté et du désir sexuel, se mariaient à vingt ans, atteignaient l'âge mûr à trente ans, et mourraient, pour la plupart d'entre eux, à soixante ans. L'horizon de leur esprit était rempli par un travail physique difficile, la charge de prendre soin des enfants et de la maison, les querelles insignifiantes avec les voisins, les films, le football, la bière et, par-dessus tout, les jeux d'argent. Les garder sous contrôle n'était pas difficile. Quelques agents de la Police de la Pensée s'introduisaient souvent parmi eux, répandant de fausses rumeurs, prenant note des quelques individus qu'ils jugeaient enclins à devenir dangereux, avant de les éliminer ; mais en aucun cas ils n'avaient essayé de les endoctriner avec l'idéologie du Parti. Il n'était pas souhaitable que les prolétaires puissent avoir des opinions politiques. On n'attendait rien d'autre d'eux qu'un patriotisme primitif auquel ils pouvaient faire appel autant de fois que nécessaire, notamment pour leur faire accepter des heures de travail supplémentaires ou la réduction de rations. Et même lorsqu'ils étaient mécontents, comme cela arrivait parfois, leur contrariété ne menait nulle part, car sans le soutien d'idées générales, ils pouvaient seulement la concentrer sur des griefs personnels et insignifiants. Les maux plus grands leur échappaient invariablement. La grande majorité des prolétaires n'avaient même pas de télécran dans leur habitation. Même les policiers en civil n'intervenaient que très rarement auprès d'eux. Il y avait un taux de criminalité très élevé à Londres, un véritable petit monde dans le monde, fait de voleurs, bandits, prostituées, trafiquants de drogue et racketteurs en tous genres ; mais comme cela se passait entre les prolétaires eux-mêmes, cela n'avait aucune importance. En ce qui concernait la morale, ils étaient autorisés à suivre leurs règles ancestrales. Le puritanisme sexuel du Parti ne leur était pas imposé. La promiscuité sexuelle n'était pas punie, le divorce était permis. D'ailleurs, même les pratiques religieuses auraient été autorisées si les prolétaires avaient montré le moindre signe qu'ils en avaient besoin ou qu'ils les désiraient. Ils n'étaient sujets à aucune suspicion. Comme le slogan du Parti le spécifiait : « Les prolétaires et les animaux sont libres. »

Winston se baissa et se gratta doucement son ulcère variqueux. Il avait recommencé à le démanger. On en revenait toujours à l'impossibilité de savoir comment avait vraiment été la vie avant la Révolution. Il sortit du tiroir une copie d'un manuel d'enfants, qu'il avait emprunté à madame Parsons, et commença à en retranscrire un passage dans son journal :

Dans les jours très anciens, avant la glorieuse Révolution, Londres n'était pas la magnifique ville que nous connaissons aujourd'hui. C'était un endroit sombre, sale et misérable, où presque personne n'avait assez à manger et où des centaines, des milliers de pauvres gens n'avaient ni bottes ni toit au-dessus de la tête. Des enfants pas plus âgés que vous devaient travailler douze heures par jour pour des maîtres cruels qui les fouettaient s'ils travaillaient trop lentement et qui ne les nourrissaient qu'avec des miettes de pain et de l'eau. Mais au milieu de toute cette terrible pauvreté, il y avait seulement quelques maisons majestueuses et gigantesques où vivaient des hommes riches, qui avaient jusqu'à trente serviteurs pour prendre soin d'eux. On appelait ces hommes riches des capitalistes. C'étaient des hommes obèses et laids, dont le visage était habité par un air malfaisant, comme celui sur la photographie à la page suivante. Vous pouvez voir qu'il est vêtu d'un long manteau noir, que l'on appelait une redingote, et qu'il porte un étrange chapeau luisant, en forme de tuyau de poêle, appelé un haut-de-forme. C'était l'uniforme des capitalistes, et personne d'autre n'était autorisé à le porter. Les capitalistes possédaient tout ce qui existait au monde, et tous les autres étaient leurs esclaves. Ils détenaient toutes les terres, les maisons, les usines, ainsi que tout l'argent. Si quiconque leur désobéissait, ils pouvaient jeter les dissidents en prison ou les priver de leur travail, les laissant mourir de faim. Lorsqu'une personne lambda parlait à un capitaliste, elle devait prendre une attitude servile, s'incliner, retirer sa casquette et l'appeler « Monsieur ». Le chef des capitalistes était appelé le Roi, et…

Mais Winston connaissait la suite. Seraient énumérés les évêques et leurs manches en lin, les juges dans leurs robes en hermine, le pilori, le carcan, le train-train abrutissant, le chat à neuf queues, le Banquet du Lord Maire, ainsi que la pratique de baiser l'orteil du pape. Il y avait également une chose appelée le droit de cuissage, qui n'était probablement pas abordé dans un manuel pour enfants. Il s'agissait de la loi selon laquelle tous les capitalistes avaient le droit de coucher avec n'importe quelle femme travaillant pour l'une de leurs usines.

Comment déterminer le nombre de mensonges dans tout ceci ? Cela *devait* être vrai que l'être humain normal vivait mieux aujourd'hui qu'avant la Révolution. La seule preuve du contraire était la protestation muette que l'on sentait dans la moelle de ses os, le sentiment instinctif que les conditions dans lesquelles on vivait étaient intolérables et qu'à une autre époque, elles avaient dû être différentes. Il fut frappé par le fait que la véritable caractéristique de la vie moderne n'était ni sa cruauté ni son insécurité, mais simplement sa pauvreté, sa saleté, son apathie. La vie, quand on regardait autour de soi, n'avait aucune ressemblance non seulement avec les mensonges qui se déversaient des télécrans, mais même avec les idéaux que le Parti essayait d'atteindre. D'importantes tranches de vie, même pour un membre du Parti, étaient neutres et en dehors de la politique : se décarcasser dans un travail ennuyeux, se battre pour une place dans le métro, raccommoder une chaussette usée, quémander un sachet de saccharine, économiser une fin de cigarette. L'idéal établi par le Parti était une chose énorme, terrible et somptueuse – un monde d'acier et de béton, de monstrueuses machines et d'armes terrifiantes – une nation de guerriers et de fanatiques, défilant dans un ensemble parfait, ayant tous les mêmes pensées et hurlant les mêmes slogans, travaillant, se battant, triomphant, persécutant, perpétuellement – trois cents millions de personnes avec le même visage. La réalité n'était que ruines, villes miteuses où des personnes sous-alimentées faisaient les cent pas en traînant des pieds, avec des chaussures qui prenaient l'eau, dans des maisons rafistolées du XIXe siècle qui sentaient toujours le chou et les toilettes sales. Il avait l'impression d'avoir une vision de Londres, vaste et en ruines, ville d'un million de poubelles, mêlée à une image de madame Parsons, une femme au visage ridé et aux cheveux en mèches, se débattant désespérément avec un tuyau d'évacuation bouché.

Il se baissa et se gratta de nouveau la cheville. Jour et nuit, les télécrans vous rebattaient les oreilles avec des statistiques prouvant qu'aujourd'hui, les gens avaient plus de nourriture, plus de vêtements, de meilleures maisons, de meilleurs divertissements – qu'ils vivaient plus longtemps, travaillaient moins d'heures, étaient plus grands, en meilleure santé, plus forts, plus heureux, plus intelligents et mieux éduqués que les personnes qui avaient vécu cinquante ans plus tôt. Pas un seul de ces mots ne pouvait être prouvé ou réfuté. Par exemple, le Parti affirmait qu'aujourd'hui, quarante pour cent des adultes parmi les prolétaires savaient lire et écrire ; avant la Révolution, il était avancé que ce n'était le cas que pour quinze pour cent d'entre eux. Le Parti soutenait qu'à présent, le taux de mortalité infantile était de seulement cent soixante pour mille, alors qu'avant la Révolution, il s'élevait à trois cents – et ainsi de suite. C'était comme une simple équation à deux inconnues. Littéralement chaque mot dans les livres d'histoire, même les choses que l'on admettait sans se poser de questions, n'était sans doute que pure fantaisie. Pour autant qu'il sût, il n'y avait sans doute jamais eu de loi telle que le droit de cuissage, ni aucune créature telle qu'un capitaliste, ni aucun vêtement tel qu'un haut-de-forme.

Tout se perdait dans le brouillard. Le passé était effacé, et cet effacement était oublié, le mensonge devenait la vérité. Une seule fois dans sa vie – après que cela s'était passé, là était l'important – il avait eu la preuve concrète et évidente d'un acte de falsification. Il l'avait tenue entre ses mains pendant au moins trente secondes. Cela avait dû avoir lieu en 1973 – en tout cas, c'était au moment où lui et Katharine s'étaient séparés. Mais la date vraiment importante se situait sept ou huit ans plus tôt.

L'histoire commença réellement au milieu des années soixante, la période des grandes purges pendant lesquelles les chefs originaux de la Révolution avaient été éliminés une bonne fois pour toutes. En 1970, il n'en restait plus aucun, à part Big Brother lui-même. À ce moment-là, tous les autres avaient été présentés comme des traîtres et des contre-révolutionnaires. Goldstein s'était enfui et personne ne savait où il se cachait, et pour ce qui était des autres, quelques-uns avaient simplement disparu, alors que la majorité d'entre eux avaient été exécutés après des procès publics spectaculaires, durant lesquels ils avaient confessé leurs crimes. Parmi les derniers survivants, il y avait trois hommes, du nom de Jones, Aaronson et Rutherford. Ceux-là avaient dû être arrêtés en 1965. Comme cela arrivait souvent, ils s'étaient évaporés pendant un an ou plus – de cette façon, personne ne savait s'ils étaient en vie ou morts – et avaient été soudainement ramenés à la vie pour qu'ils s'accusent, selon la procédure habituelle. Ils avaient confessé avoir livré des renseignements à l'ennemi (à ce moment-là aussi, il s'agissait de l'Eurasia), détourné des fonds publics, assassiné de nombreux membres fidèles du Parti, comploté contre la direction de Big Brother, qui avait commencé bien avant la Révolution, et commis des actes de sabotage, causant la mort de centaines de milliers de personnes. Après avoir avoué ces faits, ils avaient été pardonnés, réintégrés dans le Parti et s'étaient vu attribuer des postes qui étaient en fait des sinécures, mais qui avaient l'air importants. Ces trois hommes avaient écrit de longs articles abjects dans le *Times*, où ils analysaient les raisons de leur désertion ou promettaient de se racheter.

À vrai dire, quelque temps après leur libération, Winston les avait vus tous les trois au café du Châtaignier. Il se rappelait le genre de fascination terrifiée avec laquelle il les avait regardés du coin de l'œil. Ces hommes étaient bien plus âgés que lui, des reliques de l'ancien monde, peut-être les dernières grandes figures qu'il restait des jours héroïques du Parti. Le prestige de la lutte clandestine et de la guerre civile s'accrochait encore faiblement à eux. Même si à ce moment-là, les faits et les dates avaient déjà commencé à devenir flous, il avait l'impression qu'il avait connu leurs noms bien des années avant d'entendre celui de Big Brother. Mais ils étaient aussi des hors-la-loi, des ennemis, intouchables, très certainement condamnés à disparaître un an ou deux plus tard. Quiconque un jour tombé entre les mains de la Police de la Pensée ne s'échappait jamais, au bout du compte. Ils n'étaient que des corps attendant d'être renvoyés dans leurs tombes.

Personne n'était assis aux tables près de la leur. Il n'était pas prudent ne serait-ce que d'être vu non loin de tels personnages. Ils étaient assis en silence devant des verres de gin au goût de clou de girofle, la spécialité du café. Des trois, c'était l'apparence de Rutherford qui avait le plus impressionné Winston. Autrefois, ce dernier avait été un caricaturiste renommé, dont les dessins sans filtre avaient aidé à enflammer l'opinion publique avant et pendant la Révolution. Encore aujourd'hui, à de longs intervalles, ses caricatures paraissaient dans le *Times*. Elles n'étaient qu'une imitation de son style original ; curieusement sans vie et peu convaincantes. Elles n'offraient qu'un rabâchage des anciens thèmes : des immeubles des quartiers pauvres, des enfants mourant de faim, des combats de rue, des capitalistes avec des hauts-de-forme. Même sur les barricades, les capitalistes semblaient encore s'accrocher à leurs chapeaux ; un effort sans fin et sans espoir pour revenir dans le passé. Rutherford était un homme monstrueux, avec une crinière de cheveux gris et gras, le visage balafré, la peau flasque et d'épaisses lèvres négroïdes. Il avait dû être extrêmement fort ; à présent, son corps puissant s'affaissait, s'inclinait, devenait bossu, s'éparpillait dans tous les sens. Il semblait se dissoudre devant vos yeux, comme une montagne qui s'effritait.

Il était quinze heures, un moment où il n'y avait personne. À présent, Winston arrivait à se rappeler la façon dont il avait atterri dans ce café à cette heure-ci. L'endroit était presque désert. Une musique métallique dégoulinait des télécrans. Les trois hommes étaient assis dans leur coin, presque immobiles, toujours silencieux. Sans attendre la commande, le serveur apporta de nouveaux verres de gin. Un jeu d'échecs se trouvait la table, à côté d'eux ; les pièces étaient sorties, mais la partie n'avait pas été commencée. Puis, pendant environ trente secondes, quelque chose arriva aux télécrans. L'air qu'ils jouaient changea, ainsi que la tonalité de la musique. Il y eut alors… c'était un son difficile à décrire. C'était une note étrange, irrégulière, un mélange de braiment et de huées. Dans sa tête, Winston l'appela une note jaune. Ensuite, une voix chanta dans le télécran :

Sous le grand châtaignier,
Je vous ai vendus et vous m'avez vendu :
Ils reposent là-bas, et nous sommes étendus
Sous le grand châtaignier.

Les trois hommes n'avaient bougé à aucun moment. Mais lorsque Winston jeta un nouveau coup d'œil sur le visage désastreux de Rutherford, il vit que ses yeux étaient remplis de larmes. Et pour la première fois, il remarqua, avec une sorte de frisson intérieur, même s'il ignorait *pourquoi* il frissonnait, qu'Aaronson et Rutherford avaient tous les deux le nez cassé.

Un peu plus tard, ils furent de nouveau arrêtés tous les trois. Apparemment, ils s'étaient livrés à de nouvelles conspirations dès leur libération. À leur second procès, ils confessèrent encore une fois tous leurs anciens crimes, avec toute une série de nouveaux. Ils furent exécutés et leur destin fut retranscrit dans les histoires du Parti comme un avertissement pour la postérité. Environ cinq ans après, en 1973, Winston déroulait une liasse de documents, qui venait de glisser du tube pneumatique sur son bureau, lorsqu'il tomba sur un bout de papier qui avait visiblement été glissé parmi les autres, puis oublié. À la seconde où il l'avait aplati, il avait compris ce qu'il signifiait. Il s'agissait d'une demi-page arrachée du *Times*, datée d'environ dix ans plus tôt – c'était la partie supérieure de la page, ce qui incluait la date – et elle contenait une photographie des délégués à une réunion du Parti à New York. Au milieu du groupe, on distinguait aisément Jones, Aaronson et Rutherford. On ne pouvait pas se tromper ; et même en cas de doute, leurs noms étaient inscrits dans la légende en dessous de la photo.

Le fait était qu'à leurs deux procès, les trois hommes avaient avoué qu'à cette date, ils se trouvaient sur le sol eurasien. Ils s'étaient envolés d'un aérodrome secret au Canada pour se rendre à un rendez-vous quelque part en Sibérie, avant de s'entretenir avec des membres de l'état-major eurasien, à qui ils avaient livré d'importants secrets militaires. Cette date était marquée au fer rouge dans la mémoire de Winston, car il se trouvait que c'était le jour de la Saint-Jean ; mais toute l'histoire devait aussi apparaître sur une multitude d'autres documents. Il n'y avait qu'une seule conclusion possible : leurs aveux étaient des mensonges.

Bien entendu, il ne s'agissait pas là d'une découverte en soi. Même à cette époque-là, Winston n'avait pas imaginé que les personnes éliminées lors des purges avaient vraiment commis les crimes dont ils étaient accusés. Mais il était question ici d'une preuve tangible : c'était un fragment du passé aboli, comme un fossile qui réapparaît dans une strate où l'on ne pensait pas le trouver, détruisant une théorie géologique. Ce document, s'il avait pu être publié et si son importance avait pu être exposée aux yeux de tous, aurait suffi à faire sauter le Parti et le réduire à néant.

Winston s'était plongé dans son travail. Dès qu'il avait compris ce que représentait la photographie, et ce qu'elle signifiait, il l'avait recouverte avec une autre feuille. Par chance, lorsqu'il l'avait déroulée, la photo était à l'envers par rapport au télécran.

Il posa son bloc-notes sur ses genoux et repoussa sa chaise, afin de s'éloigner le plus possible du télécran. Garder un visage impassible n'était pas difficile, on pouvait même contrôler sa respiration en faisant un effort, mais on ne pouvait pas contrôler les battements de son cœur, et le télécran était assez sensible pour les détecter. Winston laissa passer ce qu'il pensait être dix minutes, tourmenté tout ce laps de temps par la peur qu'un accident le trahisse – un courant d'air soudain qui balayerait son bureau, par exemple. Puis, sans la découvrir, il laissa tomber la photo dans le trou de mémoire, avec d'autres papiers à jeter. Dans une minute peut-être, elle serait réduite en cendres.

Cela s'était passé dix ou onze ans plus tôt. Aujourd'hui, il aurait probablement gardé cette photo. Il trouva étrange que le fait de l'avoir tenue dans ses mains lui semblât faire une différence même aujourd'hui encore, alors que la photo elle-même ainsi que l'évènement qu'elle représentait n'étaient plus qu'un souvenir. Il se demanda si l'emprise du Parti sur le passé était moins forte car une preuve qui n'était plus avait *un jour* existé ?

Mais à présent, en supposant qu'elle pût renaître de ses cendres d'une façon ou d'une autre, la photographie ne serait sans doute pas une preuve. Déjà à l'époque où il avait fait cette découverte, l'Océania n'était plus en guerre contre l'Eurasia, et les trois hommes auraient trahi leur pays auprès des agents de l'Estasia. Depuis lors, il y avait eu d'autres changements – deux ou trois, il n'arrivait pas à se rappeler combien. Les aveux avaient très certainement été réécrits encore et encore jusqu'à ce que les dates et les faits originaux n'aient plus la moindre importance. Le passé ne faisait pas que changer ; il évoluait en continu. Ce qui affligeait le plus Winston et lui faisait froid dans le dos, c'était qu'il n'avait jamais vraiment compris pourquoi cette énorme imposture avait été entreprise. Les avantages immédiats de la falsification du passé étaient évidents, mais le motif ultime restait un mystère. Il reprit sa plume et écrivit :

Je comprends comment. Je ne comprends pas pourquoi.

Il se demanda, comme il l'avait déjà fait de nombreuses fois auparavant, s'il était fou lui-même. Peut-être que les fous n'étaient qu'une minorité constituée d'une seule personne. À une époque, croire que la Terre tournait autour du Soleil était un signe de folie ; aujourd'hui, c'était de croire que le passé était immuable. Il devait être *le seul* à en être convaincu, et s'il était le seul, alors il était fou. Mais l'idée qu'il pouvait être fou ne le troublait pas outre mesure ; sa terreur résidait dans la possibilité qu'il puisse aussi avoir tort.

Il attrapa le manuel d'histoire pour enfants et regarda le portrait de Big Brother, qui était la première image au début du livre. Les yeux hypnotiques plongeaient dans les siens. On aurait dit qu'une force immense vous oppressait – une chose qui s'introduisait dans votre crâne, frappait contre votre cerveau, vous effrayait jusqu'à vous faire abandonner vos croyances, vous persuadant presque de nier le témoignage de vos sens. Le Parti finirait par annoncer que deux et deux font cinq, et vous devriez le croire. Qu'ils affirment cela tôt ou tard était inévitable ; la logique de leur position l'exigeait. Non seulement la validité de l'expérience, mais aussi l'existence même de la réalité extérieure étaient implicitement niées par leur philosophie. L'hérésie des hérésies était logique. Et le plus terrifiant n'était pas qu'ils vous tuent si vous pensiez autrement, mais qu'ils aient raison. Car, après tout, comment savons-nous que deux et deux font quatre ? Ou comment marche la force de la gravité ? Ou que le passé est immuable ? Si le passé et le monde extérieur n'existent tous deux que dans notre esprit, et si l'esprit est incontrôlable, alors quoi ?

Mais non ! Son courage semblait soudainement se durcir de lui-même. Le visage d'O'Brien, qu'aucune association évidente n'avait évoqué, lui avait traversé l'esprit. Il était certain, plus convaincu que jamais, qu'O'Brien était de son côté. Il écrivait son journal pour O'Brien – il écrivait *à* O'Brien. Ce journal était comme une lettre interminable que personne ne lirait jamais, mais qui était adressée à quelqu'un en particulier, et c'était ce qui lui donnait du sens.

Le Parti vous disait de rejeter le témoignage des yeux et des oreilles. C'était là leur commandement final, le plus essentiel. Son cœur sombra en pensant à l'énorme puissance déployée contre lui, à l'aisance avec laquelle n'importe quel intellectuel du Parti le vaincrait lors d'un débat, les arguments subtils qu'il ne serait pas en mesure de comprendre, et encore moins d'y répondre. Néanmoins, il était dans le vrai ! Ils avaient tort et il avait raison. L'évident, le sens commun et la vérité devaient être défendus. Les truismes sont vrais, il faut s'y raccrocher ! Le monde matériel existe, ses lois ne changent pas. Les pierres sont dures, l'eau est mouillée, les objets sans soutien tombent vers le centre de la Terre. Gagné par l'impression qu'il s'adressait à O'Brien, et aussi qu'il posait un axiome important, il écrivit :

La liberté, c'est la liberté de dire que deux et deux font quatre. Si ceci est admis, tout le reste suivra.

VIII

Une odeur de café torréfié – pas celui de la Victoire, le vrai – flottait dans la rue, venant de quelque part au bas d'un passage. Winston s'arrêta inconsciemment. Pendant peut-être deux secondes, il était de retour dans le monde à moitié oublié de son enfance. Puis une porte claqua ; elle sembla couper le parfum aussi brutalement que s'il avait été un son.

Il avait marché de nombreux kilomètres sur le trottoir, et son ulcère variqueux le lançait. C'était la deuxième fois en trois semaines qu'il avait manqué une soirée au Centre Communautaire ; un acte imprudent, car on savait très bien que la fréquence des présences au Centre était soigneusement surveillée. En principe, un membre du Parti n'avait pas de temps libre et n'était jamais seul, sauf dans son lit. On supposait que lorsqu'il n'était ni en train de travailler, de manger ou de dormir, il prenait part à quelque divertissement communautaire. Faire quoi que ce soit qui suggérait un goût pour la solitude, même aller se promener seul, était toujours sensiblement dangereux. Il y avait un mot novlang pour cela : l'*égovie*. Ce terme était synonyme d'individualisme et d'excentricité. Mais ce soir-là, alors qu'il sortait du ministère, l'air doux du mois d'avril l'avait tenté. Le ciel était d'un bleu plus chaleureux qu'il ne l'avait encore été depuis le début de l'année, et soudain, la longue soirée bruyante au Centre, les jeux ennuyeux et épuisants, les conférences et la camaraderie braillarde entraînée par le gin lui avaient semblé insupportables. Sur un coup de tête, il avait tourné le dos à l'arrêt de bus et déambulé dans le labyrinthe londonien, d'abord vers le sud, puis vers l'est, puis de nouveau vers le nord, se perdant dans des rues inconnues et se préoccupant à peine de la direction qu'il prenait.

« S'il y a de l'espoir, il réside chez les prolétaires », avait-il écrit dans son journal. Ces mots lui revenaient sans cesse à l'esprit ; ils représentaient l'affirmation d'une vérité mystique et d'une absurdité évidente. Il se trouvait quelque part dans les bas quartiers vagues, peints en brun, situés au nord et à l'est de ce qui était autrefois la gare de Saint Pancras. Il remontait une rue pavée abritant des maisons à un étage, avec des portes délabrées qui donnaient directement sur le trottoir et rappelaient curieusement des trous à rat. Ici et là, parmi les dalles, se trouvaient des flaques d'eau sale. Derrière et devant ces portes sombres, ainsi que dans les ruelles étroites qui bifurquaient de tous les côtés, un nombre incroyable de personnes se rassemblaient en un essaim : des filles en pleine floraison portant un rouge à lèvres grossièrement appliqué, de jeunes hommes traquant les filles, des femmes bouffies se dandinant, qui vous montraient à quoi allaient ressembler les jeunes filles dix ans plus tard, de vieilles créatures au dos courbé traînant des pieds plats, des enfants aux pieds nus, vêtus de haillons, jouant dans les flaques, puis se dispersant dès qu'ils entendaient les cris rageurs de leur mère. Peut-être un quart des fenêtres dans la rue étaient brisées et condamnées avec des planches. La plupart des gens ne prêtaient pas attention à Winston ; quelques paires d'yeux se posèrent rapidement sur lui, une sorte de curiosité réservée dans le regard. Deux femmes monstrueuses, les avant-bras d'un rouge brique croisés sur leurs tabliers, discutaient sous un porche. Winston entendit quelques bribes de la conversation lorsqu'il s'approcha d'elles.

— Ouais, que je lui ai dit, c'est bien beau tout ça, que j'ai dit. Mais si t'avais été à ma place, t'aurais fait la même chose que moi. C'est facile de critiquer, j'ai dit, mais t'as pas les mêmes problèmes que moi.

— Ah, répondit l'autre. T'as complètement raison. C'est là que ça pèche.

Les voix stridentes s'arrêtèrent brusquement. Une des femmes le dévisagea dans un silence hostile lorsqu'il les dépassa. Mais ce n'était pas tout à fait de l'hostilité ; plutôt un genre de méfiance, un raidissement passager, comme lorsqu'un animal inconnu passait devant vous. L'uniforme bleu du Parti n'était sans doute pas souvent aperçu dans une rue comme celle-ci. En effet, il était assez imprudent d'être vu dans un endroit pareil, à moins d'y mener une affaire précise. Les patrouilles pourraient vous arrêter si vous tombiez sur eux. « Puis-je voir vos papiers, camarade ? Que faites-vous ici ? À quelle heure avez-vous quitté le travail ? Est-ce par là que vous passez pour rentrer chez vous, d'habitude ? », etc. Non pas qu'il y eût de loi interdisant de rentrer chez soi par un chemin différent, mais cela suffisait à attirer l'attention sur vous si la Police de la Pensée venait à en entendre parler.

Soudain, toute la rue fut agitée. Des cris d'avertissement retentirent de tous les côtés. Toutes les personnes présentes regagnèrent leur porte aussi rapidement que des lapins. Une jeune femme bondit sur un porche, à quelques mètres devant Winston, attrapa un petit garçon qui jouait dans une flaque, le fouetta avec son tablier et rentra de nouveau dans sa maison, tout ceci comme dans un seul mouvement. Au même moment, un homme vêtu d'un costume noir en accordéon, qui venait de surgir d'une ruelle latérale, courut droit vers Winston, pointant un doigt frénétique vers le ciel.

— Cocotte ! hurla-t-il. Fais attention, patron ! Pan ! Sur la tête ! Mets-toi vite à couvert !

« Cocotte » était le surnom que les prolétaires, pour une raison ou une autre, avaient donné aux bombes-fusées. Winston se jeta immédiatement à plat ventre sur le sol. Les prolétaires avaient presque toujours raison lorsqu'ils vous donnaient ce genre d'avertissements. Ils semblaient posséder une sorte d'instinct qui les informait qu'une bombe arrivait de nombreuses secondes avant qu'elle ne soit lâchée, même si les bombes-fusées étaient supposées tomber plus rapidement que la vitesse du son. Winston bloqua ses avant-bras sur sa tête. Il y eut un rugissement qui sembla soulever les pavés de la rue ; une pluie d'objets légers s'abattit sur son dos. Lorsqu'il se releva, il constata qu'il était couvert de débris de verre, vestiges d'une fenêtre proche de lui.

Il se remit en chemin. La bombe avait démoli un ensemble de maisons en haut de la rue, environ deux cents mètres plus loin. Un panache de fumée noire flottait dans le ciel ; en dessous de lui se trouvait un nuage de poussière de plâtre autour des ruines, dans lequel une foule se formait déjà. Un petit amas de plâtre gisait devant lui, sur le trottoir, et au milieu de cet amoncellement, il aperçut une traînée d'un rouge vif. Lorsqu'il s'en approcha, il réalisa qu'il s'agissait d'une main humaine sectionnée au niveau du poignet. À part le moignon sanguinolent, la main était si blanche qu'elle ressemblait à un moulage en plâtre.

Il poussa la chose du pied jusqu'au caniveau, puis, afin d'éviter la foule, il emprunta une rue adjacente à sa droite. Trois ou quatre minutes plus tard, il était sorti de la zone touchée par la bombe, et les rues sordides avaient repris leur vie grouillante comme si rien ne s'était passé. Il était presque vingt heures et les débits d'alcool que les prolétaires fréquentaient (les « pubs », comme ils les appelaient) étaient remplis de clients. Une odeur d'urine, de sciure et de bière amère sortait de leurs portes battantes crasseuses, qui s'ouvraient et se fermaient sans cesse. Dans un angle formé par la façade d'une maison en saillie, trois hommes se tenaient près les uns des autres, celui se trouvant au milieu tenant un journal plié, que les deux autres étudiaient par-dessus son épaule. Avant même qu'il fût assez proche pour distinguer l'expression sur leur visage, Winston vit de la tension sur chaque parcelle de leur corps. Ils étaient certainement en train de lire une information préoccupante. Il se trouvait à quelques pas d'eux lorsque, soudain, le groupe se rompit et deux des hommes se livrèrent à une violente altercation. Pendant un instant, ils semblèrent presque à la limite d'en venir aux mains.

— Mais tu vas écouter ce que je dis, bon sang ? Je te dis qu'aucun numéro finissant par sept n'a été gagnant depuis plus de quatorze mois !

— Mais si !

— Mais non ! Chez moi, je note tous les numéros gagnants depuis plus de deux ans sur un bout de papier. J'en rate jamais un seul. Et je t'assure qu'aucun numéro finissant par sept…

— Si, un sept a gagné ! Je pourrais presque te dire ce foutu numéro. Ça finissait par quatre, zéro, sept. C'était en février, la deuxième semaine de février !

— Février mon cul ! J'ai tout marqué noir sur blanc. Et je te le dis, aucun numéro…

— Oh, mais fermez-la ! s'exclama le troisième homme.

Ils parlaient de la Loterie. Winston se retourna après s'être éloigné de trente mètres. Ils se disputaient toujours ; leurs visages étaient pleins d'ardeur et de passion. La loterie, avec les énormes prix qu'elle offrait chaque semaine, était la seule activité publique à laquelle les prolétaires s'intéressaient vraiment. Il était possible que, pour quelques millions de prolétaires, la Loterie fût la principale raison, si ce n'était la seule, de rester en vie. Pour eux, elle représentait une grande joie, une folie, un analgésique, un stimulant intellectuel. En ce qui concernait la Loterie, même les personnes qui savaient à peine lire et écrire semblaient capables de gérer des calculs complexes et de faire preuve de facultés mémorielles impressionnantes. Tout un tas d'hommes gagnaient leur vie en vendant des astuces, des prévisions et des amulettes porte-bonheur. Winston n'avait rien à voir avec le déroulement de la Loterie, qui était gérée par le ministère de l'Abondance, mais il savait (comme tout le monde dans le Parti) que les prix étaient largement fictifs. Seules de petites sommes étaient réellement versées, les gagnants des gros lots étant des personnes inexistantes. En l'absence d'une réelle intercommunication entre les deux parties de l'Océania, ce n'était pas difficile à organiser.

Mais s'il y avait de l'espoir, il résidait chez les prolétaires. Vous deviez vous accrocher à cela. Lorsque vous le formuliez, cette pensée semblait raisonnable, mais c'était lorsque vous regardiez les êtres humains qui vous croisaient sur le trottoir que cela devenait un acte de foi. La rue dans laquelle Winston avait tourné descendait en pente. Il avait l'impression d'être déjà venu dans ce quartier auparavant et qu'il y avait un passage à proximité. Un peu plus loin en avant, on entendait un vacarme de voix qui hurlaient. La rue tourna brutalement, puis se termina en une volée de marches qui conduisaient dans une allée en contrebas, où quelques marchands vendaient des légumes flétris. À cet instant, Winston se souvint de cet endroit. Cette allée menait à la rue principale, et au prochain croisement, moins de cinq minutes plus loin, se trouvait le bric-à-brac où il avait acheté le livre vierge qui était à présent son journal. Et dans une petite papeterie non loin de là, il avait acquis son porte-plume ainsi que son flacon d'encre.

Il s'arrêta un instant en haut des marches. De l'autre côté de la ruelle se trouvait un petit pub miteux ; on avait l'impression que ses fenêtres étaient recouvertes de givre, mais en réalité, il ne s'agissait que d'un amas de poussière. Un homme très âgé, voûté mais énergique, avec des moustaches blanches qui se hérissaient comme celles d'une crevette, poussa la porte et entra dans le pub. Alors que Winston continuait à le regarder, il lui vint à l'esprit que ce vieil homme, qui devait avoir au moins quatre-vingts ans, était d'âge mûr lorsque la Révolution avait eu lieu. Lui et quelques autres de son genre étaient les derniers liens qui existaient à présent avec le monde disparu du capitalisme. Dans le Parti lui-même, il ne restait que peu de personnes dont les idées avaient été formées avant la Révolution. La génération plus âgée avait majoritairement été éradiquée lors des grandes purges des années 50 et 60, et les quelques survivants avaient vécu une telle terreur qu'ils s'étaient livrés à une capitulation intellectuelle. Si une personne encore en vie pouvait vous faire un compte rendu véridique des conditions au début du siècle, ce ne pouvait être qu'un prolétaire. Soudain, le passage du livre d'histoire que Winston avait recopié dans son journal lui revint en mémoire, et un élan de démence le saisit. Il allait entrer dans le pub, faire connaissance avec ce vieil homme et lui poser des questions. Il lui demanderait : « Racontez-moi votre enfance. C'était comment, en ces temps-là ? Les choses étaient-elles mieux qu'aujourd'hui, ou étaient-elles pires ? »

Il pressa le pas, évitant toute occasion de prendre peur, et il descendit les marches, avant de traverser la rue étroite. Bien entendu, c'était de la folie. Encore une fois, aucune loi n'interdisait de parler aux prolétaires ni de fréquenter leurs pubs, mais c'était là une chose bien trop inhabituelle pour qu'elle puisse passer inaperçue. Si les patrouilles débarquaient, il pourrait toujours prétexter un malaise pour se justifier, mais ce n'était pas comme s'ils allaient le croire. Il poussa la porte, et une affreuse odeur de bière amère et de fromage le frappa de plein fouet. Lorsqu'il entra, le vacarme des voix diminua au moins de moitié. Dans son dos, il sentait que tout le monde avait les yeux rivés sur son uniforme bleu. Une partie de fléchettes à l'autre bout de la salle fut interrompue pendant presque trente secondes. Le vieil homme qu'il avait suivi se tenait devant le bar, au milieu de ce qui semblait être une altercation entre lui et le barman, un jeune homme costaud, grand, avec un nez crochu et d'énormes avant-bras. Quelques autres clients autour d'eux, un verre à la main, observaient la scène.

— J'suis assez poli, non ? dit le vieil homme en redressant les épaules d'un air bagarreur. Vous m'dites que vous avez pas une pinte dans tout ce foutu pub ?

— Mais bon sang, c'est quoi *une pinte* ? demanda le barman, se penchant en avant avec le bout des doigts appuyé sur le comptoir.

— Ça, c'est la meilleure ! Ça se dit barman et ça ne sait pas c'que c'est qu'une pinte ! Eh ben, une pinte, c'est un d'mi-quart, et y faut quatre quarts pour un gallon. Tu devrais apprendre le BA-BA la prochaine fois.

— Jamais entendu parler, répondit sèchement le barman. Un litre ou un demi-litre, c'est tout ce qu'on sert. Il y a les verres sur l'étagère juste devant vous.

— J'veux une pinte, insista le vieil homme. Vous auriez pu me trouver une pinte assez facilement. On avait pas ces foutus litres quand j'étais jeune.

— Quand vous étiez jeune, on vivait tous en haut des arbres, répondit le barman en lançant un regard aux autres clients.

Il y eut des éclats de rire, puis le malaise engendré par l'entrée de Winston sembla se dissiper. Le visage pâle du vieil homme, arborant une barbe de trois jours, avait viré au rouge. Il se retourna, marmonnant tout seul, puis il heurta Winston. Ce dernier le saisit doucement par le bras.

— Puis-je vous offrir un verre ? demanda-t-il.

— Vous êtes un gentleman, répondit le vieil homme en redressant à nouveau les épaules.

Il ne semblait pas avoir remarqué l'uniforme bleu de Winston.

— Une pinte ! lança-t-il au barman sur un ton agressif. Une pinte de wallop.

Le barman remplit de bière brune des verres aux parois épaisses, contenant deux demi-litre, qu'il avait rincés dans un seau sous le comptoir. La bière était la seule boisson que vous pouviez déguster dans les pubs des prolétaires. Ils n'étaient pas censés boire du gin, même si, dans les faits, ils pouvaient s'en procurer assez facilement. La partie de fléchettes avait repris de plus belle, et les quelques hommes au bar s'étaient mis à parler des tickets de loterie. La présence de Winston fut oubliée pendant un instant. Sous la fenêtre se trouvait une table en bois à laquelle le vieil homme et lui pourraient discuter sans avoir peur d'être entendus. C'était très dangereux, mais au moins, il n'y avait aucun télécran dans la pièce ; il s'en était assuré dès qu'il était entré.

— Il aurait pu m'trouver une pinte, rouspéta le vieillard en s'asseyant derrière un verre. Un d'mi-litre, ça suffit pas. On reste sur sa faim. Et un litre, c'trop. Ça me fait pisser comme une rivière. Sans parler du prix.

— Vous avez dû connaître de grands changements depuis votre jeunesse, tenta Winston.

Les yeux bleu pâle du vieil homme passèrent du jeu de fléchettes au bar, puis du bar à la porte des toilettes réservées aux hommes, comme s'il s'attendait à ce que ces changements aient eu lieu dans cette salle.

— La bière était meilleure, finit-il par prononcer. Et moins chère ! Quand j'étais jeune, une pinte de bière douce – on l'appelait *wallop* – coûtait quatre centimes. C'était avant la guerre, évidemment.

— Laquelle ? demanda Winston.

— Toutes, répondit vaguement son interlocuteur.

Il leva son verre et se redressa à nouveau.

— À la vôtre !

Dans sa longue gorge, sa pomme d'Adam pointue monta et descendit dans un mouvement étonnamment rapide, puis la bière disparut. Winston se rendit au bar avant de revenir avec deux autres demi-litres. Le vieil homme semblait avoir oublié son préjugé contre l'idée de boire un litre entier.

— Vous êtes bien plus âgé que moi, commença Winston. Vous deviez déjà être un adulte avant ma venue au monde. Vous pouvez vous rappeler comment c'était, à l'époque, avant la Révolution. Les gens de mon âge ne savent pas grand-chose de ce temps-là. On peut seulement lire des livres qui en parlent, mais ce qu'ils contiennent n'est peut-être pas vrai. J'aimerais connaître votre opinion là-dessus. Les livres d'histoire disent que la vie avant la Révolution était complètement différente de celle que nous avons aujourd'hui. Il y avait une terrible oppression, injustice, pauvreté, pire que ce que l'on peut imaginer. Ici, à Londres, la grande majorité des gens n'avaient jamais assez à manger, et ce jusqu'à leur mort. La moitié d'entre eux n'avaient même pas de bottes. Ils travaillaient douze heures par jour, quittaient l'école à neuf ans, dormaient à dix dans une seule pièce. Et en même temps, il y en avait certains, très peu, seulement quelques milliers, qui étaient riches et puissants : on les appelait les capitalistes. Ils possédaient tout ce qu'il était possible de détenir. Ils vivaient dans de grandes et magnifiques demeures avec trente serviteurs, ils se déplaçaient en automobiles ou en calèches tirées par quatre chevaux, ils buvaient du champagne, ils portaient des hauts-de-forme…

Le visage du vieillard s'illumina subitement.

— Les hauts-de-forme ! s'exclama-t-il. C'est drôle que vous en parliez. J'ai pensé au même truc pas plus tard qu'hier, j'sais pas pourquoi. J'y pensais, c'est tout, j'ai pas vu de haut-de-forme depuis des années. Tous disparus, oui. La dernière fois qu'j'en ai porté un, c'était à l'enterrement d'ma belle-sœur. Et c'était… bon, je saurais pas bien vous redire la date, mais c'était au moins y a cinquante ans. Bien sûr, on l'avait juste loué pour l'occasion, vous comprenez.

— Les hauts-de-forme n'ont pas vraiment d'importance, lui assura Winston, faisant preuve de patience. L'important est que ces capitalistes, ainsi que quelques hommes de loi et quelques prêtres qui vivaient sur leur dos, étaient les seigneurs de la Terre. Tout existait pour eux. Et vous, les gens ordinaires, les travailleurs, vous étiez leurs esclaves. Ils pouvaient faire ce qu'ils voulaient de vous. Ils pouvaient vous expédier au Canada comme du bétail. Ils pouvaient coucher avec vos filles s'ils en avaient envie. Ils pouvaient ordonner que l'on vous fouette avec une chose nommée un chat à neuf queues. Vous deviez retirer votre casquette lorsque vous les croisiez. Chaque capitaliste se déplaçait avec une armée de laquais qui…

Le visage de l'homme s'illumina à nouveau.

— Laquais ! V'là un mot que j'ai pas entendu depuis bien longtemps. Laquais ! Ça me ramène en arrière, pour sûr. Je me rappelle, oh, y a belle lurette, j'me rendais parfois à Hyde Park le dimanche après-midi pour écouter des gars qui donnaient des discours. Armée du Salut, catholiques romains, Juifs, Indiens – y en avait de toutes sortes. Et y avait ce type – bon, j'peux pas vous donner son nom, mais c'était un sacré orateur. Il y mettait du cœur ! « Laquais », qu'il disait, « laquais de la bourgeoisie ! Larbins de la classe dirigeante ! ». « Parasite », aussi, c'était un de ses mots. Et « hyènes », il les appelait comme ça. Pour sûr, il faisait référence au Parti travailliste, vous comprenez.

Winston eut l'impression qu'il s'agissait là d'un dialogue de sourds.

— C'était ça que je voulais vraiment savoir, dit-il. Avez-vous l'impression d'avoir plus de liberté aujourd'hui qu'à cette époque ? Est-ce qu'on vous considère plus comme un être humain ? Dans le temps, les riches, les personnes au pouvoir…

— La Chambre des Lords, intervint le vieil homme, victime d'une réminiscence.

— La Chambre des Lords, si vous voulez. Voici la question que je me pose : est-ce que ces personnes étaient capables de vous traiter comme des êtres inférieurs simplement parce qu'ils étaient riches et que vous, vous étiez pauvres ? Est-ce vrai que vous deviez les appeler « Monsieur », par exemple, ou que vous deviez retirer votre casquette lorsque vous les croisiez ?

Le vieillard sembla réfléchir intensément. Il but environ un quart de sa bière avant de répondre :

— Oui. Ils aimaient qu'on incline notre casquette devant eux. Ça montrait le respect, on va dire. J'étais pas d'accord avec ça moi-même, mais je l'ai quand même fait assez souvent. J'étais obligé, on va dire.

— Et est-ce que ça pouvait arriver – je me base uniquement sur ce que j'ai lu dans les livres d'histoire – que ces gens et leurs serviteurs vous poussent dans le caniveau alors que vous marchiez sur le trottoir ?

— Un d'eux m'a poussé, une fois, répondit le vieil homme. J'm'en souviens comme si c'était hier. C'tait un soir de course de bateau – en général, ils étaient très bagarreurs, ces soirs-là – et j'suis rentré dans un type jeune sur Shaftesbury Avenue. C'tait un gentleman, pour sûr : chemise de soirée, haut-de-forme, pardessus noir. Il marchait en zigzag sur le trottoir et j'lui suis rentré dedans ; c'tait un accident. « Tu ne peux pas regarder où tu vas ? », qu'il a dit. « Vous croyez qu'ce foutu trottoir vous appartient ? », que j'ai répondu. « Je te tords ton sale petit cou si tu me cherches », qu'il a dit. « Vous êtes bourré. J'vous rétame en moins de trente secondes », que j'ai dit. Et croyez-moi ou pas, il a mis sa main sur mon torse et m'a poussé si fort qu'il m'a presque fait passer sous les roues d'un bus. Enfin, j'étais jeune à cette époque, et je lui en aurais bien mis une, mais…

Un sentiment d'impuissance s'empara de Winston. La mémoire du vieillard n'était qu'un fatras de détails inutiles. On pourrait lui poser des questions toute la journée sans obtenir la moindre information concrète. Les histoires du Parti étaient peut-être partiellement vraies. Voire complètement. Il fit une dernière tentative :

— Peut-être me suis-je mal exprimé, dit-il. Ce que j'essaie de vous dire, c'est que vous vivez depuis longtemps ; la moitié de votre vie a eu lieu avant la Révolution. En 1925, par exemple, vous étiez déjà adulte. En vous basant sur vos souvenirs, diriez-vous que la vie en 1925 était meilleure ou pire que celle d'aujourd'hui ? Si vous pouviez choisir, préfèreriez-vous vivre à cette époque ou maintenant ?

Le vieil homme observa les jeux de fléchettes, l'air méditatif. Il finit sa bière, plus lentement cette fois. Lorsqu'il prit la parole, il afficha un air pareil à celui d'un philosophe tolérant, comme si la bière l'avait détendu.

— J'sais ce que vous attendez que j'vous dise, répliqua-t-il. Vous attendez que j'vous dise que j'préfèrerais être jeune à nouveau. La plupart des gens disent qu'ils préfèreraient être jeunes, si on leur pose la question. Quand on est jeune, on a la santé et de la force. Quand on arrive à mon âge, on se sent jamais bien. Je souffre d'un méchant truc à mes pieds, et ma vessie est en piteux état. Ça me tire du pieu six ou sept fois toutes les nuits. En revanche, y a de gros avantages à être vieux. On a pas les mêmes préoccupations. On s'occupe plus des femmes, et ça, c'est une bonne chose. J'ai pas eu de femme depuis presque trente ans, vous pouvez m'croire. Et j'en avais pas envie, en plus.

Winston s'appuya à nouveau contre le rebord de la fenêtre. Continuer ne servirait à rien. Il était sur le point de commander d'autres bières lorsque le vieil homme se leva brusquement, avant de se diriger rapidement, en traînant les pieds, vers l'urinoir nauséabond dans un coin de la pièce. Le demi-litre en trop opérait déjà sur sa vessie. Winston s'assit pendant une minute ou deux, le regard fixé sur son verre vide, puis se rendit à peine compte que ses pieds le menaient à l'extérieur du pub. Il songea que vingt ans plus tard, tout au plus, la simple et grande question « La vie avant la Révolution était-elle meilleure que celle d'aujourd'hui ? » ne pourrait jamais plus trouver de réponse. Mais en réalité, elle n'en trouvait pas plus aujourd'hui, puisque les quelques survivants disséminés de l'ancien monde étaient incapables de comparer une époque à une autre. Ils se rappelaient un million de choses inutiles – une dispute avec un collègue, la recherche d'une pompe à bicyclette perdue, l'expression du visage d'une sœur décédée depuis longtemps, les tourbillons de poussière un matin où il y avait du vent, soixante-dix ans plus tôt – mais les faits pertinents restaient en dehors de leur champ de vision. Ils étaient comme les fourmis, qui voient de petits objets, mais sont incapables d'en voir de plus grands. Et lorsque la mémoire flanchait et que les traces écrites étaient falsifiées, à ce moment-là, la prétention du Parti d'avoir amélioré les conditions de la vie humaine devait être acceptée, car il n'existait et n'existerait jamais plus aucun modèle auquel les conditions actuelles pourraient être comparées.

À cet instant, le train de ses pensées s'interrompit brusquement. Il s'arrêta et leva les yeux. Il se trouvait dans une rue étroite, abritant quelques petites boutiques sombres, disséminées parmi des maisons d'habitation. Juste au-dessus de sa tête pendaient trois boules en métal décoloré ; on aurait dit qu'elles avaient été dorées, autrefois. Il avait l'impression de reconnaître l'endroit. Bien sûr ! Il se tenait devant le bric-à-brac dans lequel il avait acheté son journal.

Un élan de peur parcourut tout son corps. Acheter le livre avait déjà été assez imprudent, et il s'était juré de ne jamais revenir aux alentours de cet endroit. Et pourtant, lorsqu'il s'était permis de se perdre dans ses pensées, ses pieds l'avaient de nouveau conduit ici d'eux-mêmes. C'était précisément pour se protéger contre ce genre de tendances suicidaires qu'il avait commencé à tenir son journal. Au même moment, il remarqua que malgré l'heure tardive, presque vingt-et-une heures, le magasin était encore ouvert. Frappé par l'impression qu'il attirerait moins l'attention à l'intérieur qu'en restant bêtement sur le trottoir, il passa le seuil de la porte. Si on l'interrogeait, il pourrait affirmer qu'il essayait de se procurer des lames de rasoir ; il s'agissait là d'une raison plausible.

Le propriétaire de la boutique venait d'allumer une lampe à huile suspendue, de laquelle émanait une odeur peu agréable mais accueillante. Cet homme devait avoir environ soixante ans, d'apparence chétive et le dos voûté, avec un nez long et bienveillant, ainsi que des yeux remplis de douceur, déformés par les verres épais de ses lunettes. Ses cheveux étaient presque blancs, mais ses sourcils étaient encore fournis et noirs. Ses lunettes, ses mouvements gracieux, méticuleux, et le fait qu'il portait une veste usée en velours noir lui donnaient vaguement l'air d'un intellectuel, comme un homme de lettres ou peut-être un musicien. Sa voix était douce, comme désuète, avec un accent moins vulgaire que la majorité des prolétaires.

— Je vous ai reconnu sur le trottoir, annonça-t-il sans attendre. Vous êtes le gentleman qui a acheté l'album souvenir de cette jeune femme. C'était un superbe spécimen, sans nul doute. On appelait ça du papier crémeux. Je n'en ai pas vu de tel depuis… oh, je dirais cinquante ans.

Il observa Winston par-dessus ses lunettes.

— Désirez-vous quelque chose en particulier ? Ou vous voulez juste jeter un coup d'œil ?

— Je suis juste rentré en passant, répondit vaguement Winston. Je ne cherche rien de particulier.

— C'est tout aussi bien, car je suppose que je n'aurais pas pu vous satisfaire.

Le marchand s'excusa auprès de lui en agitant sa main grassouillette.

— Vous voyez comment c'est. On pourrait dire un magasin vide. Entre vous et moi, le commerce d'antiquités touche à sa fin. Plus de demande ni de réserves. Des meubles, de la porcelaine, du verre, tout s'est cassé au fur et à mesure. Et bien sûr, la plupart des choses en métal ont été fondues. Je n'ai pas vu de chandelier en cuivre depuis des années.

À vrai dire, la petite pièce de la boutique était bien trop chargée, mais presque aucun objet n'avait la moindre valeur. L'espace libre au sol était très restreint, car tout le long des murs, d'innombrables cadres poussiéreux étaient empilés. Dans la vitrine, on pouvait trouver des plateaux d'écrous et de vis, des ciseaux usés, des canifs aux lames émoussées, des montres en métal terni qui n'avaient même pas la prétention de pouvoir marcher, et autres objets de camelote divers et variés. Uniquement sur une petite table dans un coin, il y avait un tas de bric-à-brac – des tabatières laquées, des broches serties d'agates, etc. – qui semblait contenir quelque chose d'intéressant. Lorsque Winston se dirigea vers cette table, son œil fut attiré par une chose ronde et lisse qui luisait légèrement à la lumière de la lampe ; il la saisit.

Il s'agissait d'un lourd morceau de verre, avec un côté incurvé et l'autre plat, formant presque un hémisphère. Il y avait une douceur particulière, rappelant celle de l'eau de pluie, à la fois dans la couleur et la texture du verre. Au cœur de celui-ci, magnifié par la surface incurvée, se trouvait un étrange objet, rosé et tordu, qui rappelait une rose ou une anémone de mer.

— Qu'est-ce donc ? demanda Winston, fasciné.

— C'est du corail, répondit le vieil homme. Il vient sûrement de l'océan Indien. On l'incrustait dans du verre, en général. Celui-là a été fabriqué il y a au moins cent ans. Même plus, d'après son aspect.

— C'est magnifique, s'extasia Winston.

— En effet, c'est magnifique, approuva le propriétaire. Mais peu de personnes pensent la même chose, aujourd'hui.

Il toussa.

— Eh bien, si jamais vous aviez envie de l'acheter, cela vous coûterait quatre dollars. Je me rappelle un temps où une telle chose se serait vendue à huit livres, qui correspondait à… bon, je ne peux pas calculer l'équivalent en dollars, mais ça représentait beaucoup d'argent. Mais de nos jours, qui s'intéresse aux antiquités authentiques, en tout cas au peu qu'il reste ?

Winston paya immédiatement ses quatre dollars et glissa l'objet convoité dans sa poche. Cette chose ne l'avait pas tant attiré par sa beauté que par l'air qu'elle avait d'appartenir à une époque assez différente de celle dans laquelle il vivait. Ce verre lisse, semblable à de l'eau de pluie, ne ressemblait en rien à ce qu'il avait déjà pu voir au cours de sa vie. Cet objet était d'autant plus attrayant par son inutilité évidente, même s'il devinait qu'il avait dû être utilisé autrefois comme presse-papier. Il pesait très lourd dans sa poche, mais par chance, il ne faisait apparaître qu'une très légère bosse. C'était étrange, voire même compromettant, qu'un membre du Parti fût en possession d'une telle chose. Tout ce qui était ancien – en somme, tout ce qui était beau – était toujours légèrement suspect. Le vieillard était devenu bien plus jovial après avoir reçu ses quatre dollars. Winston comprit qu'il en aurait accepté trois, ou même deux.

— Il y a une autre salle à l'étage qui pourrait vous intéresser, l'informa-t-il. Il n'y a pas grand-chose. Seulement quelques objets. On prendra une lampe si vous souhaitez vous y rendre.

Il alluma une autre lampe et, le dos voûté, indiqua le chemin à suivre en montant les escaliers abrupts et usés, puis en longeant un passage étroit, jusqu'à une pièce qui ne donnait pas sur la rue, mais sur une cour pavée et une forêt de cheminées. Winston remarqua que les meubles étaient toujours bien disposés, comme si cette pièce était destinée à être habitée. Il y avait un bout de tapis sur le sol, un tableau ou deux sur les murs, ainsi qu'un fauteuil profond et usé, tiré près de la cheminée. Une horloge en verre, démodée, dont le cadran n'affichait que douze chiffres, émettait un tic-tac sur le manteau de cheminée. Sous la fenêtre, occupant presque un quart de la pièce, trônait un lit immense, toujours recouvert par son matelas.

— Nous vivions ici avec ma femme, jusqu'à ce qu'elle meure, confia le vieil homme, s'excusant presque. Je revends nos meubles petit à petit. Voici un magnifique lit en acajou ; en tout cas, il pourrait l'être si vous arriviez à le débarrasser de ses punaises. Mais j'ose dire que vous le trouveriez un peu encombrant.

Il tenait la lampe bien haut, afin d'illuminer toute la pièce ; dans cette faible lueur chaleureuse, cet endroit était curieusement accueillant. Une pensée traversa l'esprit de Winston : il serait sans doute assez facile de louer cette chambre pour quelques dollars par semaine, s'il osait en prendre le risque. Il s'agissait là d'une idée folle et impossible, qu'il fallait oublier aussitôt après y avoir pensé, mais cette pièce avait réveillé chez lui une sorte de nostalgie, de mémoire ancestrale. Il avait l'impression qu'il savait exactement ce qu'on pouvait ressentir en étant assis dans un endroit comme celui-ci, dans un fauteuil auprès du feu crépitant, les pieds sur le garde-feu et une bouilloire à côté du foyer. Complètement seul, en sécurité, sans personne qui vous observait, sans voix qui vous suivait, sans aucun bruit sauf le sifflement de la bouilloire et le tic-tac sympathique de l'horloge.

— Il n'y a pas de télécran ! ne put-il s'empêcher de murmurer.

— Ah, je n'ai jamais eu ces choses-là. Trop chères. Et je n'ai jamais ressenti le besoin d'en avoir, on va dire. Regardez dans le coin, voici une belle table pliante. Mais, évidemment, si vous voulez utiliser les rabats, il faudra que vous remplaciez les gonds.

Dans un autre coin se trouvait une bibliothèque, et Winston se dirigeait déjà vers elle. Elle ne contenait rien d'intéressant. La chasse aux livres et leur destruction avaient été menées aussi scrupuleusement dans les quartiers prolétaires que partout ailleurs. Il était peu probable qu'un exemplaire d'un livre imprimé avant 1960 se trouve où que ce soit en Océania. Le vieil homme, traînant toujours sa lampe, se tenait devant un tableau entouré d'un cadre en bois de rose, accroché de l'autre côté de la cheminée, à l'opposé du lit.

— Si, par hasard, vous aviez un quelconque intérêt pour les vieux tableaux… commença-t-il avec douceur.

Winston traversa la pièce pour examiner l'œuvre. Il s'agissait d'une gravure sur acier ; elle représentait un bâtiment ovale avec des fenêtres rectangulaires, ainsi qu'une petite tour au premier plan. Des balustrades entouraient l'édifice et, en arrière-plan, on pouvait distinguer ce qui semblait être une statue. Winston observa le tableau quelques instants. Il lui paraissait vaguement familier, bien qu'il ne se souvînt pas de la statue.

— Le cadre est fixé au mur, mais je peux vous le dévisser, si vous le souhaitez, lui proposa le vieillard.

— Je connais ce bâtiment, finit par dire Winston. Ce ne sont que des ruines, à présent. Il se trouve au milieu de la rue devant le Palais de Justice.

— C'est exact. Devant le Tribunal. Il a été bombardé en… oh, il y a tant d'années. C'était autrefois une église, nommée Saint-Clément Danes.

Il afficha un sourire navré, comme s'il était conscient de dire quelque chose de légèrement ridicule, puis ajouta :

— *Des oranges et des citrons, disent les cloches de Saint-Clément !*

— Qu'est-ce donc ? demanda Winston.

— Oh, « Des oranges et des citrons, disent les cloches de Saint-Clément ». C'était un poème de mon enfance. Je ne me rappelle pas la suite, mais je connais encore la fin : « Voici une bougie pour aller au lit, Voici un couperet pour vous couper la tête. » C'était une sorte de danse. Les enfants levaient leurs bras pour que vous puissiez passer dessous, puis lorsqu'ils arrivaient à « Voici un couperet pour vous couper la tête », ils baissaient leurs bras et vous attrapaient. C'était réputé dans les églises. Toutes celles de Londres y passaient. Les principales, en tout cas.

Winston se demanda vaguement à quel siècle avait été construite cette église. Il était toujours difficile de déterminer l'âge d'un bâtiment londonien. Tous ceux qui étaient grands et impressionnants, s'ils avaient une apparence plutôt neuve, étaient automatiquement revendiqués comme ayant été construits après la Révolution, alors que tous ceux qui appartenaient de façon évidente à une date antérieure étaient rattachés à une période lointaine, nommée le Moyen Âge. On considérait que les siècles du capitalisme n'avaient rien produit de quelque valeur que ce soit. Personne ne pouvait apprendre l'Histoire à travers l'architecture, pas plus qu'à travers les livres. Les statues, les inscriptions, les stèles, le nom des rues, tout ce qui pouvait éclaircir le passé avait été systématiquement modifié.

— Je n'avais jamais su qu'il y avait eu une église, dit-il.

— Il y en a beaucoup, croyez-moi, même si elles servent à autre chose, aujourd'hui, l'informa le vieil homme. Bon, il disait quoi, ce poème ? Ah ! Je sais ! « Des oranges et des citrons, disent les cloches de Saint-Clément, Vous me devez trois farthings, disent les cloches de Saint-Martin »… Voilà, c'est tout ce dont je me souviens. Un farthing, c'était une petite pièce en cuivre, qui ressemblait un peu à un centime.

— Où était l'église de Saint-Martin ? demanda Winston.

— Saint-Martin ? Elle existe toujours. Elle se trouve au Jardin de la Victoire, à côté de la galerie d'art. Une bâtisse avec un genre de porche triangulaire et des colonnes sur le devant, et une bonne volée de marches.

Winston connaissait bien cet endroit. C'était un musée qui abritait des expositions de propagande en tous genres : des modèles réduits de bombes-fusées et de Forteresses Flottantes, des peintures illustrant les atrocités des ennemis par le biais de personnages sculptés dans la cire, etc.

— On l'appelait Saint-Martin-des-Champs, ajouta le vendeur. Même si je ne me rappelle pas avoir vu un seul champ par là-bas.

Winston n'acheta pas le tableau. Le posséder aurait été encore plus incongru qu'un presse-papier en verre, et impossible à transporter, sauf si on le retirait de son cadre. Toutefois, il s'attarda encore un peu, à parler avec le vieil homme. Il découvrit qu'il s'appelait Charrington, et non Weeks, comme le supposait l'inscription sur la devanture de la boutique. Apparemment, monsieur Charrington était un veuf de soixante-trois ans qui vivait dans ce magasin depuis trente ans. Pendant cette période, il avait eu l'intention de changer le nom sur la vitrine, mais il n'avait jamais vraiment pu s'y résoudre. Pendant leur discussion, le poème à moitié oublié continuait à tourner dans la tête de Winston. « Des oranges et des citrons, disent les cloches de Saint-Clément, Vous me devez trois farthings, disent les cloches de Saint-Martin ! » C'était étrange, mais lorsqu'il se le répétait, il avait l'impression de vraiment entendre les cloches, celles d'un Londres perdu qui existait encore quelque part, déguisé et oublié. Du fantôme d'un clocher à un autre, il lui semblait les entendre carillonner. Pourtant, autant qu'il se souvînt, il n'avait jamais entendu sonner, dans la vie réelle, les cloches d'une église.

Il s'éloigna de M. Charrington et descendit les escaliers seul, afin de ne pas laisser le vieillard le voir jeter un coup d'œil dans la rue avant de passer la porte. Il avait déjà pris la décision de se risquer à revenir dans cette boutique, après un intervalle de temps convenable – un mois, disons-nous. Ce n'était peut-être pas plus dangereux que d'esquiver une soirée au Centre. La véritable folie avait été de revenir ici, après avoir acheté le journal et sans savoir si le propriétaire du magasin était digne de confiance. Cependant… !

Oui, pensa-t-il, il reviendrait. Il achèterait d'autres choses magnifiques et inutiles. Il achèterait la gravure de Saint-Clément Danes, la retirerait de son cadre et la ramènerait chez lui, cachée sous la veste de son uniforme. Il raviverait la mémoire de M. Charrington afin d'obtenir la suite de ce poème. Même l'idée folle de louer la chambre à l'étage lui traversa à nouveau l'esprit. Pendant presque cinq secondes, l'exaltation le rendit imprudent, et il sortit dans la rue sans même avoir jeté un premier coup d'œil par la fenêtre. Il avait même commencé à fredonner une mélodie improvisée.

« Des oranges et des citrons, disent les cloches de Saint-Clément, Vous me devez trois farthings, disent les… »

Soudain, son cœur se glaça et ses entrailles se liquéfièrent. Une silhouette vêtue d'un uniforme bleu s'avançait sur le trottoir, à peine dix mètres plus loin. C'était la fille du département des Fictions, celle aux cheveux bruns. La lumière baissait, mais il n'eut aucune difficulté à la reconnaître. Elle le regarda droit dans les yeux, puis continua à marcher d'un pas rapide, comme si elle ne l'avait pas vu.

Pendant quelques secondes, Winston, paralysé, fut incapable de bouger. Puis il s'engagea dans une rue à sa droite et s'éloigna d'un pas lourd, sans se rendre compte qu'il marchait dans la mauvaise direction. En tout cas, une chose était sûre : il n'avait plus aucun doute quant au fait que cette fille l'espionnait. Elle l'avait sûrement suivi jusqu'ici ; qu'elle se fût retrouvée par hasard à se balader le même soir que lui, dans la même ruelle obscure, à des kilomètres des quartiers où vivaient les membres du Parti, ce n'était pas crédible. Il s'agissait là d'une coïncidence bien trop grosse. Qu'elle fût vraiment un agent de la Police de la Pensée ou simplement une espionne amatrice poussée par le zèle importait peu. Le fait qu'elle l'observât suffisait. Elle l'avait sans doute vu entrer dans le pub également.

Marcher lui demandait un certain effort. Le morceau de verre dans sa poche cognait contre sa cuisse à chaque pas, et l'idée de l'en sortir et de la jeter par terre lui traversa l'esprit. Le pire, c'était la douleur dans son ventre. Pendant quelques minutes, il eut l'impression qu'il allait mourir s'il ne trouvait pas des toilettes rapidement. Mais il n'y aurait pas de toilettes publiques dans un quartier comme celui-ci. Puis la crampe s'estompa, laissant une douleur lancinante derrière elle.

La rue était une impasse. Winston s'arrêta, resta immobile de nombreuses secondes, se demandant vaguement quoi faire, puis il fit demi-tour et revint sur ses pas. En se tournant, il réalisa que la fille l'avait croisé seulement trois minutes plus tôt, et que s'il courait, il pourrait probablement la rattraper. Il pourrait la suivre jusqu'à ce qu'ils soient dans un endroit calme, puis lui fracasser le crâne avec un pavé. Le morceau de verre dans sa poche serait assez lourd pour assurer ce rôle. Mais il abandonna cette idée sur-le-champ, car ne serait-ce que l'idée de faire quelque effort physique que ce fût lui était insupportable. Il ne pouvait pas courir ni lui porter un coup. En plus de cela, elle était jeune et robuste ; elle se défendrait. Il songea également à se rendre rapidement au Centre de Communauté et y rester jusqu'à la fermeture, afin d'obtenir un alibi partiel pour la soirée. Mais ça aussi, c'était impossible. Une lassitude mortelle s'était emparée de lui. Tout ce qu'il souhaitait, c'était rentrer chez lui rapidement, s'asseoir et être tranquille.

Il était plus de vingt-deux heures lorsqu'il passa la porte de son appartement. Les lumières s'éteindraient au plus tard à onze heures et demie. Il se rendit dans la cuisine et avala une tasse pratiquement remplie de gin de la Victoire. Ensuite, il se dirigea vers la table dans l'alcôve, s'assit et sortit le journal du tiroir. Mais il ne l'ouvrit pas immédiatement. Une voix féminine et cuivrée hurlant un chant patriotique sortait du télécran. Il resta à fixer la couverture marbrée du livre, essayant en vain de faire sortir la voix de son esprit.

C'était pendant la nuit qu'ils venaient vous chercher ; toujours pendant la nuit. La seule chose à faire était de se tuer avant qu'ils ne viennent. Certaines personnes l'avaient fait, sans aucun doute. De nombreuses disparitions étaient en fait des suicides. Mais il fallait un courage désespéré pour se tuer dans un monde où les armes à feu ou n'importe quel poison rapide et efficace étaient impossibles à se procurer. Avec une sorte d'étonnement, il songea à l'inutilité biologique de la douleur et de la peur, à la traîtrise du corps humain qui se fige toujours et devient inerte au moment précis où un effort particulier est nécessaire. Il aurait pu réduire au silence la fille brune s'il avait agi assez rapidement ; mais c'était précisément à cause de la gravité du danger qu'il courrait qu'il avait perdu le pouvoir d'agir. Il fut frappé par le fait que dans les moments de crise, on ne se battait jamais contre un ennemi extérieur, mais toujours contre son propre corps. Même maintenant, malgré le gin, la douleur lancinante dans son ventre rendait impossibles des réflexions logiques. Il réalisa que c'était la même chose dans toutes les situations qui semblent héroïques ou tragiques. Sur le champ de bataille, dans une salle de torture, dans un bateau qui coule, les choses pour lesquelles on se bat sont toujours oubliées, car le corps enfle jusqu'à remplir l'univers, et même lorsque vous n'êtes pas paralysé par la peur ou en train de hurler de douleur, la vie est une lutte de tous les instants contre la faim, le froid, l'insomnie, une aigreur d'estomac ou une rage de dents.

Il ouvrit le journal. Écrire quelque chose était important. La femme du télécran avait commencé un nouveau chant. Il avait l'impression que sa voix perçait son cerveau comme le feraient des éclats de verre brisé. Il essaya de penser à O'Brien, pour qui, ou à qui, il écrivait ce journal, mais au lieu de cela, il se mit à penser aux choses qui lui arriveraient après que la Police de la Pensée l'emmènerait. Être tué directement n'aurait aucune importance. C'était ce à quoi on s'attendait. Mais avant de mourir (personne ne parlait de ces choses-là, et pourtant, tout le monde le savait), vous étiez obligé de passer par les aveux habituels : ramper sur le sol, demander grâce en hurlant, le craquement des os brisés, les dents cassées et les mèches de cheveux sanguinolentes.

Pourquoi avait-on à supporter cela, puisque l'issue était toujours la même ? Pourquoi était-il impossible de supprimer quelques jours ou quelques semaines de sa vie ? Personne n'échappait à la surveillance et personne ne manquait jamais de se confesser. Une fois que vous aviez succombé au crime-pensée, vous pouviez être certain qu'à une certaine date, vous seriez mort. Alors pourquoi cette horreur, qui ne changeait rien, devait forcément être endurée ?

Réussissant un peu mieux que la première fois, il essaya à nouveau de visualiser O'Brien. « Nous nous reverrons là où il n'y a pas de ténèbres », lui avait dit O'Brien. Il savait ce que cette phrase signifiait, en tout cas, il pensait le savoir. L'endroit où il n'y avait pas de ténèbres était l'avenir imaginé, que personne ne connaîtrait, mais dont on pouvait mystiquement profiter, par prémonition. Mais à cause de la voix du télécran qui assaillait sans cesse ses oreilles, il ne put poursuivre son train de pensée plus loin. Il plaça une cigarette entre ses lèvres. La moitié du tabac tomba immédiatement sur sa langue, de la poussière amère qu'il eut du mal à recracher. Le visage de Big Brother flotta dans son esprit, délogeant celui d'O'Brien. Exactement comme il l'avait fait quelques jours plus tôt, il sortit une pièce de sa poche et la regarda. Le visage lourd, calme et protecteur regardait Winston. Mais quelle sorte de sourire était caché derrière la moustache noire ? Comme le battement lourd d'un glas, ces mots lui revinrent :

LA GUERRE, C'EST LA PAIX
LA LIBERTÉ, C'EST L'ESCLAVAGE
L'IGNORANCE, C'EST LA FORCE

DEUXIÈME PARTIE

I

En milieu de matinée, Winston avait quitté son box pour aller aux toilettes.

Une silhouette solitaire se dirigeait vers lui, à l'autre bout du long couloir éclairé d'une lumière aveuglante. C'était la fille aux cheveux bruns. Quatre jours avaient passé depuis le soir où il était tombé sur elle, en sortant du bric-à-brac. Alors qu'elle se rapprochait, il se rendit compte qu'elle avait son bras droit en écharpe, ce qu'on ne remarquait pas de loin, car l'écharpe était de la même couleur que son uniforme. Elle s'était probablement écrasé la main en faisant pivoter l'un des énormes kaléidoscopes sur lesquels les intrigues des romans étaient « ébauchées ». C'était un accident courant dans le département des Fictions.

Ils devaient se trouver à quatre mètres l'un de l'autre lorsque la fille trébucha et tomba presque face contre terre. Sa chute lui arracha un cri de douleur aigu. Elle avait dû chuter sur son bras blessé. Winston s'arrêta net. La fille s'était relevée sur ses genoux. Son visage avait viré au jaune laiteux, sur lequel se détachaient ses lèvres plus rouges que jamais. Ses yeux étaient plongés dans ceux de Winston, avec une expression attrayante qui ressemblait plus à de la peur qu'à de la douleur.

Une étrange émotion saisit le cœur de Winston. Devant lui se tenait une ennemie qui essayait de le tuer, mais aussi une créature humaine qui souffrait et qui avait peut-être un os brisé. Il se dirigeait déjà vers elle pour l'aider. Au moment où il l'avait vue tomber sur le bras en écharpe, il avait eu l'impression de ressentir la douleur dans son propre corps.

— Êtes-vous blessée ? demanda-t-il.

— Ce n'est rien. Mon bras. Tout ira bien dans une seconde.

Elle parlait comme si son cœur battait de façon irrégulière. Elle était devenue très pâle.

— Vous n'avez rien de cassé ?

— Non, je vais bien. J'ai eu mal sur le moment, c'est tout.

Elle lui tendit sa main libre, puis il l'aida à se relever. Elle avait retrouvé quelques couleurs et semblait aller beaucoup mieux.

— Ce n'est rien, répéta-t-elle sèchement. Je me suis simplement un peu foulé le poignet. Merci, camarade !

Après ces paroles, elle poursuivit sa route, dans la même direction qu'avant sa chute, aussi brusquement que s'il ne s'était rien passé. Cet incident n'avait pas duré plus de trente secondes. Ne pas laisser transparaître ses sentiments sur son visage était une habitude qui avait acquis le statut d'instinct, et dans tous les cas, ils s'étaient tenus juste devant un télécran lorsque la chute s'était produite. Néanmoins, il avait été très difficile de ne pas trahir une surprise passagère, car pendant les deux ou trois secondes où il l'avait aidée à se relever, la fille lui avait glissé quelque chose dans la main. Nul doute qu'elle l'avait fait intentionnellement. C'était une petite chose plate. Lorsqu'il passa la porte des toilettes, il plaça l'objet dans sa poche et le détailla du bout des doigts. Il s'agissait d'un petit papier plié en quatre.

Alors qu'il se tenait devant l'urinoir, il arriva à le déplier, non sans jouer de ses doigts. Il devait assurément y avoir une sorte de message écrit dessus. Pendant un instant, il fut tenté de le sortir dans l'un des cabinets pour le lire. Mais ce serait de la folie, il en était parfaitement conscient. Tous savaient que cet endroit était surveillé en continu, encore plus que tout autre.

Il retourna à son box, s'assit, jeta le bout de papier avec désinvolture parmi les autres présents sur le bureau, mit ses lunettes et tira le phonoscript vers lui. *Cinq minutes*, se dit-il, *au moins cinq minutes !* Son cœur tambourinait dans sa poitrine, d'une force effrayante. Par chance, la mission sur laquelle il travaillait, la rectification d'une longue liste de chiffres, n'était qu'une simple tâche routinière qui ne nécessitait pas une concentration particulière.

Quoi que fût écrit sur le papier, cela devait avoir quelque signification politique. Selon lui, il n'y avait que deux possibilités. La première, la plus plausible : la fille était un agent de la Police de la Pensée, comme il le redoutait. Il ignorait pourquoi la Police de la Pensée choisirait de délivrer ses messages d'une telle façon, mais elle avait peut-être ses raisons. Ce qui était écrit sur ce papier pouvait être une menace, une convocation, un ordre de suicide, un piège quelconque.

Mais une autre possibilité, plus folle, continuait à habiter son esprit, même s'il essayait vainement de l'écarter, selon laquelle ce message ne venait nullement de la Police de la Pensée, mais d'une sorte d'organisation clandestine. Peut-être que la Fraternité existait, après tout ! Peut-être que la fille en faisait partie ! Cette idée était absurde, sans aucun doute, mais elle lui était venue à l'esprit dès qu'il avait senti le bout de papier dans sa main. Ça n'avait été que quelques minutes plus tard que l'autre explication, plus probable, lui était parvenue. Et même à présent, bien que son intellect lui dît que ce message était probablement synonyme de mort, il n'y croyait toujours pas, l'espoir insensé persistait, son cœur tambourinait, et il avait du mal à empêcher sa voix de trembler en murmurant les chiffres dans le phonoscript.

Il roula la liasse de son travail et la fit glisser dans le tube pneumatique. Huit minutes s'étaient écoulées. Il réajusta ses lunettes sur son nez, soupira et tira la nouvelle fournée de travail vers lui, le bout de papier sur le dessus de la pile. Il l'aplatit. D'une grande écriture informe, il était inscrit :

JE VOUS AIME.

Pendant plusieurs secondes, il fut trop abasourdi pour ne serait-ce que jeter cette chose compromettante dans le trou de mémoire. Lorsqu'il le fit, même s'il connaissait bien le danger d'y montrer un peu trop d'intérêt, il ne put résister à l'envie de le relire une fois de plus, juste pour s'assurer que ces mots étaient bien là.

Il eut beaucoup de mal à travailler le reste de la matinée. Pire que de devoir se concentrer sur une série de tâches insignifiantes, il devait cacher son trouble au télécran. Il avait l'impression qu'un feu brûlait au creux de son ventre. Déjeuner dans la cantine noire de monde, assourdissante et où régnait une chaleur incroyable, fut un supplice. Il avait espéré être seul pendant un moment pendant l'heure du déjeuner, mais, manque de chance, cet imbécile de Parsons se vautra à côté de lui, sa forte odeur de transpiration recouvrant presque l'odeur métallique du ragoût, et débita un flot de paroles concernant les préparatifs de la Semaine de la Haine. Il était particulièrement enthousiaste au sujet d'une sculpture en papier mâché représentant la tête de Big Brother, mesurant deux mètres de large, en train d'être réalisée pour l'occasion par la troupe d'Espions de sa fille. Ce qui irritait Winston était que, dans le brouhaha de voix, il pouvait à peine entendre ce que Parsons racontait, ce qui l'amenait à devoir constamment lui demander de répéter quelque remarque stupide. Il aperçut la fille une seule fois, assise à une table avec deux autres femmes à l'autre bout de la pièce. Elle ne semblait pas l'avoir vu, et il ne regarda pas deux fois dans sa direction.

L'après-midi fut plus supportable. Directement après le déjeuner, un travail délicat et complexe lui fut demandé ; cette tâche prendrait de nombreuses heures pour être accomplie et nécessitait de ne penser à rien d'autre. Elle consistait à falsifier une série de rapports de production datant de deux ans plus tôt, de façon à discréditer un membre important du Parti Intérieur, qui était actuellement en disgrâce. Winston excellait dans ce genre de missions, et pendant plus de deux heures, il réussit à sortir la fille de son esprit. Puis le souvenir de son visage lui revint, et avec lui, un désir intense et insupportable d'être seul. Avant d'être seul, il lui était impossible de réfléchir à ce fait nouveau. Ce soir-là était de ceux qu'il devait passer au Centre Communautaire. Il dévora un autre repas insipide à la cantine, prit prestement le chemin du Centre, participa à la solennelle niaiserie d'un « groupe de discussion », joua deux parties de tennis de table, avala de nombreux verres de gin et s'assit pendant une demi-heure pour assister à une conférence intitulée « Rapports entre l'Angsoc et les échecs ». Son âme se tordait d'ennui, mais pour une fois, il n'avait eu aucune envie subite d'esquiver sa soirée au Centre. À la vue des mots « JE VOUS AIME », le désir de rester en vie avait resurgi en lui, et prendre le moindre risque lui semblait soudainement stupide. Ce ne fut qu'à vingt-trois heures, lorsqu'il était chez lui, dans son lit – dans les ténèbres, où le télécran ne pouvait plus rien contre lui à condition de garder le silence – qu'il fut capable de penser en continu.

C'était un problème physique qui devait être résolu : comment entrer en contact avec la fille et organiser un rendez-vous. Il n'envisageait plus la possibilité qu'elle pût lui tendre un piège. Il savait que ce n'était pas le cas, à cause de son trouble évident lorsqu'elle lui avait donné la note. Bien sûr, elle était morte de peur, et à juste titre. L'éventualité de refuser ses avances ne lui traversa jamais l'esprit non plus. Seulement cinq soirées plus tôt, il avait envisagé de lui écraser le crâne avec un pavé, mais cela n'avait aucune importance. Il l'imagina nue, son corps respirant la jeunesse, comme il l'avait vu dans son rêve. Il pensait qu'elle n'était qu'une idiote comme tous les autres, la tête remplie de mensonges et de haine, les entrailles glacées. Une sorte de fièvre le saisit lorsqu'il pensa qu'il pourrait la perdre ; ce corps jeune et pâle pourrait s'éloigner de lui ! Il redoutait, plus que tout autre chose, que s'il ne la contactait pas rapidement, elle changerait d'avis, tout simplement. Mais la difficulté de se retrouver physiquement était de taille. C'était comme essayer de bouger un pion aux échecs alors que vous aviez déjà subi l'échec et mat. Où que vous posiez les yeux, le télécran vous faisait face. À vrai dire, tous les moyens possibles de communiquer avec elle lui étaient venus cinq minutes après avoir lu la note ; mais à présent, avec le temps d'y réfléchir, il les passa tous en revue les uns après les autres, comme s'il alignait des outils sur une table.

Évidemment, le genre de rencontre qui avait eu lieu le matin même ne pouvait être réitéré. Si elle avait travaillé au département des Archives, cela aurait été relativement simple, mais il n'avait qu'une vague idée de l'endroit où se situait le département des Fictions, et il n'avait aucune raison de s'y rendre. S'il avait su où elle vivait et à quelle heure elle quittait le travail, il aurait pu s'arranger pour la retrouver quelque part sur le chemin du retour ; mais essayer de la suivre jusque chez elle n'était pas prudent, car cela signifierait traîner autour du ministère, et cela n'allait pas passer inaperçu. Quant à envoyer une lettre par la poste, c'était hors de question. Suivant une routine qui n'était même pas un secret, toutes les lettres étaient ouvertes avant d'arriver à destination. À vrai dire, peu de gens écrivaient des lettres. En ce qui concernait les messages qu'il était occasionnellement nécessaire d'envoyer, il existait des cartes postales imprimées avec de longues listes de formules toutes prêtes, et vous n'aviez qu'à rayer celles qui ne s'appliquaient pas à la circonstance. Dans tous les cas, il ne connaissait pas le nom de cette fille, sans parler de son adresse. Finalement, il décida que l'endroit le plus sûr était la cantine. S'il arrivait à la trouver seule à une table, quelque part au milieu de la salle, pas trop près des télécrans et avec un niveau sonore suffisant créé par des conversations tout autour d'eux, alors, si ces conditions duraient, disons, trente secondes, il pourrait éventuellement être possible d'échanger quelques mots avec elle.

Une semaine après cet incident, la vie était comme un rêve agité. Le lendemain, elle n'avait fait son apparition à la cantine qu'une fois qu'il en partait, la sonnerie ayant déjà retenti. Il présuma que ses heures de travail avaient changé, entraînant une pause-déjeuner plus tardive. Ils se croisèrent sans un regard. Le jour d'après, elle était à la cantine à l'heure habituelle, mais avec trois autres filles et juste en dessous d'un télécran. Les trois jours suivants furent épouvantables ; elle ne vint pas du tout. Tout son corps et son esprit semblaient être affectés par une sensibilité insupportable, une sorte de transparence qui changeait en agonie chaque mouvement, chaque son, chaque contact, chaque mot qui devait être dit ou entendu. Même en dormant, il ne pouvait échapper à son image. Ces jours-là, il ne toucha pas au journal. Son seul « soulagement » restait le travail, dans lequel il pouvait parfois s'oublier pendant dix minutes d'affilée. Il n'avait absolument aucune idée de ce qui était arrivé à cette fille. Et il ne pouvait pas mener l'enquête. Elle avait peut-être été vaporisée, elle s'était peut-être suicidée, elle avait peut-être été transférée à l'autre bout de l'Océania, ou, possibilité la plus atroce mais la plus plausible, elle avait peut-être simplement changé d'avis et décidé de l'éviter.

Elle réapparut le lendemain. L'écharpe de son bras avait disparu, remplacée par un plâtre autour de son poignet. Son soulagement de la revoir fut si grand qu'il ne put s'empêcher de la regarder directement pendant de longues secondes. Le jour suivant, il fut à deux doigts de réussir à lui parler. Lorsqu'il entra dans la cantine, elle était assise à une table, bien à l'écart du mur, toute seule. Il était tôt, et peu de gens se trouvaient dans la salle. La queue avança jusqu'à ce que Winston eût presque atteint le comptoir, puis il fut retenu deux minutes par un homme devant lui qui se plaignait de ne pas avoir eu son sachet de saccharine. Mais la fille était toujours seule lorsque Winston obtint son plateau, et il se dirigea vers sa table. Il se déplaça vers elle avec désinvolture, cherchant du regard une place à une table derrière elle. Elle se trouvait à environ trois mètres de lui. Deux secondes de plus suffiraient. Puis une voix derrière lui l'appela.

— Smith !

Il fit semblant de n'avoir rien entendu.

— Smith ! répéta la voix, plus fort.

Cela ne servait à rien. Winston se retourna. Wilsher, un jeune homme blond à l'air idiot qu'il connaissait à peine, l'invitait avec un sourire à venir s'asseoir à une place libre à sa table. Il n'était pas prudent de refuser. Après avoir été reconnu, il ne pouvait pas partir et aller s'asseoir à une table avec une fille seule. Cela se remarquerait trop. Il s'assit avec un sourire amical. La tête blonde et idiote lui rendit un large sourire. Winston s'imagina la fendre en deux avec une pioche. La table de la fille se remplit quelques minutes plus tard.

Mais elle avait dû le voir venir vers elle, et peut-être qu'elle comprendrait la manœuvre. Le lendemain, il veilla à arriver tôt. Naturellement, elle était assise à peu près au même endroit que la veille, et toujours seule. La personne juste devant Winston dans la queue était un homme petit, ressemblant à un scarabée, qui se déplaçait avec vivacité ; son visage était plat et ses petits yeux, méfiants. Alors que Winston se détournait du comptoir avec son plateau, il vit le petit homme se diriger droit vers la table de la fille. Ses espoirs s'effondrèrent à nouveau. Il y avait une place de libre à une table un peu plus loin, mais quelque chose dans l'apparence du petit homme laissait supposer qu'il privilégierait assez son propre confort pour choisir la table entièrement libre. Winston le suivit, le cœur glacé. S'il ne pouvait être seul avec la fille, cela ne servait à rien. À ce moment-là, un énorme fracas retentit. Le petit homme était à quatre pattes, son plateau avait volé dans les airs, deux ruisseaux de soupe et de café se répandaient sur le sol. Il se releva d'un bond, lançant un regard malveillant à Winston, car, visiblement, il le suspectait de l'avoir fait trébucher. Mais ce n'était pas le cas. Cinq secondes plus tard, le cœur tambourinant dans sa poitrine, Winston s'était assis à la table de la fille.

Il ne la regarda pas. Il débarrassa son plateau et commença rapidement à manger. Il était d'une importance capitale de lui parler sur-le-champ, avant que quelqu'un d'autre n'arrive, mais à présent, une terrible peur s'était emparée de lui. Une semaine s'était écoulée depuis la première fois où elle l'avait approché. Elle aurait pu changer d'avis ; elle avait sûrement changé d'avis ! Il était impossible que cette histoire se termine bien ; de telles choses ne se produisaient pas dans la vraie vie. Il aurait sans doute abandonné l'idée de parler si, à cet instant précis, il n'avait pas vu Ampleforth, le poète aux oreilles poilues, déambuler mollement dans la salle avec son plateau, cherchant une place où s'asseoir. Ampleforth était plus ou moins attaché à Winston et viendrait certainement à sa table s'il l'apercevait. Il lui restait peut-être une minute pour agir. Winston et la fille mangeaient tous deux sans s'arrêter. La chose qu'ils avalaient était un ragoût liquide, pour ne pas dire une soupe, aux haricots blancs. Dans un murmure à peine audible, Winston commença à parler. Aucun d'eux ne leva les yeux ; ils continuèrent à porter le liquide à leur bouche, et entre deux cuillères, ils échangèrent les quelques mots nécessaires, d'une voix basse et inexpressive.

— À quelle heure quittez-vous le travail ?

— Dix-huit heures trente.

— Où pouvons-nous nous retrouver ?

— Au Jardin de la Victoire, près du bâtiment.

— Il y a plein de télécrans.

— Ça n'a pas d'importance tant qu'il y a du monde.

— Me ferez-vous signe ?

— Non. Ne venez pas vers moi avant que je sois au milieu de plein de gens. Et ne me regardez pas. Restez seulement quelque part près de moi.

— À quelle heure ?

— Dix-neuf heures.

— Très bien.

Ampleforth ne vit pas Winston et alla s'asseoir à une autre table. Ils ne dirent pas un mot de plus et ne se regardèrent pas non plus, autant que faire se peut pour deux personnes assises en face l'une de l'autre à la même table. La fille termina son déjeuner rapidement avant de se sauver, et Winston resta pour fumer une cigarette.

Winston se trouvait au Jardin de la Victoire avant l'heure convenue. Il déambula autour de l'énorme colonne cannelée, au sommet de laquelle la statue de Big Brother regardait, au sud, les cieux dans lesquels il avait vaincu les avions eurasiens (quelques années plus tôt, il s'agissait des avions estasiens) dans la Bataille de la Piste Aérienne 1. Dans la rue faisant face à la tour trônait la statue d'un homme à cheval qui était censé représenter Oliver Cromwell. Cinq minutes après l'heure fixée, la fille n'avait toujours pas fait son apparition. Une terrible peur saisit à nouveau Winston. Elle n'allait pas venir, elle avait changé d'avis ! Il remonta d'un pas lent vers le côté nord du jardin et ressentit une sorte de vague plaisir en identifiant l'église de Saint-Martin, dont les cloches, lorsqu'elles étaient encore présentes, avaient carillonné « *Vous me devez trois farthings* ». Puis il vit la fille, debout au pied du monument, en train de lire ou de faire semblant de lire une affiche qui s'élevait en spirale tout autour de la colonne. Il était imprudent de s'en rapprocher avant que d'autres personnes ne s'agglutinent autour d'elle. Il y avait des télécrans tout autour du fronton. Mais à ce moment-là, il y eut un brouhaha de voix, puis des véhicules lourds surgirent à sa gauche, roulant à toute allure. Soudain, tout le monde sembla traverser le jardin en courant. La fille fila agilement en contournant les lions à la base du bâtiment et rejoignit la foule en mouvement. Winston la suivit. Alors qu'il courait, il apprit, par quelques remarques hurlées, qu'un convoi de prisonniers eurasiens passait par ici.

Une masse compacte de personnes bloquait déjà le côté sud du jardin. D'ordinaire le genre de personnes à se tenir à l'écart de n'importe quelle mêlée, Winston bouscula, força, se fraya un passage vers le cœur de la foule. Très vite, il fut à un bras de distance de la fille, mais le chemin était bloqué par un énorme prolétaire et une femme presque aussi imposante, sans doute sa femme, qui semblaient former un mur de chair impénétrable. Winston se tortilla, se tourna de profil, puis, d'un violent mouvement en avant, réussit à passer son épaule entre eux. Pendant un instant, il eut l'impression que ses entrailles étaient broyées jusqu'à être de la bouillie entre les deux hanches musclées, puis il finit par s'en dégager, légèrement en sueur. Il se trouvait à côté de la fille. Leurs épaules se touchaient, et ils regardaient tous deux droit devant eux.

Une longue procession de camions descendait lentement la rue, des gardes au visage impassible armés de mitraillettes se tenant à chaque coin du jardin. Dans les camions, de petits hommes jaunes vêtus d'uniformes verdâtres et sales étaient accroupis, entassés les uns sur les autres. Leurs tristes visages mongols regardaient par-dessus les bords des camions dans une totale indifférence. Parfois, lorsqu'un camion faisait un à-coup, on entendait un cliquetis métallique : tous les prisonniers avaient des fers aux pieds. Les camions remplis de visages tristes défilèrent les uns après les autres. Winston savait qu'ils étaient là, mais il ne les voyait que par intermittence. L'épaule de la fille, ainsi que son bras, découvert jusqu'au coude, étaient pressés contre lui. Sa joue était presque assez proche pour qu'il pût en sentir la chaleur. Elle avait immédiatement pris les choses en main, comme elle l'avait fait à la cantine. Elle commença à parler de cette même voix inexpressive, ses lèvres bougeant à peine, laissant s'échapper un murmure aisément noyé par le vacarme de voix et le grondement des camions.

— Vous m'entendez ?

— Oui.

— Êtes-vous libre dimanche après-midi ?

— Oui.

— Alors, écoutez attentivement. Vous devrez vous souvenir de ce que je vais vous dire. Allez à la gare de Paddington…

Avec une sorte de précision militaire qui le surprit, elle lui indiqua la route qu'il devrait suivre. Un voyage en train d'une demi-heure ; tournant à gauche en sortant de la gare ; deux kilomètres sur la route ; une porte dont la barre supérieure manque ; un sentier à travers champs ; une ruelle envahie par la végétation ; un chemin entre deux buissons ; un arbre mort recouvert de mousse. C'était comme si elle avait une carte dans la tête.

— Vous pouvez mémoriser tout ça ? finit-elle par murmurer.

— Oui.

— Vous tournez à gauche, puis à droite, puis encore à gauche. Et la porte n'a pas de barre supérieure.

— Oui. Quelle heure ?

— Vers quinze heures. Il se peut que vous deviez attendre. Je m'y rendrai par un autre moyen. Êtes-vous sûr d'avoir tout retenu ?

— Oui.

— Alors, éloignez-vous de moi aussi vite que vous le pouvez.

Elle n'avait pas besoin de le lui dire. Mais pour l'heure, ils ne pouvaient s'extriquer de la foule. Les camions continuaient à défiler et les gens à les regarder, bouche bée. Au début, il y avait eu quelques sifflements et huées, mais ils ne venaient que des membres du Parti présents dans la foule et avaient rapidement cessé. L'émotion dominante était simplement la curiosité. Les étrangers, qu'ils viennent d'Eurasia ou d'Estasia, étaient une sorte d'animal étrange. Personne n'en avait jamais vu à part en tant que prisonniers, et même dans ce cas-là, on ne faisait toujours que les apercevoir rapidement. Tout le monde ignorait également ce qu'il advenait d'eux, à part les quelques-uns qui étaient pendus en tant que criminels de guerre ; les autres s'évaporaient, tout simplement, vraisemblablement dans des camps de travaux forcés. Les visages ronds des Mongols avaient laissé place à des visages plutôt typés européens, sales, barbus et épuisés. Au-dessus de pommettes broussailleuses, des yeux plongeaient dans ceux de Winston, parfois avec une intensité étrange, puis se détournaient à nouveau. Le convoi touchait à sa fin. Dans le dernier camion, il put apercevoir un homme âgé, le visage couvert de poils grisonnants, qui se tenait droit, les poignets croisés devant lui, comme s'il avait l'habitude qu'ils soient liés. Il était presque temps pour la fille et lui de se séparer. Mais au dernier moment, alors que la foule les encerclait encore, la main de la fille toucha la sienne et la serra brièvement.

Cela ne devait pas durer depuis plus de dix secondes, et pourtant, il eut l'impression que cela faisait une éternité qu'ils tenaient la main de l'autre. Il eut le temps de découvrir chaque détail de sa main. Il en explora les longs doigts, les ongles bombés, la paume durcie par le travail avec ses lignes calleuses, la peau douce sous le poignet. Pour l'avoir simplement touchée, il aurait pu la reconnaître en la voyant. Au même moment, il se rendit compte qu'il ne savait pas de quelle couleur étaient ses yeux. Sans doute marron, mais chez les personnes aux cheveux bruns, ils étaient parfois bleus. Tourner la tête et la regarder aurait été de la folie pure. Les mains liées l'une à l'autre, invisibles parmi les corps serrés, ils regardaient toujours devant eux, et au lieu des yeux de la fille, ceux du vieux prisonnier regardèrent tristement Winston, au milieu de touffes de poils.

II

Winston se fraya un chemin à travers des taches d'ombre et de lumière, marchant dans des mares d'or là où les buissons se séparaient. Sous les arbres à sa gauche, le sol était parsemé de jacinthes des bois. L'air semblait embrasser sa peau. Nous étions le 2 mai. Le bourdonnement de tourterelles rieuses émergea d'un endroit enfoui au cœur du bois.

Il était un peu en avance. Son voyage s'était passé sans encombre ni difficulté particulière, et la fille avait visiblement beaucoup de pratique, donc il était moins effrayé qu'il ne l'aurait été en temps normal. Il pouvait vraisemblablement lui faire confiance pour trouver un endroit sûr. En général, on pouvait supposer être bien plus en sécurité à la campagne que dans la ville de Londres. Il n'y avait pas de télécrans, bien entendu, mais il y avait toujours le risque de microphones dissimulés qui pouvaient détecter votre voix et la reconnaître ; de plus, il n'était pas chose aisée d'entreprendre un voyage seul sans attirer l'attention. Pour des distances de moins de cent kilomètres, faire tamponner son passeport n'était pas nécessaire, mais parfois, des patrouilles aux abords des gares examinaient les papiers de n'importe quel membre du Parti qui croisait leur chemin et lui posaient des questions étranges. Cependant, il n'avait vu aucune patrouille, et pendant sa marche, après être descendu du train, il s'était assuré qu'il n'était pas suivi, en lançant des regards prudents derrière lui. Le train était rempli de prolétaires, et il y régnait une ambiance de vacances, due au temps estival. La voiture aux sièges en bois dans laquelle il voyageait était pleine à craquer, envahie par une seule et énorme famille, allant d'une arrière-grand-mère édentée à un bébé d'un mois, qui allaient passer l'après-midi avec leur belle-famille à la campagne et, comme ils l'expliquèrent ouvertement à Winston, allaient en profiter pour se procurer un peu de beurre au marché noir.

Le chemin s'élargit, et au bout d'une minute, il arriva sur le sentier qu'elle lui avait indiqué, une simple route à bestiaux qui plongeait entre les buissons. Il ne portait pas de montre, mais il n'était sûrement pas encore quinze heures. Les jacinthes des bois étaient si nombreuses qu'il était impossible de ne pas marcher dessus. Il s'agenouilla et commença à en cueillir quelques-unes pour passer le temps, mais aussi en se disant vaguement qu'il aimerait offrir un bouquet de fleurs à la fille lorsqu'ils se retrouveraient. Il en avait rassemblé un bon nombre et humait leur parfum étrange et léger lorsqu'un bruit dans son dos le figea, le craquement caractéristique d'un pied sur des brindilles. Il continua à cueillir les jacinthes des bois. C'était la meilleure chose à faire. Ce pouvait être la fille, ou peut-être avait-il été suivi, finalement. Se retourner était synonyme de culpabilité. Il cueillit une fleur, puis une autre. Une main légère se posa sur son épaule.

Il leva les yeux. C'était la fille. Elle secoua la tête, visiblement pour l'avertir qu'il devait garder le silence, puis elle écarta les buissons avant de rapidement ouvrir la voie le long du sentier étroit qui menait dans le bois. Elle était visiblement déjà venue ici, car elle évitait les bourbiers comme si elle en avait l'habitude. Winston la suivit, son bouquet de fleurs toujours fermement tenu entre ses mains. Il ressentit d'abord du soulagement, mais alors qu'il observait le corps mince et musclé se mouvoir devant lui, la ceinture écarlate, juste assez serrée pour faire ressortir la courbe de ses hanches, l'impression de sa propre infériorité lui pesa lourdement. Même à ce moment-là, il lui semblait que lorsqu'elle se retournerait et le regarderait, elle pourrait très bien battre en retraite, finalement. La douceur de l'air et le vert des feuilles l'intimidaient. Déjà pendant sa marche depuis la gare, le soleil de mai l'avait fait se sentir sale et étiolé, comme une créature d'intérieur, la poussière noire de Londres incrustée dans les pores de sa peau. Il réalisa que jusqu'à maintenant, elle ne l'avait sans doute jamais vu en plein jour, en plein air. Ils atteignirent l'arbre tombé dont elle avait parlé. La fille l'enjamba d'un bond et écarta les buissons avec force, dans lesquels il ne semblait pas y avoir d'ouverture. Lorsque Winston la suivit, il découvrit qu'ils se trouvaient dans une clairière naturelle, un petit monticule d'herbe entouré de jeunes arbres d'une grande taille qui l'isolaient complètement. La fille s'arrêta et se retourna.

— Nous y voilà, dit-elle.

Il se trouvait face à elle, à plusieurs pas de distance. Il n'osait pas encore se rapprocher d'elle.

— Je ne voulais rien dire dans la rue, au cas où il y aurait des micros cachés, commença-t-elle. Je ne pense pas que ce soit le cas, mais ça restait possible. Il y a toujours un risque qu'un de ces fumiers reconnaisse ta voix. Mais nous sommes en sécurité, ici.

Il n'avait toujours pas le courage de s'approcher d'elle.

— Nous sommes en sécurité, ici ? répéta-t-il bêtement.

— Oui. Regardez les arbres.

C'étaient de petits frênes, qui avaient été coupés à un moment donné et qui avaient repoussé en une forêt de bâtons, aucun tronc n'étant plus large qu'un poignet.

— Il n'y a rien d'assez large pour y cacher un micro. En plus de ça, je suis déjà venue ici.

Ils faisaient simplement la conversation. À présent, il avait réussi à se rapprocher un peu d'elle. Elle se tenait bien droite devant lui, un sourire sur le visage qui paraissait légèrement sarcastique, comme si elle se demandait pourquoi il mettait si longtemps à agir. Les jacinthes des bois étaient tombées en cascade sur le sol. Elles semblaient avoir chuté de leur plein gré. Il prit la main de la fille.

— Pouvez-vous croire que, jusqu'à maintenant, j'ignorais de quelle couleur étaient vos yeux ? lança-t-il.

Il constata qu'ils étaient marron, d'une nuance plutôt claire, entourés par des cils noirs.

— Maintenant que vous avez vraiment vu de quoi j'ai l'air, pouvez-vous encore supporter de me regarder ?

— Oui, sans problème.

— J'ai trente-neuf ans. Une femme dont je ne peux pas me débarrasser. Des varices. Et cinq fausses dents.

— Cela ne pourrait m'être plus égal, répondit-elle.

L'instant d'après, difficile de dire lequel d'entre eux en avait pris l'initiative, elle se trouvait dans ses bras. Au départ, il ne ressentit rien d'autre qu'une simple incrédulité. Le corps jeune de la fille se pressait contre le sien, ses cheveux bruns et épais contre son visage, et, oui ! elle avait en réalité relevé la tête, et il était en train d'embrasser sa grande bouche écarlate. Elle avait passé ses bras autour de son cou ; elle l'appelait « mon chéri », « mon trésor », « mon amour ». Il l'avait tirée vers le sol, elle n'opposait aucune résistance, il pouvait faire ce qu'il voulait avec elle. Mais, à vrai dire, il ne ressentait aucune sensation physique, sauf celle d'un simple contact. Il n'éprouvait qu'incrédulité et fierté. Il était heureux que cela se produise, mais il ne nourrissait aucun désir physique. C'était trop tôt ; sa jeunesse et sa beauté l'avaient effrayé, il était trop habitué à vivre sans femmes – il en ignorait la raison. La fille se redressa et retira une jacinthe des bois de ses cheveux. Elle s'assit contre lui, enroulant sa taille de son bras.

— Ce n'est pas grave, chéri. Il n'y a rien qui presse. Nous avons tout l'après-midi. N'est-ce pas là une magnifique cachette ? Je l'ai découverte lorsqu'une fois, je m'étais perdue lors d'une randonnée communautaire. Si quelqu'un approche, on peut l'entendre à cent mètres.

— Quel est ton nom ? demanda Winston.

— Julia. Je connais le tien. Winston. Winston Smith.

— Comment l'as-tu su ?

— Je suppose que je suis plus douée pour apprendre des choses que toi, chéri. Dis-moi, que pensais-tu de moi avant que je te donne cette note ?

Il ne fut aucunement tenté de lui mentir. C'était même une sorte de preuve d'amour de commencer par dire le pire.

— Te voir me débectait, dit-il. Je voulais te violer et te tuer ensuite. Il y a deux semaines, je pensais sérieusement à te fracasser le crâne avec un pavé. Si tu veux vraiment savoir, je pensais que tu avais quelque chose à voir avec la Police de la Pensée.

La fille laissa échapper un rire ravi, prenant visiblement cette remarque comme un compliment quant à son déguisement.

— Pas la Police de la Pensée ! Tu n'as pas pu sérieusement penser ça, si ?

— Eh bien, peut-être pas exactement. Mais par ton apparence générale – simplement parce que tu es jeune, pleine de fraîcheur et en bonne santé, tu comprends – je pensais que, peut-être…

— Tu pensais que j'étais un membre fidèle du Parti. Pure en paroles et en actes. Les bannières, les défilés, les slogans, les jeux, les randonnées communautaires et tout ça. Et tu pensais que si j'en avais la moindre occasion, je te dénoncerais en tant que criminel de la pensée et t'aurais fait tuer ?

— Oui, quelque chose de ce genre. Bien des jeunes filles sont comme ça, tu sais.

— C'est ce foutu truc qui les rend comme ça, dit-elle en arrachant sa ceinture écarlate de la Ligue Anti-Sexe Junior avant de la jeter sur une branche.

Puis, comme si toucher sa taille lui avait rappelé quelque chose, elle plongea sa main dans la poche de son uniforme et en sortit une petite tablette de chocolat. Elle la cassa en deux morceaux et en donna un à Winston. Avant même qu'il ne l'eût en main, il devina par son parfum que ce n'était pas du chocolat ordinaire. Il était sombre et luisant, enveloppé dans un papier argenté. En temps normal, le chocolat était une chose friable d'un brun terne, qui avait un goût comparable à la fumée de poubelles qui brûlaient, autant qu'on pouvait le décrire. Mais lors de quelques occasions, il avait goûté du chocolat comme celui qu'elle venait de lui donner. La première bouffée de son parfum avait réveillé quelque souvenir qu'il n'arrivait pas à identifier, mais qui restait puissant et troublant.

— Où as-tu eu ça ? demanda-t-il.

— Au marché noir, répondit-elle avec indifférence. À vrai dire, je suis bien ce genre de filles. Je suis bonne aux jeux. J'étais cheffe de troupe chez les Espions. Je fais du bénévolat trois soirs par semaine pour la Ligue Anti-Sexe Junior. J'ai passé des heures et des heures à afficher leurs idioties partout dans la ville de Londres. Je porte toujours le bout d'une bannière pendant les défilés. J'ai toujours l'air joyeuse et je ne me défile jamais. « Hurle toujours avec la foule », c'est mon dicton. C'est la seule façon d'être en sécurité.

Le premier carré de chocolat avait fondu sur la langue de Winston. C'était délicieux. Mais ce souvenir continuait à errer dans son esprit, une chose fortement ressentie, mais à laquelle il était impossible de donner une forme précise, comme un objet aperçu du coin de l'œil. Il le repoussa, seulement conscient qu'il s'agissait d'un souvenir d'une certaine action qu'il aurait voulu défaire sans le pouvoir.

— Tu es très jeune, remarqua-t-il. Tu as dix ou quinze ans de moins que moi. Qu'est-ce qui peut bien t'attirer chez un homme comme moi ?

— Il y a quelque chose dans ton visage. J'ai voulu tenter ma chance. J'arrive assez bien à remarquer les gens qui ne se sentent pas à leur place. Dès que je t'ai vu, j'ai su que tu étais contre *eux*.

Visiblement, *eux* signifiait le Parti, et surtout le Parti Intérieur, dont elle parlait ouvertement avec haine et mépris, ce qui mettait Winston mal à l'aise, même s'il savait qu'ils ne risquaient rien ici, si tant est qu'ils ne risquent rien où que ce soit. Il fut étonné par la vulgarité de son langage. Les membres du Parti n'étaient pas censés jurer, et en tous les cas, Winston lui-même ne le faisait que très rarement à voix haute. Julia, en revanche, semblait incapable de mentionner le Parti, et surtout le Parti Intérieur, sans employer le genre de mots qu'on voyait tagués à la craie dans les allées suintantes. Cela ne lui déplaisait pas. Ce n'était qu'un symptôme de sa révolte contre le Parti et tout ce qui s'y rattachait. En quelque sorte, cela semblait naturel et sain, comme l'éternuement d'un cheval à l'odeur d'un mauvais foin.

Ils avaient quitté la clairière et erraient dans l'ombre tachetée de lumière, leurs bras entourant la taille de l'autre chaque fois que le chemin était assez large pour leur permettre de marcher côte à côte. Il remarqua combien sa taille était plus douce maintenant que la ceinture ne l'habillait plus. Leurs voix ne montaient pas plus haut qu'un murmure. Julia disait qu'à l'extérieur de la clairière il valait mieux être discrets. À présent, ils avaient atteint l'orée du petit bois. Elle arrêta Winston.

— Ne sors pas à découvert. Quelqu'un pourrait nous surveiller. On ne risque rien si on reste derrière les branches.

Ils se tenaient dans l'ombre d'un noisetier. La lumière du soleil, filtrant à travers les innombrables feuilles, réchauffait encore leur visage. Winston regarda le champ au loin, puis subit un choc étrange : il reconnut lentement le lieu. Il l'avait déjà vu. C'était un ancien pâturage tondu de près, parsemé de taupinières et traversé par un sentier. De l'autre côté, dans la haie irrégulière, les branches des ormes se balançaient d'un mouvement à peine perceptible dans la brise, et leurs feuilles se déplaçaient faiblement, en masses denses, comme une chevelure de femme. Quelque part, non loin de là mais invisible, il devait sûrement y avoir un ruisseau verdâtre où des vandoises nageaient ?

— Y a-t-il un ruisseau par ici ? chuchota-t-il.

— C'est exact, il y en a bien un. Au bord de l'autre champ, en fait. On y trouve des poissons, et des gros. On peut les voir nager dans l'eau sous les saules pleureurs, à remuer leurs queues.

— C'est le Pays d'Or… ou presque, murmura-t-il.

— Le Pays d'Or ?

— Oh, peu importe. C'est un paysage que j'ai vu quelquefois dans un rêve.

— Regarde ! souffla Julia.

Une grive venait de se poser sur une branche, à peine cinq mètres plus loin, presque au niveau de leur visage. Elle ne les avait peut-être pas vus. Elle était dans la lumière, ils étaient dans l'ombre. Elle déploya ses ailes, les remit bien en place, garda la tête baissée un moment, comme si elle s'inclinait devant le soleil, puis elle commença à déverser un torrent de chants. Dans le calme de l'après-midi, le volume sonore était surprenant. Winston et Julia se collèrent l'un à l'autre, fascinés. La musique continua encore et encore, minute après minute, avec des variations étonnantes, ne répétant jamais la précédente, presque comme si l'oiseau montrait délibérément sa virtuosité. Parfois, il s'arrêtait quelques secondes, ouvrait ses ailes, les repliait, puis gonflait sa poitrine tachetée avant de repartir dans son chant. Winston observait cette scène avec une vague admiration. Pour qui et pour quoi cet oiseau chantait-il ? Aucune femelle, aucun rival à l'horizon. Qu'est-ce qui avait pu le pousser à se poser à l'orée du bois solitaire et à déverser sa musique dans le néant ? Winston se demanda si, finalement, il n'y avait pas un microphone caché quelque part par là. Lui et Julia n'avaient fait que chuchoter, on ne pourrait donc pas relever ce qu'ils avaient dit, mais par contre, on pourrait entendre la grive. Peut-être qu'à l'autre bout de cet instrument, un petit homme-scarabée écoutait attentivement – écoutait *cela.* Mais, petit à petit, le flot de musique balaya toute spéculation de son esprit. C'était comme si un genre de liquide s'écoulait tout autour de lui et se mélangeait à la lumière du soleil qui filtrait à travers les feuilles. Il arrêta de réfléchir et se contenta de ressentir. Au creux de son bras, la taille de la fille était douce et tiède. Il la tourna vers lui afin que leurs poitrines se touchent ; son corps semblait se fondre dans celui de Winston. Où que ses mains se posent, il avait l'impression qu'elles glissaient aussi bien que sur de l'eau. Leurs bouches s'accrochèrent l'une à l'autre ; ce fut légèrement différent des baisers enflammés qu'ils avaient échangés plus tôt. Lorsqu'ils séparèrent de nouveau leurs visages, ils poussèrent tous deux un profond soupir. L'oiseau prit peur et s'envola dans un bruit de battement d'ailes.

Winston rapprocha sa bouche de l'oreille de Julia.

— Maintenant, murmura-t-il.

— Pas ici, lui répondit-elle à voix basse. Revenons à notre cachette. C'est plus sûr.

Rapidement, avec quelques craquements occasionnels de brindilles, ils se frayèrent un chemin pour retourner à la clairière. Une fois arrivés dans le cercle de jeunes arbres, elle se tourna pour lui faire face. Ils respiraient tous deux rapidement, mais le sourire de Julia était réapparu aux coins de ses lèvres. Elle continua à le fixer un instant, puis chercha la fermeture-éclair de sa combinaison. Et, oui ! c'était presque comme dans le rêve de Winston. Presque aussi rapidement qu'il l'avait imaginé, elle avait retiré ses vêtements, et lorsqu'elle les jeta sur le côté, ce fut avec ce même mouvement magnifique qui semblait anéantir toute une civilisation. Son corps blanc brillait sous le soleil. Mais pendant un instant, il ne regarda pas son corps ; ses yeux étaient rivés sur le visage parsemé de taches de rousseur et son léger sourire téméraire. Il s'agenouilla devant elle et prit sa main dans la sienne.

— Est-ce que tu l'as déjà fait ?

— Bien sûr. Des centaines de fois – enfin, des dizaines de fois, en tout cas.

— Avec des membres du Parti ?

— Oui, toujours avec des membres du Parti.

— Du Parti Intérieur ?

— Non, pas avec ces fumiers, non. Mais il y en a plein qui *sauteraient* sur l'occasion s'ils en avaient la moindre chance. Ils ne sont pas aussi vénérables qu'ils veulent bien le faire croire.

Le cœur de Winston fit un bond. Elle l'avait fait des dizaines de fois ; il aurait souhaité qu'elle l'eût fait des centaines, des milliers de fois. Toute chose qui laissait entendre de la corruption le remplissait toujours d'un fol espoir. Après tout, peut-être que le Parti était pourri sous la surface ? Son culte pour la pénibilité et l'abnégation était-il une comédie visant à dissimuler son iniquité ? S'il avait pu infecter tous ceux-là avec la lèpre ou la syphilis, il l'aurait fait avec grand plaisir ! N'importe quoi tant que cela faisait pourrir, faiblir, discréditer ! Il la tira vers lui afin qu'ils soient face à face, tous deux à genoux.

— Écoute, plus nombreux sont les hommes que tu as connus, plus grand est mon amour pour toi. Est-ce que tu comprends ça ?

— Oui, parfaitement.

— Je hais la pureté, je hais la moralité ! Je ne veux plus qu'aucune vertu existe où que ce soit. Je veux que tout le monde soit corrompu jusqu'à la moelle.

— Eh bien, dans ce cas, je devrais te convenir, chéri. Je suis corrompue jusqu'à la moelle.

— Tu aimes faire ça ? Pas forcément avec moi, je veux dire, la chose elle-même ?

— J'adore ça.

C'était cela qu'il voulait surtout entendre. Pas simplement l'amour d'une personne, mais l'instinct animal, le désir simple et indifférencié : là résidait la force qui réduirait le Parti en cendres.

Winston allongea Julia sur l'herbe, au milieu des jacinthes des bois tombées au sol. Cette fois-ci, il n'y eut aucune difficulté. À présent, les mouvements de leurs poitrines ralentirent leur rythme jusqu'à retrouver une respiration normale, puis ils se séparèrent dans une sorte d'impuissance agréable. La chaleur du soleil semblait s'être accrue. Ils avaient tous les deux envie de dormir. Winston attrapa la combinaison que Julia avait jetée et en recouvrit partiellement son corps. Presque aussitôt, ils s'endormirent pendant environ une demi-heure.

Winston se réveilla le premier. Il se redressa et regarda le visage parsemé de taches de rousseur, toujours paisiblement endormi, soutenu par la paume de Julia. Sa bouche mise à part, on ne pouvait pas vraiment dire qu'elle était belle. En y regardant de plus près, on distinguait une ride ou deux autour de ses yeux. Ses courts cheveux bruns étaient incroyablement épais et doux. Il se rendit compte qu'il ne connaissait toujours pas son nom de famille, ni même son adresse.

Ce corps jeune et vigoureux, à présent impuissant dans le sommeil, éveillait en lui un sentiment de pitié et une volonté de le protéger. Mais la tendresse irréfléchie qu'il avait ressentie sous le noisetier, lorsque la grive chantait, n'était pas vraiment revenue. Il retira la combinaison et examina son doux flanc pâle. Il songea qu'autrefois, un homme regardait le corps d'une fille et le trouvait désirable, point. Mais aujourd'hui, on ne pouvait avoir d'amour ou de désir purs. Aucune émotion n'était pure, car tout était mélangé à la peur et la haine. Leur étreinte avait été une bataille ; leur orgasme, une victoire. C'était un coup porté au Parti. C'était un acte politique.

III

— Nous pourrons revenir ici, dit Julia. En général, ce n'est pas dangereux de se rendre dans la même cachette deux fois. Mais pas avant un mois ou deux, évidemment.

Dès qu'elle s'était réveillée, son attitude avait changé. Elle devint vigilante et sérieuse, se rhabilla, noua la ceinture écarlate autour de sa taille et commença à mettre au point les détails concernant le trajet de retour. Elle avait visiblement une ingéniosité pratique qui faisait défaut à Winston et elle semblait aussi posséder une connaissance approfondie de la campagne aux abords de Londres, acquise après d'innombrables randonnées communautaires, donc il lui sembla naturel de la laisser gérer cela. L'itinéraire qu'elle lui indiqua était légèrement différent de celui qu'il avait emprunté pour venir ici et le conduisait à une autre gare.

— Ne rentre jamais par le même chemin qu'à l'aller, dit-elle, comme si elle énonçait une importante règle générale.

Elle partirait en premier et Winston devrait attendre une demi-heure avant de suivre.

Elle avait évoqué un endroit où ils pourraient se retrouver après le travail, quatre jours plus tard. Il s'agissait d'une rue dans l'un des quartiers les plus pauvres, où se tenait un marché ouvert généralement noir de monde et bruyant. Elle déambulerait parmi les étals, comme si elle cherchait des lacets ou du fil à coudre. Si elle jugeait que la voie était libre, elle se moucherait lorsqu'il s'approcherait ; si elle ne le faisait pas, il devrait passer à côté d'elle sans manifester quoi que ce soit. Mais avec de la chance, au milieu de la foule, ils pourraient discuter un quart d'heure et prévoir un autre rendez-vous.

— Et maintenant, je dois y aller, dit-elle dès qu'il eut retenu ses instructions. Je dois être rentrée pour dix-neuf heures trente. Je dois passer deux heures à distribuer des flyers ou que sais-je encore pour la Ligue Anti-Sexe Junior. Génial, non ? Donne-moi un coup de brosse, tu veux ? Est-ce que j'ai des brindilles dans les cheveux ? Tu es sûr ? Alors au revoir, mon amour, au revoir !

Elle se jeta dans ses bras, l'embrassa presque violemment, puis, quelques instants plus tard, se fraya un chemin à travers les jeunes arbres et disparut dans le bois pratiquement sans bruit. Encore maintenant, il ne connaissait ni son nom de famille ni son adresse. Mais cela n'avait aucune importance, car il était inconcevable qu'ils puissent se retrouver chez l'un ou chez l'autre un jour ou même se livrer à quelque correspondance écrite que ce soit.

Le destin fit qu'ils ne retournèrent jamais à la clairière dans le bois. Au mois de mai, ils ne réussirent qu'une seule fois à faire l'amour. Cela arriva dans une autre cachette connue de Julia, dans le clocher d'une église en ruine, située dans une partie de la campagne où une bombe était tombée trente ans plus tôt. C'était là une bonne cachette une fois sur place, mais le chemin pour s'y rendre était très dangereux. En dehors de cette fois-là, ils pouvaient uniquement se retrouver dans les rues, toujours à un endroit différent de la dernière fois, et jamais plus d'une demi-heure d'affilée. En général, dans la rue, il leur était possible de discuter, si l'on peut dire. Alors qu'ils se laissaient porter par la foule sur les trottoirs, pas tout à fait à la même hauteur que l'autre et sans jamais se regarder, ils tenaient une conversation étrange et intermittente, qui s'arrêtait et redémarrait comme les faisceaux lumineux d'un phare, était soudainement réduite au silence à l'approche d'un uniforme du Parti ou la proximité d'un télécran, puis reprenait quelques minutes plus tard, au milieu d'une phrase, puis était brusquement écourtée alors qu'ils se séparaient à l'endroit convenu, avant d'être reprise le lendemain, presque sans remise en contexte. Julia avait l'air d'être relativement habituée à ce genre de conversation, qu'elle appelait « parler par épisodes ». Elle était aussi étonnamment douée pour parler sans bouger les lèvres. Ils n'étaient arrivés à échanger un baiser qu'une seule fois en un mois de rendez-vous nocturnes.

Ils descendaient une petite rue en silence (Julia ne parlait jamais lorsqu'ils s'éloignaient des rues principales) quand un rugissement assourdissant retentit ; la terre trembla, l'air s'assombrit, puis Winston se retrouva couché sur le côté, terrifié et couvert de contusions. Une bombe-fusée avait dû tomber non loin de là. Soudain, il remarqua le visage de Julia, à quelques centimètres du sien, pâle comme la mort, aussi blanc que de la craie. Même ses lèvres étaient blanches. Elle était morte ! Il la serra contre lui et se rendit compte qu'il embrassait un visage encore vivant, d'où s'échappait encore un peu de chaleur. Mais quelque chose de poudreux faisait barrage à ses lèvres. Leurs visages étaient recouverts d'une épaisse couche de plâtre.

Certains soirs, lorsqu'ils atteignaient leur lieu de rendez-vous, ils devaient passer l'un à côté de l'autre sans un signe, parce qu'une patrouille venait de surgir du coin de la rue ou qu'un hélicoptère planait au-dessus de leurs têtes. Même si cela aurait été moins dangereux, il aurait tout de même été difficile de trouver du temps pour se retrouver. Winston travaillait soixante heures par semaine, et Julia, encore plus. Leurs jours de congé dépendaient de leur charge de travail et tombaient rarement en même temps. Dans tous les cas, Julia n'avait que très rarement toute une soirée de libre. Elle passait un temps incroyable à assister à des conférences et des manifestations, distribuer de la documentation pour la Ligue Anti-Sexe Junior, préparer des bannières pour la Semaine de la Haine, faire des collectes pour la campagne d'économie et autres activités similaires. Cela payait, disait-elle. C'était un camouflage. Si vous respectiez les petites règles, vous pouviez briser les grosses. Elle amena même Winston à donner encore une autre de ses soirées en s'inscrivant au travail de munitions à temps partiel, réalisé bénévolement par des membres zélés du Parti. Donc, un soir par semaine, Winston passait quatre heures dans un ennui paralysant, vissant ensemble de petits morceaux de métal, sans doute des bouts de bombes-fusées, dans un atelier traversé de courants d'air et mal éclairé, où les coups de marteau se mêlaient tristement à la musique des télécrans.

Lorsqu'ils se retrouvèrent dans le clocher de l'église, les trous de leur conversation sans cesse interrompue furent remplis. C'était un après-midi d'une chaleur écrasante. Dans la petite chambre carrée au-dessus des cloches, l'air était chaud et stagnant et l'odeur de fiente des pigeons dominait. Ils restèrent assis sur le sol poussiéreux et couvert de brindilles, parlèrent pendant des heures, l'un ou l'autre se levant de temps en temps pour jeter un œil à travers les meurtrières et s'assurer que personne n'arrivait.

Julia avait vingt-six ans. Elle vivait dans un foyer avec trente autres filles. « Toujours dans la puanteur des femmes ! Que je déteste les femmes ! », avait-elle ajouté, entre parenthèses. Comme il l'avait deviné, elle travaillait sur les machines d'écriture de romans au département des Fictions. Elle aimait son travail, qui consistait à faire fonctionner et assurer l'entretien d'un moteur électrique puissant mais complexe.

Elle n'était « pas intelligente », mais adorait se servir de ses mains et se sentait à l'aise avec les machines. Elle pouvait décrire tout le processus de création d'un roman, allant de la directive générale donnée par le Comité du Planning jusqu'aux retouches finales de l'équipe de Réécriture. Mais le produit final ne l'intéressait pas. « Lire ne me passionne pas vraiment », avait-elle dit. Les livres n'étaient que des marchandises qui devaient être produites, comme la confiture ou les lacets.

Elle n'avait aucun souvenir antérieur aux années 60, et la seule personne dans son entourage qui parlait souvent de l'époque avant la Révolution était un grand-père qui avait disparu lorsqu'elle avait huit ans. À l'école, elle avait été capitaine de l'équipe de hockey et avait gagné la coupe de gymnastique deux années d'affilée. Elle avait également été cheffe de troupe chez les Espions et secrétaire de section dans la Ligue des Jeunes avant de rejoindre la Ligue Anti-Sexe Junior. Elle avait toujours eu une excellente réputation. Elle avait même été sélectionnée pour travailler dans le Pornosexe (marque infaillible d'une bonne réputation), une branche du département des Fictions qui produisait la plus basse pornographie qui fût afin de la distribuer aux prolétaires. Elle commenta que le Pornosexe était surnommé la Boîte à Fumier par ceux qui y travaillaient. Elle y était restée pendant un an, aidant à produire des livrets, enfouis ensuite dans des paquets scellés, avec des titres comme *Histoires de fessées* ou *Une nuit à l'école des filles*, avant d'être achetés furtivement par de jeunes prolétaires qui avaient l'impression de se procurer une chose illégale.

— À quoi ressemblent ces livres ? demanda Winston, curieux.

— Oh, à des imbécilités sans nom. Ils sont barbants, vraiment. Ils n'ont que six intrigues différentes dont on mélange quelques éléments pour se renouveler. Je n'étais toujours que sur les kaléidoscopes, bien sûr. Je n'intégrais jamais l'équipe de Réécriture. Je ne suis pas une littéraire, chéri – pas même assez pour ça.

Il fut surpris d'apprendre que toutes les personnes qui travaillaient au Pornosexe étaient des filles, sauf les chefs du département. On prétendait que les hommes, dont les instincts sexuels étaient moins faciles à maîtriser que ceux des femmes, couraient un plus grand danger d'être corrompus par les saletés que le Pornosexe gérait.

— Ils ne veulent même pas de femmes mariées là-bas, ajouta-t-elle. Les filles sont toujours censées être si pures. En tout cas, il y en a bien une qui ne l'est pas.

Elle avait eu sa première relation sexuelle lorsqu'elle avait seize ans, avec un membre du Parti qui en avait soixante. Quelque temps plus tard, il s'était suicidé pour ne pas être arrêté.

— Tant mieux, remarqua Julia. Sinon, ils auraient réussi à lui soutirer mon nom lorsqu'il aurait avoué les faits.

Depuis, il y en avait eu bien d'autres. La vie, telle qu'elle la concevait, était assez simple. Vous vouliez passer un bon moment, « ils » voulaient vous en empêcher (« ils » sous-entendait le Parti), alors vous enfreigniez les règles autant que possible. Elle trouvait tout aussi naturel qu'« ils » veuillent vous voler vos plaisirs et que vous vouliez éviter de vous faire prendre. Elle haïssait le Parti et le montrait à travers les mots les plus grossiers, mais elle n'en faisait aucune critique générale. Elle ne nourrissait aucun intérêt pour la doctrine du Parti, sauf lorsque cela touchait à sa propre vie. Winston remarqua qu'elle n'employait jamais d'autres mots novlangs que ceux qui étaient passés dans le langage courant. Elle n'avait jamais entendu parler de la Fraternité et refusait de croire à son existence. Quelque révolte organisée contre le Parti que ce soit, qui était vouée à l'échec, lui paraissait stupide. Le plus intelligent à faire était de déroger aux règles et rester en vie malgré tout. Il se demanda vaguement combien d'autres comme elle il pouvait y avoir dans la génération plus jeune qui avait grandi dans le monde de la Révolution, n'ayant jamais connu quoi que ce soit d'autre, acceptant le Parti comme une chose immuable, comme le ciel, qui ne remettait pas en cause son autorité mais s'en échappait, tout simplement, comme un lapin esquive un chien.

Ils n'abordèrent pas la possibilité de se marier tous les deux. Elle était trop vague pour qu'ils prennent la peine d'y penser. Aucun comité au monde n'autoriserait une union comme celle-ci, même si Winston avait pu se libérer de Katharine, sa femme. C'était sans espoir, même dans leurs rêves les plus fous.

— Elle était comment, ta femme ? demanda Julia.

— Elle était… tu connais le mot novlang *bien-pensante* ? Qui veut dire « naturellement orthodoxe, incapable de la moindre mauvaise pensée » ?

— Non, je ne connaissais pas le mot, mais je vois très bien le genre de personne.

Il commença à lui raconter l'histoire de sa vie conjugale, mais assez curieusement, Julia semblait déjà en connaître les grandes lignes. Presque comme si elle l'avait vu ou ressenti, elle lui décrivit le corps de Katharine qui se raidissait dès qu'il la touchait, la façon dont elle semblait toujours le repousser de toutes ses forces, même lorsque ses bras étaient fermement enroulés autour de lui. Avec Julia, il n'avait aucune difficulté à parler de tels sujets. En tout cas, Katharine avait cessé d'être un souvenir douloureux depuis longtemps et était devenu seulement répugnant.

— J'aurais pu le supporter s'il n'y avait pas eu une chose, dit-il.

Il lui raconta la petite cérémonie frigide à laquelle Katharine l'obligeait à prendre part chaque semaine, toujours le même soir.

— Elle détestait ça, mais rien ne pouvait l'en empêcher. Elle avait un nom pour ça… mais tu ne le devineras jamais.

— « Notre devoir envers le Parti », répondit immédiatement Julia.

— Comment tu le sais ?

— J'ai été à l'école aussi, chéri. Il y avait des discussions autour du sexe une fois par mois pour les plus de seize ans. Et aussi dans le Mouvement des Jeunes. Ils nous l'ont rabâché pendant des années. Je pense pouvoir dire que ça marche dans la majorité des cas. Mais on ne peut jamais en être certain, évidemment ; les gens sont tellement hypocrites.

Elle commença à s'étendre sur le sujet. Avec Julia, tout revenait à sa propre sexualité. Dès qu'on y touchait, d'une façon ou d'une autre, elle était capable d'une grande perspicacité. À la différence de Winston, elle avait saisi la signification cachée du puritanisme sexuel du Parti. Ce n'était pas simplement parce que l'instinct sexuel créait un monde à part qui échappait au contrôle du Parti et qui devait donc, si possible, être détruit. Le plus important était que la privation sexuelle provoquait l'hystérie, ce qui était souhaitable, car elle pouvait être transformée en frénésie guerrière et en dévotion envers les dirigeants. Elle présenta la chose comme ceci :

— Quand on fait l'amour, on brûle son énergie ; après, on se sent heureux et on se moque du reste. Ils ne supportent pas qu'on ressente ça. Ils veulent qu'on soit remplis d'énergie tout le temps. Tous ces défilés incessants, ces acclamations, ces agitations de drapeaux, tout ça, ce n'est que du sexe devenu aigri. Si on est heureux à l'intérieur, pourquoi devrait-on être emballé par Big Brother, le Plan Triennal, les Deux Minutes de la Haine et le reste de leurs foutaises ?

Il songea qu'elle avait tout à fait raison. Il y avait une connexion étroite et directe entre la chasteté et l'orthodoxie politique. Car comment la peur, la haine et la crédulité démente, que le Parti voulait pour ses membres, pouvaient être maintenues au degré voulu autrement qu'en contenant un instinct puissant et en l'utilisant comme force motrice ? Les pulsions sexuelles étaient dangereuses pour le Parti, et ce dernier les avait tournées à son avantage. Il avait instauré un fonctionnement similaire à l'instinct paternel. La famille ne pouvait pas vraiment être abolie et, en fait, on encourageait les gens à adorer leurs enfants, presque comme dans les temps anciens. Les enfants, en revanche, étaient systématiquement détournés de leurs parents et apprenaient à les espionner pour rapporter leurs écarts. En réalité, la famille était devenue une extension de la Police de la Pensée. C'était un moyen pour que chaque personne fût entourée nuit et jour par des informateurs qui la connaissaient intimement.

Katharine lui revint brutalement à l'esprit. Elle aurait dénoncé Winston à la Police de la Pensée, sans hésiter, si elle n'avait pas été assez stupide pour ne pas détecter la non-orthodoxie des opinions de son mari. Mais ce qui la rappela à lui à cet instant était la chaleur étouffante de l'après-midi, qui faisait perler quelques gouttes de sueur sur son front. Il raconta à Julia une chose qui s'était produite, ou plutôt qui ne s'était pas produite, lors d'un autre après-midi d'été accablant, onze ans plus tôt.

Cela faisait trois ou quatre mois qu'ils s'étaient mariés. Ils s'étaient perdus lors d'une randonnée communautaire quelque part dans le Kent. Ils avaient seulement ralenti quelques minutes derrière les autres, mais ils n'avaient pas tourné au bon endroit et s'étaient retrouvés arrêtés net par le bord d'une ancienne carrière de craie. Il s'agissait d'une falaise abrupte haute de dix ou vingt mètres, avec d'énormes rochers en contrebas. Ils ne virent personne à qui demander leur chemin. Dès qu'elle se rendit compte qu'ils étaient perdus, Katharine devint très mal à l'aise. Se trouver loin de la foule bruyante de randonneurs, ne serait-ce qu'un instant, lui donnait le sentiment de commettre un acte répréhensible. Elle voulait rapidement rebrousser chemin et commencer à chercher dans l'autre direction. Mais à ce moment-là, Winston remarqua quelques touffes de salicaire en train de pousser dans les fissures de la falaise, en contrebas. Une houppe arborait deux couleurs, du magenta et du rouge brique, poussant visiblement par la même racine. Il n'avait jamais rien vu de tel auparavant, et il appela Katharine pour qu'elle vienne voir.

— Regarde, Katharine ! Regarde ces fleurs. Ce petit massif près de la base de la falaise. Tu vois qu'il y a deux couleurs différentes ?

Elle s'était déjà tournée pour partir, mais elle revint un instant, le visage plutôt renfrogné. Elle se pencha même au-dessus de la falaise pour voir l'endroit qu'il lui montrait du doigt. Il se tenait légèrement derrière elle et posa sa main sur la taille de Katharine pour la stabiliser. À ce moment-là, il fut frappé par le fait qu'ils étaient totalement seuls. Il n'y avait aucune créature humaine nulle part, pas une feuille qui bougeait, pas même un oiseau éveillé. Dans un endroit comme celui-ci, les chances qu'il y eût un microphone caché étaient très minces, et même s'il y en avait eu un, il n'aurait rien entendu de plus que des sons. C'était l'heure la plus chaude et la plus paisible de l'après-midi. Le soleil brûlait leur peau, la sueur lui chatouillait le visage. Et une pensée lui traversa l'esprit…

— Pourquoi tu ne lui as pas donné un bon coup pour la pousser ? demanda Julia. Moi, je l'aurais fait.

— Oui, chérie, tu l'aurais fait. Moi aussi, si j'avais été la même personne que je suis aujourd'hui. Enfin, peut-être. Je n'en suis pas sûr.

— Tu regrettes de ne pas l'avoir fait ?

— Oui. Finalement, je le regrette.

Ils étaient assis côte à côte sur le sol poussiéreux. Il la tira plus près de lui. Julia posa sa tête sur l'épaule de Winston, l'odeur agréable de ses cheveux arrivant à vaincre celle de la fiente de pigeons. Il songea qu'elle était très jeune, qu'elle attendait encore quelque chose de la vie ; elle ne comprenait pas que pousser une personne gênante en haut d'une falaise ne résolvait rien.

— À vrai dire, ça n'aurait rien changé, dit-il.

— Alors, pourquoi tu regrettes de ne pas l'avoir fait ?

— Seulement parce que je préfère un positif à un négatif. Dans le jeu auquel nous jouons, nous ne pouvons pas gagner. Certains échecs sont meilleurs que d'autres, voilà tout.

Il sentit l'épaule de Julia se tortiller en signe de désaccord. Elle le contredisait toujours lorsqu'il affirmait une chose de ce genre. Elle n'accepterait jamais comme une loi de la nature que l'individu fût toujours vaincu. D'un côté, elle se rendait bien compte qu'elle était elle-même condamnée, que tôt ou tard, la Police de la Pensée l'attraperait et la tuerait, mais d'un autre, dans son esprit, elle croyait qu'il était plus ou moins possible de construire un monde secret dans lequel on pouvait vivre comme on l'entendait. Tout ce dont on avait besoin, c'était de chance, d'ingéniosité et d'audace. Elle ne comprenait pas qu'une chose comme le bonheur n'existait pas, que la seule victoire possible se trouvait dans un futur lointain, bien après sa mort, et qu'à partir du moment où on déclarait la guerre au Parti, il valait mieux se voir comme un cadavre ambulant.

— Nous sommes des morts, dit-il.

— On n'est pas encore morts, dit banalement Julia.

— Pas physiquement. Six mois, un an… cinq ans, sans doute. J'ai peur de la mort. Tu es jeune, donc je suppose que tu en as encore plus peur que moi. Évidemment, nous pourrions la repousser aussi loin que possible. Mais ça ne fait pas une grande différence. Tant que les êtres humains restent humains, la vie et la mort sont la même chose.

— Oh, foutaises ! Avec qui tu préfèrerais coucher : moi ou un squelette ? Tu n'aimes pas être vivant ? Tu n'aimes pas te dire : c'est moi, c'est ma main, c'est ma jambe, je suis réel, je suis solide, je suis vivant ! Tu n'aimes pas *ça* ?

Elle entoura le corps de Winston et pressa sa poitrine contre lui. Il sentait ses seins, lourds mais fermes, à travers son uniforme. Son corps semblait déverser une partie de sa jeunesse et de son énergie dans le sien.

— Si, j'aime ça, dit-il.

— Alors, arrête de parler de la mort. Et maintenant, écoute-moi, chéri. On doit planifier notre prochain rendez-vous. On ferait mieux de retourner à notre cachette dans le bois. On a laissé passer assez de temps depuis la dernière fois. Mais tu devras y arriver par un chemin encore différent. J'ai tout prévu. Tu prends le train – attends, je vais te le dessiner.

Et, à sa manière pratique, elle rassembla un petit carré de poussière, puis, avec une brindille provenant d'un nid de pigeon, elle commença à dessiner une carte sur le sol.

IV

Winston balaya du regard la petite pièce miteuse au-dessus de la boutique de M. Charrington. À côté de la fenêtre, l'immense lit était fait, avec des draps en lambeaux et un traversin sans housse. La pendule archaïque au cadran de douze heures émettait son tic-tac sur le manteau de la cheminée. Dans le coin, sur la table pliante, le presse-papier en verre qu'il avait acheté lors de sa dernière visite étincelait légèrement dans la semi-obscurité.

Dans le garde-feu se trouvaient un poêle à pétrole usé, une casserole et deux tasses, fournis par M. Charrington. Winston alluma le brûleur et mit une casserole d'eau à bouillir. Il avait apporté une enveloppe remplie de café de la Victoire et quelques sachets de saccharine. Les aiguilles de l'horloge affichaient sept heures vingt ; en réalité, il était dix-neuf heures vingt. Elle devait arriver à dix-neuf heures trente.

C'est de la folie, c'est de la folie, continuait à hurler son cœur. Une folie délibérée, gratuite, suicidaire. De tous les crimes qu'un membre du Parti pouvait commettre, celui-ci était de loin le plus difficile à dissimuler. À vrai dire, l'idée lui était d'abord venue sous la forme d'une vision, du presse-papier en verre se reflétant sur la surface de la table pliante. Comme il l'avait prévu, M. Charrington lui laissa la chambre sans objection. Il était évidemment heureux des quelques dollars que cela allait lui rapporter. Il ne sembla pas non plus choqué ni curieux d'en savoir plus lorsqu'il fut évident que Winston souhaitait occuper la chambre pour avoir une aventure. Au lieu de cela, son regard était devenu lointain et il avait servi quelques généralités, avec un air si délicat, comme pour donner l'impression qu'il était devenu à moitié invisible. Il avait dit que l'intimité était une chose très précieuse. Tout le monde voulait une pièce pour pouvoir être seul, parfois. Et lorsqu'on avait un tel endroit, ce n'était que pure courtoisie que qui que ce soit au courant garde ce qu'il savait pour lui. Semblant presque disparaître et cesser d'exister, il ajouta même qu'il y avait deux entrées à la maison, dont une par l'arrière-cour, qui donnait sur une ruelle.

Sous la fenêtre, une personne chantait. Winston y jeta un coup d'œil, protégé par le rideau en mousseline. Le soleil de juin trônait toujours haut dans le ciel, et dans la cour en dessous, baignée de lumière, une femme monstrueuse, aussi solide qu'un pilier normand, aux avant-bras rougis et musclés, vêtue d'un tablier en toile attaché au niveau de la taille, faisait des allers-retours d'un pas lourd entre un seau à linge et une corde, sur laquelle elle étendait une série de carrés blancs. Winston supposa qu'il s'agissait de couches pour bébé. Chaque fois que sa bouche n'était pas obstruée par des pinces à linge, elle chantait d'un puissant contralto :

C'était qu'un rêve sans espoir
Il est passé comme un soir d'avril
Mais un regard, un mot, et les rêves s'éveillent !
Ils ont pris mon cœur,
Ils ont volé mon cœur !

Cet air hantait Londres depuis quelques semaines déjà. C'était l'une des nombreuses chansons, toutes semblables, produites pour les prolétaires par une branche du département de Musique. Ces chansons étaient composées sans aucune intervention humaine, avec un instrument connu sous le nom de *versificateur*. Mais la femme chantait d'une voix si mélodieuse qu'elle transformait ces affreuses idioties en un son presque agréable. Il entendait la femme chanter, ses chaussures érafler les dalles, ainsi que les cris des enfants dans la rue et, quelque part au loin, un léger bourdonnement du trafic, et pourtant, la pièce semblait étrangement silencieuse, grâce à l'absence de télécran.

Folie, folie, folie ! pensa-t-il de nouveau. Il était inconcevable qu'ils puissent fréquenter cet endroit plus que quelques semaines sans se faire attraper. Mais la tentation d'avoir une cachette qui n'était vraiment qu'à eux, en intérieur et assez proche, avait été trop forte pour tous les deux. Pendant les quelques jours suivant leur rendez-vous dans le clocher, organiser d'autres rencontres s'était révélé impossible. Les heures de travail avaient été augmentées de façon drastique en vue de la Semaine de la Haine. Il restait encore un mois avant qu'elle eût lieu, mais les énormes préparations complexes qu'elle nécessitait donnaient une charge de travail supplémentaire à tout le monde. Finalement, ils réussirent à obtenir un après-midi de libre le même jour. Ils avaient convenu de revenir à la clairière dans le bois. La veille au soir, ils s'étaient brièvement retrouvés dans la rue. Comme toujours, Winston regarda à peine Julia alors qu'ils se dirigeaient l'un vers l'autre à travers la foule, mais lorsqu'il jeta un coup d'œil vers elle, elle lui parut plus pâle qu'à l'ordinaire.

— C'est annulé, murmura-t-elle dès qu'elle jugea qu'il n'y avait aucun danger à parler. Demain, je veux dire.

— Quoi ?

— Demain après-midi. Je ne pourrai pas venir.

— Pourquoi cela ?

— Oh, pour la même raison que d'habitude. Ça a commencé plus tôt, cette fois.

Pendant un instant, il ressentit une violente colère. Depuis un mois qu'il la fréquentait, la nature de son désir pour elle avait changé. Au départ, il n'y avait eu qu'une très légère sensualité. Leur premier rapport sexuel n'avait été qu'un acte de volonté. Mais après la deuxième fois, c'était différent. L'odeur de ses cheveux, le goût de sa bouche, la sensation de sa peau semblaient s'être insinués en lui, ou dans l'air qui l'entourait. Elle était devenue une nécessité physique, une chose que non seulement il voulait, mais aussi à laquelle il estimait d'avoir droit. Lorsqu'elle dit qu'elle ne pourrait pas venir, il eut l'impression qu'elle le trompait. Mais exactement à ce moment-là, la foule les pressa l'un contre l'autre et leurs mains se touchèrent accidentellement. Elle serra brièvement le bout de ses doigts, une pression qui ne semblait pas transmettre du désir, mais de l'affection. Il fut frappé par le fait que lorsqu'on vivait avec une femme, cette déception, précisément, devait être un évènement normal, récurrent ; puis une profonde tendresse, comme il n'en avait jamais ressenti pour elle, le saisit soudainement. Il aimerait qu'ils soient un couple marié depuis dix ans. Il aimerait marcher dans la rue avec elle, comme ils le faisaient maintenant, mais de façon affichée et sans peur ; ils parleraient de choses futiles et achèteraient du bric-à-brac pour leur foyer. Par-dessus tout, il aimerait qu'ils aient un endroit pour être seuls tous les deux sans avoir l'impression d'être obligés de faire l'amour chaque fois qu'ils se voyaient. Ce ne fut pas vraiment à ce moment-là, mais plutôt le lendemain que l'idée de louer la chambre de M. Charrington lui avait traversé l'esprit.

Lorsqu'il l'avait suggérée à Julia, elle avait acquiescé avec un empressement inattendu. Ils savaient tous deux que c'était de la folie.

C'était comme s'ils se rapprochaient intentionnellement de leurs tombes.

Alors qu'il était assis au bord du lit, il repensa aux cellules du ministère de l'Amour. Il était étrange de constater comme cette horreur prédestinée rentrait et sortait de notre conscience. Il était là, son destin, sa dernière heure fixée à une date ultérieure. Il précédait la mort aussi sûrement que quatre-vingt-dix-neuf précède cent. Personne ne pouvait l'éviter, mais on pouvait peut-être le remettre à plus tard ; et pourtant, au lieu de cela, de temps en temps, par un acte volontaire, on choisissait d'écourter l'intervalle qui nous séparait de cette dernière heure.

À cet instant, il entendit des pas rapides dans les escaliers. Julia fit irruption dans la pièce. Elle transportait une sacoche à outils en toile brune et rêche ; il l'avait parfois vue faire des allers-retours avec au ministère. Il s'avança pour la prendre dans ses bras, mais elle s'en libéra assez rapidement, en partie parce qu'elle tenait encore sa sacoche.

— Une seconde, dit-elle. Laisse-moi juste te montrer ce que j'ai là. Tu as amené cet immonde café de la Victoire ? Je savais que tu le ferais. Tu peux le jeter, on n'en aura pas besoin. Regarde.

Elle se mit à genoux, ouvrit le sac et en sortit quelques clefs à molette et un tournevis qui dissimulaient le reste du contenu. En dessous, il y avait un certain nombre de paquets en papier, enveloppés soigneusement. Le premier qu'elle tendit à Winston lui provoqua une sensation étrange, mais vaguement familière. Le paquet était lourd et contenait une chose sablonneuse qui cédait quand il y touchait.

— Ce ne serait pas du sucre ? demanda-t-il.

— Du vrai sucre. Pas de la saccharine, du sucre. Et il y a une miche de pain – du vrai pain blanc, pas notre truc affreux – et un petit pot de confiture. Il y a aussi une cannette de lait. Mais regarde ! Voici ce dont je suis la plus fière. J'ai dû l'envelopper avec un peu de toile, parce que…

Mais elle n'avait pas besoin de lui dire pourquoi elle avait dû l'envelopper. L'odeur remplissait déjà la pièce, un parfum riche et chaud qui semblait émaner de sa petite enfance, mais qu'on pouvait encore rencontrer. Se répandant dans un passage avant le claquement d'une porte, ou se diffusant mystérieusement dans une rue noire de monde, on sentait ce parfum un instant, puis il était à nouveau perdu.

— C'est du café, murmura-t-il. Du vrai café.

— Du café du Parti Intérieur. Il y en a pour un kilo, là-dedans, dit-elle.

— Comment as-tu réussi à te procurer toutes ces choses ?

— Ça vient du Parti Intérieur. Il n'y a rien que ces fumiers n'ont pas. Rien. Mais, évidemment, les serveurs, serviteurs et autres piquent des choses, et… regarde, j'ai aussi un petit paquet de thé.

Winston s'était accroupi à côté d'elle. Il déchira un coin du paquet pour l'ouvrir.

— C'est du vrai thé. Pas des feuilles de mûrier.

— Il y a eu un gros arrivage de thé, dernièrement. Ils se sont emparés de l'Inde, ou que sais-je, dit-elle vaguement. Mais écoute, chéri. Je veux que tu me tournes le dos trois minutes. Va t'asseoir de l'autre côté du lit. Ne te mets pas trop près de la fenêtre. Et ne te retourne pas avant que je te le dise.

Winston regarda distraitement à travers le rideau en mousseline. En bas, dans la cour, la femme aux bras rouges continuait ses allers-retours entre le seau à linge et la corde. Elle sortit deux pinces à linge de plus de sa bouche et chanta avec une profonde émotion :

Ils disent que le temps guérit tout,
Ils disent qu'on peut toujours oublier,
Mais les sourires et les larmes des années,
Tordent mon cœur, entendez-vous !

Elle semblait connaître par cœur toute la rengaine. Sa voix flottait dans l'air doux de l'été, très mélodieuse, remplie d'une sorte de joyeuse mélancolie. On pourrait croire qu'elle serait complètement satisfaite de rester là un millier d'années, à étendre des couches et à chanter des idioties, pourvu que cette soirée de juin fût infinie et les réserves de couches inépuisables. Winston fut frappé par le fait étrange qu'il n'avait jamais entendu un membre du Parti chanter seul de façon spontanée. Cela aurait même pu être légèrement non orthodoxe, une excentricité dangereuse, tout comme se parler à soi-même. Peut-être que c'était seulement lorsque les gens étaient à la limite de mourir de faim qu'ils avaient des raisons de chanter.

— Tu peux te retourner, maintenant, l'informa Julia.

Il se retourna et, pendant une seconde, il faillit ne pas la reconnaître. À vrai dire, il s'attendait à la trouver nue. Mais ce n'était pas le cas. La transformation qui venait d'avoir lieu était bien plus surprenante que cela. Elle s'était maquillée.

Elle avait dû se rendre dans un magasin dans les quartiers prolétaires et s'acheter une gamme complète de produits de beauté. Ses lèvres étaient d'un rouge profond, ses joues portaient du blush, son nez était poudré ; il y avait même une touche d'on ne sait quoi qui les ravivait. Ce n'était pas fait très habilement, mais les critères de Winston en la matière ne valaient pas grand-chose. Il n'avait jamais vu ou imaginé une femme du Parti porter du maquillage. Il fut surpris de constater comme cette transformation l'embellissait. Avec seulement quelques touches de couleur aux bons endroits, elle était non seulement devenue encore plus jolie, mais surtout bien plus féminine. Ses cheveux courts et son uniforme enfantin ne faisaient qu'ajouter à cet effet. Lorsqu'il la prit dans ses bras, une vague de parfum de violettes synthétiques inonda ses narines. Il se rappela la semi-obscurité d'une cuisine au sous-sol, ainsi que la bouche caverneuse d'une femme. Elle avait utilisé exactement le même parfum ; mais à ce moment-là, cela n'avait pas d'importance.

— Du parfum, aussi ! dit-il.

— Oui, chéri, aussi du parfum. Et tu sais ce que je vais faire, après ? J'irai m'acheter une vraie robe de femme quelque part et la porter, au lieu de ce foutu pantalon. Je mettrai des bas en soie et des chaussures à talons hauts ! Dans cette chambre, je serai une femme, pas une camarade du Parti.

Ils retirèrent rapidement leurs vêtements et grimpèrent sur le grand lit en acajou. C'était la première fois qu'il se déshabillait en sa présence. Jusqu'à maintenant, il avait eu bien trop honte de son corps maigre et pâle, des varices en saillie sur ses mollets et de la tache décolorée au-dessus de sa cheville. Il n'y avait pas de draps, mais ils étaient allongés sur une couverture usée et douce ; la taille et l'élasticité du matelas les étonnèrent tous les deux.

— Ça doit sûrement grouiller de punaises de lit, mais peu importe, dit Julia.

Personne n'avait jamais vu de lit deux places de nos jours, à part dans les foyers des prolétaires. Winston avait dormi quelquefois dans un de ceux-là lorsqu'il était enfant ; Julia n'en avait jamais eu l'occasion, pour autant qu'elle s'en souvînt.

Bientôt, ils s'endormirent tous deux un moment. Lorsque Winston se réveilla, les aiguilles de l'horloge indiquaient presque vingt et une heures. Il ne bougea pas, car Julia dormait avec sa tête dans le creux de son bras. Une grande partie de son maquillage s'était transférée sur le visage de Winston ou sur le traversin, mais une légère trace de blush rehaussait toujours la beauté de sa pommette. Un rai jaune du soleil couchant inonda le pied du lit et illumina la cheminée, dans laquelle l'eau de la casserole bouillait rapidement. En bas, dans la cour, la femme avait arrêté de chanter, mais les cris lointains des enfants lui parvenaient de la rue. Il se demanda vaguement si, dans le passé aboli, il était normal de rester au lit comme cela, dans la fraîcheur d'une soirée d'été, un homme et une femme nus, faisant l'amour quand ils le souhaitaient, parlant de ce qu'ils voulaient, ne ressentant aucune nécessité de se lever, seulement rester allongés là et écouter les sons paisibles de l'extérieur. Il n'y avait sûrement aucune époque à laquelle il aurait été normal de faire cela…

Julia se réveilla, se frotta les yeux et se redressa en prenant appui sur son coude pour regarder le poêle à pétrole.

— La moitié de l'eau s'est évaporée, remarqua-t-elle. Je vais me lever et je préparerai du café un peu plus tard. Nous avons une heure. À quelle heure ils coupent l'électricité, chez toi ?

— Vingt-trois heures trente.

— À vingt-trois heures, au foyer. Mais tu dois rentrer plus tôt, parce que… Eh ! Dégage, sale bestiole !

Elle se retourna brusquement dans le lit, saisit une chaussure posée sur le sol et l'envoya dans le coin, d'un lancer brusque et enfantin du bras, exactement de la même façon qu'il l'avait vue jeter le dictionnaire sur Goldstein, cette fameuse matinée, pendant les Deux Minutes de la Haine.

— Qu'est-ce que c'était ? demanda-t-il, surpris.

— Un rat. Je l'ai vu pointer son museau hors du lambris. Il y a un trou, là-bas. Je lui ai fichu la frousse, en tout cas.

— Des rats ! murmura Winston. Dans cette pièce !

— Il y en a partout, répondit Julia d'un ton indifférent en s'allongeant de nouveau sur le lit. On en a même dans la cuisine, au foyer.

Certains quartiers de Londres pullulent de ces bestioles. Tu sais qu'ils attaquent les enfants ? Oui oui, je t'assure. Dans ces rues-là, une femme n'ose pas laisser un bébé seul ne serait-ce que deux minutes. Ce sont les grands rats marron qui le font. Et le pire, c'est que ces bestioles trouvent toujours…

— TAIS-TOI ! la coupa Winston, les yeux bien fermés.

— Chéri ! Tu es très pâle. Qu'est-ce qu'il y a ? Les rats te dégoûtent ?

— De toutes les horreurs du monde… un rat !

Elle se pressa contre Winston et enroula ses membres autour de lui, comme pour le rassurer avec la chaleur de son corps. Il ne rouvrit pas immédiatement les yeux. Pendant de longs instants, il avait eu l'impression de retourner dans un cauchemar qui lui était revenu en mémoire de temps en temps au cours de sa vie. C'était toujours le même, à peu de choses près. Il se tenait devant un mur de ténèbres, et de l'autre côté de ce mur, il y avait une chose insupportable, trop affreuse pour être affrontée. Dans ce rêve, le plus fort sentiment qu'il éprouvait était toujours l'aveuglement volontaire, car en fait, il savait très bien ce qui se trouvait derrière ce mur de ténèbres. Avec un effort mortel, comme arracher un morceau de son propre cerveau, il aurait même pu traîner la chose dans la lumière. Il se réveillait chaque fois sans avoir découvert ce dont il s'agissait ; mais il avait un lien avec ce que Julia venait de dire lorsqu'il l'avait coupée.

— Je suis désolé, dit-il. Ce n'est rien. Je n'aime pas les rats, c'est tout.

— Ne t'en fais pas, chéri, ces sales bestioles ne viendront plus ici. Je boucherai le trou avec un peu de toile avant que nous partions. Et quand on reviendra ici, j'amènerai un peu de plâtre pour le reboucher comme il faut.

L'instant de panique était déjà à moitié oublié. Légèrement honteux de son attitude, il s'assit contre la tête de lit. Julia, elle, se leva, enfila son uniforme et prépara du café. L'odeur qui s'échappait de la casserole était si puissante et enivrante qu'ils fermèrent la fenêtre, de peur que quelqu'un la remarque et commence à se poser des questions. Une chose encore meilleure que le goût du café : la texture soyeuse que le sucre donnait à celui-ci, ce que Winston avait presque oublié après des années de saccharine. Une main dans la poche et un morceau de pain tartiné de confiture dans l'autre, Julia déambula dans la pièce, jeta un coup d'œil indifférent vers la bibliothèque, indiqua le meilleur moyen de réparer la table pliante, se laissa tomber dans le fauteuil en lambeaux pour voir s'il était confortable et examina l'absurde horloge au cadran de douze heures, avec une sorte d'amusement bienveillant. Elle prit le presse-papier en verre et l'apporta sur le lit pour pouvoir le regarder dans une meilleure lumière. Winston le lui prit des mains, fasciné, comme toujours, par la douceur et la transparence du verre, comme de l'eau de pluie.

— Que penses-tu que ce soit ? demanda Julia.

— Je ne crois pas que ce soit quoi que ce soit. Je veux dire, je ne pense pas que ça ait servi un jour à quelque chose. C'est ce que j'aime en lui. C'est un petit morceau d'histoire qu'ils ont oublié de modifier. C'est un message datant d'il y a cent ans, si l'on sait comment le lire.

— Et ce tableau, là-bas, il a cent ans, lui aussi ? interrogea-t-elle avec un signe de tête en direction de la gravure, sur le mur opposé.

— Plus. Je dirais deux cents ans. On ne peut pas dire. C'est impossible de découvrir l'ancienneté de quoi que ce soit, de nos jours.

Elle examina l'œuvre d'art.

— C'est là que cette bestiole a pointé son museau, dit-elle en donnant un coup de pied dans le lambris, juste en dessous du tableau. Quel est cet endroit ? Je l'ai déjà vu quelque part.

— C'est une église, ou en tout cas c'en était une. Elle s'appelait Saint-Clément Danes.

Le fragment du poème que M. Charrington lui avait appris lui revint en mémoire, puis il ajouta avec un brin de nostalgie :

Des oranges et des citrons, disent les cloches de Saint-Clément !

À son grand étonnement, Julia poursuivit :

Tu me dois trois farthings, disent les cloches de Saint-Martin,
Quand me les paieras-tu ? disent les cloches du Vieux Bailey…

— Je ne me rappelle pas la suite. Mais en tout cas, je me rappelle la fin : *Voici une bougie pour aller au lit, Voici un couperet pour vous couper la tête !*

C'était comme les deux moitiés d'une signature. Mais il devait y avoir un autre vers après « les cloches du Vieux Bailey ». Il pouvait peut-être être déterré de la mémoire de M. Charrington, si elle était assez vive.

— Qui t'a appris ça ? demanda-t-il.

— Mon grand-père. Il me récitait ce poème quand j'étais petite. Il a été vaporisé quand j'avais huit ans – il a disparu, en tout cas. Je me demande ce qu'est un citron, ajouta-t-elle, sans rapport avec sa phrase précédente. J'ai déjà vu des oranges. C'est un genre de fruit rond et jaune avec une peau épaisse.

— Je me souviens des citrons, dit Winston. C'était une chose assez courante dans les années cinquante. Ils étaient si amers qu'on avait les dents qui grinçaient rien qu'en les sentant.

— Je parie qu'il y a des petites bêtes derrière ce tableau, lança Julia. Un de ces jours, je le décrocherai et lui donnerai un bon nettoyage. Je suppose qu'il est presque l'heure qu'on parte. Je devrais commencer à enlever tout ce maquillage. Quelle corvée ! J'effacerai le rouge à lèvres sur ton visage, après.

Winston resta couché encore quelques minutes. La chambre s'assombrissait. Il se tourna vers la lumière et resta allongé, à contempler le presse-papier en verre. Ce qui l'intéressait sans relâche n'était pas le morceau de corail, mais l'intérieur du verre lui-même. Il possédait une telle profondeur, et pourtant, il était aussi transparent que l'air. C'était comme si la surface du verre avait été une voûte céleste, renfermant un monde minuscule avec toute son atmosphère. Il avait l'impression qu'il pouvait y pénétrer, et qu'en fait, il s'y trouvait déjà, avec le lit en acajou, la table pliante, l'horloge, la gravure sur acier et le presse-papier lui-même. Ce dernier était la pièce dans laquelle il se trouvait, et le corail représentait sa vie et celle de Julia, fixées dans une sorte d'éternité au cœur du cristal.

V

Syme s'était évaporé. Un matin, il n'était pas venu au travail ; quelques personnes indélicates commentèrent son absence. Le lendemain, personne ne parla de lui. Le troisième jour, Winston se rendit dans le vestibule du département des Archives pour aller voir le panneau d'affichage. L'une des affiches consistait en une liste imprimée des membres du Comité des Échecs, dont Syme faisait partie. Elle était pratiquement la même qu'auparavant – rien n'avait été rayé – mais il y avait un nom de moins. C'était suffisant. Syme avait cessé d'exister. Il n'avait jamais existé.

Il faisait une chaleur torride. Dans le labyrinthe du ministère, les pièces sans fenêtre, dotées de la climatisation, gardaient leur température habituelle, mais à l'extérieur, le goudron des trottoirs brûlait les pieds, et la puanteur des métros aux heures de pointe était une horreur. Les préparations pour la Semaine de la Haine battaient leur plein, et le personnel de tous les ministères faisait des heures supplémentaires. Processions, réunions, défilés militaires, conférences, travail de la cire, expositions, projections de films, programmes de télécran : tout devait être organisé. On devait monter les stands, modeler les effigies, inventer les slogans, écrire les chansons, répandre les rumeurs, contrefaire les photographies. L'unité de Julia dans le département des Fictions avait dû arrêter sa production de romans pour sortir précipitamment une série de pamphlets absolument atroces. Winston, en plus de son travail habituel, passait de longues heures chaque jour à parcourir des archives du *Times*, à modifier et embellir des articles qui allaient être cités dans les discours. Tard le soir, lorsqu'une foule de prolétaires vagabondait dans les rues, la ville était gagnée par un air étrangement fébrile. Les bombes-fusées s'écrasaient plus souvent que jamais, et parfois, au loin, avaient lieu d'énormes explosions que personne ne pouvait expliquer et sur lesquelles de folles rumeurs circulaient.

La nouvelle mélodie qui allait être la chanson thème de la Semaine de la Haine (intitulée *La chanson de la Haine*) avait déjà été composée et passait sans arrêt dans les télécrans. Elle avait le rythme violent d'un aboiement qui ne pouvait pas vraiment être qualifié de musique ; il ressemblait à un battement de tambour. Rugie par des centaines de voix, cette chanson était terrifiante. Elle plaisait bien aux prolétaires ; dans les rues, la nuit, cet air rivalisait avec *C'était qu'un rêve sans espoir*, toujours populaire. Les enfants des Parsons le jouaient jour et nuit avec un peigne et un bout de papier toilette (*insupportable*). Les soirées de Winston étaient plus remplies que jamais. Des équipes de bénévoles, organisées par Parsons, préparaient la rue pour la Semaine de la Haine : coudre des bannières, peindre des affiches, ériger des mâts sur les toits et lancer des fils de fer de part et d'autre de la rue pour soutenir les banderoles. Parsons se vanta que seuls les immeubles de la Victoire exhiberaient quatre cents mètres de drapeaux et banderoles. Il était dans son élément et heureux comme un pape. La chaleur et le travail manuel lui avaient même donné une excuse pour enfiler un short et une chemise ouverte en soirée. Il était partout à la fois : à pousser, tirer, scier, marteler, improviser, motiver tout le monde avec des exhortations amicales et faire sortir de chaque pli de sa peau ce qui semblait être une réserve sans fin de sueur à l'odeur âcre.

Une nouvelle affiche était soudainement apparue dans toute la ville de Londres. Sans légende, elle représentait seulement la silhouette monstrueuse d'un soldat eurasien, de trois ou quatre mètres de haut, avançant à grands pas, avec un visage mongol impassible et d'énormes bottes, une mitraillette sur la hanche. Quel que fût l'angle sous lequel vous le regardiez, le canon de l'arme, magnifié par la perspective du dessin, semblait être pointé directement sur vous. Cette affiche avait été placardée sur chaque pan de mur libre, surpassant même le nombre de portraits de Big Brother. Les prolétaires, généralement indifférents à la guerre, furent poussés dans l'une de leurs frénésies patriotiques périodiques. Comme pour s'accorder avec l'ambiance générale, les bombes-fusées avaient causé la mort d'un bien plus grand nombre de personnes que d'ordinaire. L'une d'elles tomba sur un cinéma rempli de spectateurs à Stepney, enterrant plusieurs centaines de victimes sous les décombres. Tous les habitants du quartier vinrent procéder à un long cortège qui dura des heures ; il s'agissait en fait d'une manifestation d'indignation. Une autre bombe fut larguée sur une parcelle d'un terrain vague qui servait de terrain de jeu : plusieurs dizaines d'enfants furent réduits en miettes. Il y eut d'autres manifestations de colère : une effigie de Goldstein fut incendiée, des centaines d'affiches du soldat eurasien furent arrachées des murs avant d'être jetées au feu, et un certain nombre de magasins furent pillés dans l'agitation. Puis une rumeur courut que des espions commandaient les bombes-fusées par ondes, et un vieux couple, qui était suspecté d'être d'origine étrangère, a vu sa maison incendiée, et tous deux moururent d'asphyxie.

Dans la chambre à l'étage de la boutique de M. Charrington, lorsqu'ils pouvaient s'y rendre, Julia et Winston s'allongeaient côte à côte sur le lit sans couverture, en dessous de la fenêtre ouverte, nus pour ressentir un peu de fraîcheur. Le rat n'était jamais revenu, mais les insectes s'étaient affreusement multipliés avec la chaleur. Cela ne semblait pas avoir une quelconque importance. Sale ou propre, cette chambre était un paradis. Dès qu'ils arrivaient, ils saupoudraient chaque recoin de poivre acheté au marché noir, arrachaient leurs vêtements, faisaient l'amour, leurs corps luisants de transpiration, puis s'endormaient. À leur réveil, ils découvraient que les insectes s'étaient ralliés et se préparaient à mener la contre-attaque.

Julia et Winston se retrouvèrent quatre, cinq, six, sept fois durant le mois de juin. Winston avait abandonné cette habitude qu'il avait de boire du gin à n'importe quelle heure. Il semblait en avoir perdu le besoin. Il avait grossi, son ulcère variqueux avait diminué, ne laissant qu'une tache brune sur la peau au-dessus de sa cheville, ses quintes de toux matinales avaient cessé. Le cours de sa vie n'était plus intolérable, il ne ressentait plus l'élan de faire des grimaces au télécran ou de hurler des injures à pleins poumons. Maintenant qu'ils avaient une cachette qui était sûre, presque un foyer, le fait qu'ils ne puissent se voir que de façon irrégulière et seulement quelques heures à chaque fois ne représentait même pas une chose insupportable à leurs yeux. Tout ce qui importait était que la chambre au-dessus du bric-à-brac existait. Savoir qu'elle était là, inviolable, revenait presque à se trouver à l'intérieur de cette dernière. Cette chambre représentait un monde à part entière, une poche du passé que des animaux disparus pourraient fouler. En général, Winston s'arrêtait discuter quelques minutes avec M. Charrington avant de monter dans la chambre. Ce vieil homme semblait ne pas sortir de son magasin, ou très peu, et pourtant, on avait l'impression qu'il n'avait presque aucun client. Il menait une existence fantomatique entre sa minuscule boutique sombre et son arrière-cuisine encore plus petite, où il préparait ses repas et qui contenait, entre autres choses, un gramophone incroyablement ancien, avec un énorme cornet. Il paraissait ravi de pouvoir discuter. Errant au milieu de son stock sans valeur, avec son nez long, les verres épais de ses lunettes et ses épaules voûtées dans sa veste en velours, il avait toujours vaguement l'air d'un collectionneur plutôt que d'un commerçant. Avec une sorte d'enthousiasme éteint, il saisissait parfois telle ou telle camelote – un bouchon en porcelaine, le couvercle peint d'une tabatière cassée, un médaillon en simili contenant une mèche de cheveux d'un bébé mort depuis longtemps – ne se disant jamais que Winston pourrait l'acheter, à peine qu'il pourrait l'admirer. Parler avec lui était comme écouter le tintement d'une boîte à musique usée. Il avait réussi à extirper des recoins de sa mémoire quelques fragments de chansons oubliées. Il y en avait une à propos de vingt-quatre merles, une autre parlant d'une vache avec une corne en spirale, encore une sur la mort du pauvre coq Robin. « Je me suis dit que ça pourrait vous intéresser », disait-il avec un petit rire désapprobateur chaque fois qu'il se souvenait d'un nouveau passage. Mais il ne se rappelait jamais plus que quelques vers de chaque chanson.

Winston et Julia savaient tous deux que ce qu'il se passait ne pourrait durer éternellement ; quelque part, cette idée ne les quittait jamais. Parfois, le fait d'une mort imminente avait l'air aussi palpable que le lit où ils étaient allongés, et dans ces moments-là, ils s'accrochaient l'un à l'autre dans une sensualité désespérée, comme une âme condamnée se raccrochant à sa dernière bouchée de plaisir cinq minutes avant que l'horloge ne sonne.

Mais parfois, ils avaient une illusion non seulement de sécurité, mais aussi de permanence. Tant qu'ils se trouvaient dans cette chambre, ils avaient tous deux l'impression qu'aucun mal ne pouvait les atteindre. S'y rendre était difficile et dangereux, mais la chambre elle-même était un sanctuaire. Comme lorsque Winston avait plongé dans le cœur du presse-papier, avec le sentiment qu'il serait possible d'entrer dans ce monde de verre, et qu'une fois à l'intérieur, le temps pourrait s'arrêter. Lui et Julia rêvaient souvent d'évasion. Leur chance durerait indéfiniment et ils continueraient leur histoire, exactement comme cela, pour le reste de leur existence. Ou Katharine mourrait, et par de subtiles manœuvres, Winston et Julia arriveraient à se marier. Ou ils se suicideraient ensemble. Ou ils disparaîtraient, modifieraient leur apparence pour ne pas être reconnus, apprendraient à parler avec un accent prolétaire, iraient travailler dans une usine et vivraient leur vie dans une petite rue, sans jamais être découverts. C'était absurde, ils le savaient tous les deux. En réalité, il n'y avait aucune échappatoire. Le seul plan réalisable était le suicide, mais aucun d'eux n'avait l'intention de le mettre à exécution. S'accrocher jour après jour, semaine après semaine, faire durer un présent qui n'avait pas d'avenir semblait être un instinct qu'on ne pouvait vaincre, comme on ne peut empêcher les poumons d'aspirer l'air tant qu'il y en a à respirer.

Parfois, ils envisageaient aussi de s'engager dans une rébellion active contre le Parti, mais sans savoir comment faire le premier pas. Même si la fantastique Fraternité existait bel et bien, il restait encore la difficulté d'y entrer. Winston parla à Julia de l'étrange intimité qui existait, ou semblait exister, entre lui et O'Brien, ainsi que de la pulsion qu'il ressentait parfois de simplement se positionner devant O'Brien, lui annoncer qu'il était un ennemi du Parti et lui demander son aide. Curieusement, elle ne considéra pas cela comme une chose imprudente et impossible à réaliser. Elle avait l'habitude de se faire une opinion des gens en se basant sur leur visage, et il lui sembla tout à fait normal que Winston pense O'Brien digne de confiance en se basant seulement sur la force d'un seul flash, lorsque leurs regards s'étaient croisés. De plus, elle considérait comme vérité générale que tout le monde ou presque haïssait secrètement le Parti et désobéirait aux lois s'il estimait qu'il serait prudent de le faire. Mais elle refusait qu'une opposition organisée et répandue existât ou pût exister. Elle disait que les récits à propos de Goldstein et de son armée souterraine n'étaient que des bobards que le Parti inventait à ses propres fins et auxquels on devait faire semblait de croire. Un nombre incalculable de fois, lors de rassemblements du Parti ou de manifestations spontanées, elle avait hurlé à pleins poumons, réclamant l'exécution de personnes dont elle n'avait jamais entendu le nom auparavant ; elle ne croyait pas une seconde aux crimes dont ils étaient accusés. Lors de procès publics, elle avait pris place dans les détachements de la Ligue des Jeunes qui entouraient les tribunaux nuit et jour, chantant à intervalles réguliers : « Mort aux traîtres ! » Pendant les Deux Minutes de la Haine, elle se surpassait toujours plus que les autres pour crier des insultes à l'intention de Goldstein. Pourtant, elle n'avait qu'une vague idée de qui était Goldstein et des doctrines qu'il était supposé revendiquer. Elle avait grandi, depuis la Révolution, et était trop jeune pour se souvenir des batailles idéologiques des années cinquante et soixante. Elle était incapable d'imaginer une chose telle qu'un mouvement politique indépendant ; et dans tous les cas, le Parti était invincible. Il existerait toujours et resterait toujours le même. On pouvait seulement se rebeller contre lui en désobéissant secrètement ou, tout au plus, en commettant des actes isolés de violence, comme tuer quelqu'un ou faire exploser quelque chose.

D'une certaine façon, elle était bien plus perspicace que Winston et bien moins sensible à la propagande du Parti. Un jour, lorsqu'il mentionna la guerre contre l'Eurasia, il fut étonné qu'elle lui réponde avec désinvolture que, selon elle, cette guerre n'avait pas lieu. Les bombes-fusées qui tombaient chaque jour sur la ville de Londres étaient sans doute larguées par le Gouvernement de l'Océania elle-même, « juste pour entretenir la peur dans le cœur des gens ». Pas une seule seconde cette hypothèse n'avait effleuré Winston. Julia provoqua également une sorte d'envie en lui lorsqu'elle lui dit que, pendant les Deux Minutes de la Haine, sa plus grande difficulté restait de s'empêcher d'éclater de rire. Mais elle remettait en question les enseignements du Parti seulement lorsqu'ils touchaient à sa propre vie, d'une manière ou d'une autre. Elle était souvent prête à accepter la mythologie officielle, simplement parce que la différence entre la vérité et le mensonge ne semblait pas importante pour elle. Par exemple, elle croyait que le Parti avait inventé les avions ; elle l'avait appris à l'école. (Winston se rappela que lorsqu'il se trouvait lui-même à l'école, à la fin des années cinquante, le Parti avançait qu'il avait seulement inventé l'hélicoptère ; une dizaine d'années plus tard, lorsque Julia était à l'école, il se vantait déjà d'avoir inventé l'avion ; une génération de plus et il revendiquerait l'invention de la machine à vapeur.) Et lorsqu'il informa Julia que les avions existaient déjà avant qu'il ne naisse et bien avant la Révolution, elle considéra cette information comme totalement inintéressante. Après tout, quelle importance de savoir qui avait inventé les avions ? Il subit plus qu'un choc lorsqu'il découvrit, par le biais d'une remarque, qu'elle ne se rappelait pas que quatre ans plus tôt, l'Océania était en guerre contre l'Estasia et en paix avec l'Eurasia. Il était vrai qu'elle voyait la guerre comme une imposture, mais visiblement, elle n'avait même pas remarqué que le nom de l'ennemi avait changé. « Je pensais qu'on avait toujours été en guerre contre l'Eurasia », avait-elle vaguement répondu.

Cela l'effraya légèrement. L'invention des avions datait de bien avant sa naissance, mais le changement d'ennemi de guerre n'avait eu lieu que quatre années auparavant, bien après qu'elle fut adulte. Il débattit de ce sujet avec elle pendant peut-être un quart d'heure. Finalement, il réussit à forcer sa mémoire jusqu'à ce qu'elle se rappelle vaguement qu'auparavant, l'Estasia était l'ennemi, et non l'Eurasia. Mais cette question restait quand même sans importance pour elle.

— Qu'est-ce que ça change ? avait-elle dit sur un ton impatient. C'est toujours une foutue guerre après l'autre, et tout le monde sait que les informations ne sont que des mensonges, de toute façon.

Parfois, Winston lui parlait du département des Archives et des contrefaçons effrontées qu'il commettait là-bas. Cela ne semblait pas l'horrifier. Elle ne sentait pas le sol s'ouvrir sous ses pieds en réalisant que des mensonges devenaient vérités. Il lui raconta l'histoire de Jones, Aaronson et Rutherford, ainsi que le bout de papier capital qu'il avait tenu un instant entre ses mains. Cette information ne l'impressionna pas vraiment. D'ailleurs, elle ne saisit pas tout de suite le nœud de l'histoire.

— C'étaient des amis à toi ? demanda-t-elle.

— Non, je ne les ai jamais connus. C'étaient des membres du Parti Intérieur. En plus de ça, ils étaient beaucoup plus âgés que je ne l'étais. Ils appartenaient à l'ancien temps, avant la Révolution. Je connaissais à peine leur visage.

— Alors, quelle importance ? Des gens sont tués tous les jours, non ?

Il essaya de lui faire comprendre ce que cette affaire impliquait.

— C'était un cas exceptionnel. Il ne s'agissait pas simplement de personnes tuées. Te rends-tu compte que le passé, en commençant par hier, a en fait été aboli ? S'il survit quelque part, c'est dans certains objets auxquels aucun mot n'est rattaché, comme ce morceau de verre sur la table. Déjà, on ne sait pratiquement rien à propos de la Révolution et des années qui l'ont précédée. Chaque archive a été détruite ou falsifiée, chaque livre réécrit, chaque tableau repeint, chaque statue, rue et bâtiment renommé, chaque date modifiée. Et ce processus continue jour après jour, minute après minute. L'Histoire s'est arrêtée. Rien n'existe à part un présent sans fin dans lequel le Parti a toujours raison. Bien entendu, je sais que le passé est falsifié, mais je ne pourrais jamais le prouver, même lorsque j'ai fait moi-même ces falsifications. Une fois faites, il ne reste aucune preuve. La seule preuve se trouve dans ma propre mémoire, et je n'ai aucune certitude quant au fait qu'un autre être humain partage mes souvenirs. Lorsque j'avais ce bout de papier entre les mains, c'était la seule fois de ma vie où je possédais une preuve concrète et réelle de la falsification de cet évènement – des années plus tard.

— Et à quoi ça t'a avancé ?

— À rien, parce que je l'ai jeté quelques minutes plus tard. Mais si la même chose arrivait aujourd'hui, je le garderais.

— Eh bien, pas moi ! s'exclama Julia. Je suis prête à prendre des risques, mais seulement pour quelque chose qui en vaut la peine, pas pour les chutes d'un vieux journal. Même si tu l'avais gardé, qu'en aurais-tu fait ?

— Pas grand-chose, sans doute. Mais c'était une preuve. J'aurais pu semer quelques doutes par-ci par-là, en supposant que j'aurais osé le montrer à quelqu'un. Je ne pense pas qu'on puisse changer quoi que ce soit au cours de notre propre vie. Mais on pourrait créer quelques nœuds de résistance ici et là – de petits groupes de personnes qui s'uniraient et grandiraient au fur et à mesure, et même laisser quelques documents derrière nous, pour que les générations suivantes puissent continuer notre œuvre.

— La prochaine génération ne m'intéresse pas, chéri. Ce qui m'intéresse, c'est *nous.*

— Tu n'es une rebelle qu'en dessous de la taille, lui dit-il.

Elle trouva cette remarque brillante et amusante, puis elle l'entoura vivement de ses bras, gagnée par une certaine joie.

Elle ne nourrissait pas le moindre intérêt pour les conséquences de la doctrine du Parti. Chaque fois qu'il commençait à lui parler des principes de l'Angsoc, de la double-pensée, de la mutabilité du passé, du déni de la réalité objective et de l'utilisation de mots novlangs, l'ennui et la confusion l'envahissaient, et elle disait qu'elle ne prêtait jamais la moindre attention à ces choses-là. Tout le monde savait que rien n'était vrai, alors à quoi bon s'en préoccuper ? Elle savait quand applaudir et quand huer, c'était là l'essentiel. S'il s'obstinait à parler de sujets comme ceux-là, elle avait pour habitude déconcertante de s'endormir. Elle faisait partie de ces personnes qui pouvaient dormir à n'importe quelle heure, dans n'importe quelle position. En parlant avec Julia, Winston se rendit compte à quel point il était facile de donner une impression d'orthodoxie sans avoir la moindre idée de ce que l'orthodoxie impliquait. D'une certaine façon, la vision du monde défendue par le Parti s'imposait bien mieux auprès de gens incapables de la comprendre. Ce dernier pouvait leur faire accepter les violations de la réalité les plus flagrantes, car ils ne saisissaient jamais vraiment l'énormité de ce qu'on exigeait d'eux et ne s'intéressaient pas assez aux manifestations publiques pour se rendre compte de ce qu'il se passait. Par manque de compréhension, ils restaient sains d'esprit. Ils se contentaient d'avaler toutes les informations qu'on leur servait, et cela ne leur causait aucun mal, car elles ne laissaient aucun résidu derrière elles, tout comme un grain de maïs traverserait le corps d'un oiseau sans être digéré.

VI

Il était finalement arrivé. Le message qu'il attendait lui était parvenu. Il lui semblait avoir attendu cela toute sa vie.

Il descendait le long couloir du ministère et se trouvait presque à l'endroit où Julia avait glissé le mot dans sa main lorsqu'il se rendit compte qu'une personne plus grande que lui marchait juste derrière lui. Cette personne, qui que ce fût, toussota, manifestement pour signifier qu'elle allait parler. Winston s'arrêta brusquement et se retourna. C'était O'Brien.

Ils se trouvaient enfin face à face, et Winston eut l'impression que son seul désir était de s'enfuir. Son cœur tambourinait violemment dans sa poitrine. Il était incapable de parler. O'Brien, en revanche, continuait à marcher du même pas, en posant une main amicale sur le bras de Winston, afin qu'ils puissent tous deux marcher côte à côte. Il commença à parler avec la courtoisie sérieuse et particulière qui le différenciait de la majorité des membres du Parti Intérieur.

— J'espérais avoir l'occasion de vous parler, dit-il. L'autre jour, je lisais un de vos articles novlangs dans le *Times*. Je crois savoir que vous nourrissez un intérêt scientifique pour le novlang ?

Winston avait retrouvé une partie de son assurance.

— Pas vraiment scientifique, répondit-il. Je ne suis qu'un amateur. Ce n'est pas ma spécialité. Je n'ai jamais participé à l'élaboration du langage à proprement parler.

— Mais vous l'écrivez de façon très élégante, remarqua O'Brien. Je ne suis pas le seul à penser cela. Je parlais récemment avec un ami à vous qui est certainement un expert. Son nom m'échappe à cet instant.

Les battements du cœur de Winston redoublèrent douloureusement. Il était inconcevable qu'il pût faire référence à un autre que Syme. Mais Syme n'était pas seulement mort, il était aboli, un non-être. Toute allusion identifiable à sa personne aurait été mortellement dangereuse. La remarque d'O'Brien devait bien évidemment faire office de signal, de code. En partageant un petit crime-pensée, il les avait tous deux rendus complices.

Ils avaient continué à arpenter lentement le couloir, mais à un moment, O'Brien s'arrêta. Avec l'étrange bienveillance désarmante qu'il avait toujours réussi à associer à ce geste, il réajusta ses lunettes sur son nez. Puis il continua :

— Ce que je voulais vraiment vous dire, c'est que dans votre article, vous aviez employé deux mots devenus obsolètes. Mais ils ne le sont que depuis peu. Avez-vous consulté la Dixième Édition du Dictionnaire Novlang ?

— Non, répondit Winston. Je ne pensais pas qu'elle avait déjà été imprimée. Nous utilisons toujours la neuvième édition au département des Archives.

— La dixième ne devrait pas paraître avant quelques mois, il me semble. Mais quelques copies ont été mises en circulation. J'en ai une moi-même. Peut-être cela vous intéresserait-il d'y jeter un coup d'œil ?

— Avec grand plaisir, affirma Winston, comprenant immédiatement vers quoi tendait cette proposition.

— Quelques-unes des nouvelles trouvailles sont très ingénieuses. Comme la réduction du nombre de verbes – c'est ce point qui vous plaira, je pense. Voyons voir, devrais-je vous faire porter le dictionnaire par messager ? Mais j'ai bien peur d'invariablement oublier les choses de ce genre. Peut-être pourriez-vous passer le prendre à mon appartement un de ces jours, si cela vous convient ? Attendez. Laissez-moi vous donner mon adresse.

Ils se tenaient devant un télécran. Quelque peu distrait, O'Brien tâta deux de ses poches, puis en sortit un petit carnet à la couverture en cuir, ainsi qu'un stylo doré. Juste en dessous du télécran, dans une position telle que quiconque en train d'observer de l'autre côté de l'instrument pût lire ce qu'il écrivait, il griffonna une adresse, arracha la page et la tendit à Winston.

— En général, je passe mes soirées chez moi, dit-il. Si je ne suis pas là lorsque vous passerez, mon serviteur vous donnera le dictionnaire.

Il était parti, laissant Winston, le bout de papier dans les mains ; et cette fois, il n'avait pas besoin de le cacher. Néanmoins, il prit soin de mémoriser ce qui était écrit dessus, et quelques heures plus tard, il le jetterait dans le trou de mémoire avec un tas d'autres papiers.

Ils s'étaient parlé une ou deux minutes, tout au plus. Cet épisode ne pouvait signifier qu'une seule chose. Il avait été arrangé afin Winston sût l'adresse d'O'Brien. C'était nécessaire, car hormis par une demande directe, il était impossible de savoir où habitait qui que ce soit. Il n'existait aucune sorte d'annuaire. « Si vous vouliez me voir un jour, voici l'endroit où vous pourrez me trouver » était ce qu'O'Brien lui avait dit. Il y aurait peut-être même un message caché quelque part dans le dictionnaire. Mais dans tous les cas, une chose était certaine. La conspiration dont il avait rêvé existait bel et bien, et il venait d'avoir un tout premier contact avec elle.

Il savait que tôt ou tard, il répondrait à la convocation d'O'Brien. Peut-être le lendemain, peut-être après un long délai – il n'en était pas certain. Ce qu'il se passait n'était que le résultat d'un processus qui avait été entamé des années auparavant. La première étape avait été une pensée secrète, involontaire ; la deuxième, l'ouverture du journal. Il avait transformé ses pensées en mots, et à présent, ses mots en actes. La dernière étape était une chose qui aurait lieu dans le ministère de l'Amour. Il l'avait accepté. La fin était impliquée dans le commencement. Mais c'était effrayant, ou, plus exactement, c'était comme un avant-goût de la mort, comme être un peu moins vivant. Même lorsqu'il parlait avec O'Brien, lorsqu'il avait assimilé le sens de ses mots, un frisson glacial s'était emparé de son corps. Il avait l'impression de mettre un pied dans l'humidité d'une tombe, et avoir toujours su que cette tombe était là, qu'elle l'attendait, n'arrangeait rien.

VII

Winston s'était réveillé, les yeux pleins de larmes. Julia roula lentement contre lui, murmurant quelque chose qui devait être :

— Qu'est-ce qu'il y a ?

— J'ai fait un rêve…

Il commença sa phrase, puis s'arrêta net. C'était trop complexe pour pouvoir mettre des mots dessus. Il y avait le rêve lui-même, mais aussi un souvenir y étant lié qui avait glissé dans son esprit les quelques secondes suivant son réveil.

Il se rallongea, les yeux fermés, encore plongé dans l'atmosphère du songe. Il s'agissait d'un rêve vaste et lumineux, dans lequel toute sa vie semblait s'étendre devant lui, comme un paysage durant une soirée d'été après la pluie. Tout ceci s'était déroulé à l'intérieur du presse-papier en verre, mais la surface du verre représentait la voûte céleste, et à l'intérieur de celle-ci, tout était inondé d'une lumière douce et claire dans laquelle on pouvait voir à des distances infinies. Le rêve comprenait aussi – en vérité, c'était ce en quoi il consistait entièrement – un geste de la main de la part de sa mère, puis de nouveau, trente ans plus tard, par la femme juive qu'il avait vue dans le documentaire, essayant de protéger son petit garçon des balles, avant que l'hélicoptère ne les mette en pièces tous les deux.

— Tu sais que jusqu'à maintenant, je croyais avoir tué ma mère ? dit-il.

— Pourquoi l'as-tu tuée ? demanda Julia, à moitié endormie.

— Je ne l'ai pas tuée. Pas physiquement.

Dans ce rêve, il s'était souvenu de la dernière fois où il avait vu sa mère, et pendant les quelques minutes suivant son réveil, un amas de petits faits qui entouraient cette vision lui était revenu en mémoire. Il s'agissait d'un souvenir qu'il avait dû effacer de sa conscience des années auparavant. Il n'était pas certain de la date, mais il ne devait pas avoir moins de dix ans, peut-être douze, lorsque cela s'était produit.

Son père avait disparu quelque temps plus tôt ; depuis combien de temps, il ne pouvait s'en rappeler. Il se souvenait bien mieux des circonstances précaires et du vacarme incessant : les fréquentes paniques concernant les raids aériens, le refuge dans les stations de métro, les tas de gravats un peu partout, les proclamations incompréhensibles affichées à chaque coin de rue, les groupes de jeunes portant tous des T-shirts de la même couleur, les énormes files d'attente à l'extérieur des boulangeries, les tirs épisodiques des mitraillettes au loin – et par-dessus tout, le fait qu'il n'y eût jamais assez à manger. Il se souvenait de longs après-midis passés en compagnie d'autres garçons à fouiller dans les poubelles et les ordures entassées pour en extraire des nervures de feuilles de chou, des pelures de pomme de terre, parfois même des morceaux de pain rassis dont ils enlevaient consciencieusement les cendres déposées dessus ; ils attendaient également le passage de camions qui empruntaient une certaine route et dont on savait qu'ils transportaient du fourrage. Lorsqu'ils étaient secoués par les cahots de la route, parfois, quelques fragments de tourteau en tombaient.

Lorsque le père de Winston disparut, sa mère n'avait montré ni surprise ni deuil douloureux, mais un changement brutal s'empara d'elle. Elle donnait l'impression d'être devenue totalement découragée. Il était évident, même pour Winston, qu'elle attendait une chose qu'elle savait devoir se produire. Elle réalisait toutes les tâches nécessaires – elle cuisinait, lavait, raccommodait, faisait le lit, balayait le sol, époussetait le manteau de cheminée – toujours très lentement, avec une étrange absence de mouvement superflu, comme l'automate d'un artiste qui bougerait de sa propre initiative. Son grand corps harmonieux semblait replonger naturellement dans l'immobilité. Pendant des heures et des heures, elle restait assise sur le lit, presque immobile, berçant la petite sœur de Winston, un bébé minuscule, malade et très silencieux de deux ou trois ans, doté d'un visage comparable à celui d'un singe tant il était maigre. En de rares occasions, elle prenait Winston dans ses bras et le serrait contre elle pendant un long moment, sans dire un mot. Malgré sa jeunesse et son égoïsme, il était conscient que cela avait un rapport avec l'évènement dont elle ne parlait jamais et qui allait bientôt se produire.

Il se rappelait la pièce où ils vivaient, une chambre sombre, sentant le renfermé, dans laquelle un lit semblait meubler la moitié de la pièce, recouvert d'un dessus-de-lit blanc. Il y avait un brûleur dans le garde-feu, une étagère où était stockée la nourriture, et sur le palier se trouvait un évier en faïence marron, commun à de nombreux habitants. Il se souvenait du corps sculptural de sa mère se courbant au-dessus du brûleur pour remuer le contenu de la casserole. Il se souvenait surtout de sa faim constante et des batailles sordides et cruelles au moment des repas. Acariâtre, il demandait encore et encore à sa mère pourquoi il n'y avait pas davantage de nourriture ; il lui criait dessus et l'assaillait de reproches (il se rappelait même le timbre de sa voix, qui commençait à muer prématurément et grondait parfois d'une façon étrange) ou il tentait une note pathétique afin d'obtenir plus que sa part. Sa mère était plutôt encline à lui en donner plus. Elle estimait que lui, « le garçon », devait avoir la part la plus conséquente ; mais elle avait beau lui servir de la nourriture supplémentaire, il en exigeait toujours plus. À chaque repas, elle le suppliait de ne pas être égoïste et de ne pas oublier que sa sœur était malade et qu'elle avait besoin de manger elle aussi, mais cela ne servait à rien. Il hurlait de rage lorsqu'elle arrêtait de le servir, essayait de lui arracher la casserole et la louche des mains, il piquait un peu de nourriture dans l'assiette de sa sœur. Il savait qu'il l'affamait ainsi que sa mère, mais il ne pouvait s'en empêcher ; il avait même le sentiment qu'il avait le droit de le faire. La faim qui hurlait dans ses entrailles lui paraissait être une raison suffisamment légitime. Entre les repas, si sa mère ne surveillait pas l'étagère, il se servait constamment dans la misérable réserve de nourriture.

Un jour, une ration de chocolat arriva. Il n'y en avait pas eu depuis des semaines, voire des mois. Il se souvenait assez bien de ce précieux petit morceau de chocolat. C'était une tablette de deux onces (ils mesuraient encore en onces à l'époque) pour tous les trois. Il était évident qu'elle devait être partagée en trois parts égales. Soudain, comme s'il écoutait quelqu'un d'autre parler, Winston entendit sa voix grondante et puissante exiger qu'il reçût la tablette entière. Sa mère lui demanda de ne pas être gourmand. S'ensuivit une longue dispute qui tourna en rond, ponctuée de reproches, de cris, de gémissements, de pleurs, de remontrances, de marchandages. Sa minuscule sœur, assise, les deux mains s'accrochant à sa mère, exactement comme un bébé singe, regardait Winston par-dessus son épaule avec de grands yeux éplorés. Finalement, sa mère donna les trois quarts de la tablette de chocolat à Winston et tendit le dernier quart à sa sœur. La petite fille le saisit et le regarda d'un air morne, ignorant peut-être ce que c'était. Winston la fixa pendant un instant. Puis, d'un bond rapide et soudain, il arracha le morceau de chocolat des mains de sa sœur avant de s'enfuir vers la porte.

— Winston ! Winston ! hurla sa mère. Reviens ! Rends son chocolat à ta sœur !

Il s'arrêta, mais ne revint pas sur ses pas. Les yeux nerveux de sa mère étaient rivés sur son visage. Même à ce moment-là, il pensait à l'évènement dont il ignorait tout et qui était sur le point de se produire. Sa sœur, consciente qu'on venait de lui voler quelque chose, avait commencé à gémir faiblement. Sa mère l'entoura de son bras et serra son visage contre son sein. Quelque chose dans ce geste informa Winston que sa sœur était en train de mourir. Il se retourna et dévala les escaliers, sa main rendue poisseuse par le chocolat qui fondait à son contact.

Il ne revit jamais sa mère. Après avoir dévoré le chocolat, il eut quelque peu honte de lui. Il déambula dans les rues pendant plusieurs heures, jusqu'à ce que la faim le fît reprendre le chemin de son foyer. Lorsqu'il revint, sa mère avait disparu. Il s'agissait déjà d'une chose normale, à cette époque. Il ne manquait rien dans la pièce, seulement sa mère et sa sœur. Elles n'avaient pas emporté de vêtements, pas même le pardessus de sa mère.

Jusqu'à ce jour, il n'était absolument pas certain que sa mère fût morte. Il était tout à fait possible qu'elle fût simplement envoyée dans un camp de travaux forcés. Quant à sa sœur, elle avait dû être placée, tout comme Winston, dans l'une des colonies d'enfants sans-abri (on les appelait des Centres de Réclamation) qui étaient arrivés en conséquence de la guerre civile ; elle avait peut-être été envoyée au camp de travail avec sa mère, aussi, ou simplement laissée quelque part pour mourir.

Le rêve était encore très net dans l'esprit de Winston, en particulier le mouvement enveloppant et protecteur du bras de sa mère, dans lequel tout le sens de ce rêve semblait reposer. Il repensa à un autre rêve, qu'il avait fait deux mois auparavant. Tout comme sa mère s'était assise sur le lit, recouvert du dessus-de-lit blanc, le bébé tout contre elle, elle était assise dans le navire qui faisait naufrage, bien en dessous de Winston, et continuait à s'enfoncer plus bas chaque minute, tout en gardant ses yeux fixés sur lui à travers l'eau sombre.

Il raconta à Julia l'histoire de la disparition de sa mère. Sans ouvrir les yeux, elle se retourna et s'installa dans une position plus confortable.

— Je parie que tu étais un petit salaud infect, à l'époque, dit-elle sans vraiment articuler. Tous les enfants sont comme ça.

— En effet. Mais le plus important dans cette histoire, c'est…

À en juger par sa respiration, il était évident qu'elle allait se rendormir. Il aurait aimé continuer à parler de sa mère. Des souvenirs qu'il avait d'elle, il ne supposait pas que sa mère fût une femme extraordinaire, et encore moins intelligente ; et pourtant, elle possédait une sorte de noblesse, de pureté, car les principes auxquels elle obéissait étaient de l'ordre du privé. Ses sentiments lui étaient propres et ne pouvaient être altérés par quelque élément extérieur que ce soit. Il ne lui serait jamais venu à l'esprit qu'une action sans effets devienne ainsi vide de sens. Si vous aimiez quelqu'un, vous l'aimiez, et lorsque vous n'aviez rien d'autre à lui donner, vous lui offriez tout de même de l'amour. Lorsque le dernier quart de chocolat eut disparu, la mère de Winston serra le bébé dans ses bras. Cela ne servait à rien, ne changeait rien, ne faisait pas apparaître plus de chocolat, n'empêchait pas la mort du bébé ou la sienne, mais il lui paraissait naturel de le faire. La femme réfugiée dans le bateau avait également recouvert son petit garçon avec son bras, ce qui n'était pas plus utile contre les balles qu'une feuille de papier. Le Parti avait fait une chose terrible : il persuadait tout le monde que de simples impulsions, de simples sentiments n'avaient pas lieu d'être, et dans le même temps, il volait à tous le moindre pouvoir sur le monde matériel. Une fois sous l'emprise du Parti, ce que vous ressentiez ou non, ce que vous faisiez ou vous empêchiez de faire n'avait aucune importance. Quoi que vous fassiez, vous disparaissiez, et on n'entendait plus jamais parler de vous ni de vos actes. Vous étiez aspirés hors du cours de l'Histoire.

Et pourtant, pour les personnes issues de seulement deux générations précédentes, cela n'aurait pas paru d'une importance capitale, car elles n'essayaient pas d'altérer l'Histoire. Elles étaient gouvernées par des loyautés personnelles qu'elles ne remettaient pas en question. Ce qui comptait, c'étaient les relations individuelles ; un geste complètement impuissant, une étreinte, une larme, un mot exprimé par un homme mourant pouvaient en eux-mêmes avoir de la valeur.

Il fut soudain frappé par le fait que les prolétaires avaient conservé cette condition. Ils n'étaient pas loyaux envers un parti, un pays ou une idée ; ils étaient loyaux les uns envers les autres. Pour la première fois de sa vie, Winston ne méprisait pas les prolétaires et ne les considérait plus simplement comme une force inerte qui prendrait vie un jour pour régénérer le monde. Les prolétaires étaient restés humains. Ils ne s'étaient pas durcis intérieurement. Ils s'étaient accrochés aux émotions primitives que Winston lui-même devait apprendre à nouveau par un effort délibéré. En pensant à cela, il se rappela, sans intérêt évident, la fois où, quelques semaines plus tôt, il avait vu une main mutilée gisant sur le trottoir, qu'il avait ensuite poussée du pied jusque dans la gouttière, comme s'il s'était agi d'un trognon de chou.

— Les prolétaires sont des êtres humains, dit-il à voix haute. Nous ne sommes pas humains, nous.

— Pourquoi ça ? demanda Julia, qui venait de se réveiller à nouveau.

Il réfléchit un instant.

— Est-ce que tu t'es déjà dit que la meilleure chose que nous pourrions faire serait de simplement sortir d'ici avant que ce ne soit trop tard et ne jamais nous revoir ? dit-il.

— Oui, chéri, j'y ai déjà pensé, et plusieurs fois. Mais je ne vais pas le faire, malgré tout.

— On a eu de la chance, mais ça ne pourra pas durer encore longtemps. Tu es jeune. Tu as l'air normale et innocente. Si tu évites les personnes comme moi, tu pourrais rester en vie pendant encore cinquante ans.

— Non. J'y ai déjà réfléchi. Je ferai ce que tu feras. Et ne sois pas si déprimé. Je suis plutôt douée pour rester en vie.

— On pourrait rester ensemble six mois de plus, un an, on ne peut pas le savoir. Mais au bout du compte, c'est sûr et certain qu'on sera séparés. Est-ce que tu te rends compte à quel point nous serons seuls ? Une fois qu'ils nous auront attrapés, ni toi ni moi ne pourrons faire quoi que ce soit pour l'autre. Si j'avoue, ils te tueront, et si je refuse d'avouer, ils te tueront quand même. Rien de ce que je pourrai faire ou dire, ou m'empêcher de dire, ne t'évitera la mort plus de cinq minutes. Aucun de nous ne saura même si l'autre est vivant ou mort. Nous n'aurons absolument aucun pouvoir d'aucune sorte. La seule chose qui importe, c'est que nous ne nous trahissions pas l'un l'autre, même si ça ne changerait absolument rien.

— En ce qui concerne la confession, on se confessera, c'est sûr. Tout le monde se confesse. On ne peut pas faire autrement. Ils te torturent.

— Je ne parlais pas du fait de se confesser. La confession n'est pas une trahison. Peu importe ce que tu fais ou dis ; seuls les sentiments importent. Qu'ils puissent m'amener à cesser de t'aimer, ce serait ça, la véritable trahison.

Elle réfléchit à ce qu'il venait de dire.

— Ils ne peuvent pas faire ça, finit-elle par prononcer. C'est la seule chose qu'ils ne peuvent faire. Ils peuvent te faire dire n'importe quoi – *vraiment tout* – mais ils ne peuvent pas te faire croire ça. Ils ne peuvent pas s'immiscer en toi.

— Non, acquiesça-t-il, retrouvant un peu plus d'espoir. Non, c'est vrai. Ils ne peuvent pas s'immiscer en toi. Si tu as le *sentiment* que rester humain vaut la peine, même si cela ne pourra mener à rien, tu les bats.

Il pensa au télécran avec son oreille qui ne dormait jamais. Ils pouvaient vous espionner nuit et jour, mais si vous gardiez toute votre tête, vous pouviez vous montrer plus malin qu'eux. Malgré toute leur intelligence, ils n'avaient jamais percé le secret qui leur permettrait de savoir ce qu'un autre être humain pensait. Cette affirmation perdait peut-être un peu de sa véracité lorsque vous étiez entre leurs mains. Personne ne savait ce qu'il se passait à l'intérieur du ministère de l'Amour, mais des suppositions pouvaient être faites : tortures, drogues, instruments subtils qui enregistraient vos réactions nerveuses, usure progressive grâce à l'insomnie, la solitude et les interrogatoires incessants. De toute façon, on ne pouvait garder les faits cachés. Ils pouvaient être retracés par une enquête. On pouvait vous les soutirer par le biais de la torture. Mais si l'objectif n'était pas de rester en vie mais de rester humain, quelle différence cela pouvait-il faire, en définitive ? Ils ne pouvaient altérer vos sentiments ; d'ailleurs, vous ne pouviez pas les altérer vous-même, même si vous le vouliez. Ils pouvaient révéler le plus infime détail de tout ce que vous aviez pu dire ou faire, mais les profondeurs de votre cœur, avec ses rouages mystérieux, même pour vous, restaient imprenables.

VIII

Ils l'avaient fait. Ils l'avaient enfin fait !

La pièce dans laquelle ils se trouvaient était grande et faiblement éclairée. Le son du télécran ne produisait qu'un léger murmure ; la richesse du tapis bleu nuit donnait l'impression de marcher sur du velours. Au bout de la pièce, O'Brien était assis à une table, sous la lumière d'une lampe à l'abat-jour vert, entouré de toute part par un tas de papiers. Il n'avait pas pris la peine de lever les yeux lorsque le serviteur avait annoncé la présence de Julia et Winston.

Le cœur de Winston battait si fort qu'il doutait être capable de parler. Ils l'avaient fait, enfin ; c'était tout ce à quoi il pensait. Venir ici était un acte imprudent, et arriver ensemble, une pure folie, même s'il était vrai qu'ils s'y étaient rendus par des chemins différents et ne s'étaient retrouvés que devant la porte d'O'Brien. Mais le simple fait de pénétrer dans un endroit comme celui-ci demandait un certain courage. On ne voyait l'intérieur de la demeure des membres du Parti Intérieur, ou même pénétrait dans le quartier de la ville où ils vivaient, qu'en de très rares occasions. L'atmosphère de l'immense immeuble, la richesse et l'espace de tout ce qui s'y trouvait, l'odeur inhabituelle de nourriture et de tabac de bonne qualité, les ascenseurs silencieux et incroyablement rapides qui glissaient de haut en bas, les serviteurs en vestes blanches qui s'activaient sans cesse – tout était intimidant. Même s'il avait une bonne raison de venir ici, chacun de ses pas était hanté par la peur qu'un garde en uniforme noir surgisse d'un coin de la demeure, exige de voir ses papiers et lui ordonne de sortir. Cependant, le serviteur d'O'Brien les avait fait entrer sans émettre la moindre objection. C'était un petit homme aux cheveux bruns, vêtu d'une veste blanche, arborant un visage de la forme d'un diamant, totalement inexpressif ; ce visage devait être celui d'un Chinois. Dans le passage où il les conduisit, le sol était couvert d'un épais tapis. Sur les murs, un papier peint crème et des lambris blancs, le tout d'une propreté exquise. Tout ceci était également intimidant. Winston n'avait pas souvenir d'avoir déjà vu un couloir dont les murs n'étaient pas crasseux à cause de leur contact avec des corps humains.

O'Brien tenait un bout de papier entre ses doigts et semblait l'étudier attentivement. Son lourd visage, penché d'une façon qui permettait que l'on voie la ligne de son nez, paraissait à la fois formidable et intelligent. Durant peut-être vingt secondes, il resta assis sans bouger. Puis il tira le phonoscript vers lui et lança un message dans le jargon hybride des ministères :

Item un virgule cinq virgule sept approuvés entier stop suggestion contenue item six double-plus ridicule frisant crime-pensée annuler stop interrompre construction sage d'abord avoir estimation plus complète machinerie stop fin message.

Il se leva délibérément de sa chaise et se dirigea vers Winston et Julia, d'un pas rendu silencieux par le tapis. Un peu de l'atmosphère officielle semblait se détacher de lui lorsqu'il employait des mots novlangs, mais son expression était plus sombre que d'ordinaire, comme s'il n'était pas ravi d'être dérangé. La terreur qui avait déjà gagné Winston fut soudainement conjuguée avec une pointe d'embarras. Il lui paraissait possible qu'il eût seulement fait une erreur stupide. Quelle preuve avait-il qu'O'Brien était réellement une sorte de comploteur politique ? Rien d'autre qu'une expression rapide dans les yeux et une seule remarque équivoque ; en dehors de cela, rien de plus que les choses qu'il avait lui-même imaginées, fondées sur un rêve. Il ne pouvait même pas justifier sa présence en disant qu'il venait lui emprunter le dictionnaire, car dans ce cas-là, il lui serait impossible d'expliquer la présence de Julia. Lorsqu'O'Brien passa devant le télécran, il donna l'impression d'être frappé par une idée. Il s'arrêta, se tourna sur le côté et appuya sur un bouton situé sur le mur. Il y eut un bruit sec. La voix s'était arrêtée.

Julia laissa échapper un léger bruit, une sorte de couinement surpris. Même en proie à la panique, Winston fut bien trop déconcerté pour retenir sa langue.

— Vous pouvez l'éteindre ! s'exclama-t-il.

— En effet, nous pouvons l'éteindre, répondit O'Brien. Nous avons ce privilège.

À présent, il se tenait en face d'eux. Sa silhouette imposante les dépassait tous les deux, et l'expression sur son visage était toujours indéchiffrable. Avec un air quelque peu sévère, il attendait que Winston parle ; mais de quoi ? Même maintenant, il était toujours concevable qu'il ne fût qu'un homme occupé qui se demandait, irrité, pourquoi on l'avait interrompu. Personne ne parla. À partir du moment où O'Brien avait éteint le télécran, la pièce avait semblé habitée par un silence de mort. Les secondes défilèrent, très lentement. Winston gardait difficilement son regard dans celui d'O'Brien. Puis, soudain, le visage sombre se transforma en ce qui aurait pu être les prémices d'un sourire. De son geste caractéristique, O'Brien réajusta ses lunettes sur son nez.

— Dois-je le dire, ou vous vous en chargez ? demanda-t-il.

— Je vais le dire, répondit Winston sur-le-champ. Cette chose est vraiment éteinte ?

— Oui, tout est éteint. Nous sommes seuls.

— Nous sommes venus ici parce que…

Il s'arrêta, réalisant pour la première fois le flou de ses propres motivations. Étant donné qu'en fait, il ne savait pas quel genre d'aide il attendait d'O'Brien, il était difficile de dire pourquoi il était venu ici. Il poursuivit, conscient que ce qu'il disait pouvait paraître à la fois peu convaincant et prétentieux :

— Nous pensons qu'il existe une sorte de conspiration, d'organisation secrète œuvrant contre le Parti, et que vous en êtes. Nous voulons la rejoindre et en être acteurs. Nous sommes des ennemis du Parti. Nous réfutons les principes de l'Angsoc. Nous sommes des criminels de la pensée. Nous sommes également coupables d'adultère. Je vous dis cela car nous voulons nous mettre à votre merci. Si vous souhaitez que nous nous incriminions d'une autre façon, nous sommes prêts.

Il s'arrêta et jeta un coup d'œil par-dessus son épaule, avec l'impression que la porte s'était ouverte. Sans surprise, le petit serviteur au visage jaune était entré sans frapper. Winston vit qu'il portait un plateau avec une carafe ainsi que des verres.

— Martin est l'un des nôtres, dit O'Brien, impassible. Déposez les verres ici, Martin, sur la table ronde. Avons-nous assez de chaises ? Alors, nous ferions mieux de nous asseoir ; nous serons plus à l'aise pour parler. Apportez une chaise pour vous, Martin. Nous allons parler affaires. Vous pouvez cesser d'être un serviteur pendant dix minutes.

Le petit homme s'assit, tout à fait à son aise, mais encore avec une attitude de serviteur, l'air d'un valet jouissant d'un privilège. Winston l'observa du coin de l'œil. Il fut frappé par le fait que la vie entière de cet homme consistait à jouer un rôle, et qu'abandonner la personnalité qu'il avait adoptée, ne serait-ce qu'un instant, était un acte vraisemblablement dangereux. O'Brien attrapa la carafe par le col, puis remplit les verres d'un liquide rouge foncé. Chez Winston, cela raviva de lointains souvenirs d'une chose qu'il avait vue sur un panneau publicitaire, peut-être sur un mur, longtemps auparavant : une grande bouteille dotée de lumières électriques qui semblaient monter et descendre et déverser son contenu dans un verre. Vu d'en haut, le liquide paraissait presque noir, mais à travers la carafe, il étincelait comme un rubis. Il dégageait une odeur aigre-douce. Il vit Julia saisir son verre et le sentir avec une curiosité non simulée.

— On appelle cela du vin, dit O'Brien avec un léger sourire. Vous avez dû en entendre parler dans les livres, sans aucun doute. J'ai bien peur qu'il n'y en ait pas beaucoup dans le Parti Extérieur.

Son visage redevint sérieux, puis il leva son verre.

— Je pense approprié de commencer par porter un toast. À notre leader. À Emmanuel Goldstein.

Winston leva son verre avec un certain empressement. Il avait lu beaucoup de choses sur le vin, et il rêvait de pouvoir y goûter. Tout comme le presse-papier en verre ou les poèmes à moitié oubliés de M. Charrington, le vin appartenait au passé romantique et envolé, le temps de jadis, comme il se plaisait à le nommer dans ses pensées secrètes. Étrangement, il avait toujours pensé que le vin avait un goût extrêmement sucré, comme la confiture de mûres, ainsi qu'un effet enivrant immédiat. Pourtant, lorsqu'il l'avala, le liquide fut clairement décevant. À vrai dire, après des années à boire du gin, il en distinguait à peine la saveur. Il posa le verre vide.

— Alors, Goldstein existe ? demanda-t-il.

— Oui, il existe, et il est en vie. Où, je l'ignore.

— Et la conspiration, l'organisation ? Elle est réelle ? Ce n'est pas seulement une invention de la Police de la Pensée ?

— Non, elle est réelle. On l'appelle la Fraternité. Vous n'apprendrez jamais grand-chose d'autre à son propos, à part le fait qu'elle existe et que vous en faites partie. J'y reviendrai rapidement.

Il regarda sa montre.

— Même pour les membres du Parti Intérieur, il n'est pas prudent de laisser le télécran éteint pendant plus de trente minutes. Vous n'auriez pas dû venir ici ensemble, et vous devrez partir séparément. Vous, camarade, dit-il en désignant Julia d'un signe de tête, vous partirez en premier. Nous disposons d'une vingtaine de minutes. Vous comprendrez que je dois commencer par vous poser quelques questions. De façon générale, qu'êtes-vous prêts à faire ?

— Tout ce dont nous serons capables, répondit Winston.

O'Brien s'était légèrement tourné sur sa chaise pour être face à Winston. Il ignorait presque Julia, semblant penser que Winston pouvait parler pour elle. Pendant un instant, O'Brien cligna des yeux. Il commença à lui poser des questions d'une voix basse, dépourvue d'expression, comme s'il s'agissait d'une routine, une sorte de catéchisme, dont il connaissait déjà la plupart des réponses.

— Êtes-vous prêts à sacrifier vos vies ?

— Oui.

— À commettre un meurtre ?

— Oui.

— Des actes de sabotage qui pourraient causer la mort de centaines de personnes innocentes ?

— Oui.

— À trahir votre pays auprès de puissances étrangères ?

— Oui.

— Êtes-vous prêts à mentir, contrefaire, faire chanter, corrompre l'esprit des enfants, fournir des drogues à accoutumance, encourager la prostitution, semer des maladies vénériennes – à faire tout ce qui pourrait entraîner le découragement et affaiblir le pouvoir du Parti ?

— Oui.

— Si, par exemple, jeter de l'acide sulfurique au visage d'un enfant devait servir nos intérêts, seriez-vous prêts à le faire ?

— Oui.

— Êtes-vous prêts à abandonner votre identité et passer le reste de votre vie à travailler en tant que serveur ou docker ?

— Oui.

— Êtes-vous prêts à vous suicider si et quand nous vous dirons de le faire ?

— Oui.

— Êtes-vous prêts, tous les deux, à vous séparer et ne jamais vous revoir ?

— Non ! interrompit Julia.

Winston s'aperçut qu'un long moment s'écoula avant qu'il ne répondît. Pendant un instant, il semblait même qu'il avait été privé de la parole. Sa langue bougeait silencieusement, formant les premières syllabes d'un mot, puis de l'autre, encore et encore. Jusqu'à ce qu'il le dît, il ne savait pas quel mot allait sortir.

— Non, finit-il par dire.

— Vous faites bien de m'en informer, remarqua O'Brien. Nous devons tout savoir.

Il se tourna vers Julia et ajouta, d'une voix un peu plus expressive :

— Comprenez-vous que même s'il survit, il pourrait devenir une personne différente ? Nous pourrions être obligés de lui attribuer une nouvelle identité. Son visage, ses mouvements, la forme de ses mains, la couleur de ses cheveux – même sa voix serait différente. Et vous pourriez vous-même devenir une autre personne. Nos chirurgiens peuvent modifier l'apparence à un point tel qu'il est impossible de reconnaître les personnes qui passent entre leurs mains. C'est parfois nécessaire. Il arrive même que nous devions amputer un membre.

Winston ne put s'empêcher de jeter un autre coup d'œil au visage mongol de Martin. Il n'y voyait aucune cicatrice. Julia était devenue un peu plus pâle, ce qui rendait visibles ses taches de rousseur, mais elle faisait face à O'Brien avec audace.

— Bien. Voilà qui est réglé.

Un paquet argenté de cigarettes était posé sur la table. D'un air assez distrait, O'Brien les poussa vers ses invités, en prit une, puis il se leva et commença à faire les cent pas, lentement, comme s'il arrivait mieux à penser debout qu'assis. C'étaient des cigarettes de très bonne qualité, épaisses et bien tassées, et le papier était doté d'une douceur inhabituelle. O'Brien regarda de nouveau sa montre.

— Vous devriez retourner à l'Office, Martin, dit-il. Je rallumerai le télécran dans un quart d'heure. Mémorisez bien le visage de ces camarades avant de partir. Vous les reverrez. Pas moi.

Comme ils l'avaient fait à la porte d'entrée, les yeux noirs du petit homme survolèrent leurs visages. Aucune sympathie n'émanait de ce regard. Il mémorisait leur apparence, mais il ne s'y intéressait pas du tout, ou en tout cas, il n'en avait pas l'air. Winston pensa qu'il était peut-être impossible pour un visage artificiel de changer d'expression.

Sans parler ni les saluer, Martin sortit, fermant la porte sans bruit derrière lui. O'Brien arpentait la pièce de long en large, une main dans la poche de son uniforme noir, l'autre tenant sa cigarette.

— Vous comprenez que vous vous battrez dans l'ombre, dit-il. Vous serez toujours dans l'ombre. Vous recevrez des ordres et vous y obéirez, sans en connaître la raison. Plus tard, je vous ferai parvenir un livre qui vous éclairera sur la véritable nature de la société dans laquelle nous vivons, et la stratégie grâce à laquelle nous la détruirons. Lorsque vous aurez lu ce livre, vous serez des membres à part entière de la Fraternité. Mais à part les objectifs généraux pour lesquels nous nous battons et les tâches les plus urgentes du moment, vous ne saurez jamais rien. Je vous dis que la Fraternité existe, mais je ne peux vous révéler si elle compte une centaine de membres ou dix millions. Par votre connaissance personnelle, vous ne serez même jamais capables de dire si elle en compte une dizaine. Vous serez en contact avec trois ou quatre personnes, qui seront parfois remplacées, lorsqu'elles disparaîtront. Comme il s'agit là de votre premier contact, il sera maintenu. Lorsque vous recevrez des ordres, ils viendront de moi. Si nous pensons nécessaire de communiquer avec vous, cela se fera par l'intermédiaire de Martin. Lorsque vous finirez par être arrêtés, vous avouerez. Ce sera inévitable. Mais vous n'aurez que peu de choses à confesser, autres que vos propres actions. Vous ne serez pas en mesure de trahir plus d'une poignée de personnes sans importance. Sans doute que vous ne me trahirez même pas moi. D'ici là, je serai peut-être mort, ou je serai peut-être devenu une personne différente, avec un visage différent.

Il continuait à faire les cent pas sur le tapis moelleux. Malgré son corps imposant, ses mouvements étaient habités par une grâce incroyable. Elle transparaissait même dans le geste de sa main lorsqu'il la mettait dans sa poche, ou lorsqu'il manipulait une cigarette. Plus encore que de force, il donnait une impression d'assurance et de compréhension teintée d'ironie. Aussi sérieux qu'il fût, il n'avait pourtant rien de la détermination caractéristique des fanatiques. Lorsqu'il parlait de meurtre, de suicide, de maladie vénérienne, de membres amputés et de visages modifiés, il le faisait avec un air légèrement railleur. « C'est inévitable » semblait dire sa voix. « C'est ce que nous devons faire, sans poser de questions. Mais ce n'est pas ce que nous devrons faire lorsque la vie vaudra de nouveau la peine d'être vécue. » Une vague d'admiration, presque d'adoration, à l'adresse d'O'Brien envahit Winston. En cet instant, il oublia la silhouette confuse de Goldstein. Lorsqu'on regardait les épaules puissantes d'O'Brien, son visage aux traits grossiers, laid et pourtant si raffiné, il était impossible de croire qu'il pouvait être vaincu. Il n'existait aucun stratagème pour lequel il ne serait pas à la hauteur ni aucun danger qu'il ne pourrait anticiper. Même Julia paraissait impressionnée. Elle laissait sa cigarette se consumer et l'écoutait attentivement. O'Brien continua :

— Vous avez entendu des rumeurs à propos de l'existence de la Fraternité. Vous vous êtes sans doute fait votre propre idée de ce qu'elle est. Vous imaginez probablement un immense monde souterrain rempli de conspirateurs, se rencontrant en secret dans des cellules, griffonnant des messages sur les murs, se reconnaissant par des mots de code ou des signes de main particuliers. Rien de tout cela n'existe. Les membres de la Fraternité n'ont aucun moyen de se reconnaître les uns les autres, et il n'est possible pour aucun des membres de connaître l'identité de plus d'une poignée d'entre eux. Goldstein lui-même, s'il tombait entre les mains de la Police de la Pensée, ne pourrait leur donner une liste complète de ses membres ni aucune information qui les mènerait à tous les noms de la Fraternité. Aucune liste de ce genre n'existe. La Fraternité ne peut être anéantie, car elle n'est pas une organisation au sens habituel du terme. Rien ne relie ses membres, sinon une idée qui est indestructible. Pour vous soutenir, vous n'aurez jamais que cette idée. Vous n'aurez aucun camarade ni encouragement. Lorsque vous vous ferez arrêter, vous ne pourrez compter sur aucune aide. Nous n'aidons jamais nos membres. Tout au plus, lorsqu'il est absolument nécessaire qu'une personne soit réduite au silence, nous pouvons occasionnellement faire entrer une lame de rasoir dans la cellule d'un prisonnier. Vous devrez vous habituer à vivre sans résultats ni espoir. Vous travaillerez pendant un moment, vous serez arrêtés, vous vous confesserez, puis vous mourrez. Ce sont là les seuls résultats que vous verrez de votre vie. Il est impossible qu'un changement perceptible se produise de notre vivant. Nous sommes les morts. Notre seule et véritable vie est dans l'avenir. Nous y prendrons part sous forme de poignées de poussière et d'éclats d'os. Mais quand cet avenir aura lieu, nous l'ignorons. Il pourrait se produire dans mille ans. À présent, rien n'est possible, à part étendre petit à petit le domaine du bon sens. Nous ne pouvons agir collectivement ; seulement répandre notre savoir au monde, d'un individu à un autre, génération après génération. Face à la Police de la Pensée, il n'y a pas d'autre moyen.

Il s'arrêta et regarda sa montre pour la troisième fois.

— Il est bientôt temps pour vous de partir, camarade, dit-il à Julia. Attendez. La carafe est encore à moitié pleine.

Il remplit les verres et leva le sien en le tenant par le pied.

— À quoi trinquons-nous, cette fois ? demanda-t-il, toujours avec ce léger soupçon d'ironie. À la confusion de la Police de la Pensée ? À la mort de Big Brother ? À l'humanité ? Au futur ?

— Au passé, suggéra Winston.

— Le passé est plus important, acquiesça gravement O'Brien.

Ils vidèrent leurs verres. Un instant plus tard, Julia se leva pour partir. O'Brien attrapa une petite boîte posée en hauteur sur un meuble et lui tendit une tablette blanche et plate. Il lui demanda de la mettre sur sa langue. Il était important que son haleine ne sente pas le vin, avait-il dit ; les liftiers étaient de fins observateurs. Dès que la porte se ferma derrière elle, O'Brien sembla oublier son existence. Il fit encore quelques pas, puis s'arrêta.

— Il reste certains détails à régler, dit-il. Je présume que vous avez une sorte de cachette ?

Winston lui parla de la chambre au-dessus de la boutique de M. Charrington.

— Ça ira pour le moment. Plus tard, nous vous trouverons autre chose. C'est important de changer fréquemment de cachette. En attendant, je vous enverrai le plus tôt possible un exemplaire du *Livre.*

Winston remarqua que même O'Brien semblait prononcer ces mots comme s'ils étaient en italique.

— Le livre de Goldstein, je veux dire. Il me faudra sans doute quelques jours avant d'en avoir un en ma possession. Il n'en existe pas beaucoup, comme vous pouvez vous en douter. La Police de la Pensée les cherche et les détruit presque aussitôt que nous les sortons. Cela ne fait pas une grande différence. Ce livre est indestructible. Si le dernier exemplaire était détruit, nous pourrions presque le réécrire mot pour mot. Venez-vous au travail avec une mallette ? demanda-t-il.

— En général, oui.

— Comment est-elle ?

— Noire, très usée. Avec deux lanières.

— Noire, deux lanières, très usée. Bien. Un jour prochain – je ne peux vous donner une date précise – l'un des messages parmi ceux de votre travail matinal contiendra un mot avec une erreur typographique ; vous devrez réclamer une autre copie. Le lendemain, vous partirez au travail sans votre mallette. Un peu plus tard dans la journée, dans la rue, un homme vous touchera le bras et vous dira : « Je crois que vous avez fait tomber votre mallette. » Celle qu'il vous donnera contiendra un exemplaire du livre de Goldstein. Vous le rendrez dans un délai de quatorze jours.

Ils restèrent silencieux un instant.

— Il reste quelques minutes avant votre départ, remarqua O'Brien. Nous nous reverrons – si nous nous revoyions un jour…

Winston leva les yeux vers lui.

— Là où il n'y a pas de ténèbres ? dit-il, hésitant.

O'Brien hocha la tête, sans paraître surpris.

— Là où il n'y a pas de ténèbres, répéta-t-il, comme s'il avait reconnu l'allusion. En attendant, y a-t-il quelque chose dont vous aimeriez me faire part avant de partir ? Un message ? Une question ?

Winston réfléchit. Il ne voyait aucune autre question à poser, et il ressentait encore moins l'envie de débiter des généralités pompeuses. Au lieu d'une chose en lien direct avec O'Brien ou la Fraternité, lui vint à l'esprit une sorte de tableau composé de la chambre sombre où sa mère avait passé ses derniers jours, de la petite chambre au-dessus du magasin de M. Charrington, du presse-papier en verre et de la gravure sur acier dans son cadre en bois de rose. Presque par hasard, il demanda :

— Auriez-vous déjà entendu un vieux poème commençant par « Des oranges et des citrons, disent les cloches de Saint-Clément » ?

Une fois de plus, O'Brien hocha la tête. Avec une sorte de courtoisie grave, il compléta la strophe :

Des oranges et des citrons, disent les cloches de Saint-Clément,
Vous me devez trois farthings, disent les cloches de Saint-Martin,
Quand me les paieras-tu ? disent les cloches du Vieux Bailey,
Lorsque je serai riche, disent les cloches de Shoreditch.

— Vous connaissiez le dernier vers ! s'exclama Winston.

— Oui, en effet. Et maintenant, j'ai bien peur qu'il soit l'heure pour vous de partir. Mais attendez. Je ferais mieux de vous donner une de ces tablettes.

Lorsque Winston se leva, O'Brien lui tendit la main. Sa poigne puissante broya les os de la paume de Winston. À la porte, Winston se retourna, mais O'Brien semblait déjà en train de l'effacer de sa mémoire. Il attendait, la main sur le bouton qui contrôlait le télécran. Derrière lui, Winston voyait le bureau et sa lampe à la lumière verte, le phonoscript et les corbeilles en fer remplies de papiers. L'incident était clos. Il lui apparut que trente secondes plus tard, O'Brien reprendrait son travail interrompu et important pour le Parti.

IX

Winston était gélatineux de fatigue. Gélatineux, c'était le mot. Il lui était spontanément venu à l'esprit. Son corps semblait avoir non seulement la faiblesse de la gelée, mais aussi son aspect translucide. Il avait l'impression que s'il levait la main, il pourrait voir la lumière passer à travers. Tout le sang et la lymphe avaient été vidés de son corps par une énorme débauche de travail, laissant seulement une faible structure de nerfs, d'os et de peau. Toutes ses sensations paraissaient amplifiées. Son uniforme rongeait ses épaules, le trottoir chatouillait ses pieds ; même ouvrir et fermer sa main nécessitait un effort qui faisait craquer ses articulations.

Il avait travaillé plus de quatre-vingt-dix heures en cinq jours, comme tout le monde au ministère. Maintenant que c'était terminé, il n'avait littéralement rien à faire. Aucun travail pour le Parti d'aucune sorte avant le lendemain matin. Il pouvait passer six heures dans la cachette et neuf autres dans son propre lit. Sous la douceur du soleil de fin d'après-midi, il remonta lentement une rue miteuse en se dirigeant vers la boutique de M. Charrington, gardant l'œil sur l'éventuel passage de patrouilles, mais irrationnellement convaincu que cet après-midi-là, personne ne se mêlerait de ses affaires.

La mallette qu'il transportait heurtait son genou à chaque pas, provocant un picotement sur sa peau, le long de sa jambe. Le livre se trouvait à l'intérieur ; il l'avait en sa possession depuis six jours et ne l'avait pas encore ouvert. Il ne l'avait même pas regardé.

Au sixième jour de la Semaine de la Haine, après les processions, les discours, les huées, les chants, les bannières, les affiches, les films, les statues de cire, les battements de tambour et les cris des trompettes, les pas lourds des défilés, le grincement des chars d'assaut à chenilles, le rugissement des avions présents en masse, les détonations d'armes à feu – après six jours de tout cela, donc, lorsque le grand orgasme était sur le point d'atteindre son point culminant et que la haine générale envers l'Eurasia avait atteint un tel délire que si la foule avait eu entre les mains les deux mille criminels de guerre eurasiens qui devaient être pendus publiquement le dernier jour des festivités, ils les auraient mis en pièces sans se poser de questions – à ce moment précis, on avait annoncé que l'Océania, finalement, n'était pas en guerre contre l'Eurasia. L'Océania était en guerre contre l'Estasia. L'Eurasia était une alliée.

Bien entendu, personne ne reconnut qu'un changement avait eu lieu. On apprit simplement, partout à la fois et au même moment soudain, que l'Estasia était l'ennemie, et non l'Eurasia. Winston participait à une manifestation dans l'une des places centrales de Londres lorsque cette annonce avait été faite. Il faisait nuit, et les visages pâles ainsi que les bannières écarlates étaient éclairés d'une lumière crue. Plusieurs milliers de personnes occupaient la place, dont un groupe d'environ mille écoliers revêtant l'uniforme des Espions. Sur l'estrade drapée de rouge, un orateur du Parti Intérieur sermonnait la foule ; un petit homme mince avec de longs bras disproportionnés et un large crâne chauve sur lequel étaient éparpillées quelques mèches de cheveux ternes. C'était un petit Rumpelstiltskin, le visage déformé par la haine. Il agrippa le micro d'une main, et de l'autre, énorme au bout d'un bras osseux, griffait l'air au-dessus de sa tête, l'air menaçant. Sa voix, rendue métallique par les amplificateurs, grondait une liste sans fin d'atrocités, de massacres, de déportations, de pillages, de viols, de torture de prisonniers, de bombardements de civils, de mensonges de propagande, d'agressions injustifiées, de traités rompus. Il était presque impossible de l'écouter sans être d'abord convaincu, puis affolé. La fureur de la foule croissait à chaque instant, et la voix de l'orateur était noyée dans le rugissement semblable à celui d'une bête sauvage qui sortait de manière incontrôlable de milliers de gorges. Les hurlements les plus féroces venaient des écoliers.

Le discours durait depuis peut-être vingt minutes lorsqu'un messager se précipita sur l'estrade et glissa un bout de papier dans la main de l'orateur. Il le déroula et le lut tout en continuant son allocution. Rien ne changea dans sa voix, ni dans son attitude, ni dans ce qu'il était en train de dire, mais soudain, les noms étaient différents. Sans que rien ne fût dit, une vague de compréhension traversa la foule. L'Océania était en guerre contre l'Estasia ! L'instant d'après, il y eut une agitation phénoménale. Les bannières et les affiches qui décoraient la place étaient toutes fausses ! Presque la moitié d'entre elles ne présentaient pas les bons visages. C'était du sabotage ! Les agents de Goldstein étaient à l'œuvre ! Il y eut un intervalle déchaîné où l'on arracha les affiches des murs, déchira et piétina les bannières. Les Espions accomplirent des merveilles en grimpant sur les toits, afin de couper les banderoles qui flottaient sur les cheminées.

Mais deux ou trois minutes plus tard, le tumulte prit fin. L'orateur, tenant toujours fermement le micro, les épaules voûtées, sa main libre griffant l'air, avait continué de délivrer son discours. Encore une minute, puis les féroces rugissements de rage éclatèrent à nouveau dans la foule. La Haine continua exactement comme quelques minutes auparavant, sauf que la cible avait été changée.

Avec le recul, ce qui impressionna Winston était que l'orateur était en réalité passé d'une ligne politique à une autre au milieu d'une phrase, non seulement sans s'arrêter, mais sans même casser la syntaxe.

Mais à ce moment-là, d'autres choses le préoccupaient. Ce fut pendant le désordre où l'on arrachait les affiches des murs qu'un homme, dont il ne put voir le visage, lui avait donné une tape sur l'épaule et lui avait dit : « Excusez-moi, je crois que vous avez fait tomber votre mallette. » Il avait distraitement pris la mallette, sans un mot. Il savait qu'il lui faudrait des jours avant d'avoir une occasion de regarder à l'intérieur. À la seconde où la manifestation fut terminée, il se rendit directement au ministère de la Vérité, même s'il était presque vingt-trois heures. Tous les employés du ministère avaient fait de même. Les ordres qui sortaient déjà des télécrans, les rappelant à leurs postes, n'étaient pas vraiment nécessaires.

L'Océania était en guerre contre l'Estasia ; l'Océania avait toujours été en guerre contre l'Estasia. Une grande partie de la littérature politique des cinq dernières années était à présent totalement obsolète. Rapports et archives de toutes sortes, journaux, livres, pamphlets, films, chansons, photographies – tout devait être rectifié à la vitesse de la lumière. Bien qu'aucune directive ne fût jamais donnée, tout le monde savait que les chefs du département souhaitaient qu'une semaine plus tard, aucune référence à la guerre contre l'Eurasia ni à la paix avec l'Estasia n'apparût nulle part. Le travail était accablant, d'autant plus car les processus employés ne pouvaient être appelés par leurs véritables noms. Dans le département des Archives, tout le monde travaillait dix-huit heures sur vingt-quatre, avec deux intervalles de trois heures de sommeil rapide. Des matelas furent remontés des cellules et posés dans tous les couloirs ; des sandwiches constituaient les repas, et des employés de la cantine apportaient du café de la Victoire sur des chariots roulants.

Chaque fois que Winston s'arrêtait pour l'un de ses tours de sommeil, il essayait de ne pas laisser de travail sur son bureau, et chaque fois qu'il y revenait en rampant, les yeux encore à demi clos et le corps courbaturé, il trouvait une pluie de papiers cylindriques qui avait recouvert le bureau comme une congère, enterrant à moitié le phonoscript et débordant sur le sol : la première tâche consistait donc à rassembler ces papiers en une pile assez soignée, afin qu'il ait de l'espace pour travailler. Le pire, c'était que le travail qu'il avait à faire n'était en aucun cas purement mécanique. Il s'agissait souvent de simplement substituer un nom à un autre, mais chaque rapport d'évènements détaillé exigeait de la précaution et de l'imagination. Même les connaissances géographiques nécessaires pour transférer la guerre d'une région du monde à une autre étaient considérables.

Au troisième jour, ses yeux le faisaient terriblement souffrir et ses lunettes devaient être essuyées toutes les cinq minutes. C'était comme lutter lors d'une tâche physique éreintante, une chose que personne n'avait le droit de refuser et que l'on était néanmoins nerveusement anxieux d'accomplir. Autant qu'il pût s'en souvenir, il n'était pas troublé par le fait que chaque mot qu'il murmurait dans le phonoscript, chaque coup de crayon, était un mensonge délibéré. Il était aussi désireux que tout le monde dans le département que la contrefaçon fût parfaite.

Le matin du sixième jour, l'écoulement des cylindres ralentit. Pendant près d'une demi-heure, rien ne sortit du tube ; puis un cylindre de plus, puis plus rien. Partout, presque au même moment, le travail ralentit. Un soupir profond, et bien entendu secret, parcourut le département. Une œuvre importante, dont on ne pourrait jamais parler, venait d'être achevée. À présent, il était impossible pour qui que ce fût d'attester, grâce à une preuve écrite, que la guerre contre l'Eurasia avait eu lieu.

À midi, il fut annoncé, de façon inattendue, que tous les employés du ministère étaient libres jusqu'au lendemain matin.

Transportant toujours la mallette contenant le livre, qui était restée à ses pieds lorsqu'il travaillait, en dessous de lui lorsqu'il dormait, Winston rentra chez lui, se rasa et s'endormit presque dans son bain, bien que l'eau fût à peine plus que tiède.

Avec une sorte de craquement voluptueux dans ses articulations, il grimpa l'escalier au-dessus de la boutique de M. Charrington. Il était fatigué, mais n'avait plus envie de dormir. Il ouvrit la fenêtre, alluma le petit poêle à pétrole sale et y posa une casserole d'eau pour le café. Julia devait arriver d'une minute à l'autre ; en attendant, il y avait le livre. Il s'assit dans le fauteuil usé et défit les lanières de la mallette.

Un lourd volume noir, relié par un amateur, sans nom ni titre sur la couverture. L'impression semblait également quelque peu irrégulière. Les pages étaient usées sur les bords et se détachaient facilement, comme si ce livre était passé entre de nombreuses mains. L'inscription sur la page de garde disait :

THÉORIE ET PRATIQUE
DU COLLECTIVISME OLIGARCHIQUE
par
Emmanuel Goldstein

Winston commença à lire :

CHAPITRE I

L'ignorance, c'est la force

« Au cours des époques historiques, et probablement depuis la fin de l'âge néolithique, il y eut trois classes de personnes dans le monde : la classe supérieure, moyenne et inférieure. Elles furent subdivisées de nombreuses façons, portèrent d'innombrables noms différents, et leur nombre relatif, tout comme leur attitude envers les autres, varièrent d'une époque à une autre ; mais la structure principale de la société ne changea jamais. Même après d'énormes bouleversements et des changements visiblement irrévocables, le même schéma s'était toujours rétabli, tout comme un gyroscope reprend toujours son équilibre, qu'on le pousse d'un côté ou de l'autre.

Les buts de ces groupes sont entièrement incompatibles… »

Winston suspendit sa lecture, principalement pour apprécier le fait qu'il était en train de lire, dans le confort et la sécurité. Il était seul : pas de télécran, pas d'oreille collée à la serrure, pas d'impulsion nerveuse pour jeter un coup d'œil par-dessus son épaule ou recouvrir la page de sa main. Le doux air de l'été jouait sur sa joue. Quelque part au loin flottaient les faibles cris d'enfants ; dans la chambre elle-même, aucun son ne se faisait entendre, à part la voix d'insecte de l'horloge. Il s'enfonça plus loin dans le fauteuil et posa ses pieds sur le garde-feu. C'était le bonheur, l'éternité. Soudain, comme on le fait parfois avec un livre dont on sait qu'on finira par lire et relire chaque mot, il l'ouvrit au hasard et tomba sur le chapitre III. Il continua à lire :

CHAPITRE III

La guerre, c'est la paix

« La division du monde en trois grands super-États fut un évènement qui pouvait être et, en vérité, était prévu avant le milieu du XXe siècle. Avec l'absorption de l'Europe par la Russie et de l'Empire britannique par les États-Unis, deux des trois puissances existantes, l'Eurasia et l'Océania, étaient déjà efficacement constituées. La troisième, l'Estasia, n'émergea qu'en tant qu'unité distincte après une décennie supplémentaire de combats confus. Les frontières entre les trois super-États sont arbitraires en quelques endroits ; en d'autres, elles varient selon la fortune de la guerre, mais en général, elles suivent des lignes géographiques.

L'Eurasia comprend toute la partie nord de la masse terrestre européenne et asiatique, s'étendant du Portugal au détroit de Béring.

L'Océania couvre les Amériques, les îles atlantiques, dont les îles Britanniques, l'Australasia et le sud de l'Afrique.

L'Estasia, moins étendue que les autres et bénéficiant d'une frontière ouest moins définie, regroupe la Chine et les pays au sud de celle-ci, l'archipel japonais et une grande partie, bien que fluctuante, de la Mandchourie, de la Mongolie et du Tibet.

Groupés d'une façon ou d'une autre, ces trois super-États sont constamment en guerre, et l'ont été depuis les vingt-cinq dernières années. Cependant, la guerre n'est plus la lutte désespérée jusqu'à l'anéantissement qu'elle était dans les premières décennies du XXe siècle. Il s'agit d'une lutte dont les buts sont limités, entre combattants qui sont incapables de se détruire les uns les autres, n'ont pas de raison matérielle de se battre et ne sont pas opposés par quelque différence idéologique que ce soit. Cela ne signifie pas que la conduite de la guerre ou l'attitude dominante en face d'elle soit devenue moins sanguinaire ou plus chevaleresque. Au contraire, l'hystérie de la guerre est perpétuelle et universelle dans tous les pays, et des actes tels que le viol, le pillage, le massacre d'enfants, la réduction de tout un peuple à l'esclavage et les représailles envers des prisonniers, allant jusqu'à les faire bouillir ou les enterrer vivants, sont considérés comme normaux, et lorsqu'ils sont commis par une personne qui se trouve de votre côté, cela devient même louable.

Mais sur le plan physique, la guerre n'implique que très peu de personnes, des spécialistes surentraînés pour la plupart, et, comparativement, engendre peu de victimes. Le combat, lorsqu'il y en a un, a lieu sur les vagues frontières dont l'homme lambda peut seulement deviner l'emplacement, ou autour des Forteresses Flottantes qui gardent des points stratégiques des routes maritimes. Dans les centres civilisés, la guerre ne signifie rien de plus qu'une pénurie continue de biens de consommation, ainsi que la collision occasionnelle d'une bombe-fusée qui peut causer quelques morts. À vrai dire, la guerre a changé de caractère. Plus exactement, l'ordre d'importance des raisons pour lesquelles une guerre est menée a changé. Des motivations déjà présentes, dans une faible mesure, dans les grandes guerres du début du XXe siècle sont maintenant devenues essentielles, consciemment reconnues comme légitimes, et régissent les actions menées.

Pour comprendre la nature de la guerre actuelle – car, en dépit des regroupements ayant lieu à quelques années d'intervalle, c'est toujours la même guerre – on doit d'abord se rendre compte qu'il est impossible qu'elle soit décisive. Aucun des trois super-États ne pourrait être définitivement conquis, même par les deux autres réunis. Les forces sont trop partagées entre eux, et leurs défenses naturelles sont également formidables. L'Eurasia est protégée par ses vastes espaces terrestres, l'Océania par la largeur de l'Atlantique et du Pacifique, l'Estasia par la fécondité et l'habileté de ses habitants.

Deuxièmement, il n'y a plus rien, sur le plan matériel, pour quoi se battre. Avec l'établissement d'économies autonomes, dans lesquelles la production et la consommation sont engrenées l'une dans l'autre, la lutte pour les marchés, qui était une cause majeure des guerres précédentes, a pris fin, et la compétition pour les matières premières n'est plus une question de vie ou de mort. Dans tous les cas, chaque super-État est si vaste qu'il peut obtenir presque tous les matériaux dont il a besoin à l'intérieur de ses propres frontières.

Dans la mesure où la guerre a un but directement économique, c'est une guerre pour la main-d'œuvre. Entre les frontières des super-États s'étend un quadrilatère irrégulier, que personne ne parvint à posséder en permanence, dont les sommets sont à Tanger, Brazzaville, Darwin et Hong Kong, contenant à eux seuls un cinquième de la population sur Terre. C'est pour posséder ces régions abondamment peuplées, ainsi que la calotte glacière du nord, que les trois puissances luttent constamment. En pratique, aucune d'elles ne contrôle jamais cette zone disputée. Des portions de cet espace changent constamment de main, et c'est la volonté de s'emparer de tel ou tel fragment par une soudaine trahison qui dicte les changements sans fin des groupements.

Tous les territoires disputés abritent des minéraux précieux, et certains d'entre eux produisent d'importants végétaux comme le caoutchouc, dont il est nécessaire de faire la synthèse dans les pays plus froids, à l'aide de méthodes plus coûteuses en comparaison. Mais surtout, ils possèdent une réserve infinie de main-d'œuvre bon marché. Quelle que soit la puissance qui contrôle l'Afrique équatoriale, les pays du Moyen-Orient, l'Inde méridionale, l'archipel indonésien, elle dispose également de vingtaines ou de centaines de millions de coolies travailleurs et sous-payés. Les habitants de ces régions, réduits au statut d'esclaves plus ou moins ouvertement, passent continuellement d'un conquérant à un autre. Ils sont employés, comme du vulgaire charbon ou de l'huile, afin de produire plus d'armes, s'emparer de plus de territoires, avoir un contrôle plus grand sur la main-d'œuvre, ceci afin de pouvoir produire plus d'armes, s'emparer de plus de territoires, et ainsi de suite, indéfiniment. Il faut noter que le combat ne s'étend jamais au-delà des limites des régions disputées. Les frontières de l'Eurasia naviguent entre le bassin du Congo et la côte nord de la Méditerranée ; les îles dans l'océan Indien et Pacifique sont sans cesse prises et reprises par l'Océania ou l'Estasia ; en Mongolie, la ligne de division entre l'Eurasia et l'Estasia ne reste jamais la même ; autour du pôle, les trois puissances revendiquent d'immenses territoires qui, en fait, sont en grande partie inhabités et inexplorés, mais le rapport de force reste toujours relativement égal, et les territoires qui forment le cœur de chaque super-État restent toujours inviolés. De plus, le travail des peuples exploités au niveau de l'Équateur n'est pas vraiment nécessaire pour l'économie du monde. Ils n'ajoutent rien à la richesse du monde, puisque tout ce qu'ils produisent est utilisé à des fins de guerre, et le but de faire une guerre est toujours de se trouver dans une meilleure position pour en faire une autre. Par leur labeur, les populations esclaves permettent au rythme de la guerre d'accélérer sans cesse. Mais s'ils n'existaient pas, la structure de la société et le processus par lequel elle se maintient ne subiraient aucune différence majeure.

Le but premier d'une guerre moderne (en accord avec les principes de la double-pensée, ce but est à la fois reconnu et non reconnu par les cerveaux directeurs du Parti Intérieur) est d'utiliser tous les produits de la machine sans augmenter le niveau de vie général. Depuis la fin du XIXe siècle, le problème consistant à trouver quoi faire du surplus de biens de consommation a été latent dans la société industrielle. Actuellement, alors que peu d'êtres humains ont suffisamment à manger, ce problème n'est évidemment pas urgent, et il pourrait ne pas le devenir, alors même qu'aucun procédé artificiel de destruction n'aurait été à l'œuvre.

Le monde d'aujourd'hui est un endroit dépouillé, affamé, dilapidé, comparé au monde qui existait avant 1914, et encore plus si on le compare à l'avenir imaginaire que les gens de l'époque espéraient. Au début du XXe siècle, la vision d'une future société incroyablement riche, oisive, disciplinée et efficace – un monde aseptisé et étincelant de verre, d'acier et de béton blanc comme la neige – habitait la conscience de chaque personne ou presque. La science et la technologie se développaient à une vitesse prodigieuse, et il paraissait naturel de supposer qu'elles poursuivraient leur progression. Ce ne fut pas le cas, d'une part à cause de l'appauvrissement causé par une longue série de guerres et de révolutions, d'autre part car le progrès scientifique et technologique dépendait d'habitudes de pensée empiriques, qui ne pouvaient survivre dans une société strictement régentée.

Globalement, le monde actuel est plus primitif qu'il ne l'était cinquante ans plus tôt. Certaines zones reculées ont progressé et de nombreux appareils, toujours reliés d'une certaine façon à la guerre et à l'espionnage policier, ont été développés, mais les expériences et les inventions ont été en grande partie interrompues, et les ravages de la guerre atomique des années 1950 n'ont jamais été complètement réparés. Néanmoins, les dangers inhérents à la machine sont toujours présents.

Dès que la machine fit son apparition, il était clair pour toutes les personnes capables de penser que le besoin de dur labeur humain, et donc, par extension, d'inégalité humaine, avait disparu. Si les machines étaient délibérément utilisées dans ce but, la faim, la surcharge de travail, l'insalubrité, l'analphabétisme et la maladie pouvaient être éradiqués d'ici quelques générations. En réalité, sans être employée dans un tel but, mais par une sorte de procédé automatique – en produisant la richesse qu'il était parfois impossible de ne pas partager – la machine augmenta considérablement le niveau de vie de l'être humain moyen pendant environ cinquante ans à la fin du XIXe siècle et au début du XXe.

Mais il était également évident qu'une augmentation de richesse pour tout le monde menaçait la destruction – en effet, la destruction, d'une certaine façon – d'une société hiérarchique. Dans un monde où tout le monde ne travaillait que peu d'heures, avait assez à manger, vivait dans une maison abritant une salle de bains et un réfrigérateur et possédait une automobile ou même un avion, la forme d'inégalité la plus évidente et peut-être la plus importante aurait déjà disparu. Si elle devenait générale, la richesse ne conférerait plus aucune distinction. Il était sans aucun doute possible d'imaginer une société dans laquelle la richesse, dans le sens de possessions personnelles et d'opulence, devrait être partagée de façon équitable, alors que le pouvoir resterait dans les mains d'une caste privilégiée de seulement quelques personnes. Mais en pratique, une telle société ne pourrait rester stable très longtemps. Car si tous jouissaient de l'aisance et de la sécurité de la même façon, l'énorme masse d'êtres humains, d'ordinaire sidérés par la pauvreté, apprendraient à lire, à écrire, ainsi qu'à penser par eux-mêmes ; et lorsqu'ils auraient accompli cela, tôt ou tard, ils se seraient rendu compte que la minorité privilégiée n'avait aucune fonction et l'auraient éliminée. À long terme, une société hiérarchique était possible uniquement en se basant sur la pauvreté et l'ignorance. Revenir au passé agricole, comme certains penseurs du début du XXe siècle rêvaient de le faire, n'était pas une solution envisageable. Cela contredisait la tendance à la mécanisation qui était devenue quasiment instinctive presque partout dans le monde ; de plus, n'importe quel pays en retard sur le plan industriel n'avait aucune utilité dans le domaine militaire et serait rapidement dominé, de façon directe ou indirecte, par ses rivaux plus avancés industriellement.

Laisser les peuples dans la pauvreté en restreignant la production de biens n'était pas non plus une solution satisfaisante. Elle fut appliquée en grande partie pendant la dernière phase du capitalisme, entre 1920 et 1940 environ. On laissa stagner l'économie de nombreux pays, la terre ne fut plus cultivée, on n'ajouta pas au capital équipement et on empêcha un grand nombre de personnes parmi la population de travailler, la charité d'État les gardant à moitié en vie. Mais cette situation aussi entraînait la faiblesse militaire, et puisque les privations qu'elle infligeait étaient manifestement inutiles, l'opposition s'avéra inévitable. Le problème était de trouver comment continuer à faire tourner l'industrie sans augmenter la vraie richesse du monde. Des biens devaient être produits, mais pas distribués. Et, en pratique, le seul moyen d'atteindre ce but était une guerre continue.

L'acte principal de la guerre est la destruction ; pas nécessairement celle de vies humaines, mais des fruits du travail humain. La guerre est une façon de réduire en miettes, de déverser dans la stratosphère ou de faire couler dans les profondeurs de la mer des matériaux qui, sinon, pourraient être utilisés pour fournir bien trop de confort à la population, et qui pourrait donc, sur le long terme, les rendre bien trop intelligents. Même lorsque les armes de guerre ne sont pas réellement détruites, leur production reste un moyen pratique de faire travailler la main-d'œuvre sans produire quoi que ce soit qui pourrait être consommé. Une Forteresse Flottante, par exemple, a mobilisé pour sa construction une main-d'œuvre qui aurait pu construire plusieurs centaines de cargos. En fin de compte, n'ayant apporté aucun bénéfice matériel à qui que ce soit, elle est déclarée obsolète ; puis, avec une main-d'œuvre encore plus nombreuse, une autre Forteresse Flottante est bâtie. En principe, l'effort de guerre est toujours organisé de façon à dévorer le surplus qui pourrait exister après avoir satisfait le minimum des besoins de la population. En pratique, les besoins de la population sont toujours sous-estimés ; il en résulte une pénurie chronique de la moitié des nécessités de la vie. Mais on voit cela comme un avantage. C'est par une politique délibérée que l'on maintient tout le monde, même les groupes favorisés, au bord de la privation, car un état général de pénurie augmente l'importance des petits privilèges et amplifie donc la distinction entre un groupe et un autre. D'après les standards du début du XXe siècle, même un membre du Parti Intérieur mène une vie austère et laborieuse. Néanmoins, les quelques luxes dont il jouit – un grand appartement bien aménagé, des vêtements de bonne qualité, une meilleure nourriture, boisson et tabac, ses deux ou trois serviteurs, son automobile ou son hélicoptère privé – le placent dans un monde différent des membres du Parti Extérieur, qui ont eux-mêmes un avantage similaire comparé aux masses déshéritées que l'on nomme « les prolétaires ». L'atmosphère sociale est celle d'une cité assiégée, où la possession d'un morceau de viande chevaline constitue une différence entre la richesse et la pauvreté. Et en même temps, la conscience d'être en guerre, et donc en danger, fait que passer les pleins pouvoirs à une caste restreinte paraît être la condition naturelle et inévitable pour survivre.

Comme nous le verrons, la guerre accomplit non seulement la destruction nécessaire, mais elle le fait également d'une façon psychologiquement acceptable. En principe, il serait assez simple de gaspiller le travail supplémentaire du monde en bâtissant des temples et des pyramides, en creusant des trous pour ensuite les remplir à nouveau, ou même en produisant de grandes quantités de biens, puis y mettre le feu. Mais cela ne fournirait que la base économique d'une société hiérarchique, pas la base émotionnelle. Il n'est pas question ici du moral de la population, dont l'attitude importe peu tant qu'elle continue de travailler, mais du moral du Parti lui-même. Même le membre le plus humble du Parti se doit d'être compétent, travailleur et même intelligent, dans une étroite mesure, mais il est également nécessaire qu'il soit un fanatique crédule et ignorant, dont les sentiments dominants sont la peur, la haine, l'adoration et le triomphe orgiaque. En d'autres termes, il est indispensable qu'il possède la mentalité appropriée pour la guerre. Peu importe si la guerre a réellement lieu ou non, et puisqu'aucune victoire décisive n'est possible, que la guerre se présente bien ou non n'a aucune importance non plus. Qu'un état de guerre existe est tout ce qui importe.

La division de l'intelligence que le Parti réclame à ses membres, qui est encore plus facile à obtenir dans une atmosphère de guerre, est quasiment universelle à ce jour, mais plus le rang est élevé, plus cette caractéristique est marquée. C'est précisément dans le Parti Intérieur que l'hystérie et la haine guerrières de l'ennemi sont les plus fortes. En tant qu'administrateur, il est souvent nécessaire qu'un membre du Parti sache que telle ou telle information à propos de la guerre était un mensonge, et il lui arrive souvent de savoir que la guerre est fausse, qu'elle n'a pas lieu ou qu'elle est menée dans des buts assez différents de ceux avancés ; mais un tel savoir est facilement neutralisé par la technique de la *double-pensée.* Pendant ce temps-là, aucun membre du Parti Intérieur n'est un instant ébranlé dans sa conviction mystique que la guerre est réelle et qu'elle est destinée à être victorieuse, menée par l'Océania, maîtresse incontestée du monde entier.

Tous les membres du Parti Intérieur croient à cette conquête à venir comme à un article de foi. Elle sera réalisée soit par l'acquisition progressive de plus en plus de territoires, ce qui permettra de construire une puissance supérieure écrasante, soit par la découverte d'une nouvelle arme contre laquelle aucune défense ne sera possible. La recherche de nouvelles armes continue sans cesse, et c'est là l'une des rares activités restantes dans lesquelles le type d'esprit inventif ou spéculatif peut trouver un exutoire. De nos jours, en Océania, la Science, dans son ancienne signification, a pratiquement cessé d'exister. En novlang, il n'y a aucun mot pour désigner la « Science ». La méthode empirique de la pensée, sur laquelle se fondaient tous les exploits scientifiques du passé, est opposée aux principes les plus fondamentaux de l'Angsoc. Et même le progrès technologique n'a lieu que lorsque ses produits peuvent être utilisés pour diminuer la liberté humaine d'une façon ou d'une autre. Dans tous les arts utiles, soit le monde fait du surplace, soit il fait un pas en arrière. Les champs sont cultivés avec des charrues tirées par des chevaux, alors que les livres sont écrits par des machines. Mais en termes d'importance vitale – signifiant, en réalité, la guerre et l'espionnage policier – l'approche empirique est toujours encouragée, ou du moins tolérée. Les deux buts du Parti sont de conquérir toute la surface de la Terre et de mettre fin une fois pour toutes à la possibilité d'une pensée indépendante. Cependant, il reste deux gros problèmes que le Parti se doit de résoudre : comment découvrir, contre son gré, ce que pense un être humain, et également comment tuer plusieurs centaines de millions de personnes en quelques secondes sans qu'elles en soient averties au préalable. Dans la mesure où la recherche scientifique se poursuit, cela constitue ses deux priorités. Le scientifique d'aujourd'hui peut être le mélange d'un psychologue et d'un inquisiteur, étudiant avec une minutie tout à fait ordinaire la signification des expressions faciales, les gestes et les tons de la voix, testant, afin de pouvoir obtenir la vérité, les effets des drogues, des électrochocs, de l'hypnose et de la torture physique ; il peut également être un chimiste, un physicien ou un biologiste s'intéressant seulement aux branches de sa spécialité qui se rapportent à la suppression de la vie.

Dans les vastes laboratoires du ministère de la Paix, ainsi que dans les centres d'expériences cachés dans les forêts brésiliennes, dans le désert australien ou sur les îles perdues de l'Antarctique, les équipes d'experts travaillent sans relâche. Certains se contentent d'établir la logistique des futures guerres ; d'autres conçoivent des bombes-fusées toujours plus grosses, des explosifs toujours plus puissants, des blindages toujours plus impénétrables ; d'autres encore recherchent de nouveaux gaz encore plus mortels, ou des poisons solubles capables d'être produits en quantités telles qu'ils pourraient détruire la végétation de tout un continent, ou des espèces de germes immunisées contre tous les anticorps possibles ; certains s'attèlent à concevoir un véhicule qui pourrait se déplacer sous terre comme un sous-marin sous l'eau ou un avion aussi indépendant de sa base qu'un navire ; d'autres explorent des possibilités encore plus minces, comme concentrer les rayons du soleil à travers des lentilles dans l'espace, à des milliers de kilomètres, ou produire des tremblements de terre artificiels et des tsunamis en modifiant la chaleur du centre de la Terre.

Mais aucun de ces projets n'a jamais ne serait-ce que frôlé la concrétisation, et aucun des trois super-États ne gagne jamais une avance significative sur les autres. Le plus remarquable est que ces trois super-États possèdent déjà une arme bien plus puissante que toutes celles que leurs recherches actuelles essaient de découvrir : la bombe atomique. Bien que le Parti, selon son habitude, revendique l'honneur de son invention, les bombes atomiques firent leur apparition pas plus tard que dans les années quarante et furent utilisées à grande échelle pour la première fois environ dix ans plus tard. À cette époque, des centaines de bombes furent larguées sur des centres industriels, majoritairement en Russie européenne, en Europe de l'Ouest et en Amérique du Nord. L'effet recherché était de convaincre les groupes dirigeants de tous les pays que quelques bombes atomiques supplémentaires signifieraient la fin de la société organisée et, dans le même temps, de leur propre pouvoir. Par la suite, bien qu'aucun accord officiel ne fût passé ou sous-entendu, on ne largua plus aucune bombe. Les trois puissances continuent simplement à fabriquer des bombes atomiques et les stockent en attendant une opportunité décisive qu'elles croient toutes devoir arriver tôt ou tard. En attendant, l'art de la guerre est resté presque stationnaire pendant trente ou quarante ans. Les hélicoptères sont plus utilisés qu'ils ne l'étaient auparavant, les bombardiers ont été en grande partie remplacés par des projectiles autopropulsés, et le cuirassé fragile et mobile a laissé place à la Forteresse Flottante presque impossible à couler ; mais autrement, il n'y a eu que peu d'évolution. Le char d'assaut, le sous-marin, la torpille, la mitrailleuse, même le fusil et la grenade sont toujours en usage. Et malgré les massacres sans fin rapportés dans la presse et sur les télécrans, les batailles désespérées des guerres précédentes, durant lesquelles des centaines de milliers, ou même de millions d'hommes furent tués en quelques semaines, ne se sont jamais répétées.

Aucun des trois super-États n'a jamais tenté une manœuvre impliquant le risque d'une sévère défaite. Lorsqu'une opération d'envergure est entreprise, il s'agit en général d'une attaque-surprise contre un allié. La stratégie que suivent les trois super-États, ou prétendent suivre, est la même. Elle consiste à acquérir des bases encerclant totalement l'un ou l'autre des États rivaux, combinant des combats, des marchandages et des actes de trahison au moment opportun, puis à signer un pacte d'alliance avec ce rival et rester en paix avec lui pendant de nombreuses années, afin d'endormir sa suspicion. Pendant ce temps-là, des fusées armées de bombes atomiques peuvent être rassemblées à tous les points stratégiques ; enfin, elles seront toutes lancées au même moment, provoquant des effets si dévastateurs qu'ils rendent impossible des représailles. Il sera alors le moment de signer un pacte d'amitié avec la puissance mondiale qu'il restera, en prévision d'une autre attaque. Inutile de dire que ce plan n'est qu'une simple rêverie impossible à réaliser. De plus, aucune lutte n'a jamais lieu en dehors des zones disputées vers l'Équateur et le Pôle ; aucune invasion du territoire ennemi n'est jamais entreprise. Ceci explique qu'à certains endroits, les frontières entre les super-États soient arbitraires. L'Eurasia, par exemple, pourrait facilement conquérir les îles Britanniques, qui font géographiquement partie de l'Europe ; d'un autre côté, l'Océania pourrait repousser ses frontières jusqu'au Rhin ou même jusqu'à la Vistule. Mais cela violerait le principe d'intégrité culturelle, suivi par les super-États, bien que jamais formulé. Si l'Océania venait à conquérir les régions qui s'appelaient autrefois la France et l'Allemagne, il serait nécessaire soit d'en exterminer les habitants, une tâche d'une grande difficulté matérielle, soit d'intégrer une population d'environ cent millions de personnes qui se trouve approximativement au niveau océanien, en ce qui concerne le développement technique.

Le problème est le même pour les trois super-États. Il est absolument nécessaire à leur structure qu'il n'y ait aucun contact avec des étrangers, à part avec les prisonniers de guerre et les esclaves de couleur, dans une certaine mesure. Même l'allié officiel du moment est toujours regardé avec la plus sombre suspicion. Hormis les prisonniers de guerre, le citoyen lambda d'Océania n'a jamais posé les yeux sur un habitant d'Eurasia ni d'Estasia, et il lui est défendu d'étudier les langues étrangères. S'il était autorisé à entrer en contact avec des étrangers, il découvrirait que ce sont des créatures qui lui ressemblent et que la plupart des choses qu'il avait entendues sur eux étaient des mensonges. Le monde scellé dans lequel il vit serait brisé, et la peur, la haine et la suffisance sur lesquelles sa morale repose pourraient s'évaporer. Les trois super-États ont donc compris que peu importe à quelle fréquence la Perse, l'Égypte, Java ou Ceylan pouvaient changer de main, les frontières principales ne devaient jamais être franchies par autre chose que des bombes.

En dessous de tout cela repose un fait qui n'est jamais formulé ouvertement, mais tacitement compris et qui inspire la conduite de chacun, à savoir que les conditions de vie dans les trois super-États sont les mêmes à peu de choses près. En Océania, la philosophie dominante s'appelle l'Angsoc ; en Eurasia, Néo-Radicalisme ; en Estasia, elle est désignée par un nom chinois, généralement traduit par Culte-de-Mort, mais sans doute mieux rendu par les termes Anéantissement-de-Soi.

Les citoyens d'Océania n'ont pas le droit de savoir quoi que ce soit des principes des deux autres philosophies, mais on leur apprend à les détester, à les considérer comme des outrages barbares à la morale et au sens commun. À vrai dire, les trois philosophies se distinguent à peine les unes des autres, et les systèmes sociaux qu'elles soutiennent sont en tous points semblables. Il y a partout la même structure pyramidale, le même culte d'un dirigeant semi-divin, la même économie existant par et pour une guerre continue. Cela implique non seulement que les trois super-États ne peuvent conquérir les deux autres, mais aussi qu'ils n'en tireraient aucun avantage. Au contraire, tant qu'ils restent en conflit, ils soutiennent les autres, comme trois gerbes de blé. Et, comme d'habitude, les groupes dirigeants des trois puissances sont à la fois conscients et inconscients de ce qu'ils font. Leurs vies sont dédiées à la conquête du monde, mais ils savent aussi qu'il faut que la guerre continue éternellement, sans victoire. En attendant, le fait qu'il n'y ait aucun danger de conquête rend possible le déni de la réalité, qui est la caractéristique spéciale de l'Angsoc et ses systèmes de pensée rivaux. Il est nécessaire de répéter ce qui a été dit précédemment : en devenant perpétuelle, la guerre a fondamentalement changé son caractère.

Par le passé, une guerre, presque par définition, était une chose qui finirait tôt ou tard, généralement lors d'une victoire ou d'une défaite manifeste. Auparavant, la guerre était aussi l'un des outils principaux grâce auxquels les sociétés humaines étaient reliées à la réalité physique. Tous les dirigeants de toutes les époques ont essayé d'imposer une vision erronée du monde à leurs adeptes, mais ils ne pouvaient pas se permettre d'encourager quelque illusion que ce soit qui aurait tendance à altérer l'efficacité militaire. Tant que la défaite signifiait la perte d'indépendance, ou tout autre résultat généralement perçu comme indésirable, les précautions contre la défaite devaient être sérieuses. Les faits matériels ne devaient pas être ignorés. Dans la philosophie, la religion, la morale ou la politique, deux et deux pouvaient faire cinq, mais quand le chiffre désigne une arme ou un avion, ils doivent faire quatre. Des nations inefficaces étaient toujours conquises tôt ou tard, et la lutte pour l'efficacité était incompatible avec les illusions.

De plus, pour être efficace, il fallait être capable d'apprendre du passé, ce qui signifiait avoir une idée assez précise de ce qui était arrivé dans le temps. Bien sûr, les journaux et les livres d'histoire étaient toujours faussés et biaisés, mais la falsification comme elle est pratiquée aujourd'hui aurait été impossible. La guerre était un moyen sûr de protéger le bon sens, et en ce qui concernait les classes dirigeantes, elle représentait sans doute la protection la plus importante de toutes. Alors que les guerres pouvaient être gagnées ou perdues, aucune classe dirigeante ne serait complètement irresponsable.

Mais lorsque la guerre devint continue, littéralement, elle cessa également d'être dangereuse. Lorsque la guerre est permanente, les nécessités militaires n'existent pas. Le progrès technique peut cesser et les faits les plus évidents peuvent être niés ou ignorés. Comme nous l'avons vu, les recherches, que l'on pourrait appeler « scientifiques », sont toujours menées dans l'intérêt de la guerre, mais elles appartiennent essentiellement au domaine du rêve, et leur impossibilité à obtenir des résultats n'a aucune importance. L'efficacité, même militaire, n'est plus nécessaire. En Océania, rien n'est efficace à part la Police de la Pensée. Étant donné que les trois super-États sont impossibles à conquérir, chacun représente un univers indépendant dans lequel presque toutes les perversions de la pensée peuvent être pratiquées en toute sécurité. La réalité n'exerce sa pression qu'à travers les besoins de la vie – manger, boire, avoir un toit et des vêtements, éviter d'ingurgiter du poison ou de passer par les fenêtres du dernier étage, et ainsi de suite. Il y a toujours une distinction entre la vie et la mort, entre le plaisir et la douleur physique, mais c'est tout. Coupé du monde extérieur et du passé, le citoyen d'Océania est comme un homme dans l'espace intersidéral qui n'a aucun moyen de savoir où se trouvent le nord et le sud. Les dirigeants d'un tel État sont des souverains absolus, plus que les pharaons et les César ne l'ont jamais été. Ils sont obligés de veiller à ce que leurs fidèles ne meurent pas de faim en nombre trop important pour être gênant et ils sont forcés de rester au même niveau peu élevé que leurs rivaux concernant leur technique militaire ; mais une fois que ce minimum est appliqué, ils peuvent déformer la réalité comme ils le souhaitent.

Par conséquent, la guerre est simplement une imposture, si nous la comparons aux standards des guerres précédentes. Comme les luttes entre certains ruminants dont les cornes sont positionnées à un angle tel qu'ils sont incapables de blesser les autres. Mais bien qu'elle ne soit pas réelle, elle n'est pas non plus dénuée de sens. Elle consume le surplus des biens de consommation et aide à préserver l'atmosphère mentale spéciale dont une société hiérarchique a besoin. Nous constaterons qu'à présent, la guerre est une affaire purement interne. Par le passé, les groupes dirigeants de tous les pays, même s'ils pouvaient reconnaître leur intérêt commun et, de fait, limiter le pouvoir destructeur de la guerre, s'étaient bel et bien battus contre les autres, et le vainqueur pillait toujours le vaincu. De nos jours, ils ne se battent pas du tout les uns contre les autres. La guerre est menée par chaque groupe dirigeant contre ses propres sujets, et le but de la guerre n'est pas de conquérir des territoires ou d'empêcher que cela se produise, mais de garder intacte la structure de la société.

Par conséquent, le terme « guerre » est lui-même devenu erroné. Il serait sans doute juste de dire qu'en devenant continue, la guerre a cessé d'exister. La pression particulière exercée sur les êtres humains entre le Néolithique et le début du XXe siècle a disparu, puis a été remplacée par quelque chose de tout à fait différent. L'effet serait pratiquement le même si, au lieu de se battre les uns les autres, les trois super-États acceptaient de vivre dans une paix perpétuelle, chacun inviolé à l'intérieur de ses propres frontières. Car, dans ce cas, chacun d'eux resterait un univers indépendant, libéré pour toujours de la sombre influence du danger extérieur. Une paix réellement permanente serait la même chose qu'une guerre permanente. Bien que la grande majorité des membres du Parti le comprenne seulement dans un sens plus superficiel, ceci est la signification profonde du slogan du Parti : *LA GUERRE, C'EST LA PAIX.* »

Winston s'arrêta de lire un instant. Quelque part au loin, une bombe-fusée tonna. Le bonheur d'être seul avec le livre interdit, dans une pièce sans télécran, ne s'était pas estompé. La solitude et la sécurité étaient des sensations physiques, mélangées à la fatigue de son corps, la douceur du fauteuil et la faible brise venant de la fenêtre qui chatouillait sa joue. Ce livre le fascinait, ou, plus exactement, il le rassurait. En un sens, il ne lui apprenait rien de neuf, mais cela faisait partie de l'attirance. Il disait ce qu'il aurait dit s'il lui avait été possible de mettre ses idées éparses en ordre. Ce livre était le produit d'un esprit semblable au sien, mais bien plus puissant, plus méthodique, moins rongé par la peur. Winston réalisa que les meilleurs livres étaient ceux qui vous disaient ce que vous saviez déjà.

Il venait de revenir au chapitre I lorsqu'il entendit les pas de Julia dans l'escalier. Il se leva de son fauteuil pour l'accueillir. Elle lança sa sacoche à outils marron sur le sol et se jeta dans les bras de Winston. Ils ne s'étaient pas vus depuis plus d'une semaine.

— J'ai *Le Livre*, dit-il alors qu'ils se dégageaient de l'autre.

— Oh, tu l'as ? Bien, répondit-elle sans grand intérêt.

Presque aussitôt, elle s'agenouilla à côté du poêle à pétrole pour préparer du café.

Ils ne revinrent sur ce sujet que lorsqu'ils se trouvèrent dans le lit depuis une demi-heure. La soirée était juste assez fraîche pour qu'il fût nécessaire de remonter le dessus-de-lit. Sous la fenêtre venaient le bruit familier des chansons et l'éraflement des bottes sur les dalles. La femme aux bras musclés rouge brique que Winston avait vue lors de sa première venue ici était presque un élément fixe dans la cour. Il ne semblait pas y avoir une seule heure de la journée où elle ne faisait pas des va-et-vient entre le seau à linge et l'étendoir. Tantôt elle fermait la bouche sur des épingles à linge, tantôt elle faisait éclater un chant puissant.

Julia était couchée sur son côté et semblait déjà sur le point de s'endormir. Il tendit le bras pour saisir le livre posé sur le sol, puis se redressa en position assise contre la tête de lit.

— On devrait le lire, dit-il. Toi aussi. Tous les membres de la Fraternité doivent le lire.

— Lis-le, toi, suggéra-t-elle, les yeux fermés. Lis-le à haute voix. C'est le mieux. Comme ça, tu pourras me l'expliquer au fur et à mesure.

Les aiguilles de l'horloge affichaient six heures, donc dix-huit heures. Ils avaient trois ou quatre heures devant eux. Il posa le livre sur ses genoux et commença à lire :

CHAPITRE I

L'ignorance, c'est la force

« Au cours des époques historiques, et probablement depuis la fin de l'âge néolithique, il y eut trois classes de personnes dans le monde : la classe supérieure, moyenne et inférieure. Elles furent subdivisées de nombreuses façons, portèrent d'innombrables noms différents, et leur nombre relatif, tout comme leur attitude envers les autres, varièrent d'une époque à une autre ; mais la structure principale de la société ne changea jamais. Même après d'énormes bouleversements et des changements visiblement irrévocables, le même schéma s'était toujours rétabli, tout comme un gyroscope reprend toujours son équilibre, qu'on le pousse d'un côté ou de l'autre. »

— Julia, tu es réveillée ? demanda Winston.

— Oui, mon amour, je t'écoute. Continue. C'est merveilleux.

Il poursuivit sa lecture :

« Les buts de ces groupes sont entièrement incompatibles. Le but de la classe supérieure est de rester telle qu'elle est. Celui de la moyenne est de prendre la place de la supérieure. Celui de l'inférieure, lorsqu'elle en a un – car c'est une caractéristique constante de la classe inférieure que ses membres soient bien trop surchargés de travail pour être conscients, d'une autre façon qu'intermittente, d'autre chose en dehors de leur vie quotidienne – est d'abolir toutes les différences et créer une société dans laquelle tous les hommes seraient égaux. Ainsi, à travers l'Histoire, une lutte qui est la même dans ses grandes lignes se répète encore et encore. Pendant de longues périodes, la classe supérieure semble détenir un pouvoir solide, mais tôt ou tard, il arrive toujours qu'ils perdent soit leur confiance en eux, soit leur capacité à gouverner efficacement, soit les deux. Ils sont alors renversés par la classe moyenne, qui enrôle les membres de la classe inférieure de son côté en leur faisant croire qu'elle se bat pour la liberté et la justice. Dès qu'elle a atteint son objectif, la moyenne rejette l'inférieure dans son ancien statut de servitude, et devient elle-même la classe supérieure. Bientôt, une nouvelle classe moyenne se détache de l'un des autres groupes, ou des deux, et le combat recommence encore. Des trois classes, seule l'inférieure n'a jamais ne serait-ce que temporairement réussi à atteindre ses buts. Il serait exagéré de dire qu'à travers l'Histoire, il n'y a eu aucun progrès sur le plan matériel. Même aujourd'hui, lors d'une période de déclin, l'être humain moyen jouit de meilleures conditions de vie qu'il y a quelques siècles. Mais aucune augmentation de richesses, aucun adoucissement des mœurs, aucune réforme ni révolution n'a jamais rapproché l'égalité des hommes d'un millimètre. Du point de vue de la classe inférieure, aucun changement n'a jamais impliqué bien plus que le changement de nom de ses maîtres.

À la fin du XIXe siècle, la répétition de ce schéma était devenue évidente aux yeux de nombreux observateurs. Alors, des écoles de penseurs apparurent, qui interprétèrent l'Histoire comme un processus cyclique et prétendirent démontrer que l'inégalité était la loi immuable de la vie humaine. Bien entendu, cette doctrine avait toujours trouvé des partisans, mais il y avait un changement significatif dans la façon dont elle était mise en avant. Par le passé, le besoin d'une forme hiérarchisée de la société avait été la doctrine spécifique de la classe supérieure. Elle avait été prêchée par des rois, des aristocrates, des prêtres, des avocats et tous les parasites parmi eux, et elle était généralement adoucie par des promesses de compensation dans un monde imaginaire, par-delà la tombe. Aussi longtemps qu'elle luttait pour obtenir du pouvoir, la classe moyenne avait toujours employé des termes tels que « liberté », « justice » et « fraternité ».

Cependant, le concept de fraternité humaine commença à être attaqué par des personnes qui n'occupaient pas encore les postes de commande, mais espéraient simplement s'y trouver sous peu. Par le passé, la classe moyenne avait mené des révolutions sous la bannière de l'égalité, puis avait établi une nouvelle tyrannie dès que la précédente avait été renversée. Les nouveaux groupes moyens au pouvoir proclamèrent leur tyrannie au préalable.

Le socialisme, une théorie qui apparut au début du XIXe siècle et fut le dernier maillon d'une chaîne de pensée qui remontait aux rébellions d'esclaves de l'Antiquité, était encore profondément infecté par l'utopie des siècles passés. Mais dans chaque variation du socialisme qui émergea depuis les années 1900, l'objectif d'établir la liberté et l'égalité était de plus en plus ouvertement abandonné. Les nouveaux mouvements qui firent leur apparition vers la moitié du siècle – l'Angsoc en Océania, le Néo-Radicalisme en Eurasia, le Culte-de-Mort, comme on l'appelle communément, en Estasia – avaient la volonté consciente de perpétuer la *non*-liberté et la *non*-égalité. Bien entendu, ces nouveaux mouvements émergèrent des anciens. Ils avaient tendance à garder les noms de ceux-ci et à rendre en paroles un hommage à leur idéologie. Mais leur but à tous était d'arrêter le progrès et de geler le cours de l'Histoire à un moment donné. Le balancement familier du pendule devait se produire une fois de plus, puis s'arrêter. Comme toujours, la classe supérieure devait être expulsée par la moyenne, qui deviendrait alors la supérieure ; mais cette fois-ci, par une stratégie réfléchie, la classe supérieure serait capable de conserver sa position de façon permanente.

Les nouvelles doctrines surgirent en partie grâce à l'accumulation de savoir historique, ainsi qu'au développement du sens historique, qui avait à peine existé avant le XIXe siècle. Le mouvement cyclique de l'Histoire était alors intelligible, ou semblait l'être ; et s'il était intelligible, alors il était modifiable. Mais la cause principale, sous-jacente, était que, pas plus tard qu'au début du XXe siècle, l'égalité humaine était devenue théoriquement impossible. Il était toujours vrai que les hommes n'étaient pas égaux dans leurs talents naturels et que les fonctions devaient être spécialisées de façon à favoriser certains individus par rapport à d'autres, mais il n'y avait plus de véritable besoin de distinctions de classes ou de grandes différences de richesses.

Dans les temps anciens, les distinctions de classes n'étaient pas seulement inévitables, mais aussi attirantes. L'inégalité était le prix de la civilisation. Avec le développement de la production par les machines, en revanche, ce n'était plus la même chose. Même s'il était toujours nécessaire que les êtres humains accomplissent différents types de travail, il ne leur était plus indispensable de vivre à des niveaux sociaux ou économiques différents. De ce fait, du point de vue des nouveaux groupes sur le point de s'emparer du pouvoir, l'égalité humaine n'était plus un idéal à poursuivre, mais un danger qu'il fallait éviter. Dans les périodes antérieures, lorsqu'une société juste et paisible était en fait impossible, il était assez facile d'y croire. L'idée d'un paradis terrestre dans lequel les hommes vivraient ensemble dans un état de fraternité, sans lois ni travail harassant, avait hanté l'imagination humaine pendant des milliers d'années. Et cette vision avait une certaine prise, même sur les groupes qui profitaient réellement de chaque changement historique. Les héritiers des révolutions françaises, anglaises et américaines avaient en partie cru à leurs propres déclarations sur les droits de l'homme, la liberté d'expression, l'égalité devant la loi, etc., et les ont même autorisées à influencer leur conduite, d'une certaine façon.

Mais lors de la quatrième décennie du XXe siècle, tous les courants principaux de la pensée politique étaient autoritaires. Le paradis terrestre avait été discrédité au moment précis où il devenait possible. Chaque nouvelle théorie politique, quel que fût le nom qui lui était donné, ramenait à la hiérarchie et à la discipline stricte ; et dans le durcissement général des perspectives qui eut lieu autour des années 1930, les pratiques qui avaient été longtemps abandonnées, pendant des centaines d'années pour certaines – l'emprisonnement sans procès, l'utilisation de prisonniers en tant qu'esclaves, les exécutions publiques, la torture pour soutirer des aveux, l'usage d'otages et la déportation de peuples entiers – devinrent non seulement de nouveau courantes, mais également tolérées et même défendues par des personnes qui se considéraient éclairées et progressistes.

Ce ne fut qu'après une décennie de guerres nationales, de guerres civiles, de révolutions et de contre-révolutions partout dans le monde que l'Angsoc et ses rivaux émergèrent en tant que théories politiques abouties. Mais ils avaient été annoncés par les divers systèmes, généralement nommés totalitaires, qui étaient apparus plus tôt dans le siècle, et les grandes lignes du monde qui devait émerger du chaos prédominant étaient évidentes depuis longtemps. Quel genre de personnes devait contrôler le monde l'était également. La nouvelle aristocratie était en grande partie constituée de bureaucrates, de scientifiques, de techniciens, d'organisateurs de syndicats, d'experts en publicité, de sociologues, de professeurs, de journalistes et de politiques professionnels. Ces gens, qui trouvaient leurs origines dans la classe moyenne salariée et les rangs supérieurs de la classe ouvrière, avaient été formés et réunis par le monde stérile du monopole industriel et du gouvernement centralisé. Comparés aux groupes d'opposition des âges passés, ils étaient moins avares, moins tentés par le luxe, plus avides de puissance pure, et surtout plus conscients de ce qu'ils faisaient et plus résolus à écraser l'opposition. Cette dernière différence était essentielle. En comparaison de ce qui existe aujourd'hui, toutes les tyrannies du passé s'exerçaient sans enthousiasme et étaient inefficaces. Dans une certaine mesure, les groupes dirigeants étaient toujours infectés par des idées libérales et étaient satisfaits de lâcher la bride un peu partout, de seulement considérer l'acte manifeste et de n'accorder aucune importance à ce que leurs sujets pensaient. Même l'Église catholique du Moyen Âge se montrait tolérante comparée aux standards modernes. La raison en était, en partie, que, dans le passé, aucun gouvernement n'avait le pouvoir de garder ses citoyens sous une surveillance constante. L'invention de l'impression, en revanche, avait rendu la manipulation de l'opinion publique plus facile, et les films et la radio avaient encore aidé à cela. Avec le développement de la télévision, ainsi que l'avancée technique qui rendit possible de recevoir et transmettre simultanément sur le même instrument, ce fut la fin de la vie privée. Chaque citoyen, ou en tout cas chaque citoyen assez important pour valoir la peine d'être surveillé, pouvait passer vingt-quatre heures par jour sous les yeux de la police, dans le bruit de la propagande officielle, avec tous les autres moyens de communication coupés. La possibilité d'imposer non seulement une obéissance totale à la volonté de l'État, mais aussi une complète uniformité d'opinion sur tous les sujets existait alors pour la première fois.

Après la période révolutionnaire des années 50 et 60, la société se regroupa, comme toujours, en classes supérieure, moyenne et inférieure. Mais la nouvelle classe supérieure, contrairement à tous ses prédécesseurs, n'agissait pas selon son instinct, mais savait ce qu'il fallait pour conserver sa position. On avait depuis longtemps reconnu que la seule base sûre de l'oligarchie était le collectivisme. La richesse et les privilèges sont plus facilement défendus lorsqu'on les possède ensemble. La soi-disant « abolition de la propriété privée » qui eut lieu au milieu du siècle signifiait en réalité la concentration de la propriété entre beaucoup moins de mains qu'auparavant, mais à la différence que les nouveaux propriétaires étaient un groupe au lieu d'une masse de citoyens. Individuellement, aucun membre du Parti ne possède quoi que ce soit, à part des biens personnels insignifiants. Collectivement, le Parti possède tout dans l'Océania, car il contrôle tout et dispose des produits comme il l'entend.

Dans les années suivant la Révolution, il était possible d'atteindre cette position de commandement presque sans rencontrer d'opposition, car tout le procédé était représenté comme un acte de collectivisation. Il avait toujours été supposé que si la classe capitaliste était expropriée, le socialisme suivrait ; et les capitalistes l'avaient incontestablement été. Les usines, les mines, les terres, les maisons, les moyens de locomotion, tout leur avait été retiré ; et puisque ces choses n'étaient plus des propriétés privées, il s'ensuivit qu'elles devaient être des propriétés publiques. L'Angsoc, qui émergea du mouvement socialiste primitif et hérita de sa phraséologie, a en fait exécuté le principal article du programme socialiste, avec le résultat, prévu et voulu en amont, que l'inégalité économique a été rendue permanente.

Mais les problèmes que pose la volonté de perpétuer une société hiérarchique vont plus loin que cela. Il n'y a que quatre manières pour un groupe dirigeant de perdre le pouvoir. Soit être conquis de l'extérieur, soit gouverner si mal que les masses se révoltent, soit donner la possibilité à un groupe moyen, fort et mécontent, de se former, soit perdre sa confiance en lui-même et la volonté de gouverner. Ces causes n'opèrent pas seules, et en général, les quatre sont présentes dans une certaine mesure. Une classe dirigeante qui pourrait toutes les tenir à distance resterait au pouvoir de façon permanente. En fin de compte, le facteur déterminant est l'attitude mentale de la classe dirigeante elle-même.

En réalité, après la moitié du siècle actuel, le premier danger avait disparu. Chacune des trois puissances qui divisent le monde présent est en fait impossible à conquérir et pourrait le devenir seulement par de lents changements démographiques qu'un gouvernement avec de grands pouvoirs peut facilement éviter. Le second danger n'est également que théorique. Les masses ne se révoltent jamais d'elles-mêmes et jamais simplement parce qu'elles sont opprimées. En effet, tant qu'on ne leur autorise pas d'éléments de comparaison, elles ne se rendent jamais compte qu'elles sont opprimées. Les crises économiques récurrentes du passé étaient absolument inutiles et on ne les laisse plus se produire, mais d'autres bouleversements aussi importants peuvent arriver, et arrivent bel et bien, sans résultats politiques, car il n'y a aucun moyen de formuler l'insatisfaction. Quant au problème de la surproduction, qui est latent dans notre société depuis le développement de la technique par la machine, il est réglé par le système de la guerre continue (cf. chapitre III), qui est également utile afin d'amener le moral public au degré nécessaire.

Par conséquent, du point de vue de nos dirigeants actuels, les seuls véritables dangers sont le détachement d'un nouveau groupe de personnes compétentes, sous-employées et avides de pouvoir, ainsi que le développement du libéralisme et du scepticisme dans leurs propres rangs. Le problème relève donc de l'éducation. Il porte sur la façon de modeler sans cesse la conscience à la fois du groupe dirigeant et du groupe exécutif plus large qui vient juste après lui. La conscience des masses doit seulement être influencée d'une façon négative.

Avec ces données, on pourrait en déduire, au cas où quelqu'un l'ignorerait encore, la structure générale de la société d'Océania. Au sommet de la pyramide : Big Brother. Big Brother est infaillible et tout-puissant. Chaque réussite, chaque exploit, chaque victoire, chaque découverte scientifique, tout savoir, toute sagesse, tout bonheur, toute vertu sont considérés comme émanant directement de sa direction et de son inspiration. Personne n'a jamais vu Big Brother. C'est un visage sur les panneaux publicitaires, une voix dans le télécran. Nous pouvons avoir la certitude raisonnable qu'il ne mourra jamais, et il y a déjà une incertitude considérable quant à sa date de naissance. Big Brother est l'apparence sous laquelle le Parti choisit de se montrer au monde. Sa fonction est d'agir comme un point de concentration pour l'amour, la crainte, le respect et la vénération, des émotions ressenties bien plus facilement pour un individu que pour une organisation. En dessous de Big Brother vient le Parti Intérieur, qui compte six millions de membres, soit un peu moins de deux pour cent de la population d'Océania. En dessous du Parti Intérieur se trouve le Parti Extérieur, qui, si le Parti Intérieur est présenté comme le cerveau de l'État, peut justement être comparé aux mains de ce dernier. Et encore en dessous, les masses amorphes généralement appelées « les prolétaires », représentant peut-être quatre-vingt-cinq pour cent de la population. Pour utiliser les termes de notre ancienne classification, les prolétaires sont la classe inférieure. En effet, les populations esclaves des terres équatoriales qui passent des mains d'un conquérant à un autre ne constituent pas un groupe permanent ni nécessaire dans la structure générale.

En principe, l'appartenance à ces trois groupes n'est pas héréditaire. En théorie, un enfant dont les parents sont membres du Parti Intérieur n'est pas né dans le Parti Intérieur. L'admission dans chacune de ces branches du Parti se fait par un examen, à l'âge de six ans. Il n'y a pas non plus de discrimination raciale ni de domination marquée d'une province sur une autre. Des Juifs, des Noirs et des Sud-Américains de pur sang indien peuvent se trouver dans les rangs les plus élevés du Parti, et les administrateurs de chaque territoire sont toujours choisis parmi les habitants de cette même région. Nulle part en Océania les habitants n'ont l'impression d'être une population coloniale dirigée par une capitale lointaine. L'Océania n'a pas de capitale, et personne ne sait où se trouve son chef titulaire. À part le fait que l'anglais est sa principale lingua franca et le novlang sa langue officielle, l'Océania n'est centralisée d'aucune manière. Ses dirigeants ne sont pas unis par les liens du sang, mais par leur adhésion à une doctrine commune.

Il est vrai que notre société est stratifiée, d'une façon très rigide, en des lignes qui, à première vue, semblent être héréditaires. Il y a bien moins de va-et-vient entre les différents groupes que sous le capitalisme ou même à l'âge préindustriel. Entre les deux branches du Parti, il y a un certain nombre d'échanges, dans la limite où il est nécessaire d'exclure les faibles du Parti Intérieur et de rendre inoffensifs les membres ambitieux du Parti Extérieur en leur permettant de s'élever. En pratique, les prolétaires n'ont pas le droit de devenir membres du Parti. Les plus doués d'entre eux, qui pourraient éventuellement former des noyaux d'insatisfaction, sont simplement repérés par la Police de la Pensée, puis éliminés.

Mais cet état de choses n'est pas forcément permanent, et ce n'est pas non plus une question de principe. Le Parti n'est pas une classe dans le sens ancien du terme. Il ne vise pas à transmettre le pouvoir à ses enfants simplement parce qu'ils le sont, et s'il n'y avait aucun autre moyen de maintenir au sommet les personnes les plus compétentes, il serait parfaitement prêt à recruter toute une nouvelle génération dans les rangs des prolétaires.

Durant les années cruciales, le fait que le Parti ne fût pas un corps héréditaire fit beaucoup pour neutraliser l'opposition. L'ancien modèle du socialiste, qui avait été entraîné à combattre une chose appelée « le privilège de classe », partait du principe que ce qui n'était pas héréditaire ne pouvait durer éternellement. Il ne voyait pas que la continuité d'une oligarchie n'a pas besoin d'être physique, et il n'a jamais réfléchi au fait que les aristocraties héréditaires aient toujours été éphémères, alors que les organisations fondées sur l'adoption, comme l'Église catholique, ont parfois duré des centaines, voire des milliers d'années. L'essence de la règle oligarchique n'est pas un héritage de père en fils, mais la ténacité d'une certaine vision du monde et d'un certain mode de vie, imposés par les morts aux vivants. Un groupe dirigeant reste un groupe dirigeant tant qu'il peut désigner ses successeurs. Le Parti ne se soucie pas de perpétuer son sang, mais de se perpétuer lui-même. *Qui* exerce le pouvoir n'a pas d'importance, à condition que la structure hiérarchique reste toujours la même.

Toutes les croyances, les habitudes, les goûts, les émotions, les attitudes mentales qui définissent notre temps sont réellement conçus pour entretenir la dimension mystique du Parti et empêcher de percevoir la vraie nature de la société actuelle. Une rébellion physique ou tout mouvement préliminaire menant à la rébellion est actuellement impossible. Il n'y a rien à craindre concernant les prolétaires. Livrés à eux-mêmes, génération après génération, siècle après siècle, ils continueront à travailler, se reproduire et mourir, non seulement sans un seul élan de rébellion, mais aussi sans arriver à saisir que le monde pourrait être différent de ce qu'il est. Ils ne pourraient devenir dangereux que si l'avancée de la technique industrielle rendait nécessaire de leur donner une instruction plus avancée, mais puisque les rivalités militaires et commerciales n'ont plus d'importance, à vrai dire, le niveau d'éducation des masses décline. On est totalement indifférent aux opinions qu'elles soutiennent, ou ne soutiennent pas. On peut leur accorder la liberté intellectuelle, car ils n'ont pas d'intelligence. Pour un membre du Parti, en revanche, pas même le moindre écart d'opinion sur le plus insignifiant des sujets ne peut être toléré.

De sa naissance à sa mort, un membre du Parti vit sous le regard de la Police de la Pensée. Même s'il est seul, il ne peut jamais être sûr qu'il l'est vraiment. Où qu'il soit, endormi ou éveillé, au travail ou au repos, dans son bain ou son lit, il peut être épié sans qu'il en soit prévenu et sans savoir qu'il l'est. Rien de ce qu'il fait n'est neutre. Ses amitiés, ses distractions, son comportement envers sa femme et ses enfants, l'expression sur son visage lorsqu'il est seul, les mots qu'il murmure dans son sommeil, même les mouvements caractéristiques de son corps, tout est jalousement scruté. Non seulement toute réelle infraction, mais aussi toute excentricité que ce soit, même minime, tout changement d'habitude, tout tic nerveux qui pourraient être le symptôme d'une lutte intérieure sont détectés à coup sûr. Il n'a aucune liberté de choix dans quelque domaine que ce soit. En revanche, ses actions ne sont pas réglementées par la loi ou un code de conduite clairement énoncé. En Océania, il n'y a pas de lois. Les pensées et les actes qui, lorsqu'ils sont détectés, signifient une mort certaine ne sont pas formellement interdits, et les perpétuels emprisonnements, purges, arrestations, tortures et vaporisations ne sont pas infligés comme une punition pour des crimes qui ont réellement été commis ; ils représentent simplement l'élimination de personnes qui pourraient éventuellement commettre un crime à un moment futur. On attend d'un membre du Parti qu'il ait non seulement les bonnes opinions, mais aussi les bons instincts. De nombreuses croyances et attitudes qu'on exige de lui ne sont jamais clairement énoncées et ne pourraient l'être sans révéler les contradictions inhérentes à l'Angsoc. S'il est une personne naturellement orthodoxe (un *bien-pensant* en novlang), il saura en toutes circonstances, sans réfléchir, quelle croyance est vraie, quelle émotion est souhaitable. Mais dans tous les cas, un entraînement mental complexe, auquel il est soumis pendant son enfance et qui tourne autour des mots novlangs *stop-crime*, *blanc-noir* et *double-pensée*, le rend réfractaire et incapable de réfléchir trop profondément à quelque sujet que ce soit.

On attend d'un membre du Parti qu'il n'ait aucune émotion d'ordre privé et que son enthousiasme ne flanche jamais. Il est supposé vivre dans une frénésie continuelle de haine envers les ennemis étrangers et les traîtres de l'intérieur, de satisfaction triomphale pour les victoires et d'humilité devant la puissance et la sagesse du Parti. Les mécontentements provoqués par sa vie dépouillée et insatisfaisante sont délibérément canalisés et dissipés par des stratagèmes comme les Deux Minutes de la Haine, et les spéculations qui pourraient éventuellement entraîner une attitude sceptique ou rebelle sont étouffées dans l'œuf par sa discipline intérieure acquise par le passé.

La première phase, et la plus simple, de cette discipline, qui peut même être enseignée aux jeunes enfants, s'appelle, en novlang, le *stop-crime*. Le *stop-crime* est la faculté de s'arrêter, comme par instinct, au seuil d'une pensée dangereuse. Il inclut le pouvoir de ne pas saisir les analogies, de ne pas pouvoir percevoir les erreurs logiques, de mal interpréter les arguments les plus simples s'ils s'opposent à l'Angsoc, et d'être ennuyé ou dégoûté par toute suite d'idées capable de conduire dans une direction hérétique. Pour résumer, le *stop-crime* signifie stupidité protectrice.

Mais la stupidité ne suffit pas. Au contraire, l'orthodoxie, dans son sens plein, exige de chacun un contrôle de ses processus mentaux aussi complet que celui d'un contorsionniste avec son corps. En définitive, la société océanienne repose sur la croyance que Big Brother est tout-puissant et que le Parti est infaillible. Mais puisqu'en réalité, Big Brother n'est pas tout-puissant et que le Parti n'est pas infaillible, une inlassable flexibilité dans l'assimilation des faits est nécessaire à chaque instant. Ici, le mot-clef est *blanc-noir*. Comme tant de mots novlangs, celui-ci possède deux sens contradictoires. Lorsqu'il est employé pour un adversaire, il signifie l'habitude de revendiquer effrontément que le noir est blanc, en contradiction avec les faits évidents. Lorsqu'il est employé pour un membre du Parti, il exprime une volonté loyale de dire que le noir est blanc lorsque la discipline du Parti l'exige. Mais il signifie également la capacité à *croire* que le noir est blanc, et plus encore, à *savoir* que le noir est blanc, et à oublier que quiconque ait un jour pensé le contraire. Cela nécessite une modification continuelle du passé, rendue possible par le système de pensée qui embrasse réellement tout le reste, connu sous le nom novlang *double-pensée*.

La modification du passé est nécessaire pour deux raisons ; l'une d'elles est subsidiaire et, pour ainsi dire, préventive. Cette raison subsidiaire est que le membre du Parti, comme le prolétaire, tolère les conditions actuelles en partie parce qu'il n'a aucun élément de comparaison. Il doit être coupé du passé, tout comme il doit être coupé des pays étrangers, car il est nécessaire qu'il croie ses conditions de vie meilleures que ses ancêtres et que le niveau de confort matériel est en hausse constante. Mais la raison la plus importante de modifier le passé est le besoin de sauvegarder l'infaillibilité du Parti. Il ne s'agit pas simplement d'actualiser les discours, les statistiques et les archives en tous genres afin de montrer que les prédictions du Parti étaient exactes à chaque fois. C'est aussi qu'aucun changement de doctrine ou de la ligne politique ne pourra jamais être admis. Car changer d'avis, ou même de politique, est un aveu de faiblesse. Par exemple, si l'Eurasia ou l'Estasia (peu importe lequel) est l'ennemi actuel, alors ce pays doit toujours avoir été l'ennemi. Et si les faits disent le contraire, alors les faits doivent être modifiés. Par conséquent, l'Histoire est constamment réécrite. Cette modification du passé au jour le jour, dirigée par le ministère de la Vérité, est aussi essentielle à la stabilité du régime que le travail de répression et d'espionnage mené par le ministère de l'Amour.

La mutabilité du passé est le principe fondamental de l'Angsoc. On affirme que les évènements passés n'ont pas d'existence objective, et qu'ils ne survivent qu'à travers les rapports écrits et dans les mémoires humaines. Le passé est seulement défini par ce que les archives et les mémoires conviennent qu'il est. Et comme le Parti a le contrôle total à la fois de toutes les archives et l'esprit de ses membres, le passé est par conséquent ce que le Parti choisit d'en faire. Cela implique également que, même si le passé est modifiable, il ne l'a jamais été, en aucune circonstance particulière. Car lorsqu'il a été recréé, dans la forme exigée à ce moment-là, alors cette nouvelle version *est* le passé, et aucun passé différent n'a jamais existé. Cela reste vrai lorsque, comme cela arrive souvent, le même évènement doit être intégralement transformé plusieurs fois dans la même année. Le Parti détient la vérité absolue en permanence, et l'absolu ne peut évidemment pas être différent de ce qu'il est à présent. Nous verrons que le contrôle du passé dépend surtout de l'entraînement de la mémoire. S'assurer que tous les documents écrits concordent avec l'orthodoxie du moment n'est qu'un simple acte mécanique. Mais il est également nécessaire de *se rappeler* que les évènements se sont déroulés de la manière souhaitée. Et s'il faut réorganiser la mémoire ou falsifier des documents, alors il est nécessaire d'*oublier* que cela a été fait. Cette faculté peut aussi bien s'apprendre que n'importe quelle autre technique mentale. La majorité des membres du Parti ont appris à la maîtriser, et certainement aussi toutes les personnes intelligentes et orthodoxes. En vieille-langue, on appelle cela, de façon assez franche, « le contrôle de la réalité ». En novlang, on la nomme la *double-pensée*, bien que ce mot possède bien d'autres sens en plus de celui-ci.

La double-pensée signifie le pouvoir d'abriter simultanément deux croyances contradictoires dans un même esprit et de les accepter toutes les deux. Un intellectuel du Parti sait dans quel sens ses souvenirs doivent être modifiés, il est donc conscient qu'il joue avec la réalité ; mais en s'exerçant à la double-pensée, il se persuade que la réalité n'est pas violée. Ce processus doit être conscient, sinon il ne serait pas réalisé avec suffisamment de précision, mais il doit également être inconscient, sinon il ferait naître un sentiment de fausseté et donc de culpabilité. La double-pensée repose au cœur même de l'Angsoc, puisque l'acte principal du Parti est d'utiliser la duperie consciente tout en conservant la fermeté d'intention qui va de pair avec une complète honnêteté. Servir des mensonges de façon délibérée tout en y croyant sincèrement, oublier tout fait qui est devenu gênant, puis, lorsque cela devient à nouveau nécessaire, le faire replonger dans l'oubli le temps qu'il faut, nier l'existence d'une réalité objective en tenant compte de la réalité que l'on nie – tout ceci est nécessaire et indispensable. Même en employant le mot « double-pensée », il faut utiliser la double-pensée. Car en utilisant ce mot, on admet qu'on falsifie la réalité. Par un nouvel acte de double-pensée, on efface son savoir, et ainsi de suite, indéfiniment, le mensonge ayant toujours une longueur d'avance sur la vérité. En définitive, c'est grâce à la double-pensée que le Parti a pu arrêter le cours de l'Histoire – et pourra, de ce que l'on sait, continuer à le faire pendant des milliers d'années.

Toutes les anciennes oligarchies ont perdu le pouvoir soit parce qu'elles se sont ossifiées, soit parce qu'elles sont devenues moins strictes. Elles deviennent stupides et arrogantes, ne s'ajustent pas aux nouvelles circonstances, et finissent par être renversées. Elles deviennent libérales et lâches, font des concessions alors qu'elles devraient utiliser la force, et une fois encore, elles sont renversées. Elles tombent, donc, soit parce qu'elles sont conscientes, soit parce qu'elles sont inconscientes. C'est là l'exploit du Parti que d'avoir créé un système de pensée dans lequel ces deux conditions peuvent exister simultanément. La domination du Parti ne peut être rendue permanente sur aucune autre base intellectuelle. Pour pouvoir diriger, et continuer à le faire, il faut être capable de disloquer le sens de la réalité, car le secret de la domination est de combiner la foi en sa propre infaillibilité et le pouvoir d'apprendre des erreurs passées.

Inutile de dire que ceux qui pratiquent la double-pensée, les plus subtils, sont ceux qui l'ont inventée et savent que c'est un vaste système de duperie mentale. Dans notre société, ceux qui savent le mieux ce qu'il se passe sont aussi les plus éloignés de voir le monde tel qu'il est. En général, plus grande est la compréhension, plus grande est la désillusion ; le plus intelligent, le moins sensé. Ceci est bien illustré par le fait que l'hystérie de la guerre gagne en intensité chez une personne lorsqu'elle grimpe l'échelle sociale. Ceux dont l'attitude envers la guerre est la plus rationnelle sont les peuples soumis des territoires disputés. Pour ces gens-là, la guerre est simplement une calamité sans fin qui balaie sans arrêt leurs corps comme un raz-de-marée. Quel côté gagne les laisse totalement indifférents. Ils sont conscients qu'un changement de souveraineté signifie simplement qu'ils feront exactement le même travail qu'auparavant pour des maîtres différents qui les traiteront de la même façon que les précédents. Les travailleurs légèrement plus privilégiés, que nous appelons les « prolétaires », sont conscients de la guerre seulement par intermittence. Lorsque cela est nécessaire, ils peuvent être poussés dans des frénésies de peur et de haine, mais lorsqu'ils sont livrés à eux-mêmes, ils sont capables d'oublier pendant de longues périodes que la guerre a lieu. C'est dans les rangs du Parti, et surtout dans le Parti Intérieur, que le véritable enthousiasme pour la guerre réside. Ceux qui croient le plus fermement à la conquête du monde sont ceux qui savent qu'elle est impossible. Cet étrange lien entre des opposés – le savoir et l'ignorance, le scepticisme et le fanatisme – est l'une des principales marques caractéristiques de la société océanienne. L'idéologie officielle abonde de contradictions, même lorsqu'elles n'ont aucune raison concrète d'exister. Par conséquent, le Parti rejette et diffame tous les principes que défendait le mouvement socialiste à l'origine, et il choisit de le faire au nom du socialisme. Il prêche un mépris pour la classe ouvrière jamais vu depuis des siècles et il habille ses membres avec un uniforme qui était autrefois réservé aux travailleurs manuels, et qui fut adopté pour cette raison. Il ébranle systématiquement la solidarité de la famille et désigne son chef par un nom qui est un appel direct au sentiment de loyauté familiale. Même les noms des quatre ministères qui nous gouvernent manifestent une sorte d'insolence dans leur inversion délibérée des faits. Le ministère de la Paix s'occupe de la guerre ; le ministère de la Vérité, des mensonges ; le ministère de l'Amour, de la torture ; et le ministère de l'Abondance, de la famine. Ces contradictions ne sont pas accidentelles, pas plus qu'elles ne résultent de l'hypocrisie ordinaire ; ce sont des exercices délibérés de la double-pensée. Car ce n'est qu'en conciliant des contradictions que le pouvoir peut être détenu indéfiniment. L'ancien cycle ne pouvait être brisé par aucun autre moyen. Si l'égalité humaine doit être évitée pour toujours – si les membres de la classe supérieure veulent garder leur place de façon permanente – alors la condition mentale prédominante doit être une folie contrôlée.

Mais il existe une question que nous avons presque ignorée jusque-là. *Pourquoi* l'égalité humaine doit être évitée ? En supposant que la mécanique du processus a bien été décrite, quelle motivation y a-t-il à cet énorme effort, planifié avec précision, de geler le cours de l'Histoire à un moment précis ?

Nous atteignons là le secret central. Comme nous l'avons vu, le mystique du Parti, et surtout du Parti Intérieur, repose sur la double-pensée. Mais en dessous de cela réside la véritable motivation, l'instinct qui n'a jamais été remis en question, qui mena d'abord à la prise de pouvoir, puis qui fit naître la double-pensée, la Police de la Pensée, la guerre sans fin et tous les autres attirails nécessaires. Cette motivation consiste en réalité… »

Winston remarqua le silence, comme on remarque un nouveau son. Il avait l'impression que Julia était bien immobile depuis un moment. Elle était couchée sur son côté, nue jusqu'à la taille, sa joue appuyée contre sa main et une mèche de cheveux noirs tombant sur ses yeux. Sa poitrine se soulevait et s'abaissait lentement et régulièrement.

— Julia !

Pas de réponse.

— Julia, tu es réveillée ?

Pas de réponse. Elle dormait. Il ferma le livre, le posa délicatement sur le sol, s'allongea et tira le dessus-de-lit sur leurs deux corps.

Il songea qu'il n'avait pas encore appris le secret suprême. Il comprenait comment ; il ne comprenait pas pourquoi. À vrai dire, le chapitre I comme le chapitre III ne lui avaient rien appris qu'il ignorait, cela avait simplement systématisé le savoir qu'il possédait déjà. Mais après l'avoir lu, sa certitude de ne pas être fou était plus forte que jamais. Faire partie d'une minorité, même si elle ne compte qu'un seul membre, ne signifiait pas que vous étiez fou. Il y avait la vérité, il y avait le mensonge, et si vous vous accrochiez à la vérité, même contre le monde entier, vous n'étiez pas fou.

Un rayon jaune et oblique du soleil couchant traversa la fenêtre et tomba sur l'oreiller. Il ferma les yeux. Le soleil sur son visage et la douceur du corps de Julia touchant le sien lui donnaient une sensation de confiance, puissante, reposante. Il était en sécurité, tout allait bien. Il s'endormit en murmurant : « Le bon sens n'est pas une question de statistiques », avec l'impression que cette remarque abritait en elle une profonde sagesse.

X

Lorsqu'il se réveilla, il eut l'impression d'avoir dormi un long moment, mais un coup d'œil à l'horloge démodée lui apprit qu'il n'était que vingt heures trente. Il somnola un instant, puis l'habituelle ritournelle, chantée à pleins poumons, monta de la cour.

C'était qu'un rêve sans espoir
Il est passé comme un soir d'avril
Mais un regard, un mot, et les rêves s'éveillent !
Ils ont pris mon cœur,
Ils ont volé mon cœur !

Cette chanson idiote semblait toujours aussi populaire. On l'entendait encore dans toute la ville. Elle avait survécu à *La chanson de la Haine.*

Julia fut réveillée par le bruit, s'étira voluptueusement et se leva du lit.

— J'ai faim, dit-elle. On va refaire un peu de café. Merde ! Le fourneau s'est éteint et l'eau est froide.

Elle prit le fourneau et le secoua.

— Il n'y a plus de pétrole.

— On peut aller en demander à M. Charrington, je pense.

— Le plus drôle, c'est que je m'étais assurée qu'il était plein. Je vais m'habiller, ajouta-t-elle. On dirait que ça se rafraîchit.

Winston se leva à son tour et se vêtit. La voix infatigable continua à chanter :

Ils disent que le temps guérit tout,
Ils disent qu'on peut toujours oublier,
Mais les sourires et les larmes des années,
Tordent mon cœur, entendez-vous !

Alors que Winston attachait la ceinture de son uniforme, il flâna vers la fenêtre. Le soleil avait dû descendre derrière les maisons ; il n'illuminait plus la cour. Les dalles étaient mouillées, comme si elles venaient juste d'être lavées, et il avait l'impression que le ciel avait été nettoyé, lui aussi, le bleu était si frais et pâle entre les cheminées. La femme continuait ses allers-retours sans relâche, s'emplissait la bouche d'épingles et les enlevait, chantait et devenait silencieuse, accrochant toujours plus de couches, encore et encore. Winston se demanda si elle faisait des lessives pour gagner sa vie ou si elle était simplement l'esclave de vingt ou trente petits-enfants.

Julia l'avait rejoint, se postant à côté de lui. Ensemble, ils observaient la silhouette robuste en dessous d'eux, comme fascinés. Alors qu'il regardait cette femme à l'attitude caractéristique, ses bras épais levés pour atteindre la corde à linge, sa puissante croupe saillante de jument, Winston, pour la première fois, s'aperçut qu'elle était belle. Il ne lui était encore jamais venu à l'esprit que le corps d'une femme de cinquante ans, épanoui en de monstrueuses dimensions par les maternités, puis endurci, rendu rugueux par le travail jusqu'à être d'un grain plus grossier que celui d'un navet trop mûr, pouvait être beau. Mais c'était le cas, et après tout, *pourquoi pas ?* pensa-t-il. Le corps solide et informe, comme un bloc de granit, et la peau rouge et rugueuse avaient autant de rapport avec le corps d'une fille qu'un cynorhodon avec une rose. Pourquoi le fruit devrait-il être inférieur à la fleur ?

— Elle est belle, murmura-t-il.

— Elle a bien un mètre d'une hanche à l'autre, dit Julia.

— C'est son style de beauté, conclut Winston.

Il entoura facilement de son bras la taille souple de Julia. De la hanche au genou, son flac était contre le sien. Aucun enfant ne naîtrait jamais d'eux. C'était la seule chose qu'ils ne pourraient jamais faire. Ils ne pourraient transmettre le secret, d'un esprit à un autre, que par les mots. La femme d'en bas n'avait pas d'esprit, seulement des bras puissants, un grand cœur et un ventre fertile. Il se demanda combien d'enfants elle avait mis au monde. Au moins quinze, sans doute. Elle avait eu sa floraison momentanée, une année peut-être, avec la beauté d'une rose sauvage, puis elle avait soudain grossi comme un fruit fécond ; elle était devenue dure, rouge et rugueuse, puis sa vie consistait à laver, récurer, repriser, cuisiner, balayer, polir, raccommoder, récurer et laver, d'abord pour ses enfants, puis ses petits-enfants, pendant trente ans d'affilée. Même après tout ce temps, elle chantait encore.

Le respect mythique que Winston éprouvait à son égard était mêlé à l'aspect du ciel pâle et sans nuages, s'étirant à perte de vue derrière les cheminées. Il était étrange de penser que le ciel était le même pour tous, en Eurasia et en Estasia autant qu'ici. Et les personnes qui se trouvaient sous ce ciel étaient sensiblement les mêmes – partout, à travers le monde, des centaines de milliers de millions de personnes ignorant l'existence des autres, séparées par des murs de haine et de mensonges, et pourtant presque pareilles – des personnes qui n'avaient jamais appris à penser, mais qui gardaient dans leurs cœurs, leurs ventres et leurs muscles la force qui bouleverserait le monde un jour. S'il y avait de l'espoir, il résidait chez les prolétaires ! Sans avoir lu *Le Livre* en entier, Winston savait qu'il s'agissait là du message final de Goldstein. L'avenir appartenait aux prolétaires. Pouvait-il être certain que lorsque leur heure sonnerait, le monde qu'ils construiraient ne lui serait pas aussi étranger à lui, Winston Smith, que celui du Parti ? Oui, parce qu'au moins, ce serait un monde basé sur le bon sens. Où il y a de l'égalité, il peut y avoir du bon sens. Tôt ou tard, cela se produirait, la force se changerait en conscience. Les prolétaires étaient immortels ; personne ne pouvait en douter après avoir regardé cette vaillante silhouette dans la cour. Au bout du compte, leur éveil arriverait. Et jusqu'à ce que cela ait lieu, même si cela pourrait être dans mille ans, ils resteraient en vie, malgré les intempéries, comme des oiseaux, transmettant d'un corps à l'autre la vitalité que le Parti ne partage pas et ne peut tuer.

— Tu te rappelles la grive qui chantait pour nous, la première fois, à la lisière du bois ? demanda-t-il.

— Elle ne chantait pas pour nous, répliqua Julia. Elle chantait pour se faire plaisir. Non, même pas. Elle chantait, c'est tout.

Les oiseaux chantaient, les prolétaires aussi. Le Parti ne chantait pas. Partout dans le monde, à Londres et New York, en Afrique et au Brésil, dans les mystérieuses terres interdites au-delà des frontières, dans les rues de Paris et de Berlin, dans les villages de la plaine russe sans fin, dans les bazars de Chine et du Japon – partout se tenait la même silhouette robuste et invincible, rendue monstrueuse par le travail et la maternité, qui peinait de la naissance à la mort, mais qui continuait à chanter malgré tout. Une race d'êtres conscients devrait un jour germer de ces reins puissants. Nous étions les morts, l'avenir leur appartenait.

Mais on pouvait partager ce futur si l'on gardait l'esprit vivant comme ils gardaient le corps vivant et en transmettant la doctrine secrète que deux et deux font quatre.

— Nous sommes les morts, dit-il.

— Nous sommes les morts, répéta consciencieusement Julia.

— Vous êtes les morts, dit une voix métallique derrière eux.

Ils se séparèrent sur-le-champ. Winston était glacé jusqu'aux entrailles. Tout autour des iris, il voyait tout le blanc des yeux de Julia. Son visage avait viré au blanc laiteux. La tache de fard qu'elle avait encore sur chaque pommette se détacha crûment, presque comme si elle n'était pas reliée à sa peau.

— Vous êtes les morts, répéta la voix de métal.

— Il était derrière le tableau, souffla Julia.

— Il était derrière le tableau, répéta la voix. Restez où vous êtes. Ne bougez pas jusqu'à ce que je vous l'ordonne.

Ça arrivait, ça arrivait enfin ! Ils ne pouvaient rien faire à part rester là, à se regarder dans les yeux. Fuir pour leurs vies, sortir de la maison avant qu'il ne soit trop tard – rien de tout cela ne leur traversa l'esprit. Il était impensable de désobéir à la voix sortant du mur. Il y eut un bruit sec, comme si une serrure avait été ouverte, puis un bruit de verre cassé. Le tableau était tombé au sol, découvrant le télécran qui se trouvait derrière lui.

— À présent, ils peuvent nous voir, dit Julia.

— À présent, nous pouvons vous voir, confirma la voix. Placez-vous au milieu de la pièce. Dos à dos. Vos mains derrière la tête. Sans vous toucher.

Ils ne se touchaient pas, mais Winston eut l'impression de sentir le corps de Julia trembler. Ou peut-être était-ce seulement le sien. Il arrivait à peine à empêcher ses dents de claquer, mais ses genoux échappaient à son contrôle. Il y eut un bruit de bottes en dessous d'eux, à l'intérieur et à l'extérieur de la maison. La cour paraissait remplie d'hommes. On tirait quelque chose sur les dalles. Le chant de la femme s'était brusquement arrêté. Il y eut un long bruit de roulement, comme si le seau à linge avait été lancé à travers la cour, puis des cris de colère confus qui se terminèrent par un hurlement de douleur.

— La maison est encerclée, dit Winston.

— La maison est encerclée, répéta la voix.

Il entendit Julia serrer les dents.

— Je suppose que nous ferions aussi bien de nous dire adieu, lança-t-elle.

— Vous feriez aussi bien de vous dire adieu, confirma la voix.

Puis une autre, tout à fait différente, la voix claire d'un homme cultivé, que Winston avait l'impression d'avoir entendue auparavant, intervint :

— Et à propos, tant qu'on y est, « voici une bougie pour aller au lit, voici un couperet pour vous couper la tête » !

Derrière Winston, quelque chose s'écrasa sur le lit. Le haut d'une échelle avait été poussé à travers la fenêtre et avait fait tomber le cadre. Quelqu'un montait à la fenêtre. Il y eut une cavalcade de bottes qui montaient l'escalier. La pièce fut remplie d'hommes robustes vêtus d'uniformes noirs, chaussés de bottes aux semelles en fer, des matraques à la main.

Winston ne tremblait plus. Même ses yeux bougeaient à peine. Une seule chose comptait : rester immobile. Rester immobile et ne pas leur donner l'occasion de le frapper ! Un homme à la mâchoire de boxeur, dont la bouche ne formait qu'un trait, s'arrêta en face de lui, balançant sa matraque d'un air absent entre le pouce et l'index. Winston croisa son regard. La sensation de nudité qu'il ressentait, les mains derrière la tête, le visage et le corps totalement exposés, était presque insupportable. L'homme sortit un bout de langue blanche, lécha l'endroit où auraient dû se trouver ses lèvres, puis le dépassa. Il y eut un nouveau fracas. Quelqu'un avait pris le presse-papier en verre sur la table et l'avait brisé en mille morceaux contre la pierre de la cheminée.

Le morceau de corail, une petite ondulation rosée, comme un bouton de rose en sucre sur un gâteau, roula sur le tapis. *Combien il a toujours été petit !* pensa Winston. Il y eut un halètement et un bruit sourd derrière lui, puis il reçut un violent coup sur la cheville, ce qui manqua de lui faire perdre l'équilibre. L'un des hommes avait donné un coup de poing dans le plexus solaire de Julia, qui l'avait fait se plier en deux comme une règle de poche. Elle se débattait sur le sol, luttant pour respirer. Winston n'osa pas tourner la tête ne serait-ce que d'un millimètre, mais parfois, son visage livide et haletant apparaissait dans son champ de vision. Même terrifié, c'était comme s'il pouvait sentir la douleur dans son propre corps, la douleur mortelle qui était toutefois moins pressante que la lutte pour pouvoir respirer à nouveau. Winston connaissait cette sensation : la douleur terrible, insoutenable qui ne vous quitte pas, mais dont vous ne pouvez pas encore souffrir, car avant tout, il était nécessaire d'être capable de respirer.

Ensuite, deux des hommes la hissèrent en l'attrapant par les genoux et les épaules, avant de la transporter hors de la pièce comme un sac. Winston aperçut brièvement son visage, tourné vers le bas, jaune et grimaçant, les yeux fermés et toujours une trace de fard sur ses joues. Ce fut la dernière vision qu'il eut d'elle.

Il était toujours debout, immobile. Personne ne l'avait encore frappé. Des pensées, qui venaient d'elles-mêmes mais qui paraissaient n'avoir absolument aucun intérêt, commencèrent à envahir son esprit. Il se demanda s'ils avaient arrêté M. Charrington. Ce qu'ils avaient fait à la femme dans la cour. Il se rendit compte qu'il avait très envie d'uriner et en fut légèrement surpris, car il s'était soulagé seulement deux ou trois heures plus tôt. Il remarqua que l'horloge sur le manteau de cheminée indiquait neuf heures, donc vingt-et-une heures. Mais la lumière paraissait trop vite. Ne devait-elle pas avoir diminué à vingt-et-une heures un soir d'août ? Il se demanda si, après tout, lui et Julia ne s'étaient pas trompés d'heure, s'ils n'avaient pas dormi pendant que l'aiguille faisait le tour du cadran, puis avaient pensé qu'il était vingt heures trente alors qu'il était en réalité huit heures trente, le lendemain matin. Mais il ne poursuivit pas plus loin le fil de cette pensée. Cela n'avait aucun intérêt.

Il entendit un pas plus léger dans le couloir. M. Charrington entra dans la pièce. Les hommes en uniformes noirs devinrent tout à coup bien silencieux. Quelque chose dans l'apparence de M. Charrington avait également changé. Ses yeux se posèrent sur les éclats de verre du presse-papier.

— Ramassez-les, dit-il brusquement.

Un homme lui obéit et se baissa. L'accent cockney avait disparu. Soudain, Winston comprit quelle voix il avait entendue dans le télécran quelques instants plus tôt. M. Charrington portait toujours sa vieille veste en velours, mais ses cheveux, auparavant presque blancs, étaient devenus noirs. Il n'avait pas ses lunettes non plus. Il adressa à Winston un seul et bref regard, comme pour vérifier son identité, puis ne lui accorda plus la moindre attention. Il était encore reconnaissable, mais ce n'était plus la même personne. Son corps s'était redressé et semblait être plus imposant. Son visage n'avait subi que de légers changements, qui avaient néanmoins donné lieu à une transformation complète. Les sourcils noirs étaient moins broussailleux, les rides avaient disparu, tous les traits de son visage semblaient avoir été modifiés ; même son nez paraissait moins long. C'était là le visage vigilant et froid d'un homme d'environ trente-cinq ans. Winston pensa que, pour la première fois de sa vie, il regardait, avec certitude, un membre de la Police de la Pensée.

TROISIÈME PARTIE

I

Il ignorait où il était. Sans doute au ministère de l'Amour, mais il n'avait aucun moyen d'en être sûr. Il se trouvait dans une cellule sans fenêtre, avec un haut plafond, les murs d'un blanc étincelant comme de la porcelaine. Des lampes dissimulées l'inondaient d'une lumière froide. Il y avait également un léger bourdonnement régulier, qu'il présumait venir de la ventilation. Un banc, une sorte d'étagère juste assez large pour s'y asseoir, courait tout autour de la pièce, seulement coupé par la porte, et à l'opposé de cette dernière, un seau hygiénique qui n'avait pas de siège en bois. Dans cette pièce se trouvaient quatre télécrans, un sur chaque mur.

Il ressentait une douleur sourde. Elle était là depuis qu'ils l'avaient jeté dans le fourgon fermé et conduit loin de la chambre de M. Charrington. Mais il avait également faim ; une sorte de faim malsaine qui le rongeait. Cela devait faire vingt-quatre heures qu'il avait mangé pour la dernière fois, peut-être trente-six. Il ne savait toujours pas, et sans doute ne le saurait-il jamais, s'ils l'avaient arrêté le matin ou le soir. Depuis son arrestation, on ne lui avait rien donné à manger.

Il était assis, aussi immobile qu'il le pouvait, les mains croisées sur ses genoux. Il avait déjà appris à rester assis sans bouger. Si vous faisiez quelque mouvement inattendu que ce soit, on vous hurlait dessus depuis le télécran. Mais son désir de nourriture commençait à s'emparer de lui. Ce qu'il désirait par-dessus tout, c'était un morceau de pain. Il se dit qu'il y avait sans doute quelques miettes de pain dans la poche de son uniforme. Il était même possible – il pensa à cela car, de temps à autre, quelque chose semblait chatouiller sa jambe – qu'il y eût une croûte de pain assez importante à l'intérieur. Finalement, la tentation de le vérifier surpassa sa peur : il glissa une main dans sa poche.

— Smith ! hurla une voix dans le télécran. 6079 Smith W. ! Les mains en dehors des poches dans la cellule !

Il reprit sa position immobile, ses mains croisées sur ses genoux. Avant d'être emmené ici, on l'avait conduit dans un autre endroit, qui devait être une prison normale ou un trou temporaire utilisé par les patrouilles. Il ignorait depuis combien de temps il se trouvait là ; au moins quelques heures. Sans montre ni lumière du jour, difficile d'évaluer le temps. C'était un endroit bruyant et nauséabond. Ils l'avaient placé dans une cellule similaire à celle où il se trouvait à présent, mais extrêmement sale et toujours remplie de dix ou quinze personnes. La majorité d'entre eux étaient de vulgaires criminels, mais parmi eux, il y avait également quelques prisonniers politiques. Il était resté assis contre le mur, en silence, bousculé par des corps sales, trop préoccupé par la peur et la douleur dans son ventre pour s'intéresser à ce qui l'entourait ; il avait toutefois remarqué la différence stupéfiante entre l'attitude des prisonniers du Parti et celle des autres. Les prisonniers du Parti étaient toujours silencieux et terrifiés, mais les vulgaires criminels semblaient n'avoir peur de personne. Ils hurlaient des insultes aux gardes, se défendaient violemment lorsque leurs biens étaient confisqués, écrivaient des mots obscènes sur le sol, mangeaient de la nourriture qu'ils avaient fait rentrer illégalement et qui sortait de mystérieuses cachettes dans leurs vêtements, et faisaient même taire le télécran quand il essayait de rétablir l'ordre. D'un autre côté, certains d'entre eux semblaient être en bons termes avec les gardes, les appelaient par des surnoms et essayaient d'obtenir des cigarettes par la flatterie, à travers le judas sur la porte. Les gardes faisaient également preuve d'une certaine tolérance envers les criminels ordinaires, même lorsqu'ils devaient les traiter sévèrement. On parlait beaucoup des camps de travaux forcés, dans lesquels la majorité des prisonniers s'attendaient à être envoyés. Winston avait cru comprendre que les camps, c'était « très bien », tant qu'on avait les bons contacts et qu'on en connaissait les ficelles. Il y avait de la corruption, du favoritisme, des rackets de toutes sortes, de l'homosexualité, de la prostitution ; il y avait même de l'alcool illégal distillé à partir de pommes de terre. Les postes de confiance n'étaient donnés qu'aux vulgaires criminels, surtout les gangsters et les meurtriers, qui formaient une sorte d'aristocratie. Tout le sale travail incombait aux prisonniers politiques.

Il y avait un va-et-vient constant de prisonniers de toutes sortes : trafiquants de drogue, voleurs, bandits, vendeurs au marché noir, ivrognes, prostituées. Quelques-uns des ivrognes étaient si violents que les autres prisonniers devaient s'allier pour les maîtriser. Une femme énorme, une épave d'environ soixante ans, avec de gros seins ballotants et d'épaisses boucles de cheveux blancs défaits dans sa lutte, avait été amenée dans la cellule, hurlant et se débattant, par quatre gardes qui en tenaient chacun un membre. Ils lui arrachèrent les bottes avec lesquelles elle avait essayé de les frapper et la jetèrent sur les genoux de Winston, brisant presque ses fémurs. La femme se redressa, droite comme un i, et les regarda sortir en hurlant : « Sales c… ! » Puis, remarquant qu'elle était assise sur quelque chose qui n'était pas plat, elle glissa des genoux de Winston pour atterrir sur le banc.

— Désolée, chéri, dit-elle. J'me serais pas assise sur toi, c'est ces connards qui m'ont mise là. Y savent pas comment traiter une dame, tu vois ?

Elle fit une pause, se tapota la poitrine et rota.

— Désolée, j'suis pas vraiment dans mon assiette, dit-elle.

Elle se pencha en avant et vomit copieusement sur le sol.

— C'est mieux, constata-t-elle en se redressant, les yeux fermés. Faut jamais garder ça, j'te le dis. Faut l'faire sortir tant que c'est frais dans ton estomac, tu vois.

Elle reprit vie, se tourna pour regarder Winston à nouveau, et il sembla immédiatement lui plaire. Elle enroula son épaule d'un grand bras et le tira vers elle, lui soufflant au visage une haleine de bière et de vomi.

— C'est quoi ton p'tit nom, chéri ? demanda-t-elle.

— Smith, répondit Winston.

— Smith ? répéta la femme. C'est rigolo. J'm'appelle Smith aussi. Eh bien, je pourrais être ta mère ! ajouta-t-elle avec affection.

Winston pensa qu'elle pourrait effectivement être sa mère. Elle avait le bon âge et la bonne corpulence, et il était possible que les gens changent quelque peu après avoir passé vingt ans dans un camp de travaux forcés.

Personne d'autre n'avait adressé la parole à Winston. D'une façon assez surprenante, les criminels ordinaires ignoraient les prisonniers du Parti. Ils les appelaient les « *polits* », avec une sorte de mépris indifférent. Les prisonniers du Parti paraissaient terrifiés à l'idée de parler à qui que ce soit, et surtout entre eux. Cela n'était arrivé qu'une seule fois. Lorsque deux membres du Parti, deux femmes, étaient collées l'une à l'autre sur le banc, il avait vaguement entendu, au milieu du vacarme de voix, quelques mots chuchotés à la hâte ; et en particulier, une allusion à une chose nommée « *salle un-zéro-un* » qu'il n'avait pas saisie.

Ils avaient dû l'amener ici deux ou trois heures plus tôt. La douleur sourde dans son ventre n'était jamais passée ; tantôt elle s'apaisait, tantôt elle redoublait d'intensité, et le champ de ses pensées s'étendait et se rétrécissait suivant le même rythme. Lorsqu'elle augmentait, il ne pensait qu'à la douleur elle-même, ainsi qu'à son désir de nourriture. Lorsqu'elle s'apaisait, il était pris de panique. À certains moments, il anticipait les choses qui allaient lui arriver avec une telle réalité que son cœur tambourinait dans sa poitrine et sa respiration se coupait. Il sentait les coups violents de matraques sur ses coudes et de bottes à la semelle en fer sur ses tibias ; il se voyait ramper sur le sol, implorant la pitié en hurlant, à travers ses dents cassées. Il pensait à peine à Julia. Il n'arrivait pas à concentrer son attention sur elle. Il l'aimait et ne la trahirait jamais, mais ce n'était qu'un fait, qu'il connaissait aussi bien que les règles d'arithmétique. Il ne ressentait aucun amour pour elle et se demandait à peine ce qu'il advenait d'elle. Il pensait plus souvent à O'Brien, avec un espoir vacillant. O'Brien devait savoir qu'il avait été arrêté. La Fraternité n'essayait jamais de secourir ses membres, avait-il dit. Mais il y avait la lame de rasoir ; ils l'enverraient s'ils le pouvaient. Il disposerait d'environ cinq secondes avant que le garde puisse se précipiter dans la cellule. La lame lui mordrait la chair avec une sorte de froideur brûlante, et même les doigts qui la tiendraient seraient coupés jusqu'à l'os. Tout revenait à son corps malade, qui se rétrécissait en tremblant à la moindre douleur. Il n'était pas certain d'utiliser la lame de rasoir même s'il en avait l'occasion. Il était plus naturel de vivre chaque moment, d'accepter dix minutes de vie en plus, même avec la certitude que la torture se trouvait au bout.

Il essayait parfois de compter le nombre de briques en porcelaine des murs de la cellule. Ce devait être facile, mais il se perdait toujours dans ses comptes à un moment donné. Plus souvent, il se demandait où il se trouvait et quelle heure il était. Une fois, il eut l'impression certaine qu'il faisait jour à l'extérieur, puis, l'instant d'après, il était tout aussi sûr qu'il faisait nuit noire. Il sut instinctivement que dans cet endroit, on n'éteignait jamais les lumières. C'était l'endroit où il n'y avait pas de ténèbres ; il comprenait à présent pourquoi O'Brien avait semblé saisir l'allusion. Au ministère de l'Amour, il n'y avait aucune fenêtre. Ses cellules devaient se trouver au cœur du bâtiment ou contre son mur extérieur ; elles pouvaient être situées dix étages sous terre, ou trente étages plus haut. Il se déplaça mentalement d'un endroit à un autre et, en se basant sur ses sensations physiques, essaya de déterminer s'il se trouvait haut dans les airs ou profondément sous terre.

Il entendit des bruits de bottes à l'extérieur. La porte en acier s'ouvrit avec un bruit métallique. Un jeune officier, une silhouette mince vêtue d'un uniforme noir en cuir verni, qui semblait scintiller de toute part, et dont le visage pâle aux traits figés ressemblait à un masque de cire, passa rapidement le seuil de la porte. Il fit signe aux gardes à l'extérieur de la cellule de faire entrer le prisonnier qu'ils amenaient. Le poète Ampleforth pénétra dans la cellule en traînant les pieds. La porte se referma à nouveau, avec le même son métallique.

Ampleforth fit un ou deux mouvements peu assurés d'un côté et de l'autre, comme s'il pensait qu'il y avait une autre porte par laquelle sortir, puis il commença à faire les cent pas le long de la pièce. Il n'avait pas encore remarqué la présence de Winston. Ses yeux troublés fixaient un point sur le mur, environ un mètre au-dessus de la tête de ce dernier. Il était pieds nus ; de grands orteils sales sortaient des trous de ses chaussettes. Cela faisait également plusieurs jours qu'il ne s'était pas rasé. Une barbe broussailleuse couvrait son visage jusqu'aux pommettes ; elle lui donnait un air de voyou, qui dénotait avec sa grande silhouette fragile et ses mouvements nerveux.

Winston se sortit légèrement de sa léthargie. Il devait parler à Ampleforth et prendre le risque de se faire hurler dessus via le télécran. Il était même concevable qu'Ampleforth fût le porteur de la lame de rasoir.

— Ampleforth, dit-il.

Aucun hurlement ne sortit du télécran. Ampleforth s'arrêta, à moitié étonné. Ses yeux se concentrèrent doucement sur Winston.

— Ah, Smith ! Vous aussi ! dit-il.

— Pourquoi vous êtes là ?

— Pour tout vous dire…

Il s'assit maladroitement sur le banc en face de Winston.

— Il n'y a qu'un seul délit, n'est-ce pas ?

— Et vous l'avez commis ? demanda Winston.

— Apparemment, oui.

Il posa une main sur son front et se massa les tempes pendant un instant, comme s'il essayait de se rappeler quelque chose.

— Ces choses-là arrivent, commença-t-il, l'air absent. J'ai réussi à trouver une raison – une raison possible. C'était sans doute une indiscrétion. On travaillait sur une édition définitive des poèmes de Kipling. J'ai décidé de laisser le mot « *God* », qui signifie « Dieu », à la fin d'un vers. Je ne pouvais pas faire autrement ! ajouta-t-il, presque indigné, en levant les yeux vers Winston. C'était impossible de changer ce vers. La rime était « *rod* ». Saviez-vous qu'il n'y a que douze mots qui riment avec « *rod* » dans la langue anglaise ? Je me suis creusé la cervelle pendant des jours. Il n'y avait *pas* d'autre rime possible.

L'expression de son visage changea. L'agacement s'en effaça et, pendant un instant, il sembla presque heureux. Une sorte de chaleur intellectuelle, la joie de l'ergoteur qui a découvert quelque fait inutile, brilla à travers sa barbe sale et broussailleuse.

— Ne vous êtes-vous jamais rendu compte que toute l'histoire de la poésie anglaise a été déterminée par le fait que la langue anglaise manque de rimes ? demanda-t-il.

Non, cette pensée en particulier n'avait jamais effleuré l'esprit de Winston. Et dans les circonstances actuelles, il ne considérait pas qu'il s'agissait là d'une chose importante ou intéressante.

— Savez-vous l'heure qu'il est ? l'interrogea Winston.

Ampleforth eut de nouveau l'air surpris.

— Je n'y ai pas vraiment pensé. Ils m'ont arrêté, sans doute depuis deux jours, peut-être trois.

Son regard voleta sur les murs, comme s'il s'attendait presque à trouver une fenêtre quelque part.

— Il n'y a aucune différence entre le jour et la nuit, ici. Je ne vois pas comment quelqu'un pourrait deviner l'heure qu'il est.

Ils parlèrent à bâtons rompus quelques minutes, puis, sans raison apparente, un cri provenant du télécran leur ordonna de se taire. Winston s'immobilisa, les mains croisées. Ampleforth, trop imposant pour s'asseoir confortablement sur le banc étroit, remua de tous les côtés, serrant ses mains jointes d'abord autour d'un genou, puis de l'autre. Le télécran lui hurla de se tenir tranquille. Le temps passa. Vingt minutes, une heure – difficile à dire. Une fois de plus, un bruit de bottes vint de l'extérieur. Le ventre de Winston se contracta. Bientôt, très bientôt, peut-être dans cinq minutes, peut-être maintenant, le martèlement de bottes signifierait que c'était son tour.

La porte s'ouvrit. Le jeune officier au visage impassible entra dans la cellule. Avec un léger geste de la main, il désigna Ampleforth.

— Salle 101, dit-il.

Ampleforth sortit d'un pas lourd entre les gardes, le visage vaguement perturbé, mais incompréhensif.

Du temps, qui lui sembla long, passa. La douleur dans le ventre de Winston se réveilla. Son esprit dérivait autour de la même piste, comme une balle tombant continuellement dans la même série de fentes. Il ne pensait qu'à six choses : la douleur dans son ventre, un morceau de pain, le sang et les cris, O'Brien, Julia, la lame de rasoir. Un autre spasme le saisit ; le pas lourd des bottes approchait. Lorsque la porte s'ouvrit, l'appel d'air qu'elle engendra fit entrer une forte odeur de sueur froide. Parsons pénétra dans la cellule. Il portait un short kaki et une chemise de sport.

Cette fois-ci, Winston fut tellement surpris qu'il s'oublia.

— Vous ici ! dit-il.

Parsons lança un rapide regard vers Winston, dans lequel il n'y avait ni intérêt ni surprise, seulement de la détresse. Il commença à arpenter la pièce d'un pas saccadé, visiblement incapable de rester immobile. Chaque fois qu'il tendait ses genoux grassouillets, il était évident qu'ils tremblaient. Ses yeux grands ouverts affichaient un regard fixe, comme s'il ne pouvait s'empêcher d'observer quelque chose au loin.

— Pourquoi vous êtes ici ? l'interrogea Winston.

— Crime-pensée ! répliqua Parsons, pleurant presque.

Le ton de sa voix témoignait à la fois d'une complète reconnaissance de sa culpabilité et d'une sorte d'horreur incrédule que de tels mots puissent s'appliquer à sa personne. Il s'arrêta en face de Winston et lui demanda avec véhémence :

— Tu ne penses pas qu'ils vont me fusiller, hein, mon vieux ? Ils ne peuvent pas te tuer si tu n'as rien fait de concret, si ce ne sont que des pensées sur lesquelles tu n'as aucun contrôle ? Je sais qu'on doit avoir un procès équitable. Oh, je suis sûr qu'ils le feront ! Mais ils tiendront compte de mes services, non ? Toi, tu sais très bien quel genre de gars je suis. Pas un mauvais gars, à ma façon. Pas très futé, bien sûr, mais motivé. J'ai essayé de faire de mon mieux pour servir le Parti, non ? Je vais m'en tirer avec cinq ans, tu crois pas ? Ou peut-être dix ? Un gars comme moi pourrait être très utile dans un camp de travail. Ils ne vont pas me tuer pour être sorti des rails une seule fois ?

— Tu es coupable ? demanda Winston.

— Bien sûr que je le suis ! hurla Parsons avec un coup d'œil servile en direction du télécran. Tu ne crois quand même pas que le Parti arrêterait un homme innocent, si ?

Son visage de batracien se calma ; il prit même une expression légèrement moralisatrice.

— Le crime-pensée est une chose épouvantable, mon vieux, dit-il avec solennité. C'est traître. Il peut s'emparer de toi sans même que tu t'en rendes compte. Tu sais comment il m'a gagné, moi ? Dans mon sommeil ! Oui, c'est la vérité. J'étais là, en train de travailler, en essayant de faire de mon mieux – je ne savais pas qu'il y avait quelque vilaine chose que ce soit dans mon esprit. Puis, j'ai commencé à parler dans mon sommeil. Tu sais ce qu'ils m'ont entendu dire ?

Il baissa la voix, comme une personne obligée de prononcer une grossièreté pour raisons médicales.

— « À bas Big Brother ! » Oui, j'ai dit ça ! Je l'ai répété encore et encore, apparemment. Entre toi et moi, mon vieux, je suis content qu'ils m'aient attrapé avant que ça n'aille plus loin. Tu sais ce que je vais leur dire au tribunal ? « Merci », que je vais leur dire, « merci de m'avoir sauvé avant qu'il ne soit trop tard ».

— Qui t'a dénoncé ? demanda Winston.

— Ma petite fille, répondit Parsons avec une sorte de fierté malheureuse. Elle m'écoutait, son oreille collée contre la serrure. Elle a entendu ce que je disais et elle a filé voir les patrouilles dès le lendemain. Plutôt futée pour une gamine de sept ans, hein ? Je ne lui en veux pas du tout. En fait, je suis fier d'elle. En tout cas, ça montre que je l'ai élevée dans les bons principes.

Il fit encore de nombreux pas saccadés de long en large de la cellule, jetant un coup d'œil plein d'envie vers les toilettes. Puis il baissa brusquement son short.

— Excuse-moi, vieux. Je peux pas me retenir. C'est l'attente, dit-il.

Il laissa tomber son large postérieur dans le seau. Winston recouvrit son visage de ses mains.

— Smith ! hurla la voix du télécran. 6079 Smith W. ! Découvrez votre visage. Pas de visage recouvert en cellule.

Winston retira ses mains de son visage. Parsons utilisa les toilettes, bruyamment et abondamment. Il s'avéra que l'évacuation était défectueuse ; la cellule fut remplie d'une puanteur abominable pendant des heures après cela.

Parsons fut emmené. D'autres prisonniers vinrent et repartirent mystérieusement. Parmi eux, une femme fut envoyée dans la « Salle 101 », et Winston remarqua qu'elle avait paru se recroqueviller et pâlir lorsqu'elle avait entendu ces mots. Il vint un moment où – s'il avait été amené le matin, ce devait être l'après-midi ; ou, si cela s'était passé l'après-midi, ce devait être minuit – il y avait six prisonniers dans la cellule, aussi bien des hommes que des femmes. Tous se tenaient assis, immobiles. Un homme se trouvait en face de Winston, avec un visage sans menton, tout en dents, exactement comme celui d'un grand rongeur inoffensif. Ses grosses joues tachetées pendaient tellement qu'il était difficile de croire qu'il n'avait pas une petite réserve de nourriture rangée là. Ses yeux gris pâle voletaient timidement d'un visage à un autre, qu'il détournait rapidement lorsqu'ils croisaient le regard de quelqu'un.

La porte s'ouvrit, puis un autre prisonnier fut amené ; son apparence fit naître un frisson passager chez Winston. C'était un homme ordinaire, d'aspect misérable, qui avait pu être un genre d'ingénieur ou de technicien. Mais ce qui était effrayant, c'était la maigreur de son visage. On aurait dit un squelette. À cause de cette maigreur, sa bouche et ses yeux semblaient d'une largeur disproportionnée, et ses yeux paraissaient remplis d'une haine meurtrière et insatiable envers quelque chose ou quelqu'un.

L'homme s'assit sur le banc, assez près de Winston. Ce dernier ne le regarda pas de nouveau, mais le visage squelettique et tourmenté était aussi clair dans son esprit que s'il l'avait eu juste devant ses yeux. Soudain, il comprit ce dont il retournait. Cet homme était en train de mourir de faim. La même pensée sembla atteindre tout le monde dans la cellule, presque en même temps. Il y eut une très faible agitation sur le banc. Les yeux de l'homme sans menton continuaient à voleter vers celui au visage squelettique, puis il les détournait, avant d'y revenir par une attraction à laquelle il ne pouvait résister. Bientôt, il commença à remuer sur son bout de banc. Il finit par se lever, traversa la pièce maladroitement, tout en se dandinant, plongea la main dans la poche de son uniforme, puis, avec un air penaud, il tendit un morceau de pain crasseux à l'homme-squelette.

Il y eut un grondement furieux et assourdissant venant du télécran. L'homme sans menton fit un bond. Celui au visage squelettique avait rapidement mis ses mains derrière son dos, comme pour prouver au monde entier qu'il avait refusé ce cadeau.

— Bumstead ! rugit la voix. 2713 Bumstead J. ! Lâchez ce morceau de pain !

Ce dernier le laissa tomber au sol.

— Restez où vous êtes, ordonna la voix. Face à la porte. Ne bougez pas.

L'homme sans menton obéit. Ses grosses joues bouffies tremblaient de façon incontrôlable. La porte s'ouvrit avec fracas. Lorsque le jeune officier pénétra dans la cellule avant de s'écarter sur le côté, un garde courtaud avec de gros bras et de larges épaules apparut derrière lui. Il se posta en face de l'homme sans menton, puis, au signal de l'officier, donna un terrible coup, renforcé par tout le poids de son corps, en plein sur la bouche de l'homme sans menton. La force de cette frappe sembla presque le faire décoller du sol. Son corps fut projeté à travers la pièce et atterrit au pied des toilettes. Pendant un moment, il resta allongé, comme assommé, du sang sombre coulant de sa bouche et de son nez. Il laissa échapper un très léger gémissement ou couinement, qui semblait involontaire. Puis il roula sur le côté avant de se relever à quatre pattes. Au milieu d'un flot de sang et de salive, les deux moitiés d'un dentier tombèrent de sa bouche.

Les prisonniers restèrent assis, immobiles, leurs mains croisées sur leurs genoux. L'homme sans menton remonta sur le banc, à sa place. Au bas d'un côté de son visage, sa peau bleuissait. Sa bouche était gonflée ; c'était une masse informe couleur cerise, avec un trou noir en son centre.

De temps en temps, une goutte de sang tombait sur son uniforme, au niveau de son torse. Ses yeux gris voletaient toujours d'un visage à un autre, d'une façon encore plus coupable qu'auparavant, comme s'il essayait de découvrir à quel point les autres le méprisaient pour l'humiliation qu'il avait reçue.

La porte s'ouvrit. D'un geste bref, l'officier désigna l'homme au visage squelettique.

— Salle 101, dit-il.

Il y eut une exclamation et une bourrasque à côté de Winston. L'homme venait de se jeter au sol, à genoux, ses mains jointes.

— Camarade ! Officier ! hurla-t-il. Vous n'avez pas besoin de me reconduire là-bas ! Je vous ai déjà tout dit, non ? Que voulez-vous savoir de plus ? Il n'y a rien que je ne confesserais pas, rien ! Dites-moi seulement ce que vous voulez savoir et je vous le dirai sur-le-champ. Écrivez ce que vous voulez et je le signerai – ce que vous voulez ! Mais pas la salle 101 !

— Salle 101, répéta l'officier.

Le visage de l'homme, déjà très pâle, vira à une couleur que Winston n'aurait pas crue possible. C'était indéniablement une nuance de vert.

— Faites ce que vous voulez de moi ! cria-t-il. Vous m'affamez depuis des semaines. Finissez-en et laissez-moi mourir. Fusillez-moi. Pendez-moi. Condamnez-moi à vingt-cinq ans. Y a-t-il quelqu'un d'autre que vous voulez que je dénonce ? Dites-moi simplement qui et je vous dirai tout ce que vous voulez. Je me fiche de qui il s'agit ou de ce que vous lui ferez. J'ai une femme et trois enfants. Le plus grand d'entre eux n'a pas six ans. Vous pouvez tous les arrêter et leur couper la gorge devant mes yeux, je resterai là et je regarderai. Mais pas la salle 101 !

— Salle 101, dit encore l'officier.

L'homme regarda les autres prisonniers, comme un fou, comme dans l'idée qu'il pourrait trouver une autre victime à envoyer à sa place. Ses yeux s'arrêtèrent sur le visage fracassé de l'homme sans menton. Il tendit un de ses bras maigres.

— C'est celui-là que vous devriez emmener, pas moi ! hurla-t-il. Vous n'avez pas entendu ce qu'il a dit après qu'ils l'ont frappé. Donnez-moi une chance et je vous le répèterai mot pour mot. C'est *lui* qui est contre le Parti, pas moi.

Les gardes s'avancèrent. La voix de l'homme monta jusqu'à atteindre un cri perçant.

— Vous ne l'avez pas entendu ! répéta-t-il. Les télécrans avaient un problème. C'est lui, votre homme. Emmenez-le, pas moi !

Les deux gardes courtauds s'étaient penchés pour le saisir sous les bras. Mais à ce moment précis, il se jeta de l'autre côté de la pièce et attrapa l'un des pieds en fer qui soutenaient le banc. Il avait poussé un hurlement sans nom, comme un animal. Les gardes le saisirent pour le faire lâcher priser, mais il s'accrochait avec une force étonnante. Pendant peut-être vingt secondes, ils le tirèrent de toutes leurs forces. Les prisonniers étaient toujours immobiles, leurs mains croisées sur leurs genoux, regardant droit devant eux. Le hurlement prit fin ; l'homme n'avait plus de souffle pour quoi que ce soit à part s'accrocher. Puis il y eut un cri différent. Un coup de pied donné par la botte d'un garde avait brisé les doigts de l'une de ses mains. Ils le tirèrent pour le relever.

— Salle 101, dit l'officier.

L'homme fut conduit à l'extérieur de la cellule, en titubant, tête baissée, tenant sa main écrasée ; toute sa combativité l'avait abandonné.

Un long moment s'écoula. Si l'homme au visage squelettique avait été emmené à minuit, alors ce devait être le matin ; si cela avait eu lieu le matin, alors ce devait être l'après-midi. Winston était seul, depuis des heures. La douleur d'être assis sur le banc étroit était telle qu'il devait souvent se lever et se dégourdir les jambes, une initiative désapprouvée par le télécran. Le morceau de pain se trouvait toujours là où l'homme l'avait laissé tomber. Au départ, il lui avait été très difficile de ne pas le regarder, mais à présent, la faim laissait place à la soif. Sa bouche était pâteuse et avait un goût affreux. Le bourdonnement et la lumière blanche constante provoquaient une sorte de faiblesse, un sentiment de vide dans sa tête. Il se levait car la douleur dans ses articulations n'était plus supportable, puis se rasseyait presque aussitôt car il était trop étourdi pour être sûr qu'il tiendrait sur ses pieds. Chaque fois que ses sensations physiques étaient légèrement sous contrôle, la terreur revenait. Parfois, avec un espoir qui allait en s'affaiblissant, il pensait à O'Brien et à la lame de rasoir. Il était concevable que la lame pût arriver cachée dans sa nourriture, si on le nourrissait un jour. Il pensait plus vaguement à Julia. Elle souffrait peut-être bien plus que lui, quelque part. Il se pouvait qu'elle fût en train de hurler de douleur à ce moment précis. Il pensa : « Si je pouvais sauver Julia en doublant ma propre douleur, le ferais-je ? Oui, je le ferais. » Mais ce n'était qu'une décision intellectuelle, prise parce qu'il savait qu'il devait la prendre. Il ne la ressentait pas. Dans cet endroit, on ne pouvait rien ressentir sauf la douleur et la prémonition de la douleur. En dehors de cela, était-il possible, lorsqu'on était vraiment en train de souffrir, de souhaiter pour quelque raison que ce soit que sa propre douleur augmente ? Mais pour l'heure, il était impossible de répondre à cette question.

Les bottes s'approchèrent de nouveau. La porte s'ouvrit. O'Brien entra.

Winston se leva d'un bond. Le choc de ce qu'il voyait l'avait fait oublier toute notion de prudence. Pour la première fois depuis de nombreuses années, il oublia la présence du télécran.

— Ils vous ont eu aussi ! hurla-t-il.

— Ils m'ont eu il y a déjà très longtemps, dit O'Brien avec une légère ironie, presque teintée de regret.

Il s'écarta. Un garde aux larges épaules apparut derrière lui, une longue matraque noire à la main.

— Vous le saviez, Winston. Ne vous mentez pas à vous-même. Vous le saviez. Vous l'avez toujours su.

Oui, il s'en rendait compte à présent ; il l'avait toujours su. Mais il n'avait pas le temps d'y penser. Il ne se concentrait que sur la matraque dans la main du garde. Elle pouvait s'abattre n'importe où ; sur le sommet du crâne, la pointe de l'oreille, l'avant-bras, le coude…

Le coude ! Il était violemment tombé à genoux, presque paralysé, serrant de son autre main le coude qui avait reçu le coup. Tout avait explosé dans une lumière jaune. Inimaginable. Il était inimaginable qu'un seul coup puisse faire si mal ! La lumière s'effaça, et il put voir les deux hommes, les yeux baissés sur lui. Le garde riait lorsque Winston se contorsionnait. En tout cas, une question avait trouvé sa réponse. On ne pouvait jamais, pour quelque raison au monde que ce soit, souhaiter une augmentation de sa douleur. Vous ne pouviez souhaiter qu'une seule chose concernant la douleur : qu'elle s'arrête. Rien n'était pire au monde que la souffrance physique. *Face à la douleur, il n'y a pas de héros, aucun héros*, pensa-t-il encore et encore alors qu'il se tortillait sur le sol, s'agrippant inutilement à son bras gauche infirme.

II

Il était allongé sur ce qui semblait être un lit de camp, sauf qu'il était surélevé. Winston était attaché d'une telle façon qu'il ne pouvait pas bouger. Une lumière qui semblait plus forte que d'ordinaire inondait son visage. O'Brien se tenait à son côté, les yeux baissés vers lui ; il le regardait intensément. À l'autre bout de la pièce se trouvait un homme vêtu d'une blouse blanche, qui tenait une seringue.

Même une fois ses yeux ouverts, Winston ne prit conscience de ce qui l'entourait que par étapes. Il avait l'impression de venir d'un monde tout à fait différent, une sorte de monde sous-marin, immergé bien en dessous de celui-ci, et qu'il nageait vers cette pièce. Il ignorait depuis combien de temps il se trouvait sous l'eau. Depuis qu'ils l'avaient arrêté, il n'avait vu ni la lumière du jour ni l'obscurité de la nuit. En outre, le fil de ses souvenirs n'était pas continu. Il y avait eu des moments où la conscience, même le genre de conscience qui est présente pendant notre sommeil, s'était arrêtée d'un coup, avant de reprendre son cours après un intervalle vide. Mais il n'avait aucun moyen de savoir si ces intervalles duraient des jours, des semaines ou seulement quelques secondes.

Avec ce premier coup au coude, le cauchemar avait commencé. Il comprendrait plus tard que tout ce qui lui arrivait n'était qu'un interrogatoire préliminaire, routinier, auquel presque tous les prisonniers étaient soumis. Il y avait une longue liste de crimes – espionnage, sabotage et autres – que tout le monde devait avouer, bien entendu. Les aveux étaient une formalité, bien que la torture fût réelle. Combien de fois avait-il été battu, combien de temps avaient duré les coups, il ne s'en rappelait pas. Il y avait toujours cinq ou six hommes en uniformes noirs sur lui en même temps. Parfois, c'étaient des poings, parfois des matraques, parfois des barres en acier, parfois des bottes. De temps en temps, il se recroquevillait sur le sol, sans honte, comme un animal, et se tortillait dans tous les sens, dans un effort incessant et sans espoir d'éviter les coups ; en faisant cela, il ne faisait qu'en attirer toujours plus, dans ses côtes, son ventre, ses coudes, ses tibias, son aine, ses testicules, son coccyx. Parfois, la torture continuait jusqu'à ce qu'il se dise que la chose la plus cruelle, injuste et impardonnable n'était pas que les gardes le battent, mais qu'il ne puisse pas se forcer à perdre connaissance. Parfois, ses nerfs l'abandonnaient à tel point qu'il commençait à implorer la pitié en hurlant avant même que les coups ne pleuvent ; la seule vision d'un poing prenant son élan pour le frapper suffisait à lui extraire une confession de crimes réels ou imaginaires. D'autres fois, il commençait la séance avec la résolution de ne rien confesser, chaque mot devait lui être arraché entre deux exclamations de douleur. D'autres encore, il essayait faiblement de trouver un compromis ; il disait : « Je vais avouer, mais pas encore. Je dois tenir jusqu'à ce que la douleur devienne insupportable. Trois coups de plus – deux coups de plus et je leur dirai ce qu'ils veulent. » Parfois, il était battu jusqu'à ce qu'il ait du mal à tenir debout, puis balancé sur le sol en pierre de la cellule comme un sac de pommes de terre. Ils lui laissaient ensuite quelques heures pour récupérer, puis ils l'emmenaient et le battaient encore. Il y eut également des périodes de repos plus longues. Il s'en rappelait vaguement, car elles étaient majoritairement consacrées au sommeil ou à la stupeur. Il se souvenait d'une cellule avec un lit fait de planches, une sorte d'étagère collée au mur, ainsi qu'un lavabo en étain, des repas sous forme de soupe chaude et de pain, et parfois du café. Il se souvenait d'un barbier renfrogné venu égratigner son menton et couper ses cheveux, ainsi que d'hommes antipathiques à l'air sérieux, vêtus de blouses blanches, venus prendre son pouls, contrôler ses réflexes, soulever ses paupières, passer leurs mains dures sur son corps à la recherche d'os brisés et enfoncer des aiguilles dans son bras pour le faire dormir.

Les passages à tabac arrivèrent moins fréquemment et devinrent principalement une menace, une horreur dans laquelle il pouvait être renvoyé à tout moment lorsque ses réponses n'étaient pas satisfaisantes. À présent, ses interrogateurs n'étaient plus des voyous en uniformes noirs, mais des intellectuels du Parti, de petits hommes rondelets avec des gestes vifs et des lunettes qui reflétaient la lumière ; ils se relayaient pour l'interroger pendant dix ou douze heures d'affilée – en tout cas, il le supposait, il ne pouvait en être certain. Ces autres interrogateurs veillaient à ce qu'il ressente sans cesse une légère douleur, mais ils ne comptaient pas principalement sur elle. Ils le giflaient, lui tiraient les oreilles, arrachaient ses cheveux, le faisaient tenir debout sur une seule jambe, ne l'autorisaient pas à aller uriner, plaçaient une lumière aveuglante juste devant son visage jusqu'à ce que ses yeux soient secs ; mais le but de tout ceci ne consistait qu'à l'humilier et détruire sa capacité à lutter et à réfléchir. Leur véritable arme était l'interrogatoire impitoyable qui continuait sans interruption, pendant plusieurs heures, où ils le coinçaient, lui tendaient des pièges, déformaient tout ce qu'il disait, le reconnaissaient coupable à chaque mensonge et contradiction jusqu'à ce qu'il commence à pleurer, autant de honte que de fatigue nerveuse. Parfois, il pleurait une demi-douzaine de fois en une seule séance. La plupart du temps, ils hurlaient qu'il voulait les tromper et le menaçaient de le livrer de nouveau aux gardes à chacune de ses hésitations ; mais parfois, ils changeaient subitement de ton, l'appelaient « camarade », le sollicitaient au nom de l'Angsoc et de Big Brother et lui demandaient d'un ton affligé si, même maintenant, il ne lui restait pas assez de loyauté envers le Parti pour qu'il souhaite défaire le mal qu'il avait causé. Lorsque ses nerfs étaient en lambeaux après des heures d'interrogatoire, même cet appel pouvait le faire fondre en larmes. Au bout du compte, les voix qui le harcelaient le brisaient bien plus que les bottes et les poings des gardes. Il devint simplement une bouche qui parlait, une main qui signait, quoi qu'on exige de lui. Sa seule préoccupation était de trouver ce qu'ils voulaient qu'il avoue, puis de le confesser rapidement, avant que le harcèlement ne recommence. Il avoua l'assassinat de membres éminents du Parti, la distribution de pamphlets insurrectionnels, le détournement de fonds publics, la vente de secrets militaires, des sabotages de toutes sortes. Il confessa qu'il avait été un espion à la solde du gouvernement estasien depuis aussi loin que 1968. Il avoua qu'il était croyant, qu'il supportait le capitalisme et que c'était un pervers sexuel. Il confessa qu'il avait tué sa femme, même s'il savait, ainsi que ses interrogateurs, qu'elle était toujours en vie. Il avoua que pendant des années, il avait été en contact direct avec Goldstein et qu'il avait été un membre de l'organisation clandestine qui avait inclus presque tous les êtres humains qu'il connaissait. C'était plus facile de tout confesser et d'impliquer tout le monde. De plus, dans un sens, tout était vrai. Il était exact qu'il avait été l'ennemi du Parti, et aux yeux de ce dernier, il n'y avait aucune différence entre les pensées et les actes.

Il avait aussi des souvenirs d'un autre genre. Ils ressortaient de son esprit de façon décousue, comme des images entourées d'obscurité.

Il se trouvait dans une cellule qui pouvait avoir été sombre ou claire, car il ne voyait rien à part une paire d'yeux. À portée de main, une sorte d'instrument émettait un tic-tac lent et régulier. Les yeux grossissaient et devenaient plus lumineux. Soudain, il flottait au-dessus de son siège, plongeait dans les yeux et était avalé.

Il était attaché à une chaise, entouré par des cadrans, sous une lumière aveuglante. Un homme en blouse blanche lisait les cadrans. Il y eut le bruit sourd des bottes lourdes à l'extérieur. La porte s'ouvrit avec un bruit métallique. L'officier au visage de cire entra, suivi par deux gardes.

— Salle 101, dit l'officier.

L'homme à la blouse blanche ne se retourna pas. Il ne regarda pas Winston non plus ; il se concentrait uniquement sur les cadrans.

Il roulait le long d'un grand couloir, d'un kilomètre de large, baigné d'une magnifique lumière dorée. Il se tordait de rire et hurlait des aveux de toutes ses forces. Il confessait tout, même les choses qu'il avait réussi à garder pour lui lorsqu'il avait été torturé. Il racontait toute l'histoire de sa vie à un public qui la connaissait déjà. Avec lui, il y avait les gardes, les autres interrogateurs, les hommes en blouses blanches, O'Brien, Julia, M. Charrington, dévalant le couloir tous ensemble et hurlant de rire. Une chose épouvantable, que l'avenir gardait en réserve, avait été, d'une manière ou d'une autre, laissée de côté et ne s'était pas produite. Tout allait bien, il n'y avait plus de douleur, le dernier détail de sa vie était mis à nu, compris, pardonné.

Il se levait précipitamment de son lit de planches, à peu près certain d'avoir entendu la voix d'O'Brien. Durant tout son interrogatoire, bien qu'il ne l'eût jamais vu, il avait eu l'impression qu'O'Brien était à ses côtés, simplement hors de son champ de vision. C'était O'Brien qui dirigeait tout. C'était lui qui lâchait les gardes sur Winston et les empêchait de le tuer. C'était lui qui décidait quand Winston devait hurler de douleur, quand il devait avoir du répit, quand il devait être nourri, quand il devait dormir, quand on devait lui injecter des drogues dans le bras. C'était lui qui posait les questions et suggérait les réponses. C'était le bourreau, le protecteur, l'inquisiteur, l'ami. Une fois – Winston ne pouvait se rappeler si c'était pendant un sommeil drogué ou normal, ou même une phase de réveil – une voix avait murmuré à son oreille : « Ne vous inquiétez pas, Winston, vous êtes sous ma garde. J'ai veillé sur vous pendant sept ans. Maintenant, le moment décisif est arrivé. Je vais vous sauver, je vais vous rendre parfait. » Il n'était pas sûr qu'il s'agît de la voix d'O'Brien, mais c'était la même que celle qui lui avait dit : « Nous nous reverrons là où il n'y a pas de ténèbres », dans cet autre rêve, sept ans plus tôt.

Il ne se rappelait jamais la fin de ses interrogatoires. Il y avait une période d'obscurité, puis la cellule, ou la pièce, dans laquelle il se trouvait à présent s'était progressivement matérialisée autour de lui. Il était allongé presque à plat sur le dos et était incapable de bouger. Son corps était retenu à chaque point stratégique. Même l'arrière de sa tête était enserré, il ignorait comment. O'Brien le regardait de haut, d'un air grave et assez triste. Son visage, vu d'en dessous, paraissait grossier et usé, avec des poches sous les yeux et des traits fatigués du nez au menton. Il était plus vieux que ce que Winston pensait ; il avait peut-être quarante-huit ou cinquante ans. Il y avait sous sa main un cadran avec un levier au sommet et des chiffres autour de la surface.

— Je vous avais dit que si nous devions nous revoir, ce serait ici, dit O'Brien.

— Oui, répondit Winston.

Sans autre avertissement qu'un léger mouvement de la main d'O'Brien, une vague de douleur envahit le corps de Winston. C'était une douleur effrayante, car il ne voyait pas ce qu'il se passait, et il avait l'impression qu'une blessure mortelle venait de lui être infligée. Il ignorait si c'était vraiment en train d'arriver, ou si cet effet était produit électriquement ; mais son corps était tordu et déformé, ses articulations lentement déchirées. Même si la douleur avait fait perler la transpiration sur son front, le pire de tout était la peur que sa colonne vertébrale se casse net. Il serra les dents et respira profondément par le nez, essayant de rester silencieux aussi longtemps que possible.

— Vous avez peur que, d'un instant à l'autre, quelque chose se casse, dit O'Brien en regardant son visage. Vous avez surtout peur que ce soit votre colonne vertébrale. Vous visualisez très bien dans votre tête l'image de vertèbres se détachant les unes des autres et le liquide céphalorachidien coulant entre elles. C'est ce à quoi vous pensez, n'est-ce pas, Winston ?

Winston ne répondit pas. O'Brien tira de nouveau le levier sur le cadran. La vague de douleur s'évanouit presque aussi vite qu'elle était arrivée.

— C'était quarante, dit O'Brien. Vous pouvez voir que les numéros sur ce cadran vont jusqu'à cent. Tâchez de garder à l'esprit, pendant notre conversation, que j'ai la possibilité de vous faire souffrir à tout moment et à l'intensité que je choisis. Si vous me dites un seul mensonge ou essayez de tergiverser de n'importe quelle façon que ce soit, ou même tombez en dessous de votre niveau intellectuel habituel, je vous ferai hurler de douleur, dans la seconde. Avez-vous compris cela ?

— Oui, répondit Winston.

L'attitude d'O'Brien devint moins sévère. Il replaça pensivement ses lunettes, puis fit quelques pas dans la pièce. Lorsqu'il parla, sa voix était douce et patiente. Il avait l'air d'un médecin, d'un professeur, même d'un prêtre, désireux d'expliquer et de persuader plutôt que de punir.

— Je me donne du mal pour vous, Winston, car vous en valez la peine, dit-il. Vous savez parfaitement quel est votre problème. Vous le savez depuis des années, bien que vous ayez lutté contre cette certitude. Vous êtes mentalement déséquilibré. Vous souffrez d'une mémoire défaillante. Vous êtes incapable de vous rappeler des évènements réels et vous vous persuadez vous souvenir d'autres qui n'ont jamais eu lieu. Par chance, il est possible de soigner cela. Vous ne l'avez jamais fait, car vous ne l'avez pas voulu. Il fallait un petit effort de volonté que vous n'étiez pas prêt à faire. Encore maintenant, je suis bien conscient que vous vous accrochez à votre maladie en ayant l'impression que c'est une vertu. À présent, nous allons prendre un exemple. En ce moment, avec quelle puissance l'Océania est-elle en guerre ?

— Lorsque j'ai été arrêté, l'Océania était en guerre contre l'Estasia.

— L'Estasia. Bien. Et l'Océania a toujours été en guerre contre l'Estasia, n'est-ce pas ?

Winston retint son souffle. Il ouvrit la bouche pour parler, puis se ravisa. Il ne pouvait détacher son regard du cadran.

— La vérité, s'il vous plaît, Winston. *Votre* vérité. Dites-moi ce que vous pensez vous rappeler.

— Je me rappelle que seulement une semaine avant mon arrestation, nous n'étions pas du tout en guerre contre l'Estasia. Elle était notre alliée. Nous étions en guerre contre l'Eurasia. Cela a duré quatre ans. Avant cela…

O'Brien le coupa d'un geste de la main.

— Un autre exemple, dit-il. Quelques années auparavant, vous avez eu une très sérieuse désillusion, en effet. Vous croyiez que trois hommes, trois anciens membres du Parti nommés Jones, Aaronson et Rutherford – qui furent exécutés pour trahison et sabotage après avoir tout confessé – n'étaient pas coupables des crimes desquels ils étaient inculpés. Vous croyiez avoir vu une preuve écrite évidente prouvant que leurs aveux étaient faux. Il y avait une certaine photo qui vous avait provoqué une hallucination. Vous croyiez que vous l'aviez réellement tenue entre vos mains. C'était une photo de ce genre.

Une coupure de journal rectangulaire était apparue entre les doigts d'O'Brien. Pendant peut-être cinq secondes, elle fut dans le champ de vision de Winston. C'était une photo, et aucun doute sur son identité. C'était *la* photo. Il s'agissait d'une autre copie de la photographie de Jones, Aaronson et Rutherford à la réunion du Parti à New York, sur laquelle il était tombé par hasard onze ans plus tôt et qu'il avait détruite sur-le-champ. Il put la voir seulement un instant, puis elle fut de nouveau hors de son champ de vision. Mais il l'avait vue, il l'avait incontestablement vue ! Il fit un effort désespéré et douloureux pour libérer la moitié supérieure de son corps en se tortillant. Il lui était impossible de bouger ne serait-ce que d'un centimètre dans quelque direction que ce fût. À cet instant, il avait même oublié le cadran. Tout ce qu'il voulait, c'était tenir à nouveau la photographie dans sa main, ou au moins la voir.

— Elle existe ! hurla-t-il.

— Non, répondit O'Brien.

Il traversa la pièce. Il y avait un trou de mémoire sur le mur d'en face. O'Brien releva la grille. Invisible, le fragile bout de papier s'envola dans le courant d'air chaud ; il disparut dans un éclair de flamme. O'Brien se détourna du mur.

— Des cendres, dit-il. Même pas des cendres identifiables. De la poussière. Elle n'existe pas. Elle n'a jamais existé.

— Mais si, elle existait ! Elle existe ! Elle existe dans la mémoire. Je m'en souviens. Vous aussi.

— Je ne m'en souviens pas, dit O'Brien.

Le cœur de Winston se serra. C'était de la double-pensée. Il ressentit une impuissance mortelle. S'il avait pu être certain qu'O'Brien mentait, cela n'aurait sans doute pas eu d'importance. Mais il était tout à fait possible qu'O'Brien eût réellement oublié la photographie. Et si tel était le cas, alors il devait déjà avoir oublié son déni de s'en souvenir, et oublié d'avoir oublié. Comment pouvait-on être sûr que ce n'était qu'une simple ruse ? Peut-être que ce bouleversement dément de l'esprit pouvait réellement se produire. Winston fut vaincu par cette pensée.

O'Brien le regardait de haut en réfléchissant. Il avait plus que jamais l'air d'un professeur qui se donnait du mal pour un enfant récalcitrant mais prometteur.

— Il y a un slogan du Parti qui aborde le contrôle du passé, dit-il. Répétez-le, s'il vous plaît.

— Qui contrôle le passé contrôle le futur ; qui contrôle le présent contrôle le passé, obéit Winston.

— Qui contrôle le présent contrôle le passé, répéta O'Brien en hochant la tête pour approuver les propos de Winston. Pensez-vous que le passé ait une réelle existence, Winston ?

Le sentiment d'impuissance gagna de nouveau le prisonnier. Ses yeux voletèrent vers le cadran. Non seulement il ignorait laquelle de « oui » ou « non » était la réponse qui lui éviterait de souffrir, mais il ignorait également laquelle il pensait être la vraie réponse.

O'Brien sourit faiblement.

— Vous n'êtes pas métaphysicien, Winston. Jusqu'à aujourd'hui, vous n'aviez jamais réfléchi à ce que signifiait le mot « existence ». Je vais présenter les choses autrement. Le passé existe-t-il réellement, dans l'espace ? Y a-t-il un endroit, quelque part, un monde d'objets concrets, où le passé continue à se produire ?

— Non.

— Alors, où le passé existe-t-il, s'il existe ?

— Dans les archives. Il est écrit.

— Dans les archives. Et ?

— Dans l'esprit. Dans les mémoires humaines.

— Dans la mémoire. Très bien, dans ce cas. Nous, le Parti, contrôlons toutes les archives, et nous contrôlons toutes les mémoires. Donc, nous contrôlons le passé, n'est-ce pas ?

— Mais comment pouvez-vous empêcher les gens de se rappeler ? hurla encore Winston, oubliant momentanément le cadran. C'est involontaire. C'est indépendant de la volonté de chacun. Comment pouvez-vous contrôler la mémoire ? Vous n'avez pas contrôlé la mienne !

O'Brien reprit son air sévère. Il posa sa main sur le cadran.

— Au contraire, c'est *vous* qui ne l'avez pas contrôlée, dit-il. C'est ce qui vous a conduit ici. Vous êtes là parce que vous avez manqué d'humilité et d'autodiscipline. Vous n'avez pas fait acte de soumission, qui est le prix de la santé mentale. Vous avez préféré être fou, seul. Seul l'esprit discipliné peut voir la réalité, Winston. Vous croyez que la réalité est une chose objective, extérieure, qui existe par sa propre volonté. Vous croyez aussi que la nature de la réalité est évidente. Lorsque vous vous leurrez en pensant voir quelque chose, vous en déduisez que tout le monde voit la même chose que vous. Mais je vous le dis, Winston, la réalité n'est pas extérieure. La réalité est dans l'esprit humain et nulle part ailleurs. Pas dans l'esprit de l'individu, qui peut faire des erreurs et, en tous les cas, finit par mourir. Seulement dans l'esprit du Parti, qui est collectif et immortel. Ce que le Parti affirme est vrai, quoi qu'il dise. Il est impossible de voir la réalité sauf en regardant à travers les yeux du Parti. C'est ce fait que vous devez réapprendre, Winston. Cela requiert un acte d'autodestruction, un effort de volonté. Vous devez vous rabaisser avant de pouvoir devenir sain d'esprit.

Il s'arrêta quelques instants, comme pour laisser Winston assimiler ce qu'il venait de dire. Il poursuivit :

— Vous rappelez-vous avoir écrit dans votre journal : « La liberté, c'est la liberté de dire que deux et deux font quatre » ?

— Oui, répondit Winston.

O'Brien leva sa main gauche, son plat tourné vers Winston, le pouce caché et les quatre autres doigts tendus.

— Combien de doigts je vous montre, Winston ?

— Quatre.

— Et si le Parti dit qu'il n'y en a pas quatre, mais cinq, combien je vous en montre, alors ?

— Quatre.

Ce mot se termina dans un souffle de douleur. L'aiguille du cadran était montée à cinquante-cinq. Le corps de Winston fut entièrement couvert de sueur. L'air déchirait ses poumons et en ressortait par de profonds grognements que Winston, même en serrant les dents, ne pouvait retenir. O'Brien le regarda, les quatre doigts toujours tendus. Il ramena le levier en arrière. Cette fois, la douleur ne fut que légèrement apaisée.

— Combien de doigts, Winston ?

— Quatre.

L'aiguille monta à soixante.

— Combien de doigts, Winston ?

— Quatre ! Quatre ! Qu'est-ce que je peux dire d'autre ? Quatre !

L'aiguille avait dû encore monter, mais il ne la regarda pas. Le visage lourd et sévère et les quatre doigts remplissaient son champ de vision. Les doigts se tenaient droits devant ses yeux, comme des piliers, énormes, flous, ayant l'air de vibrer, mais incontestablement au nombre de quatre.

— Combien de doigts, Winston ?

— Quatre ! Arrêtez, arrêtez ! Pourquoi continuez-vous ? Quatre !

— Combien de doigts, Winston ?

— Cinq ! Cinq ! Cinq !

— Non, Winston, ça ne sert à rien. Vous mentez. Vous pensez toujours qu'il y en a quatre. Combien de doigts, s'il vous plaît ?

— Quatre ! Cinq ! Quatre ! Autant que vous voulez. Mais arrêtez, arrêtez la douleur !

Soudain, il était assis, le bras d'O'Brien autour de ses épaules. Il avait peut-être perdu connaissance pendant quelques secondes. Les liens qui retenaient son corps étaient desserrés. Il avait très froid, tremblait de façon incontrôlable, ses dents claquaient, les larmes ruisselaient sur ses joues. Pendant un instant, il s'accrocha à O'Brien comme un bébé, étrangement réconforté par le bras lourd autour de ses épaules. Il avait le sentiment qu'O'Brien était son protecteur, que la douleur venait de l'extérieur, d'une autre source, et que c'était O'Brien qui l'en avait sauvé.

— Vous apprenez lentement, Winston, dit O'Brien avec douceur.

— Comment puis-je m'en empêcher ? pleurnicha-t-il. Comment puis-je m'empêcher de voir ce qu'il y a devant mes yeux ? Deux et deux font quatre.

— Parfois, Winston, parfois, ils font cinq. Parfois trois. Parfois tout à la fois. Vous devez faire plus d'efforts. Ce n'est pas simple de devenir sain d'esprit.

Il allongea Winston sur le lit. L'emprise sur ses membres se resserra, mais la douleur s'était évanouie et les tremblements avaient cessé, le laissant simplement faible et gelé. O'Brien fit un signe de tête à l'homme en blouse blanche, qui était resté immobile pendant toute la scène. Cet homme se pencha en avant et regarda attentivement les yeux de Winston, prit son pouls, colla son oreille contre son torse, tapota ici et là, puis il hocha la tête à l'attention d'O'Brien.

— Encore, dit O'Brien.

La douleur envahit le corps de Winston. L'aiguille devait se trouver à soixante-dix, soixante-quinze. Il avait fermé les yeux, cette fois-ci. Il savait que les doigts étaient toujours là, et qu'il y en avait quatre. Tout ce qui importait était de rester envie, d'une façon ou d'une autre, jusqu'à ce que le spasme s'arrête. Il ne savait plus s'il criait ou non. La douleur s'atténua de nouveau. Il ouvrit les yeux. O'Brien avait relevé le levier.

— Combien de doigts, Winston ?

— Quatre. Je suppose qu'il y en a quatre. Si je le pouvais, j'en verrais cinq. J'essaie d'en voir cinq.

— Que désirez-vous : me persuader que vous en voyez cinq, ou vraiment en voir cinq ?

— Vraiment en voir cinq.

— Encore, dit O'Brien.

L'aiguille était peut-être à quatre-vingts, quatre-vingt-dix. Winston n'arrivait à se souvenir que par intermittences de la raison pour laquelle il souffrait. Derrière ses paupières plissées, une forêt de doigts semblait bouger dans une sorte de danse, ils zigzaguaient, disparaissaient les uns derrière les autres et réapparaissaient. Il essayait de les compter, il ne se rappelait pas pourquoi. Il savait seulement qu'il était impossible de les compter, et que cela était curieusement dû à une mystérieuse identité entre cinq et quatre. La douleur s'évanouit encore. Lorsqu'il ouvrit les yeux, il découvrit qu'il percevait toujours la même chose. D'innombrables doigts, comme des arbres en mouvement, continuaient à ruisseler dans toutes les directions, se croisant et se recroisant. Il ferma les yeux à nouveau.

— Combien de doigts je vous montre, Winston ?

— Je ne sais pas. Je ne sais pas. Vous allez me tuer si vous refaites ça. Quatre, cinq, six… En toute honnêteté, je ne sais pas.

— C'est mieux, dit O'Brien.

Une aiguille s'enfonça dans le bras de Winston. Presque instantanément, une merveilleuse chaleur apaisante se répandit dans tout son corps. La douleur était déjà à demi oubliée. Il ouvrit les yeux et lança un regard reconnaissant à O'Brien. À la vue de ce visage lourd et ridé, si laid et si intelligent, il eut l'impression de sentir son cœur chavirer. S'il avait pu bouger, il aurait tendu une main et l'aurait posée sur le bras d'O'Brien. Il ne l'avait jamais aimé si profondément qu'à cet instant, et pas simplement parce qu'il avait interrompu la douleur. L'ancien sentiment, qu'au fond, peu importait si O'Brien était un ami ou un ennemi, était revenu. C'était une personne avec qui on pouvait parler. Peut-être désirait-on plus être compris qu'être aimé. O'Brien l'avait torturé jusqu'aux limites de la folie et, dans peu de temps, il en était certain, il l'enverrait à la mort. Cela ne faisait aucune différence. D'une certaine façon, leur relation allait plus loin que la simple amitié, ils étaient intimes. Quelque part, même si les véritables mots ne seraient sans doute jamais prononcés, il y avait un lieu où ils pourraient se revoir et parler. O'Brien le regardait, avec une expression qui suggérait que la même pensée traversait son esprit. Lorsqu'il parla, il employa un ton décontracté.

— Savez-vous où vous êtes, Winston ? demanda-t-il.

— Je ne sais pas, mais je peux le deviner. Au ministère de l'Amour.

— Savez-vous depuis combien de temps vous vous trouvez ici ?

— Je ne sais pas. Des jours, des semaines, des mois… Je pencherais pour des mois.

— Et pourquoi pensez-vous que nous amenons des gens ici ?

— Pour qu'ils avouent.

— Non, ce n'est pas la raison. Essayez encore.

— Pour les punir.

— Non ! s'exclama O'Brien.

Sa voix avait incroyablement changé, et son visage était soudainement devenu à la fois sévère et animé.

— Non ! Pas seulement pour vous soutirer votre confession, pas pour vous punir. Dois-je vous dire pourquoi nous vous avons amené ici ? Pour vous guérir ! Pour vous rendre sain d'esprit ! Comprenez-vous, Winston, qu'aucune personne amenée ici ne repart sans être guérie ? Ces stupides crimes que vous avez commis ne nous intéressent pas. Le Parti ne se préoccupe pas de l'acte manifeste, seulement de la pensée. Nous ne détruisons pas simplement nos ennemis, nous les changeons. Comprenez-vous ce que je veux dire par là ?

Il était penché au-dessus de Winston. Son visage semblait énorme à cause de sa proximité, et atrocement laid car il était vu d'en dessous. De plus, il était habité d'une sorte d'exaltation, d'intensité démente.

Une fois de plus, le cœur de Winston se serra. Si cela avait été possible, il se serait enfoncé encore un peu plus loin dans le lit. Il avait la certitude qu'O'Brien était sur le point de tourner l'aiguille du cadran, par simple sauvagerie. Cependant, à ce moment-là, O'Brien lui tourna le dos. Il fit quelques pas dans la pièce, puis il poursuivit, avec moins de véhémence dans la voix :

— La première chose que vous devez comprendre est que, dans cet endroit, il n'y a aucun martyre. Vous avez lu des choses sur les persécutions religieuses du passé. Au Moyen Âge, il y eut l'Inquisition. Ce fut un échec. Ils cherchaient à éradiquer l'hérésie, et finirent par la perpétuer. À chaque hérétique qu'ils brûlaient sur le bûcher, des milliers d'autres s'élevaient. Pourquoi cela ? Car l'Inquisition a ouvertement tué ses ennemis, et elle l'a fait alors qu'ils ne s'étaient pas repentis ; à vrai dire, ils les tuaient parce qu'ils n'étaient pas repentis. Des hommes mourraient parce qu'ils ne voulaient pas abandonner leurs véritables croyances. Naturellement, toute la gloire revenait à la victime, toute la honte à l'Inquisition qui l'avait brûlée. Plus tard, au XXe siècle, il y eut les totalitaristes, comme on les appelait. Il y eut les nazis allemands et les communistes russes. Les Russes persécutèrent l'hérésie avec plus de cruauté que l'Inquisition. Et ils imaginaient qu'ils avaient appris des erreurs du passé ; ils savaient, en tout cas, qu'ils ne devaient pas faire de martyres. Avant d'exposer leurs victimes dans des procès publics, ils détruisaient délibérément leur dignité. Ils les avaient à l'usure grâce à la torture et à la solitude jusqu'à qu'ils soient des êtres misérables, méprisables et craintifs, qui confessaient tout ce que l'on voulait, justifiaient leurs actes par la maltraitance qu'ils avaient reçue, se protégeaient en s'accusant les uns les autres, imploraient la pitié en hurlant. Et pourtant, après seulement quelques années, la même chose se reproduisit. Les morts étaient devenus des martyres et leur humiliation était oubliée. Une fois encore, pourquoi ? Tout d'abord, parce que les confessions qu'ils avaient livrées étaient manifestement extorquées et fausses. Nous ne faisons pas d'erreurs de ce genre. Toutes les confessions qui sont livrées ici sont vraies. Nous les rendons vraies. Et par-dessus tout, nous ne permettons pas aux morts de se relever contre nous. Vous devez arrêter d'imaginer que la postérité vous innocentera, Winston. Les générations futures n'entendront jamais parler de vous. Vous serez effacé du cours de l'Histoire. Nous vous transformerons en gaz et vous déverserons dans la stratosphère. Il ne restera rien de vous, pas un nom dans un registre, pas un souvenir dans la mémoire d'une personne vivante. Vous serez effacé du passé et du futur. Vous n'aurez jamais existé.

« Alors, pourquoi s'embêter à me torturer ? » pensa Winston, avec une amertume passagère. O'Brien arrêta sa marche, comme si Winston avait livré cette pensée à voix haute. Son grand visage laid s'approcha, les yeux légèrement plissés.

— Vous pensez que, puisque nous avons l'intention de complètement vous détruire, ce que vous direz ou ferez ne fera pas la moindre différence, dit-il. Dans ce cas, pourquoi nous donnons-nous la peine de vous interroger avant cela ? C'est à cela que vous pensez, n'est-ce pas ?

— Oui, répondit Winston.

O'Brien sourit légèrement.

— Vous êtes une tache dans notre société, Winston. Une tache qu'il faut éliminer. Est-ce que je ne viens pas de vous dire que nous sommes différents des persécuteurs du passé ? Nous ne nous contentons pas d'une obéissance négative, pas même de la soumission la plus abjecte. Lorsque vous finirez par capituler, il faudra que ce soit de votre propre gré. Nous ne détruisons pas l'hérétique parce qu'il nous résiste ; tant qu'il nous résiste, nous ne le détruisons jamais. Nous le convertissons, nous capturons son esprit intérieur, nous le remodelons. Nous lui retirons et brûlons tout mal et toute illusion en lui. Nous le faisons se ranger de notre côté, pas en apparence, mais sincèrement, corps et âme. Nous en faisons l'un des nôtres avant de le tuer. Il nous est intolérable qu'une pensée erronée puisse exister où que ce soit dans le monde, aussi secrète et impuissante soit-elle. Même au moment de la mort, nous ne pouvons nous permettre aucun écart. Dans les jours anciens, l'hérétique montait au bûcher toujours en tant qu'hérétique, clamant son hérésie, exultant de cela. Même la victime des purges russes pouvait porter la rébellion enfermée dans son crâne lorsqu'il marchait, en attendant la balle. Mais nous rendons le cerveau parfait avant de le faire exploser. Le commandement des anciennes tyrannies était : « Tu ne dois pas. » Celui des totalitaires était : « Tu dois. » Le nôtre est : « Tu es. » Aucun de ceux que nous amenons ici ne se dresse jamais contre nous. Tous sont entièrement lavés. Même ces trois misérables traîtres que tu croyais autrefois innocents – Jones, Aaronson et Rutherford –

nous avons fini par les briser. J'ai moi-même pris part à leur interrogatoire. Je les ai vus progressivement s'user, gémir, ramper, pleurer ; et à la fin, ce n'était plus de douleur ou de peur, seulement de repentance. Lorsque nous en avions fini avec eux, ils n'étaient plus que des coquilles vides d'hommes. Il ne restait rien en eux à part des regrets pour ce qu'ils avaient fait, et de l'amour pour Big Brother. C'était touchant de voir combien ils l'aimaient. Ils supplièrent d'être tués rapidement, pour qu'ils puissent mourir tant que leur esprit était encore pur.

Sa voix avait pris un ton presque rêveur. L'exaltation et l'enthousiasme dément étaient toujours sur son visage. *Il ne fait pas semblant, ce n'est pas un hypocrite, il croit chaque mot qu'il prononce*, pensa Winston. Ce qui l'oppressait le plus, c'était d'être conscient de sa propre infériorité intellectuelle. Il regardait la silhouette lourde et pourtant gracieuse faire les cent pas, apparaître dans son champ de vision, puis en sortir. O'Brien était bien plus grand que lui, en tous points. Il n'y avait pas une idée qu'il avait un jour eue, ou aurait pu avoir, qu'O'Brien ne savait pas depuis longtemps, n'avait pas examinée, puis rejetée. Son esprit contenait celui de Winston. Mais dans ce cas, comment se pouvait-il qu'O'Brien soit fou ? Ce devait être lui, Winston, qui était fou.

O'Brien s'arrêta et baissa les yeux vers lui. Sa voix était redevenue sévère.

— N'imaginez pas que vous puissiez vous sauver, Winston, sauf en vous rendant corps et âme. Aucun de ceux qui se sont égarés n'a été épargné. Et même si nous choisissons de vous laisser vivre le cours naturel de votre vie, vous ne nous échapperiez jamais. Ce qui vous arrive ici durera pour toujours. Comprenez-le d'avance. Nous allons vous écraser jusqu'à un point tel qu'il n'y aura plus possibilité de faire marche arrière. Vous allez vivre des choses dont vous ne vous remettrez jamais, même si vous viviez mille ans. Vous ne serez jamais à nouveau capable d'éprouver des sentiments humains. Vous serez mort à l'intérieur. Vous ne serez plus jamais capable de ressentir l'amour, l'amitié, la joie de vivre, l'envie de rire, la curiosité, le courage ou l'intégrité. Vous serez vide. Nous vous viderons et vous remplirons de nous-mêmes.

Il s'arrêta et fit signe à l'homme en blouse blanche. Winston était conscient qu'on poussait un appareil lourd pour le placer derrière sa tête. O'Brien s'était assis à côté du lit, pour que son visage se trouve à peu près au même niveau que celui de Winston.

— Trois mille, dit-il en s'adressant par-dessus la tête de Winston à l'homme en blouse blanche.

Deux compresses douces, qui étaient légèrement humides, furent fixées sur chacune de ses tempes. Il tremblait. La douleur arrivait, un autre genre de douleur. O'Brien posa une main rassurante, presque avec gentillesse, sur la sienne.

— Cette fois, ce ne sera pas douloureux, dit-il. Gardez vos yeux rivés dans les miens.

À ce moment-là, il y eut une explosion dévastatrice, ou ce qui semblait être une explosion, bien qu'il ne fût pas certain qu'il y eût un quelconque bruit. Apparut, sans aucun doute, un éclair lumineux aveuglant. Winston n'était pas blessé, seulement prostré. Même s'il se trouvait déjà sur le dos lorsque ceci arriva, il avait la sensation étrange d'avoir été projeté dans cette position. Un coup effrayant, sans douleur, l'avait aplati. Quelque chose s'était également passé dans sa tête. Alors que ses yeux retrouvaient leur focalisation, il se rappela qui il était, où il se trouvait, et reconnut le visage qui fixait le sien. Mais quelque part, il ressentit un grand trou vide, comme si un morceau de son cerveau lui avait été enlevé.

— Ça ne va pas durer, dit O'Brien. Regardez-moi dans les yeux. Contre quel pays l'Océania est-elle en guerre ?

Winston réfléchit. Il savait ce qu'était l'Océania et qu'il en était lui-même citoyen. Il se rappelait aussi l'Eurasia et l'Estasia. Mais qui était en guerre contre qui, il l'ignorait. En fait, il n'était pas au courant qu'une guerre avait lieu.

— Je ne me rappelle pas.

— L'Océania est en guerre contre l'Estasia. Vous vous rappelez, maintenant ?

— Oui.

— L'Océania a toujours été en guerre contre l'Estasia. Depuis le début de votre vie, le début du Parti, le début de l'Histoire, la guerre n'a jamais cessé, et ça a toujours été la même. Vous vous en rappelez ?

— Oui.

— Il y a onze ans, vous avez créé une légende à propos de trois hommes qui ont été condamnés à mort pour trahison. Vous prétendiez avoir vu un bout de papier qui prouvait leur innocence. Aucun papier de ce genre n'a jamais existé. Vous l'avez inventé et, plus tard, vous avez fini par y croire. Vous vous rappelez maintenant le moment exact où vous l'avez inventé. N'est-ce pas ?

— Oui.

— Je viens juste de vous montrer un certain nombre de doigts. Vous en avez vu cinq. Vous vous en rappelez ?

— Oui.

O'Brien leva les doigts de sa main gauche, le pouce caché.

— Je vous montre cinq doigts. En voyez-vous cinq ?

— Oui.

Et il les vit réellement, pendant un bref instant, avant que le décor ne change dans son esprit. Il voyait cinq doigts, sans aucune déformation. Puis tout redevint normal, et l'ancienne peur, la haine et la confusion revinrent d'un coup, toutes ensemble. Mais pendant un moment – peut-être trente secondes, sans qu'il en fût certain – il avait ressenti une certitude lumineuse, où chaque nouvelle suggestion d'O'Brien avait comblé un espace vide et était devenue vérité absolue, et où deux et deux auraient pu autant faire trois que cinq, si cela était nécessaire. Cette certitude s'était évanouie avant qu'O'Brien ne baisse la main ; mais même s'il ne pouvait retrouver cette sensation, il s'en rappelait, comme on se rappelle une expérience marquante à un moment de sa vie lorsqu'on est, en réalité, une personne différente.

— Vous voyez, à présent, que c'est toujours possible, dit O'Brien.

— Oui, répondit Winston.

O'Brien se leva, l'air satisfait. Winston vit l'homme en blouse blanche à sa gauche ; il brisa une fiole et tira le piston d'une seringue. O'Brien se tourna vers Winston, le sourire aux lèvres. Presque comme par le passé, il réajusta ses lunettes sur son nez.

— Vous rappelez-vous avoir écrit dans votre journal que peu importait si j'étais un ami ou un ennemi, car j'étais au moins une personne qui vous comprenait et à qui vous pouviez parler ? Vous aviez raison. J'aime beaucoup parler avec vous. Votre esprit me plaît. Il ressemble au mien, sauf que le vôtre est malade. Avant de terminer cette séance, vous pouvez me poser quelques questions, si vous le souhaitez.

— N'importe lesquelles ?

— N'importe lesquelles.

Il vit que les yeux de Winston étaient rivés sur le cadran.

— Il est éteint, l'informa O'Brien. Quelle est votre première question ?

— Qu'avez-vous fait de Julia ? demanda Winston.

O'Brien sourit de nouveau.

— Elle vous a trahi, Winston. Sans attendre. Sans réserve. J'ai rarement vu quelqu'un coopérer avec nous si rapidement. Vous auriez du mal à la reconnaître si vous la voyiez. Toute sa rébellion, sa fourberie, sa folie, la perversité de ses pensées – tout a été brûlé et retiré de son corps. C'était une conversion parfaite, un cas classique.

— Vous l'avez torturée ?

O'Brien laissa cette interrogation sans réponse.

— Question suivante, dit-il.

— Est-ce que Big Brother existe ?

— Bien sûr qu'il existe. Le Parti existe. Big Brother est l'incarnation du Parti.

— Est-ce qu'il existe de la même façon que moi ?

— Vous n'existez pas, répondit O'Brien.

Une fois de plus, le sentiment d'impuissance l'envahit. Il connaissait, ou pouvait imaginer, les arguments qui prouvaient sa non-existence ; mais ils n'avaient aucun sens, il ne s'agissait que de jeux de mots. L'affirmation « Vous n'existez pas » ne contient-elle pas une absurdité logique ? Mais à quoi cela servait-il de dire une telle chose ? Son esprit se rabougrit lorsqu'il pensa aux arguments insensés avec lesquels O'Brien allait le démolir ; arguments qu'il ne pouvait pas réfuter.

— Je pense que j'existe, dit-il avec lassitude. Je suis conscient de ma propre identité. Je suis né et je vais mourir. J'ai des bras et des jambes. J'occupe un point précis dans l'espace. Aucun autre objet solide ne peut tenir dans la même zone simultanément. En ce sens, est-ce que Big Brother existe ?

— Ça n'a aucune importance. Il existe.

— Big Brother mourra-t-il un jour ?

— Bien sûr que non. Comment pourrait-il mourir ? Question suivante.

— La Fraternité existe-t-elle ?

— Ça, Winston, vous ne le saurez jamais. Si nous décidons de vous relâcher après en avoir fini avec vous, et même si vous vivez jusqu'à quatre-vingt-dix ans, vous ne saurez jamais si la réponse à cette question est « oui » ou « non ». Tant que vous vivrez, cela restera une énigme non résolue dans votre esprit.

Winston demeura silencieux. Sa poitrine se bombait et se relâchait un peu plus rapidement. Il ne lui avait toujours pas posé la question qui lui était venue en premier. Il devait la poser, et pourtant, c'était comme si sa langue ne pouvait pas la formuler. Il y eut une pointe d'amusement sur le visage d'O'Brien. Même les verres de ses lunettes semblaient renvoyer une lueur ironique. *Il sait*, songea soudain Winston. *Il sait ce que je vais lui demander !* À cette pensée, les mots s'échappèrent de sa bouche :

— Qu'y a-t-il dans la Salle 101 ?

L'expression sur le visage d'O'Brien resta la même. Il répondit d'un ton sec :

— Vous savez ce qu'il y a dans la salle 101, Winston. Tout le monde sait ce qu'il y a dans la Salle 101.

Il fit signe à l'homme en blouse blanche avec un doigt. Visiblement, la séance touchait à sa fin. Une aiguille se planta brutalement dans le bras de Winston. Il s'enfonça presque instantanément dans un profond sommeil.

III

— Dans votre réintégration, il y a trois étapes, dit O'Brien. L'apprentissage, la compréhension et l'acceptation. Il est temps pour vous d'entrer dans la deuxième phase.

Comme toujours, Winston était couché sur le dos. Mais depuis peu, ses liens étaient moins serrés. Ils le maintenaient toujours sur le lit, mais il pouvait bouger légèrement les genoux, tourner la tête d'un côté et de l'autre et lever les avant-bras. Le cadran, également, lui inspirait à présent moins de terreur. Il pouvait éviter ses tourments s'il était assez vif d'esprit ; en général, O'Brien n'actionnait le levier que lorsqu'il se montrait stupide. Parfois, ils passaient toute une séance sans qu'O'Brien n'utilise le cadran. Il ne se rappelait pas combien de séances avaient eu lieu. Tout le processus semblait s'étirer en une longue durée indéfinie – des semaines, sans doute – et les intervalles entre elles devaient parfois être de quelques jours, parfois de seulement une heure ou deux.

— En étant allongé là, vous vous êtes souvent demandé – vous m'avez même posé la question – pourquoi le ministère de l'Amour gaspillait autant de temps et se donnait également autant de peine pour vous. Et lorsque vous étiez libre, vous étiez intrigué par ce qui était fondamentalement la même interrogation. Vous pouviez saisir la mécanique de la société dans laquelle vous viviez, mais pas ses motivations sous-jacentes. Vous rappelez-vous avoir écrit dans votre journal : « Je comprends *comment.* Je ne comprends pas *pourquoi* » ? C'est lorsque vous avez réfléchi au « pourquoi » que vous avez douté de votre santé mentale. Vous avez lu *Le Livre*, celui de Goldstein, en tout cas des extraits. Vous a-t-il appris quelque chose que vous ne saviez pas déjà ?

— Vous l'avez lu ? demanda Winston.

— Je l'ai écrit. En tout cas, j'ai participé à son écriture. Aucun livre n'est produit individuellement, comme vous le savez.

— Est-ce vrai, ce qu'il dit ?

— Sa partie descriptive, oui. Mais le programme qu'il présente n'a pas de sens. L'accumulation secrète de connaissances, une propagation progressive de compréhension, puis, finalement, une rébellion prolétaire, le renversement du Parti. Vous avez vous-même anticipé que c'était ce qu'il dirait. Tout ceci n'a pas de sens. Les prolétaires ne se révolteront jamais, pas même dans mille ans ou un million d'années. Ils en sont incapables. Je n'ai pas besoin de vous en dire la raison ; vous la connaissez déjà. Si vous avez un jour nourri des rêves d'une violente insurrection, vous devez les oublier. Le Parti ne peut être renversé par aucun moyen. Le règne du Parti est éternel. Faites de cela le point de départ de vos pensées.

Il se rapprocha du lit.

— Éternel ! répéta-t-il. Et maintenant, revenons à la question du « comment » et du « pourquoi ». Vous comprenez assez bien *comment* le Parti se maintient au pouvoir. À présent, dites-moi *pourquoi* nous nous accrochons au pouvoir. Quelle est notre motivation ? Pourquoi voulons-nous le pouvoir ? Allez-y, parlez, ajouta-t-il alors que Winston restait silencieux.

Néanmoins, Winston ne dit rien pendant encore quelques instants. Un sentiment de lassitude l'avait envahi. La faible lueur d'enthousiasme était revenue sur le visage d'O'Brien ; une lueur de folie. Il savait déjà ce qu'O'Brien allait dire. Que le Parti ne courait pas après le pouvoir pour ses propres fins, mais seulement pour le bien de la majorité. Qu'il cherchait à détenir le pouvoir parce que, dans l'ensemble, les hommes étaient des êtres fragiles et lâches qui ne pouvaient endurer la liberté ni faire face à la vérité, et qu'ils devaient être gouvernés et systématiquement dupés par d'autres qui étaient plus forts qu'eux. Que l'espèce humaine avait le choix entre la liberté et le bonheur, et que, pour la majorité des hommes, le bonheur valait mieux. Que le Parti était l'éternel gardien des faibles, une secte dévouée faisant le mal, d'où émergerait du bon, sacrifiant son propre bonheur pour celui des autres. Winston pensa que le plus terrible était que lorsqu'O'Brien lui dirait tout cela, il le croirait. Cela se lisait sur son visage. O'Brien savait tout. Mille fois mieux que Winston, il savait de quoi le monde était réellement fait, dans quelle dégradation la masse d'êtres humains vivait et par quels mensonges et barbaries le Parti les maintenait dans cet état. Il avait tout compris, tout évalué, et cela ne faisait aucune différence : tout était justifié par le but ultime. Winston pensa : « Que peux-tu faire contre le fou qui est plus intelligent que toi, qui écoute tes arguments avec attention, pour ensuite simplement persister dans sa folie ? »

— Vous nous gouvernez pour notre propre bien, dit-il faiblement. Vous pensez que les êtres humains ne sont pas capables de gouverner eux-mêmes, donc…

Il sursauta et manqua de hurler. Une crampe de douleur avait foudroyé son corps. O'Brien avait tiré le levier du cadran, l'aiguille positionnée sur trente-cinq.

— C'était stupide, Winston. Stupide ! Vous feriez mieux de ne pas dire de telles sottises.

Il relâcha le levier et poursuivit :

— Maintenant, je vais vous donner la réponse à ma question. La voici : le Parti cherche le pouvoir entièrement pour son propre intérêt. Nous ne nous intéressons pas au bien des autres ; seulement au pouvoir. Pas à la richesse, au luxe, à une longue vie ou au bonheur ; seulement au pouvoir, à la puissance pure. Vous allez vite comprendre ce que la puissance pure signifie. Nous sommes différents de toutes les oligarchies du passé, car nous savons ce que nous faisons. Tous les autres, même ceux qui nous ressemblaient, étaient lâches et hypocrites. Les nazis allemands et les communistes russes avaient des méthodes très proches des nôtres, mais ils n'ont jamais eu le courage de reconnaître leurs propres motivations. Ils prétendaient, et croyaient peut-être, qu'ils avaient obtenu le pouvoir à contrecœur, pour une durée limitée, et que, passé le point critique, il y aurait un paradis où les êtres humains seraient libres et égaux. Nous ne sommes pas comme ça. Nous savons que personne ne s'empare du pouvoir avec l'intention de l'abandonner. Le pouvoir n'est pas un moyen, c'est une fin. On n'établit pas une dictature dans le but de sauvegarder une révolution ; on mène une révolution pour établir la dictature. Le but de la persécution, c'est la persécution. Le but de la torture, c'est la torture. Le but du pouvoir, c'est le pouvoir. Commencez-vous à me comprendre, à présent ?

Winston fut frappé, comme il l'avait été auparavant, par la fatigue qui se lisait sur le visage d'O'Brien. Il était fort, charnu et dur, plein d'intelligence et d'une sorte de passion contrôlée devant lesquelles il se sentait impuissant ; mais il était fatigué. Il y avait des poches sous ses yeux, la peau s'affaissait sous les pommettes. O'Brien se pencha au-dessus de lui, approchant délibérément son visage harassé.

— Vous pensez que mon visage est vieux et fatigué, dit-il. Vous pensez que je parle de pouvoir et que, pourtant, je ne suis même pas capable d'empêcher mon corps de se désagréger. Comprendrez-vous un jour, Winston, que l'individu n'est qu'une cellule ? La fatigue de la cellule est l'énergie de l'organisme. Mourrez-vous lorsque vous vous coupez les ongles ?

Il se détourna du lit et commença à refaire les cent pas, une main dans sa poche.

— Nous sommes les prêtres du pouvoir, dit-il. Dieu, c'est le pouvoir. Mais actuellement, le pouvoir n'est qu'un mot, en ce qui vous concerne. Il est temps pour vous d'avoir une idée de ce que peut bien signifier le pouvoir. La première chose que vous devez comprendre, c'est que le pouvoir est collectif. L'individu n'obtient le pouvoir que lorsqu'il cesse d'être un individu. Vous connaissez le slogan du Parti : « La liberté, c'est l'esclavage. » N'avez-vous jamais réalisé que cette phrase pouvait être inversée ? L'esclavage, c'est la liberté. Seul, et libre, l'être humain est toujours vaincu. Il doit en être ainsi, car chaque humain est voué à mourir, qui est le plus grand de tous les échecs. Mais s'il peut se soumettre complètement et entièrement, s'il peut se détacher de son identité, s'il peut fusionner avec le Parti jusqu'à *être* le Parti, alors il devient tout-puissant et immortel. La seconde chose qu'il vous faut comprendre, c'est que le pouvoir est le pouvoir sur les êtres humains. Sur le corps, mais surtout sur l'esprit. Le pouvoir sur la matière – la réalité extérieure, comme vous l'appelez – n'a aucune importance. Notre contrôle sur la matière est déjà absolu.

Pendant un moment, Winston ne tint pas compte du cadran. Avec un violent effort, il essaya de se redresser pour se retrouver en position assise ; il réussit à peine à tordre péniblement son corps.

— Mais comment pouvez-vous contrôler la matière ? lâcha-t-il. Vous ne contrôlez même pas le climat ou les lois de la gravité. Et il y a la maladie, la douleur, la mort…

O'Brien le fit taire d'un geste de la main.

— Nous contrôlons la matière car nous contrôlons l'esprit. La réalité se trouve dans la tête. Vous apprendrez par étapes, Winston. Il n'y a rien que nous ne puissions faire. L'invisibilité, la lévitation – rien. Je pourrais flotter au-dessus du sol comme une bulle de savon si je le désirais. Je ne le souhaite pas, car le Parti ne le souhaite pas. Vous devez vous débarrasser de ces idées du XIXe siècle à propos des lois de la Nature. C'est nous qui déterminons les lois de la Nature.

— Mais c'est faux ! Vous n'êtes même pas les maîtres de cette planète. Qu'en est-il de l'Eurasia et de l'Estasia ? Vous ne les avez pas encore conquises.

— C'est sans importance. Nous nous emparerons d'elles lorsque nous l'aurons décidé. Et dans le cas contraire, quelle différence ? Nous pouvons les rayer de la carte, annuler leur existence. L'Océania, c'est le monde.

— Mais le monde lui-même n'est qu'un grain de poussière. Et l'homme est petit, impuissant ! Depuis combien de temps existe-t-il ? Pendant des millions d'années, la Terre était inhabitée.

— Sottise. La Terre est aussi vieille que l'humanité, pas plus. Comment pourrait-elle l'être ? Rien n'existe à part dans la conscience humaine.

— Mais les roches sont pleines de fossiles d'animaux disparus – des mammouths, des mastodontes et d'énormes reptiles qui vivaient ici bien avant que l'homme ne fasse son apparition.

— Avez-vous déjà vu ces fossiles, Winston ? Bien sûr que non. Les biologistes du XIXe siècle les ont inventés. Avant l'homme, il n'y avait rien. Après l'homme, s'il s'éteint un jour, il n'y aura rien. En dehors de l'homme, il n'y a rien.

— Mais tout l'univers est extérieur à nous. Prenez les étoiles ! Certaines d'entre elles sont à un million d'années-lumière de nous. Elles sont impossibles à atteindre, et ce pour toujours.

— Que sont les étoiles ? demanda O'Brien avec indifférence. Ce sont des morceaux de feu à quelques kilomètres. Nous pourrions les atteindre si nous le voulions. Ou les effacer. La Terre est le centre de l'univers. Le Soleil et les étoiles tournent autour d'elle.

Winston fit un autre geste convulsif. Cette fois-ci, il ne dit rien. O'Brien poursuivit, comme s'il répondait à une objection exprimée à voix haute :

— À certaines fins, bien entendu, ce n'est pas vrai. Lorsque nous naviguons sur l'océan ou que nous prédisons une éclipse, souvent, nous trouvons pratique de supposer que la Terre tourne autour du Soleil et que les étoiles sont à des millions et des millions de kilomètres. Et après ? Pensez-vous que nous ne soyons pas capables d'organiser un double système d'astronomie ? Les étoiles peuvent être proches ou lointaines, selon nos besoins. Pensez-vous que nos mathématiciens ne soient pas à la hauteur pour faire cela ? Avez-vous oublié la double-pensée ?

Winston se recroquevilla sur le lit. Quoi qu'il dît, une réponse fulgurante le démolissait comme une matraque. Et pourtant, il savait ; il *savait* qu'il avait raison. Croire que rien n'existait en dehors de son esprit – il devait bien exister un moyen pour prouver que c'était faux ? Cette théorie n'avait-elle pas été dévoilée comme étant une erreur, il y avait bien longtemps ? Il y avait même un mot pour cela, qu'il avait oublié. Un faible sourire fit tressaillir le coin des lèvres d'O'Brien lorsqu'il baissa les yeux sur lui.

— Je vous l'ai dit, Winston. La métaphysique, ce n'est pas votre point fort, lança-t-il. Le mot que vous essayez de retrouver est « solipsisme ». Mais vous vous trompez. Ce n'est pas du solipsisme. À la rigueur, du solipsisme collectif. Mais c'est différent ; en fait, c'est le contraire. Tout ceci est une digression, ajouta-t-il sur un ton différent. Le véritable pouvoir, celui pour lequel on se bat nuit et jour, n'est pas le pouvoir sur les choses, mais sur les hommes.

Il s'arrêta et, pendant un instant, reprit son air de professeur en train d'interroger un élève prometteur.

— Comment un homme s'assure-t-il de son pouvoir sur un autre, Winston ?

Le prisonnier réfléchit.

— En le faisant souffrir, répondit-il.

— Exactement. En le faisant souffrir. L'obéissance ne suffit pas. À moins qu'il ne souffre, comment pouvez-vous être sûr qu'il obéit à votre volonté et non à la sienne ? Le pouvoir se trouve en infligeant la douleur et l'humiliation. Le pouvoir, c'est réduire l'esprit humain en miettes et le rassembler de nouveau sous de nouvelles formes que nous avons choisies. Alors, commencez-vous à voir le monde que nous créons ? C'est l'exact opposé des stupides utopies hédonistes que les anciens réformateurs imaginaient. Un monde de peur, de perfidie et de tourment. Un monde d'écraseurs et d'écrasés. Un monde qui ne deviendra pas moins, mais plus impitoyable au fur et à mesure qu'il s'affine. Le progrès dans notre monde sera le progrès vers plus de douleur. Les anciennes civilisations déclaraient qu'elles reposaient sur l'amour ou la justice. La nôtre repose sur la haine. Dans notre monde, il n'y aura aucune émotion à part la peur, la colère, le triomphe et l'autohumiliation. Nous devons détruire tout le reste – absolument tout. Nous brisons déjà les façons de penser qui ont survécu, datant de l'avant-Révolution. Nous avons coupé les liens entre l'enfant et les parents, entre l'homme et l'homme, entre l'homme et la femme. Personne n'ose plus faire confiance à une épouse, un enfant ou un ami. Mais dans l'avenir, il n'y aura plus ni épouse ni amis. Les enfants seront enlevés à leur mère à la naissance, comme on prend les œufs d'une poule. L'instinct sexuel sera éradiqué. La procréation sera une formalité annuelle, comme le renouvellement d'une carte de rationnement. Nous supprimerons l'orgasme. Nos neurologues travaillent dessus en ce moment même. Il n'y aura plus de loyauté, sauf envers le Parti. Il n'y aura plus d'amour, sauf pour Big Brother. Il n'y aura plus de rire, sauf celui de triomphe pour un ennemi vaincu. Il n'y aura plus d'art, de littérature, de science. Lorsque nous sommes tout-puissants, nous n'avons plus besoin de la science. Il n'y aura pas de distinction entre la beauté et la laideur. Il n'y aura ni curiosité ni joie de vivre. Tous les plaisirs concurrents seront détruits. Mais, n'oubliez pas cela, Winston, il y aura toujours l'ivresse du pouvoir, augmentant sans relâche et devenant constamment de plus en plus subtile. Il y aura toujours, à chaque instant, l'excitation de la victoire, la sensation d'écraser un ennemi impuissant. Si vous voulez visualiser l'avenir, imaginez une botte piétinant un visage humain – pour toujours.

Il fit une pause, comme s'il s'attendait à ce que Winston prenne la parole. Ce dernier avait encore essayé de se recroqueviller au fond du lit. Il était incapable de dire quoi que ce soit. Son cœur semblait être gelé. O'Brien poursuivit :

— Et souvenez-vous que c'est pour toujours. Le visage sera toujours là pour être piétiné. L'hérétique, l'ennemi de la société sera toujours là, pour qu'il puisse être vaincu et humilié, encore et encore. Tout ce que vous avez subi depuis que vous êtes entre nos mains, tout cela va continuer, et empirer. L'espionnage, les trahisons, les arrestations, la torture, les exécutions, les disparitions ne s'arrêteront jamais. Ce sera autant un monde de terreur qu'un monde de triomphe. Plus le Parti sera puissant, moins il sera tolérant ; plus faible sera l'opposition, plus étroit sera le despotisme. Goldstein et ses hérésies vivront éternellement. Chaque jour, à chaque instant, ils seront vaincus, discrédités, ridiculisés, on leur crachera dessus, et pourtant, ils survivront toujours.

La comédie que j'ai jouée avec vous pendant sept ans se reproduira encore et encore, génération après génération, sous des formes toujours plus subtiles. Nous aurons toujours les hérétiques ici, à notre merci, hurlant de douleur, brisés, méprisables – et finalement, absolument repentants, sauvés d'eux-mêmes, rampant à nos pieds de leur plein gré. Voici le monde que nous préparons, Winston. Un monde de victoires successives, de triomphes consécutifs, une pression sans fin sur le nerf du pouvoir. Je discerne que vous commencez à vous rendre compte de ce que le monde sera. Mais au final, vous ferez plus que le comprendre. Vous l'accepterez, vous l'accueillerez, vous en ferez partie.

Winston s'était suffisamment remis pour pouvoir parler.

— Vous ne pouvez pas ! dit-il faiblement.

— Qu'entendez-vous par là, Winston ?

— Vous ne pouvez pas créer un monde comme celui que vous venez de décrire. C'est un rêve. C'est impossible.

— Pourquoi ?

— C'est impossible de fonder une civilisation sur la peur, la haine et la cruauté. Cela ne durerait jamais.

— Pourquoi pas ?

— Elle n'aurait aucune vitalité. Elle se désintègrerait. Elle se suiciderait.

— Sottise. Vous avez le sentiment que la haine est plus éreintante que l'amour. Pourquoi devrait-il en être ainsi ? Et si c'était le cas, quelle différence ? Supposez que nous choisissions de nous épuiser plus vite. Supposez que nous accélérions le rythme de vie des humains jusqu'à ce que les hommes soient séniles à trente ans. Encore une fois, quelle différence ? Ne pouvez-vous donc pas comprendre que la mort de l'individu n'est pas la mort ? Le Parti est immortel.

Comme toujours, la voix avait rendu Winston impuissant. De plus, il redoutait que s'il continuait à contredire O'Brien, ce dernier actionnerait le levier du cadran. Malgré cela, il ne put se résoudre à rester silencieux. Faiblement, sans arguments, avec rien d'autre pour le soutenir que son horreur impossible à exprimer envers ce qu'O'Brien venait de dire, il repassa à l'attaque.

— Je ne sais pas. Je m'en fiche. D'une façon ou d'une autre, vous échouerez. Quelque chose vous vaincra. La vie vous vaincra.

— Nous contrôlons la vie, Winston, à tous les niveaux. Vous vous imaginez que quelque chose, nommé la « nature humaine », sera révolté par ce que nous faisons et le retournera contre nous. Mais nous créons la nature humaine. L'humanité est infiniment malléable. Ou peut-être êtes-vous revenus à votre vieille idée que les prolétaires ou les esclaves se soulèveront et nous renverseront. Sortez-vous cela de la tête. Ils sont aussi impuissants que les animaux. L'humanité, c'est le Parti. Les autres sont extérieurs. Sans intérêt.

— Je m'en fiche. À la fin, ils vous battront. Tôt ou tard, ils vous verront tels que vous êtes, et ils vont vous mettre en pièces.

— Avez-vous une preuve que tout ceci est en train d'arriver ? Ou une raison pour laquelle cela devrait se produire ?

— Non. Je le crois. Je *sais* que vous échouerez. Il y a quelque chose dans l'univers – un esprit, un principe, que sais-je – que vous ne pourrez jamais vaincre.

— Croyez-vous en Dieu, Winston ?

— Non.

— Dans ce cas, quel est ce principe qui nous vaincra ?

— Je l'ignore. L'esprit de l'Homme.

— Et considérez-vous que vous êtes un homme ?

— Oui.

— Si vous êtes un homme, Winston, alors vous êtes le dernier. Votre espèce est éteinte ; nous sommes les héritiers. Comprenez-vous que vous êtes *seul* ? Vous êtes extérieur à l'Histoire, vous êtes un non-être.

Son attitude changea, puis il dit, d'un ton plus sévère :

— Et vous considérez-vous moralement supérieur à nous, avec nos mensonges et notre cruauté ?

— Oui, je me considère supérieur.

O'Brien ne répondit pas. Deux autres voix parlaient. Après un instant, Winston reconnut l'une d'elles : c'était la sienne. C'était un enregistrement de la conversation qu'il avait eue avec O'Brien, la nuit où il s'était enrôlé dans la Fraternité. Il s'entendit promettre de mentir, voler, falsifier, assassiner, encourager la prise de drogues et la prostitution pour répandre des maladies vénériennes, jeter du vitriol au visage d'un enfant. O'Brien fit un geste bref, signe d'impatience, comme pour dire que la conclusion n'avait pas vraiment besoin d'être formulée. Puis il tourna un bouton et les voix s'arrêtèrent.

— Levez-vous de ce lit, dit-il.

Les liens s'étaient desserrés. Winston se baissa sur le sol et se redressa en titubant.

— Vous êtes le dernier homme, lança O'Brien. Vous êtes le gardien de l'esprit humain. Vous devez vous voir tel que vous êtes. Retirez vos vêtements.

Winston défit le bout de ficelle qui maintenait son uniforme. La fermeture éclair lui avait été arrachée depuis longtemps. Il n'arrivait pas à se rappeler si, depuis son arrestation, il avait une fois enlevé ses vêtements. Sous sa salopette, son corps était serré dans des guenilles sales et jaunâtres ; on reconnaissait à peine qu'il s'agissait de sous-vêtements. Alors qu'il les faisait glisser au sol, il vit un miroir à trois faces au fond de la pièce. Il s'en approcha, puis s'arrêta net. Un cri involontaire s'échappa de sa gorge.

— Continuez, lui ordonna O'Brien. Placez-vous entre les ailes du miroir. Vous pourrez également vous voir de côté.

Il s'était arrêté car il était effrayé. Une chose voûtée, à la peau grise, semblable à un squelette s'approchait de lui. Sa véritable apparence était terrifiante, et ce n'était pas simplement parce qu'il savait qu'il s'agissait de lui. Il s'approcha encore de la glace. Le visage de la créature semblait être projeté en avant, à cause de sa carrure courbée. Un visage triste d'un prisonnier, avec un front découvert qui montait jusqu'à un crâne chauve, un nez crochu, des pommettes abîmées, au-dessus desquelles ses yeux vigilants affichaient un air sauvage. Ses joues étaient marquées et sa bouche retroussée. Il s'agissait certainement de son propre visage, mais il lui semblait qu'il avait plus changé que son esprit. Les émotions qui s'y inscrivaient étaient différentes de celles qu'il ressentait. Il était devenu partiellement chauve. Au premier regard, il avait cru qu'ils avaient également viré au gris, mais seul le cuir chevelu était de cette couleur. À part ses mains et son visage, tout son corps était entièrement gris, couvert d'une poussière ancienne et incrustée dans sa peau. Ici et là, sous la poussière, il y avait les cicatrices rouges des blessures, et près de la cheville, l'ulcère variqueux était une masse enflammée dont la peau s'effritait. Mais la chose réellement effrayante était la maigreur de son corps. Le cylindre des côtes était aussi étroit que celui d'un squelette ; les jambes s'étaient tellement amincies que les genoux étaient plus gros que les cuisses. Il comprenait maintenant ce qu'O'Brien entendait par la vue de côté. La courbure de sa colonne vertébrale était stupéfiante. Les épaules maigres étaient voûtées, ce qui créait une cavité dans son torse ; le cou décharné semblait se plier deux fois plus bas sous le poids du crâne. À vue de nez, il aurait dit qu'il s'agissait du corps d'un homme de soixante ans, souffrant d'une maladie maligne.

— Parfois, vous pensiez que mon visage – celui d'un membre du Parti Intérieur – avait l'air vieux et fatigué. Que pensez-vous du vôtre ?

Il saisit Winston par l'épaule et le fit se retourner, pour qu'il se trouve face à lui.

— Regardez dans quel état vous êtes ! s'exclama-t-il. Regardez cette crasse qui couvre tout votre corps. Regardez la saleté entre vos orteils. Regardez cette plaie ouverte et dégoûtante sur votre jambe. Savez-vous que vous sentez le bouc ? Vous avez probablement cessé d'y faire attention. Regardez comme vous êtes maigre. Vous voyez ? Je peux faire le tour de votre biceps avec mon pouce et mon index. Je pourrais briser votre cou comme une carotte. Savez-vous que vous avez perdu vingt-cinq kilos depuis que vous êtes entre nos mains ? Même vos cheveux tombent par poignées. Regardez !

Il porta sa main à la tête de Winston pour en arracher une touffe de cheveux.

— Ouvrez votre bouche. Neuf, dix, onze dents restantes. Combien en aviez-vous lorsque vous êtes arrivé ici ? Et les quelques-unes qu'il vous reste tombent toutes seules. Regardez !

Il saisit l'une des incisives restantes de Winston entre son pouce et son index puissants. Une douleur vive saisit la mâchoire de Winston. O'Brien avait arraché la dent mobile avec la racine. Il la jeta dans la cellule.

— Vous êtes en train de pourrir, dit-il. Vous tombez en miettes. Qu'êtes-vous ? Un sac de crasse. Maintenant, tournez-vous et regardez à nouveau ce miroir. Vous voyez cette chose face à vous ? Ceci est le dernier homme. Si vous êtes humain, voici l'humanité. Maintenant, remettez vos vêtements.

Winston commença à se rhabiller avec des mouvements lents et crispés. Jusqu'à présent, il n'avait pas remarqué à quel point il était maigre et faible. Une seule pensée habitait son esprit : le fait qu'il devait être dans cet endroit depuis plus longtemps qu'il ne l'imaginait. Puis, soudain, alors qu'il enfilait ses misérables guenilles, un sentiment de pitié pour son corps détruit l'envahit. Avant même de savoir ce qu'il faisait, il s'était effondré sur un petit tabouret qui se trouvait à côté du lit, puis il fondit en larmes. Il était conscient de sa laideur, de son manque de grâce, un paquet d'os dans des sous-vêtements sales, assis, pleurant dans la lumière blanche aveuglante ; mais il ne pouvait s'en empêcher.

O'Brien posa une main sur son épaule, presque amicalement.

— Cela ne durera pas éternellement, dit-il. Vous pouvez y échapper dès que vous le souhaitez. Tout dépend de vous.

— C'est vous qui l'avez fait ! sanglota Winston. C'est vous qui m'avez mis dans cet état.

— Non, Winston, vous vous y êtes mis tout seul. Voici ce que vous avez accepté lorsque vous vous êtes dressé contre le Parti. Tout reposait dans ce premier acte. Il ne s'est rien passé que vous n'aviez pas anticipé.

Il s'arrêta, puis reprit :

— Nous vous avons battu, Winston. Nous vous avons brisé. Vous avez vu à quoi ressemblait votre corps. Votre esprit est dans le même état. Je ne pense pas qu'il reste beaucoup de fierté en vous. Vous avez été frappé, fouetté et insulté, vous avez hurlé de douleur, vous vous êtes roulé sur le sol, dans votre propre sang et vomi. Vous avez imploré notre pitié en gémissant, vous avez tout avoué et trahi tout le monde. Pouvez-vous trouver une seule humiliation qui ne vous soit pas arrivée ?

Winston avait arrêté de pleurer, même si les larmes continuaient à couler de ses yeux. Il leva son regard vers O'Brien.

— Je n'ai pas trahi Julia, dit-il.

O'Brien le regarda d'en haut, d'un air pensif.

— Non. Non, c'est tout à fait vrai. Vous n'avez pas trahi Julia.

La vénération particulière envers O'Brien, que rien ne semblait capable de détruire, inonda le cœur de Winston. *Qu'il est intelligent*, pensa-t-il, *qu'il est intelligent !* Jamais O'Brien n'avait manqué de comprendre ce qui lui était dit. N'importe qui d'autre au monde aurait immédiatement répondu qu'il *avait* trahi Julia. Car que ne lui avaient-ils pas soutiré sous la torture ? Il leur avait dit tout ce qu'il savait sur elle, ses habitudes, son caractère, son passé ; il avait confessé en détail tout ce qu'il s'était produit lorsqu'ils se retrouvaient, tout ce qu'il lui avait dit et qu'elle lui avait dit, leurs repas au marché noir, leur adultère, leurs vagues complots contre le Parti – tout. Et pourtant, il ne l'avait pas trahie, dans le sens qu'il entendait dans ce mot. Il n'avait pas arrêté de l'aimer ; ses sentiments pour elle étaient restés les mêmes. O'Brien avait compris ce qu'il voulait dire sans avoir besoin d'une explication.

— Dites-moi, dans combien de temps me fusilleront-ils ? demanda Winston.

— Ça peut être long, répondit O'Brien. Vous êtes un cas délicat. Mais ne perdez pas espoir. Tout le monde guérit tôt ou tard. À la fin, nous vous fusillerons.

IV

Il allait bien mieux. Il reprenait du poids et des forces chaque jour, si l'on pouvait parler de jours.

La lumière blanche et le bourdonnement étaient toujours les mêmes, mais la cellule était un peu plus confortable que les autres dans lesquelles il s'était trouvé. Il y avait un oreiller et un matelas sur le lit de planches, ainsi qu'un tabouret sur lequel s'asseoir. Ils lui avaient donné un bain et l'avaient autorisé à se laver assez fréquemment dans une bassine en étain. Ils lui donnaient même de l'eau tiède pour faire sa toilette. Ils lui avaient fourni de nouveaux sous-vêtements et une salopette propre. Ils avaient pansé son ulcère variqueux avec une crème apaisante. Ils avaient retiré les dents qu'il lui restait et lui avaient posé un dentier.

Des semaines ou des mois avaient dû passer. Il aurait été possible de calculer le temps qui s'écoulait s'il avait trouvé un quelconque intérêt à le faire, car il était nourri à des intervalles qui semblaient réguliers. Il estimait qu'on lui servait trois repas en vingt-quatre heures ; parfois, il se demandait vaguement s'il les recevait la nuit ou la journée. La nourriture était étonnamment bonne, avec de la viande au troisième repas. Une fois, il y avait même eu un paquet de cigarettes. Il n'avait pas d'allumettes, mais le garde muet comme une carpe qui lui amenait sa pitance lui avait prêté un briquet. La première fois qu'il essaya de fumer, cela le rendit malade, mais il persévéra et fit durer le paquet assez longtemps, fumant la moitié d'une cigarette après chaque repas.

Ils lui avaient donné une ardoise blanche avec un moignon de crayon accroché dans un coin. Au départ, il n'en fit rien. Même lorsqu'il était éveillé, il se trouvait dans un état de léthargie complète. Il restait souvent allongé entre deux repas, presque sans bouger, parfois endormi, parfois éveillé et s'abandonnant à de vagues rêveries au cours desquelles ouvrir les yeux représentait un effort bien trop important. Il s'était habitué depuis longtemps à dormir avec une lumière aveuglante sur le visage. Cela ne semblait faire aucune différence, sauf que ses rêves étaient plus cohérents. Il rêva beaucoup pendant toute cette période, et ses rêves étaient toujours heureux.

Il se trouvait dans le Pays d'Or, où il était assis au milieu de gigantesques ruines magnifiques qui baignaient dans la lumière du soleil, avec sa mère, Julia, O'Brien. Ils ne faisaient rien ; ils étaient simplement assis sous le soleil, parlant de choses paisibles. Lorsque Winston était réveillé, il pensait majoritairement à ses rêves. Il semblait avoir perdu la capacité de faire un effort intellectuel, à présent que le stimulus de la douleur lui avait été enlevé. Il ne s'ennuyait pas, ne souhaitait aucune discussion ou distraction. Être seul, ne pas être battu ou interrogé, avoir assez à manger et pouvoir se laver étaient des choses simples qui le satisfaisaient complètement.

Petit à petit, il finit par passer moins de temps à dormir, mais il ne ressentait toujours pas le besoin de sortir de son lit. Tout ce qui l'importait était de rester allongé, tranquille, et sentir ses forces se rassembler dans son corps. Il lui arrivait de se tâter du doigt par-ci par-là, dans le but de s'assurer que ce n'était pas une illusion, que ses muscles s'arrondissaient et que sa peau se tendait. Finalement, il fut sûr et certain qu'il prenait du poids ; ses cuisses étaient maintenant plus grosses que ses genoux. Après cela, d'abord avec réticence, il commença à faire de l'exercice régulièrement. Bientôt, il put marcher trois kilomètres, mesurés en arpentant la cellule, et ses épaules voûtées se redressèrent. Il tenta des exercices plus élaborés et fut étonné et humilié de constater les choses qu'il ne pouvait pas faire. Il n'arrivait pas à marcher plus vite, ni soulever son tabouret à hauteur de ses épaules, ni tenir en équilibre sur une jambe sans tomber. Il s'accroupit et découvrit qu'avec des douleurs atroces dans les cuisses et les mollets, il était seulement capable de se relever. Il s'allongea à plat ventre et essaya de soulever le poids de son corps avec ses mains. C'était sans espoir, il n'arrivait pas à s'élever d'un centimètre. Mais après quelques jours de plus – quelques repas de plus, en tout cas – même ce haut fait fut accompli. À un moment, il fut capable de le faire six fois d'affilée. Il commençait à devenir fier de son corps et de chérir une croyance intermittente : son visage était lui aussi en train de revenir à la normale. Ce n'était que lorsqu'il passait sa main par hasard sur son crâne chauve qu'il se rappelait le visage marqué et détruit qui l'avait regardé dans le miroir.

Son esprit devint plus actif. Il s'assit sur le lit de planches, le dos contre le mur et l'ardoise sur ses genoux, puis s'attela délibérément à la tâche de sa rééducation.

Il avait capitulé, c'était un fait. En réalité, il s'en rendait compte à présent, il avait été prêt à capituler bien avant qu'il en eût pris la décision. Dès qu'il était entré dans le ministère de l'Amour – et, oui, même pendant ces minutes où Julia et lui s'étaient tenus debout, impuissants, alors que la voix métallique du télécran leur disait quoi faire – il avait saisi la frivolité, la superficialité de sa tentative de s'opposer au pouvoir du Parti. Il savait à présent que pendant sept ans, la Police de la Pensée l'avait surveillé comme un scarabée derrière une loupe. Ils n'avaient manqué aucun acte physique, aucun mot prononcé à voix haute ; il n'y avait pas eu une seule pensée qu'ils n'avaient pas été capables de déduire. Même le grain de poussière blanchâtre sur la couverture de son journal qu'ils avaient minutieusement replacé. Ils lui avaient fait écouter des enregistrements, montré des photographies. Certaines d'entre elles les représentaient, Julia et lui. Oui, même ça… Il ne pouvait plus continuer à se battre contre le Parti. En plus de cela, le Parti avait raison. Il devait en être ainsi ; comment le cerveau immortel et collectif pourrait-il se tromper ? Par quel modèle extérieur pouvait-on vérifier ses jugements ? Le bon sens relevait du domaine des statistiques. Il suffisait simplement d'apprendre à penser comme eux. Rien de plus… !

Le crayon paraissait épais et peu maniable entre ses doigts. Il commença à écrire les pensées qui lui venaient. Il écrivit d'abord, en grandes lettres capitales maladroites :

LA LIBERTÉ, C'EST L'ESCLAVAGE

Puis, presque sans s'arrêter, il inscrivit en dessous :

DEUX ET DEUX FONT CINQ

Mais à ce moment-là, une sorte de contrôle le saisit. Il eut l'impression que son esprit, comme s'il se cachait de quelque chose, était incapable de se concentrer. Il savait qu'il savait ce qui arriverait ensuite, mais à cet instant, il ne pouvait s'en rappeler. Lorsqu'il s'en souvint, ce ne dut être que par un raisonnement conscient ; ce n'était pas venu de son propre chef. Il inscrivit :

DIEU, C'EST LE POUVOIR

Il acceptait tout. Le passé était modifiable. Le passé n'avait jamais été modifié. L'Océania était en guerre contre l'Estasia. Elle avait toujours été en guerre contre l'Estasia. Jones, Aaronson et Rutherford étaient coupables des crimes dont ils étaient accusés. Il n'avait jamais vu la photographie qui prouvait leur innocence. Elle n'avait jamais existé, il l'avait inventée. Il se rappelait se souvenir de choses contradictoires, mais ce n'étaient que de faux souvenirs, des produits de l'aveuglement. Comme tout était simple ! Il suffisait de capituler et tout suivait. C'était comme nager à contre-courant, qui vous faisait reculer quelle que soit la force avec laquelle vous luttiez, puis, soudainement, vous décidiez de vous retourner et de vous laisser porter par le courant au lieu de vous y opposer. Rien n'avait changé à part votre propre état d'esprit : la chose prédestinée arrivait dans tous les cas. Il saisissait difficilement pourquoi il s'était un jour rebellé. Tout était simple, sauf...

Tout pouvait être vrai. Les soi-disant lois de la Nature n'avaient aucun sens. Les lois de la gravité non plus. O'Brien avait dit : « Si je le désirais, je pourrais flotter au-dessus du sol comme une bulle de savon. » Winston comprit ce qu'il voulait dire. « S'il *pense* qu'il flotte au-dessus du sol, et si je *pense* en même temps que je le vois le faire, alors c'est réel. » Soudain, comme un morceau d'épave immergée surgissant à la surface de l'eau, cette pensée survint dans son esprit : « Cela n'arrive pas vraiment. Nous l'imaginons. C'est une illusion. » Il enfouit cette réflexion instantanément. L'erreur dans cette idée était évidente. Cela présupposait que, quelque part, en dehors de soi, il existait un monde « réel », où des choses « réelles » se produisaient. Mais comment un tel monde pouvait-il exister ? Quelles connaissances avons-nous de quoi que ce soit, à part de notre propre esprit ? Tous les évènements sont dans la tête. Tout ce qu'il se passe dans la tête arrive réellement.

Il n'eut aucune difficulté à se débarrasser de cette fausse idée, et il ne risquait pas d'y succomber. Néanmoins, il se rendit compte qu'elle n'aurait jamais dû lui traverser l'esprit. L'esprit devait développer un voile opaque chaque fois qu'une pensée dangereuse se présentait. Ce processus devait être automatique, instinctif. En novlang, on appelait cela le *stop-crime*.

Il s'exerça donc au stop-crime. Il soumettait des propositions à son esprit – « le Parti dit que la Terre est plate », « le Parti dit que la glace est plus lourde que l'eau » – et s'entraînait à ne pas voir et ne pas comprendre les arguments qui les contredisaient. Ce n'était pas simple. Cela exigeait de grands pouvoirs de rationalisation et d'improvisation. Les problèmes arithmétiques posés, par exemple, par des affirmations telles que « deux et deux font cinq » étaient hors de sa portée intellectuelle. Cela nécessitait également une sorte de pratique sportive de l'esprit, une capacité à user de la logique la plus fine à un moment, et le suivant, à ignorer les erreurs logiques les plus grossières. La stupidité était autant nécessaire que l'intelligence, et aussi difficile à atteindre.

Pendant tout ce temps, dans un coin de sa tête, il se demandait quand ils le fusilleraient. « Tout dépend de vous », lui avait dit O'Brien. Mais il savait qu'aucun acte délibéré ne pouvait rapprocher le moment de la sentence. Cela pouvait être dix minutes comme dix ans. Ils pourraient le garder en isolement cellulaire pendant des années, l'envoyer dans un camp de travail, le relâcher pour quelque temps, comme ils le faisaient parfois. Il était tout à fait possible qu'avant qu'il fût fusillé, toute la scène de son arrestation et de son interrogatoire fût rejouée encore et encore. La seule chose certaine était que la mort n'arrivait jamais à un moment où on l'attendait. La tradition – tacite, car vous la connaissiez sans jamais en avoir entendu parler – était qu'ils vous tiraient dans le dos. Toujours derrière la tête, sans avertissement, alors que vous marchiez dans un couloir pour vous rendre d'une cellule à une autre.

Un jour – ce n'était peut-être pas le bon mot, car c'était probablement aussi bien au milieu de la nuit – donc, une fois, il était tombé dans une étrange et merveilleuse rêverie. Il marchait le long du couloir, attendant la balle. Il savait qu'elle allait arriver d'un instant à l'autre. Tout était arrangé, aplani, concilié. Il n'y avait plus de doute, de discussion, de douleur, de peur. Son corps était sain et fort. Il marchait sans mal, avec de la joie dans ses mouvements et l'impression de déambuler sous le soleil. Il ne se trouvait plus dans les couloirs blancs et étroits du ministère de l'Amour, mais dans l'immense passage ensoleillé, d'un kilomètre de large, qu'il avait eu l'impression de fouler dans son délire provoqué par les drogues. Il se trouvait dans le Pays d'Or, suivant le sentier à travers le vieux pâturage grignoté par les lapins. Il pouvait sentir l'herbe courte et élastique sous ses pieds et la douceur des rayons du soleil sur son visage. Au bord du champ, il y avait les ormes, dont les branches remuaient légèrement, et au-delà de ces derniers se trouvait le ruisseau ; les vandoises résidaient dans l'eau verte sous les saules.

Soudain, il sursauta, pris d'horreur. La sueur surgit d'un coup sur sa colonne vertébrale. Il s'était entendu hurler :

— Julia ! Julia ! Julia, mon amour ! Julia !

Pendant un instant, l'illusion de sa présence l'avait envahi. Elle n'avait pas seulement semblé être avec lui, mais à l'intérieur de lui. C'était comme si elle faisait partie de la texture de sa peau. À ce moment-là, il l'avait aimée plus que lorsqu'ils étaient ensemble et libres. Il savait également que, quelque part, elle était toujours vivante et avait besoin de son aide.

Il s'allongea sur le lit et essaya de se calmer. Qu'avait-il fait ? Combien d'années avait-il ajouté à sa servitude par cet instant de faiblesse ?

D'un instant à l'autre, il entendrait le martèlement des bottes à l'extérieur de sa cellule. Ils ne pourraient laisser un tel emportement demeurer impuni. À présent, ils sauraient, s'ils l'avaient ignoré jusque-là, qu'il rompait l'accord qu'il avait passé avec eux. Il obéissait au Parti, mais le haïssait toujours. Par le passé, il avait caché son esprit hérétique derrière une apparence de conformité. Maintenant, il avait reculé d'un pas ; dans son esprit, il avait capitulé, mais il avait espéré que son cœur reste inviolé. Il savait qu'il était dans le faux, mais il préférait se trouver dans ce cas de figure. Ils le comprendraient. O'Brien le comprendrait. Tout était confessé dans ce seul hurlement imprudent.

Il devrait tout recommencer. Cela pourrait prendre des années. Il passa une main sur son visage, essayant de se familiariser avec sa nouvelle forme. Ses joues étaient profondément ridées, les pommettes étaient saillantes, le nez aplati. De plus, depuis qu'il s'était vu dans le miroir pour la dernière fois, on lui avait posé un dentier complet. Il n'était pas facile de garder un visage impénétrable quand on ignorait à quoi il ressemblait. Dans tous les cas, un simple contrôle des traits n'était pas suffisant. Il comprit pour la première fois que si l'on voulait garder un secret, il fallait également le dissimuler à soi-même. Pendant tout ce temps, vous devez savoir qu'il est là, mais jusqu'à ce que ce soit nécessaire, vous ne devez jamais le laisser atteindre votre conscience sous quelque forme que ce soit que l'on pourrait nommer. À partir de ce moment-là, il ne devait pas se contenter de penser juste ; il devait se sentir juste et rêver juste. Et durant tout ce processus, il devait garder sa haine enfermée en lui, comme une boule de matière qui faisait partie de lui et était pourtant déconnectée du reste de son être, un genre de kyste.

Un jour, ils décideraient de le fusiller. On ne pouvait dire quand cela arriverait, mais quelques secondes avant l'impact, il était possible de le deviner. C'était toujours par-derrière, en marchant dans un couloir. Dix secondes suffiraient. Pendant ce laps de temps, son monde intérieur pourrait se retourner. Puis, soudain, sans prononcer un mot, sans s'arrêter de marcher, sans bouger un seul muscle de son visage, le camouflage tomberait, et bang ! les batteries de sa haine seraient lancées. La haine l'emplirait comme une immense flamme rugissante. Et presque au même instant, bang ! la balle partirait, trop tard, ou trop tôt. Ils feraient exploser son cerveau avant de pouvoir le reprendre. La pensée hérétique resterait impunie, impénitente, hors de leur portée, pour toujours. Ils auraient fait un trou dans leur propre perfection. Mourir en les haïssant : c'était cela, la liberté.

Il ferma les yeux. C'était plus difficile qu'accepter une discipline intellectuelle. Il s'agissait pour lui de se dégrader, de se mutiler. Il avait dû se plonger dans la pire des saletés. Qu'est-ce qui était la chose la plus horrible, la plus ignoble de toutes ? Il pensa à Big Brother. L'immense visage (à le voir constamment sur des affiches, il y pensait toujours comme mesurant un mètre de large), avec son épaisse moustache noire et ses yeux qui vous suivaient constamment, semblait flotter dans son esprit, de son propre gré. Quels étaient réellement ses sentiments envers Big Brother ?

Il y eut un martèlement lourd de bottes dans le couloir. La porte en acier s'ouvrit d'un coup, avec un bruit métallique. O'Brien pénétra dans la cellule. Derrière lui se tenaient l'officier au visage de cire et les gardes en uniformes noirs.

— Levez-vous, ordonna O'Brien. Venez ici.

Winston se posta en face de lui. O'Brien saisit les épaules de Winston entre ses deux mains puissantes et le regarda de près.

— Vous avez pensé à me duper, dit-il. C'était stupide. Tenez-vous droit. Regardez-moi dans les yeux.

Il s'arrêta, puis continua d'un ton plus doux :

— Vous vous améliorez. Intellectuellement, il y a très peu de mal en vous. Ce n'est que sur le plan émotionnel que vous n'avez pas réussi à faire de progrès. Dites-moi, Winston – et n'oubliez pas, pas de mensonge, vous savez très bien que j'arrive toujours à détecter quand vous mentez – dites-moi, quels sont vos véritables sentiments envers Big Brother ?

— Je le déteste.

— Vous le détestez. Bien. Alors, l'heure est venue pour vous de passer à la dernière étape. Vous devez aimer Big Brother. Lui obéir n'est pas suffisant ; vous devez l'aimer.

Il relâcha Winston en le poussant légèrement vers les gardes.

— Salle 101, dit-il.

V

À chaque étape de son emprisonnement, il avait su, ou avait l'impression de savoir, où il se trouvait exactement dans le bâtiment sans fenêtres. C'était peut-être dû à de légères différences dans la pression de l'air. Les cellules où les gardes l'avaient battu étaient situées en dessous du niveau du sol. Celle où il avait été interrogé par O'Brien était en hauteur, non loin du toit. Cet endroit-là était à bien des mètres sous terre, aussi bas qu'il fût possible d'aller.

Il était plus grand que la plupart des cellules dans lesquelles il s'était trouvé. Mais il ne remarqua qu'à peine ce qui l'entourait, seulement deux petites tables en face de lui, chacune couverte de feutrine verte. L'une d'elles se trouvait à peine à un ou deux mètres de lui ; l'autre, plus loin, près de la porte. Il était attaché à une chaise, le dos droit, et ses liens étaient si serrés qu'il ne pouvait absolument pas bouger, pas même sa tête. Une sorte de grappin retenait l'arrière de cette dernière, le forçant à regarder droit devant lui.

Il resta seul pendant un moment, puis la porte s'ouvrit, laissant entrer O'Brien.

— Une fois, vous m'avez demandé ce qu'il y avait dans la Salle 101, dit O'Brien. Je vous avais dit que vous connaissiez déjà la réponse à cette question. Tout le monde le sait. Ce qui se trouve dans la Salle 101 est la pire chose au monde.

La porte s'ouvrit à nouveau. Un garde pénétra dans la salle, transportant quelque chose fait de fils de fer, une sorte de boîte ou de panier. Il le posa sur la table loin de Winston. À cause de la position dans laquelle O'Brien se tenait, Winston ne put voir de quoi il s'agissait.

— La pire chose au monde varie selon les individus, commença O'Brien. Ce peut être d'être enterré vivant, être immolé par le feu, se noyer, être empalé, ou cinquante autres morts différentes. Dans certains cas, ce n'est qu'une chose assez ordinaire, qui n'est même pas fatale.

Il s'était légèrement déplacé sur le côté, afin que Winston puisse avoir une meilleure vue de la chose posée sur la table. C'était une cage rectangulaire en fils de fer, avec une poignée sur le dessus pour la transporter. Sur le devant était fixée une chose qui ressemblait à un masque d'escrime, dont la partie concave serait tournée vers l'extérieur. Bien qu'elle fût placée à trois ou quatre mètres de lui, il vit que la cage était divisée sur la longueur en deux compartiments, et que chacun d'eux abritait une créature. C'étaient des rats.

— Dans votre cas, la pire chose au monde se trouve être les rats, constata O'Brien.

Une sorte de tremblement prémonitoire, une peur d'il ne savait pas vraiment quoi, avait traversé le corps de Winston dès qu'il avait aperçu la cage pour la première fois. Mais à cet instant, la signification du masque fixé au-devant le pénétra soudain. Ses entrailles semblaient s'être liquéfiées.

— Vous ne pouvez pas faire ça ! hurla-t-il d'une voix forte et éraillée. Vous ne pouvez pas, vous ne pouvez pas ! C'est impossible.

— Vous rappelez-vous le moment de panique qui arrivait souvent dans vos rêves ? demanda O'Brien. Il y avait un mur de ténèbres devant vous, et un rugissement dans vos oreilles. Il y avait quelque chose de terrible de l'autre côté de ce mur. Vous saviez que vous saviez ce que c'était, mais vous n'avez pas osé le soumettre à votre conscience. C'étaient des rats qu'il y avait derrière ce mur.

— O'Brien ! s'exclama Winston en essayant de contrôler sa voix. Vous savez que ce n'est pas nécessaire. Que voulez-vous que je fasse ?

O'Brien ne répondit pas directement. Lorsqu'il parla, c'était dans cette attitude de professeur qu'il prenait parfois. Il regarda au loin, pensif, comme s'il s'adressait à un public quelque part derrière Winston.

— La douleur en elle-même ne suffit pas, dit-il. En certaines occasions, un être humain se dressera contre la douleur, même jusqu'à la mort. Mais il y a quelque chose d'intolérable pour tout le monde – une chose qui ne peut pas être contemplée. Il n'est pas question de courage ni de lâcheté. Si vous tombez d'une falaise, ce n'est pas de la lâcheté que de s'accrocher à une corde. Si vous revenez des profondeurs marines, ce n'est pas de la lâcheté que de remplir vos poumons d'air. Il s'agit simplement d'un instinct qui ne peut être détruit. C'est la même chose avec les rats. Pour vous, c'est intolérable. Ils sont une forme de pression que vous ne pouvez supporter, même si vous le vouliez. Vous ferez ce qu'on attend de vous.

— Mais qu'est-ce donc, alors ? Comment puis-je le faire si j'ignore ce dont il s'agit ?

O'Brien attrapa la cage et l'amena vers la table la plus proche de Winston. Il la posa délicatement sur la feutrine. Winston entendait le sang battre dans ses oreilles. Il avait l'impression d'être assis dans une solitude absolue. Il se trouvait au milieu d'une immense plaine vide, un désert plat arrosé de la lumière du soleil dans lequel tous les bruits lui parvenaient depuis une distance infinie. Pourtant, la cage avec les rats se trouvait à moins de deux mètres de lui. Ils étaient énormes. À cet âge où le museau du rat devient grossier et féroce, et où le pelage vire du gris au marron.

— Le rat, même s'il est un rongeur, est carnivore, expliqua O'Brien, toujours en s'adressant à son public invisible. Vous le savez. Vous avez sûrement entendu ce qu'il se passe dans les quartiers défavorisés de cette ville. Dans certaines rues, une femme n'ose pas laisser son bébé seul dans la maison, même pour cinq minutes. Les rats ne manqueraient pas de l'attaquer. En peu de temps, il n'en resterait que les os. Ils attaquent aussi les personnes malades ou mourantes. Ils font preuve d'une intelligence surprenante lorsqu'il s'agit de savoir quand un être humain est sans défense.

Il y eut une explosion de couinements venant de la cage. Elle sembla atteindre Winston depuis une distance éloignée. Les rats se battaient ; ils essayaient de s'attaquer à travers la cloison. Il entendit également un profond grognement de désespoir. Cela aussi sembla ne pas venir de lui.

O'Brien saisit la cage et, en faisant cela, poussa quelque chose à l'intérieur. Il y eut un bruit sec. Winston déploya un effort effréné pour se défaire de la chaise. C'était sans espoir ; chaque partie de son corps, même sa tête, était tenue immobile. O'Brien rapprocha la cage. Elle était à moins d'un mètre du visage de Winston.

— J'ai actionné le premier levier, dit O'Brien. Vous comprenez comment est construite cette cage. Le masque vous couvrira le visage, ne laissant aucune issue. Lorsque j'actionnerai cet autre levier, la porte de la cage s'ouvrira en glissant vers le haut. Ces brutes affamées s'en échapperont comme des balles de fusil. Avez-vous déjà vu un rat bondir dans les airs ? Ils vous sauteront au visage et creuseront directement dedans. Parfois, ils attaquent les yeux en premier. D'autres fois, ils creusent les joues et dévorent la langue.

La cage était plus proche ; elle continuait à se rapprocher. Winston entendit une succession de cris stridents qui semblaient venir des airs, au-dessus de sa tête. Mais il lutta furieusement contre sa panique. Penser. Penser, même une fraction de seconde, était son seul espoir. Soudain, l'odeur infecte des bestiaux, une odeur de renfermé, envahit ses narines. Il fut pris d'une violente nausée et manqua de perdre connaissance. Tout était devenu noir. Pendant un instant, il devint fou, un animal hurlant à la mort. Pourtant, il revint de l'obscurité en s'accrochant à une idée. Il n'y avait qu'un seul moyen de le sauver. Il devait interposer un autre être humain, le *corps* d'un autre être humain, entre lui et les rats.

Le cercle du masque était à présent assez grand pour bloquer la vision de quoi que ce soit d'autre. La porte en fils de fer se trouvait à deux doigts de son visage. Les rats savaient ce qui allait se passer, maintenant. L'un d'eux faisait des bonds ; l'autre, un grand-père squameux d'égout, se dressa, ses pattes roses contre les barreaux, et renifla l'air intensément. Winston voyait les moustaches et les dents jaunes. La panique et l'obscurité le saisirent à nouveau. Il était aveugle, impuissant, abasourdi.

— C'était un châtiment courant en Chine impériale, dit O'Brien, d'une façon toujours aussi didactique.

Le masque se refermait sur son visage. Les fils de fer brossaient ses joues. Puis… non, ce n'était pas du soulagement, seulement de l'espoir, un minuscule fragment d'espoir. Trop tard, peut-être trop tard. Mais il avait soudainement compris que, dans le monde entier, il n'y avait qu'une seule personne à qui il pouvait transférer sa punition ; un seul corps qu'il pouvait pousser entre lui et les rats. Et il hurla frénétiquement, encore et encore :

— Faites-le à Julia ! Faites-le à Julia ! Pas à moi ! À Julia ! Je me fiche de ce que vous lui faites. Arrachez-lui le visage, rongez-la jusqu'aux os. Pas à moi ! À Julia ! Pas à moi !

Il tomba en arrière, dans d'énormes gouffres profonds, loin des rats. Il était toujours attaché à la chaise, mais il était passé à travers le sol, les murs du bâtiment, la terre, les océans, l'atmosphère, dans l'espace, dans les cavités entre les étoiles – toujours loin, très loin des rats. Il se trouvait à des années-lumière de là, mais O'Brien se tenait toujours à ses côtés. Il sentait toujours le froid des fils de fer contre sa joue. Mais à travers l'obscurité qui l'enveloppait, il entendit un autre cliquetis métallique et sut que la porte de la cage s'était fermée, pas ouverte.

VI

Le Châtaignier était presque vide. Un rayon de soleil à travers la fenêtre tombait en biais sur les tables poussiéreuses. Il était quinze heures, un moment où il n'y avait personne. Une musique métallique dégoulinait des télécrans.

Winston était assis dans son coin habituel, fixant un verre vide. De temps à autre, il jetait un coup d'œil vers un immense visage qui le regardait depuis le mur en face de lui. *Big Brother vous surveille*, disait la légende. Sans attendre d'ordre, un serveur vint vers lui et remplit son verre avec du gin de la Victoire, versant quelques gouttes d'une autre bouteille, dont le bouchon était transpercé d'une plume. C'était de la saccharine parfumée au clou de girofle, la spécialité du café.

Winston écoutait le télécran. À présent n'en sortait que de la musique, mais il était possible qu'à tout moment, il y eût un bulletin spécial du ministère de la Paix. Les nouvelles du front africain étaient extrêmement inquiétantes. Il avait été préoccupé par ce sujet toute la journée, par intermittence. Une armée eurasienne (l'Océania était en guerre contre l'Eurasia ; elle avait toujours été en guerre contre l'Eurasia) se déplaçait vers le sud à une vitesse effrayante. Le bulletin de midi n'avait pas mentionné une zone spécifique, mais il était possible que l'embouchure du Congo fût déjà un champ de bataille. Brazzaville et Léopoldville étaient en danger. Nul besoin de regarder une carte pour comprendre ce que cela signifiait. Cela ne concernait pas seulement le fait de perdre l'Afrique centrale ; pour la première fois depuis le début de la guerre, le territoire de l'Océania elle-même était menacé.

Une violente émotion, pas totalement de la peur, mais une sorte d'excitation indifférenciée, explosa en lui, puis s'évanouit de nouveau. Il arrêta de penser à la guerre. Ces jours-ci, il n'arrivait jamais à se concentrer sur quelque sujet que ce soit pendant plus de quelques instants. Il saisit son verre et le but cul sec. Comme toujours, le gin le fit frémir, et lui provoqua même un léger haut-le-cœur. Cette boisson était horrible. Les clous de girofle et la saccharine, eux-mêmes d'un goût assez répugnant, comme celui d'un remède, ne pouvaient couvrir l'odeur d'huile ; le pire de tout était que l'odeur du gin, qui le suivait jour et nuit, se mélangeait inextricablement dans sa tête avec celle de ces…

Il ne les nommait jamais, même en pensée, et, autant que possible, ne se les représentait jamais. C'était quelque chose dont il avait à moitié conscience, qui planait près de son visage, une odeur qui s'accrochait à ses narines.

Lorsque le gin remonta de son estomac, il émit un rot à travers des lèvres violettes. Il avait grossi depuis qu'ils l'avaient relâché et avait trouvé ses anciennes couleurs – même plus que retrouvé. Ses traits s'étaient épaissis, la peau sur son nez et ses pommettes était d'un rouge vulgaire. Même le crâne chauve était d'un rose trop foncé. Un serveur, toujours sans être sollicité, apporta un échiquier et le *Times*, ouvert sur le problème actuel des échecs. Puis, voyant que le verre de Winston était vide, il amena la bouteille de gin et le remplit. Nul besoin de donner d'ordres. Ils connaissaient ses habitudes. L'échiquier l'attendait toujours, sa table dans le coin était toujours réservée ; même lorsque le café était plein, il l'avait pour lui tout seul, puisque personne ne souhaitait être vu assis trop près de lui. Il n'avait même jamais pris la peine de compter les verres qu'il buvait. À intervalles irréguliers, ils lui présentaient un bout de papier sale qu'ils prétendaient être la note, mais il avait l'impression qu'ils lui faisaient payer moins cher qu'il ne devrait. Le cas inverse n'aurait fait aucune différence. À présent, il avait beaucoup d'argent. Il avait même un travail, une sinécure, mieux payé que son ancien poste.

La musique du télécran s'arrêta et une voix prit le relais. Winston releva la tête pour écouter. En revanche, pas de bulletin du front. C'était seulement une brève annonce du ministère de l'Abondance. Au trimestre précédent, apparemment, le quota de lacets du Dixième Plan Triennal avait été dépassé de quatre-vingt-dix-huit pour cent.

Il examina le problème des échecs et posa les pièces. C'était une issue épineuse, impliquant deux cavaliers. « Les blancs jouent et gagnent en deux coups. » Winston leva les yeux vers le portrait de Big Brother. *Les blancs gagnent toujours*, pensa-t-il avec une sorte de mysticisme obscur. C'était toujours comme ça, sans exception. Depuis le commencement du monde, les noirs n'avaient jamais gagné lors d'un problème d'échecs. Cela ne symbolisait-il pas le triomphe éternel et constant du Bien sur le Mal ? L'immense visage le regarda à son tour, empli d'une puissance sereine. Les blancs gagnent toujours.

La voix du télécran fit une pause et ajouta, d'un ton différent, bien plus grave :

— Préparez-vous à recevoir une annonce importante à quinze heures trente. Quinze heures trente ! Il s'agit d'une information de la plus haute importance. Veillez à ne pas la manquer. Quinze heures trente !

La musique métallique reprit.

Le cœur de Winston fit un bond. C'était le bulletin du front ; son instinct lui disait qu'il s'agissait là de mauvaises nouvelles. Toute la journée, avec de petits sursauts d'excitation, l'idée d'une défaite écrasante en Afrique allait et venait dans son esprit. À vrai dire, il avait l'impression de voir l'armée eurasienne essaimer vers la frontière jamais franchie et se déverser dans le sud de l'Afrique comme des colonnes de fourmis. Comment se faisait-il que leurs manœuvres n'aient pu être déjouées d'une façon ou d'une autre ? Le plan de la côte ouest-africaine s'afficha nettement dans son esprit. Il attrapa le cavalier blanc et le déplaça sur le plateau. C'était *là*, le bon emplacement. Même en voyant la horde noire se précipiter vers le sud, il remarqua une autre force, mystérieusement réunie, soudain plantée derrière elle, coupant leurs communications à terre et en mer. Il sentit qu'en le souhaitant, il donnait vie à cette autre force. Mais il fallait agir rapidement. S'ils pouvaient prendre le contrôle de toute l'Afrique, s'ils avaient des zones aériennes et des bases sous-marines au Cap, cela scinderait l'Océania en deux. Cela pourrait signifier n'importe quoi : la défaite, l'écrasement, la nouvelle division du monde, la destruction du Parti ! Il inspira profondément. Un mélange extraordinaire de sentiments – pas exactement un mélange, plutôt des couches successives de sentiments, dont on ne pouvait dire laquelle primait sur les autres – luttait en lui.

Le spasme disparut. Il remit le cavalier blanc à sa place, mais pour l'heure, il ne pouvait se concentrer pour examiner le problème des échecs. Ses pensées se mirent de nouveau à vagabonder. Presque inconsciemment, dans la poussière présente sur la table, il traça avec son doigt :

2 + 2 = 5

« Ils ne peuvent pas s'immiscer en toi », avait-elle dit. Mais ils pouvaient s'immiscer en vous. « Ce qui vous arrive ici durera *pour toujours* », avait dit O'Brien. Ceci était vrai. Vous ne pouviez jamais vous remettre de certaines choses, de vos propres actes. Quelque chose était tué en vous, dans votre poitrine ; brûlé, cautérisé.

Il l'avait vue ; il lui avait même parlé. Il n'y avait aucun danger à cela. Comme par instinct, il savait qu'à présent, ils ne nourrissaient presque plus aucun intérêt envers ses faits et gestes. Il aurait pu organiser un deuxième rendez-vous pour la revoir si l'un d'eux en avait eu l'envie. À vrai dire, ils s'étaient rencontrés par hasard. C'était dans le parc, un jour du mois de mars, d'un froid mordant et abominable, lorsque la terre était aussi dure que du fer et l'herbe semblait morte ; il n'y avait pas un seul bourgeon, sauf quelques crocus qui avaient poussé seulement pour se faire démembrer par le vent. Il marchait d'un pas rapide, ses mains gelées et ses yeux larmoyants, lorsqu'il la vit à moins de dix mètres de lui. Il fut immédiatement frappé par le fait qu'elle avait changé d'une façon difficile à définir. Ils passèrent presque l'un à côté de l'autre sans le moindre signe, puis il se tourna et la suivit, sans grand enthousiasme. Il savait qu'il n'y avait aucun danger, personne ne s'intéresserait à lui. Elle ne parla pas. Elle marchait en oblique sur l'herbe, comme si elle essayait de le semer, puis elle sembla se résigner au fait de l'avoir à ses côtés. Bientôt, ils se trouvèrent au milieu d'une touffe d'arbustes sans feuilles mal taillés, inutiles pour se cacher ou se protéger du vent. Ils s'arrêtèrent. Il faisait atrocement froid. Le vent sifflait à travers les petites branches et rongeait les quelques crocus souffrants. Il enroula sa taille de son bras.

Il n'y avait pas de télécran, mais il devait y avoir des micros cachés ; de plus, ils pouvaient être vus. Peu importait ; rien n'importait. Ils auraient pu s'allonger dans l'herbe et le faire s'ils l'avaient voulu. Son sang se glaça d'effroi à cette idée. Elle n'eut aucune réaction lorsque le bras de Winston l'entoura ; elle n'essaya même pas de se dégager. Il savait à présent ce qui avait changé en elle. Son teint était plus cireux, et il y avait une longue cicatrice, partiellement dissimulée par ses cheveux, qui s'étendait de son front à sa tempe ; mais ce n'était pas cela, le changement. C'était que sa taille était plus large et, fait surprenant, s'était raidie. Il se rappelait la façon dont, une fois, après l'explosion d'une bombe-fusée, il avait aidé à transporter un corps hors de quelque ruine, et combien il avait été étonné non seulement par le poids incroyable de cette chose, mais surtout par sa rigidité et par la difficulté à le manier, qui la faisait plutôt s'apparenter à de la pierre qu'à de la chair. Son corps à elle était comme cela. Il se rendit compte que la texture de sa peau serait assez différente de ce qu'elle avait été autrefois.

Il n'essaya pas de l'embrasser. Ils ne s'adressèrent pas la parole. Alors qu'ils revenaient sur l'herbe, elle le regarda en face pour la première fois. Ce ne fut qu'un regard momentané, rempli de mépris et d'aversion. Il se demanda si cette aversion venait purement du passé ou si elle était également inspirée par son visage bouffi et le liquide lacrymal qui ne cessait de s'échapper de ses yeux à cause du vent. Ils s'assirent sur deux chaises en fer, côte à côte, mais pas trop près l'un de l'autre. Il vit qu'elle était sur le point de parler. Elle déplaça sa chaussure mal conçue de quelques centimètres et écrasa délibérément une brindille. Il remarqua que son pied semblait s'être élargi.

— Je t'ai trahi, dit-elle de but en blanc.

— Je t'ai trahie, répondit-il.

Elle lui lança un autre rapide coup d'œil, rempli d'aversion.

— Parfois, ils te menacent de quelque chose, dit-elle. Quelque chose d'insupportable, d'inimaginable. Et tu dis : « Ne me faites pas ça, faites-le à quelqu'un d'autre, faites-le à n'importe qui d'autre. » Et peut-être qu'après-coup, tu t'imagines que ce n'était qu'une ruse et que tu l'as dit seulement pour faire qu'ils arrêtent et que tu ne le pensais pas vraiment. Mais c'est faux. Au moment où ça arrive, tu le penses vraiment. Tu es persuadé qu'il n'y a aucun autre moyen de te sauver, et tu es prêt à le faire de cette façon. Tu *veux* que ce soit fait à une autre personne. Peu importe ce qu'elle endure. La seule chose qui t'importe, c'est toi-même.

— La seule chose qui t'importe, c'est toi-même, répéta-t-il.

— Et après ça, on ne ressent plus la même chose envers l'autre personne.

— Non, on ne ressent plus la même chose.

Il n'y avait pas l'air d'y avoir autre chose à dire. Le vent plaquait leurs fines salopettes contre leur corps. Presque immédiatement, être assis là, en silence, devint une situation embarrassante ; de plus, il faisait trop froid pour rester immobile. Elle dit quelque chose en rapport avec le fait d'attraper son métro, puis se leva pour partir.

— Nous devrions nous revoir, dit-il.

— Oui, nous devrions nous revoir, répondit-elle.

Il la suivit pendant une courte distance, d'une démarche hésitante, quelques pas derrière elle. Ils ne s'adressèrent pas un mot de plus. Elle n'essayait pas vraiment de le semer, mais elle marchait à une vitesse suffisante pour l'empêcher de se tenir à côté d'elle. Il avait décidé de l'accompagner jusqu'à la station de métro, mais le fait de la suivre en traînant dans le froid sembla soudainement inutile et insupportable. Il fut envahi par un désir de revenir au café du Châtaignier ; ce n'était pas tant qu'il lui tardait de se débarrasser de Julia, mais le café ne lui avait jamais paru aussi séduisant qu'à cet instant. Il pensa avec nostalgie à sa table dans l'angle, avec le journal, l'échiquier et le gin intarissable. Et par-dessus tout, il y ferait chaud, là-bas.

L'instant d'après, pas tout à fait par accident, il s'autorisa à être séparé d'elle par une petite foule. Il tenta avec peu d'enthousiasme de la rattraper, puis il ralentit et tourna avant de filer dans la direction opposée. Après avoir parcouru cinquante mètres, il se retourna. La rue n'était pas noire de monde, mais il n'arriva tout de même pas à la distinguer. Chacun de la dizaine de visages pressés aurait pu être le sien. Peut-être que son corps épaissi et raidi n'était plus reconnaissable de dos.

« Au moment où ça arrive, tu le penses vraiment », avait-elle dit. Il l'avait pensé. Il ne l'avait pas simplement dit ; il l'avait souhaité. Il avait souhaité que ce fût elle et non lui qui fût livré aux…

Quelque chose changea dans la musique qui dégoulinait du télécran. Une note brisée et saccadée, une note jaune l'envahit. Puis – peut-être que ce n'était pas en train d'arriver, peut-être que ce n'était qu'un souvenir qui prenait la forme d'un son – une voix chanta :

Sous le grand châtaignier,
Je vous ai vendus et vous m'avez vendu…

Les larmes remplirent les yeux de Winston. Un serveur passa devant lui, remarqua son verre vide, puis revint avec la bouteille de gin.

Il saisit son verre et en renifla le contenu. Cette chose ne devenait pas moins mais plus horrible à chaque gorgée. Mais c'était devenu l'élément dans lequel il baignait. C'était sa vie, sa mort et sa résurrection.

C'était le gin qui le plongeait dans un état de stupeur chaque soir et qui le ranimait chaque matin. Lorsqu'il se réveillait, rarement avant onze heures et demie, les paupières collées, la bouche en feu et le dos qui semblait cassé, il lui était impossible de quitter sa position horizontale s'il n'y avait pas la bouteille et la tasse placées à côté de son lit la veille au soir. Pendant la journée, il restait assis, le regard vitreux, la bouteille à portée de main, à écouter le télécran. De quinze heures à la fermeture, il ne quittait pas le Châtaignier. Plus personne ne s'intéressait à ce qu'il faisait, aucun sifflet ne le réveillait, aucun télécran ne le réprimandait. Occasionnellement, peut-être deux fois par semaine, il se rendait dans un bureau poussiéreux, comme relégué aux oubliettes, du ministère de la Vérité, et travaillait un peu – si l'on peut dire « travailler ». Il avait été affecté à un sous-comité d'un sous-comité qui avait émergé de l'un des innombrables comités s'occupant des difficultés mineures qui se présentaient dans la compilation de la Onzième Édition du Dictionnaire Novlang. On attendait d'eux qu'ils établissent une chose appelée un Rapport Provisoire, mais Winston n'avait jamais trouvé avec certitude ce qui était concerné par ce fameux rapport. Cela avait un lien avec le fait de déterminer si les virgules devaient être placées à l'intérieur ou à l'extérieur des parenthèses.

Il y avait quatre autres personnes dans le comité, toutes semblables à Winston. Certains jours, ils se rassemblaient puis se redispersaient sur-le-champ, reconnaissant avec franchise qu'il n'y avait pas vraiment quoi que ce soit à faire. Alors que d'autres, ils se mettaient au travail, presque avec enthousiasme, prenaient des notes de façon exubérante et ébauchaient de longs mémos qui n'étaient jamais terminés ; des jours où le débat qu'ils étaient censés mener sur une chose ou une autre faisait naître une incroyable implication et complexité, avec de subtiles discussions à propos des définitions, d'infinies digressions, des désaccords, et même des menaces d'en appeler à une autorité supérieure. Puis, soudain, la vie quittait leur corps et ils restaient assis autour de la table, à se regarder les uns les autres avec des yeux vides, comme des fantômes qui disparaîtraient à l'aube.

Le télécran se tut un moment. Winston releva de nouveau la tête. Le bulletin ! Mais non, ils changeaient simplement la musique. Dans son esprit, la carte de l'Afrique. Le mouvement des troupes était représenté par un schéma : une flèche noire verticale pointant vers le sud, et une flèche blanche horizontale vers l'est, à travers la queue de la première.

Comme pour se rassurer, il leva les yeux vers le visage imperturbable du portrait. Était-il envisageable que la seconde flèche n'existe même pas ?

Son intérêt se relâcha encore. Il but une autre gorgée de gin, attrapa le cavalier blanc et tenta un déplacement. Échec. Mais ce n'était évidemment pas le bon mouvement, car…

Un souvenir apparut dans son esprit, contre son gré. Il vit une pièce éclairée à la bougie, avec un grand lit, une couverture blanche ; il se vit, un garçon de neuf ou dix ans, assis sur le sol, secouant une boîte à dés et riant, tout excité.

Ce devait être environ un mois avant qu'elle ne disparaisse. C'était un moment de réconciliation, lorsque la faim tenace dans son ventre avait été oubliée et que son ancienne affection pour elle s'était temporairement ravivée. Il se souvenait bien de ce jour ; il grêlait et pleuvait, l'eau coulait sur les carreaux et la lumière à l'intérieur était trop faible pour arriver à lire. L'ennui des deux enfants dans la chambre sombre et exiguë devint insupportable. Winston gémissait et pleurnichait, exigeait vainement de la nourriture, arpentait la pièce en déplaçant tout ce qui s'y trouvait et tapait sur les lambris jusqu'à ce que les voisins donnent des coups sur le mur ; tout ceci pendant que la plus jeune enfant gémissait par intermittence. Sa mère finit par dire : « Sois gentil, et je t'achèterai un jouet. Un super jouet, tu vas l'adorer. » Puis elle était sortie sous la pluie, pour se rendre à un petit magasin général près d'ici, qui était toujours ouvert de façon irrégulière, puis revint avec une boîte en carton contenant un jeu de *Serpents et échelles*. Il se rappelait encore l'odeur du plateau humide. C'était un exemplaire minable. Le plateau était craquelé et les minuscules dés en bois étaient si irréguliers qu'ils tenaient à peine sur une face.

Winston regarda ces choses en boudant, sans y montrer un quelconque intérêt. Mais sa mère alluma ensuite une petite bougie et ils s'assirent sur le sol pour jouer. Bientôt, Winston était follement excité et se tordait de rire lorsque les puces, remplies d'espoir, grimpaient les échelles, puis retombaient en glissant jusqu'aux serpents, presque revenues au point de départ. Ils s'adonnèrent à huit jeux, en gagnant quatre chacun. Sa petite sœur, trop jeune pour comprendre le but du jeu, s'était assise, calée contre un traversin ; elle riait parce que les autres riaient. Pendant tout un après-midi, ils avaient été heureux tous ensemble, comme plus tôt dans son enfance.

Winston chassa cette image de son esprit. Ce n'était pas un vrai souvenir. Il était parfois troublé par de faux souvenirs. Ils n'avaient aucune importance tant que l'on savait quelle était leur véritable nature. Certaines choses s'étaient produites, d'autres non. Il se retourna vers l'échiquier et saisit de nouveau le cavalier blanc. Presque au même instant, il tomba sur le plateau avec fracas. Il avait sursauté, comme si une épingle l'avait traversé.

Un appel de trompette strident avait fendu l'air. C'était le bulletin ! Victoire ! Un appel de trompette avant un bulletin signifiait toujours une victoire. Une sorte de frisson électrique parcourut le café. Même les serveurs avaient bondi et tendu l'oreille.

L'appel de trompette avait engendré un vacarme absolument assourdissant. Une voix enthousiaste baragouinait déjà dans le télécran, mais les premières paroles à peine prononcées, elles furent presque noyées dans un rugissement d'acclamations venant de l'extérieur. La nouvelle s'était comme magiquement répandue dans les rues. Il put entendre juste assez de choses en provenance du télécran pour comprendre que tout s'était passé comme il l'avait prédit : une immense armada maritime secrètement formée, un coup soudain sur les lignes arrière ennemies, la flèche blanche à travers la queue de la noire. Des bribes d'exclamations triomphantes émergèrent du vacarme : « Belle manœuvre stratégique », « coordination parfaite », « déroute absolue », « un demi-million de prisonniers », « découragement total », « le contrôle de toute l'Afrique », « mènera la guerre assez proche de la fin », « victoire », « la plus grande victoire dans l'histoire de l'humanité », « victoire, victoire, victoire ! ».

Sous la table, les pieds de Winston s'agitaient convulsivement. Il n'avait pas bougé de son siège, mais dans sa tête, il courait, rapidement, il se trouvait avec la foule au-dehors et hurlait des hourras jusqu'à en devenir sourd. Il leva de nouveau les yeux vers le portrait de Big Brother. Le colosse qui chevauchait le monde ! Le rocher contre lequel les hordes d'Asie s'étaient écrasées en vain ! Il pensa au fait que dix minutes plus tôt – oui, seulement dix minutes – son cœur était encore tiraillé alors qu'il se demandait si les nouvelles du front apporteraient la victoire ou la défaite. Ah, avait péri bien plus qu'une armée eurasienne ! Bien des choses avaient changé en lui depuis ce premier jour au ministère de l'Amour, mais la guérison ultime et indispensable ne s'était jamais produite avant ce moment précis.

La voix du télécran racontait toujours ses histoires de prisonniers, de butin et de massacre, mais les acclamations à l'extérieur s'étaient légèrement calmées. Les serveurs retournèrent à leur travail. L'un d'eux s'approcha avec la bouteille de gin. Assis dans un doux rêve, Winston ne remarqua pas que son verre se remplissait. Il ne courait plus ; il ne criait plus de joie. Il était de retour au ministère de l'Amour, tout ayant été pardonné, son âme aussi blanche que la neige. Il se trouvait sur le quai public, confessant tous ses actes, impliquant tout le monde. Il descendait le couloir au carrelage blanc, avec l'impression de marcher sous le soleil, un garde armé derrière lui. La balle tant espérée entrait dans son cerveau.

Il regarda l'immense visage. Il lui avait fallu quarante ans pour apprendre quel genre de sourire se cachait derrière cette moustache noire. Quelle incompréhension cruelle et inutile ! Quel exil obstiné et délibéré loin du sein aimant ! Deux larmes aromatisées au gin ruisselèrent de chaque côté de son nez.

Mais tout allait bien. Tout allait très bien. Le combat était terminé.

Il avait remporté la victoire sur lui-même.

Il aimait Big Brother.

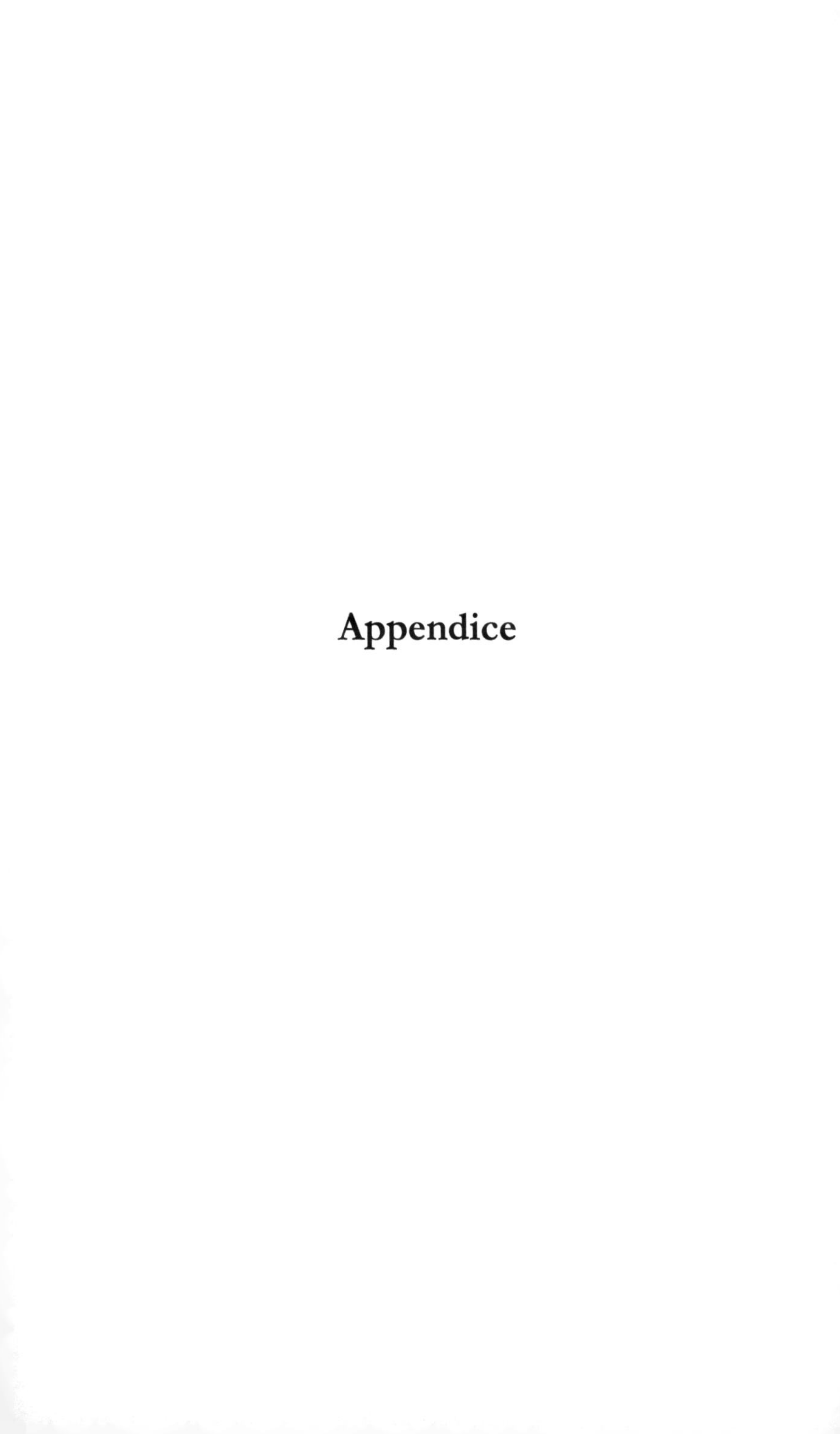

Appendice

Les principes du novlang

Le novlang était la langue officielle d'Océania et avait été conçue pour répondre aux besoins idéologiques de l'Angsoc, ou socialisme anglais. En 1984, personne n'employait encore le novlang comme unique moyen de communication, que ce soit à l'oral ou à l'écrit. Les articles de fond du *Times* étaient écrits dans cette langue, mais il s'agissait d'une prouesse qui ne pouvait être accomplie que par un spécialiste. Il était prévu que le novlang finisse par remplacer la vieille-langue (ou l'anglais standard, comme on l'appelait) d'ici 2050. En attendant, il gagna régulièrement du terrain, car tous les membres du Parti avaient tendance à employer de plus en plus de mots et de constructions grammaticales novlangs dans leur langage courant. La version en vigueur en 1984, représentée dans les Neuvième et Dixième Éditions du Dictionnaire Novlang, était provisoire et contenait de nombreux mots superflus et des constructions archaïques qui devraient être supprimées plus tard. Nous nous intéressons ici à la version finale et perfectionnée, celle représentée par la Onzième Édition du Dictionnaire Novlang.

Le but du novlang est non seulement de fournir un moyen d'exprimer la vision du monde et les habitudes mentales des partisans de l'Angsoc, mais aussi de rendre tout autre mode de pensée impossible. On voulait que, lorsque le novlang serait adopté une fois pour toutes et la vieille-langue oubliée, une pensée hérétique – c'est-à-dire une pensée divergente des principes de l'Angsoc – soit littéralement impensable, en tout cas tant que la pensée dépendait des mots. Son vocabulaire était construit d'une telle façon, afin de donner une expression exacte et souvent très subtile à chaque signification, qu'un membre du Parti pouvait souhaiter s'exprimer convenablement, tout en excluant tous les autres sens et également la possibilité d'y arriver par des méthodes indirectes. On obtenait ce résultat en partie grâce à l'invention de nouveaux mots, mais majoritairement avec l'élimination de mots indésirables et la suppression de significations non orthodoxes dans les mots restants et, autant que possible, de tout sens secondaire. Voici un exemple : le mot « libre » existe toujours en novlang, mais il ne peut être employé que dans une construction comme « la voie est libre » ou « ce champ est libre de mauvaises herbes ». Il ne peut être utilisé dans son ancien sens de « politiquement libre » ou « intellectuellement libre », puisque la liberté politique et intellectuelle n'existent plus, même en tant que concepts ; donc, bien évidemment, elles n'avaient pas besoin d'être nommées.

Sans parler de la suppression des mots assurément hérétiques, la réduction du vocabulaire était considérée comme une fin en soi, et aucun mot dont on pouvait se passer n'était autorisé à survivre. Le novlang ne fut pas conçu pour étendre le champ de pensée, mais pour le *rétrécir*, et réduire au minimum le choix des mots aidait indirectement à accomplir ce but.

Le novlang se basait sur la langue anglaise, comme nous le savons à présent, même si nombre de phrases novlangues, même sans contenir de mots fraîchement créés, étaient à peine compréhensibles pour un anglophone actuel. Les mots novlang étaient divisés en trois catégories distinctes : le vocabulaire A, le vocabulaire B (aussi appelé « mots composés ») et le vocabulaire C. Il sera plus simple de parler de chaque catégorie séparément, mais les particularités grammaticales de cette langue peuvent être traitées ensemble dans la section dédiée au vocabulaire A, puisque les mêmes règles s'appliquent aux trois catégories.

Le vocabulaire A

Le vocabulaire A regroupe les mots nécessaires pour la vie de tous les jours : des choses comme manger, boire, travailler, s'habiller, monter et descendre des escaliers, conduire des véhicules, jardiner, cuisiner, etc. Il fut composé presque entièrement de mots que nous employions déjà, comme « coup », « course », « chien », « arbre », « sucre », « maison », « champ ». Mais en comparaison avec le vocabulaire de notre anglais actuel, leur nombre était extrêmement restreint, et leurs significations étaient définies d'une façon bien plus stricte. Toutes les ambiguïtés et les nuances de sens en avaient été supprimées. Autant que possible, un mot novlang de cette catégorie était simplement un son haché qui exprimait un seul concept clairement établi. Il aurait été tout à fait impossible d'employer le vocabulaire A à des fins littéraires ou lors d'une discussion politique ou philosophique. Il visait seulement à exprimer des pensées simples et utiles, impliquant généralement des objets concrets ou des actions physiques.

La grammaire du novlang avait deux particularités marquantes. La première était une interchangeabilité presque complète entre différentes parties du discours. Chaque mot de cette langue (en principe, cela s'appliquait même aux mots très abstraits comme « si » et « quand ») pouvait être employé en tant que verbe, nom, adjectif ou adverbe. Entre la forme du verbe et du nom, lorsqu'ils venaient de la même racine, il n'y avait jamais de variation, cette règle impliquant la destruction de nombreuses formes archaïques. Le mot « penser », par exemple, n'existait pas en novlang. Il fut remplacé par « pensée », qui faisait à la fois office de nom et de verbe. Aucun principe étymologique n'était suivi ici ; dans certains cas, c'était le nom original qui était gardé, et pour d'autres, c'était le verbe. Même dans le cas où un nom et un verbe au sens semblable n'étaient pas reliés étymologiquement, l'un ou l'autre était souvent supprimé. Par exemple, le mot « coupure » n'existait pas, car sa signification était assez couverte par le nom-verbe « couteau ». Les adjectifs étaient formés en ajoutant le suffixe -able au nom-verbe, et les adverbes par le suffixe -ment. Ainsi, « vérité » laissait place à l'adjectif « véritable » et à l'adverbe « véritablement ». Certains de nos adjectifs actuels, comme « bon », « fort », « gros », « noir », « doux », furent gardés, mais leur nombre total était très réduit. Ils n'étaient pas vraiment nécessaires, puisque presque chaque signification adjectivale pouvait être obtenue en ajoutant -able à un nom-verbe. Aucun des adverbes actuels ne fut gardé, exceptés quelques-uns qui se terminaient déjà en -ment : cette terminaison en -ment était invariable. Le mot « bon », par exemple, fut remplacé par « bonnement ».

De plus, chaque mot – ceci pouvait encore une fois s'appliquer, en principe, à chaque mot de la langue – pouvait être rendu négatif en ajoutant le préfixe non-, ou il pouvait être renforcé par le préfixe plus- ou, pour une emphase encore plus importante, double-plus-. Par exemple, « non-froid » signifiait « chaud », alors que « plus-froid » et « double-plus-froid » voulaient dire, respectivement, « très froid » et « glacial ». Comme dans l'anglais actuel, il était également possible de modifier le sens de presque tous les mots avec des préfixes prépositionnels, comme pré-, post-, haut-, bas-, etc. Avec de telles méthodes, il s'avéra possible de réduire drastiquement le vocabulaire. Par exemple, en prenant le mot « bien », nous n'avons pas besoin d'un mot tel que « mal », puisque le sens voulu était aussi bien – voire mieux – exprimé par « non-bien ». Tout ce qu'il fallait, dans le cas où deux mots formaient une paire naturelle d'opposés, c'était décider lequel supprimer. « Obscurité », par exemple, pouvait être remplacé par « non-lumière », ou « lumière » par « non-obscurité », selon les préférences.

La deuxième marque caractéristique de la grammaire novlangue était sa régularité. Sauf quelques exceptions mentionnées plus bas, toutes les modulations suivaient les mêmes règles. Ainsi, pour tous les verbes, la terminaison du participe passé était toujours la même et se terminait en -é. Le participe passé de « voler » était « volé », celui de « penser » était « pensé » et ainsi de suite pour toute la langue. Des formes comme « pris », « cueilli », « mordu », « couvert » et « bondi » avaient été abolies. Tous les pluriels étaient formés en ajoutant -s. Les pluriels de « drapeau », « chou », « tuyau » étaient « drapeaus », « chous » et « tuyaus ». Les adjectifs comparatifs étaient également obtenus par des suffixes invariables, les formes irrégulières ayant été supprimées.

Les seules catégories de mots encore autorisées à présenter une certaine irrégularité étaient les pronoms, les relatifs, les adjectifs démonstratifs et les auxiliaires. Tous ceux-là suivaient leur ancien usage, excepté « dont », qui avait été décrété inutile. Il y avait également certaines irrégularités dans la formation des mots, suite au besoin de parler rapidement et simplement. Un mot difficile à prononcer ou sujet à être mal compris était ipso facto considéré comme un mauvais mot ; cependant, occasionnellement, pour une question d'euphonie, des lettres supplémentaires étaient insérées dans un mot, ou alors une forme archaïque était retenue. Mais ce besoin se fit majoritairement ressentir avec le vocabulaire B. La raison pour laquelle la facilité de prononciation était importante sera éclaircie plus bas.

Le vocabulaire B

Le vocabulaire B contient des mots qui ont été délibérément construits à des fins politiques : c'est-à-dire des mots qui avaient non seulement une implication politique dans tous les cas, mais qui visaient également à imposer une attitude mentale voulue à la personne qui les utilise. Sans une compréhension totale des principes de l'Angsoc, il était difficile d'employer ces mots correctement. Dans certains cas, ils pouvaient être traduits en vieille-langue, ou même par des mots du vocabulaire A, mais cela exigeait généralement une longue paraphrase et impliquait toujours la perte de certaines connotations. Les mots B étaient une sorte d'abréviation verbale, rassemblant souvent un large éventail d'idées en seulement quelques syllabes, et dans le même temps, ils étaient plus justes et plus forts que ceux d'un langage ordinaire.

Dans tous les cas, les mots B étaient des mots composés – des termes composés tels que « phonoscript » se trouvaient évidemment dans le vocabulaire A, mais ce n'étaient que de simples abréviations pratiques et n'avaient aucune couleur idéologique particulière. Ils étaient constitués de deux mots ou plus, ou de certaines parties de mots, soudés ensemble pour donner une forme facile à prononcer. L'amalgame qui en résultait était toujours un nom-verbe et se conjuguait selon les mêmes règles que les autres. Prenons un exemple : le mot « bien-penser », signifiait, très approximativement, « orthodoxe » ou, si on le voit comme un verbe, « penser d'une façon orthodoxe ». Nom-verbe : « bien-penser » ; participe passé : « bien-pensé » ; participe présent : « bien-pensant » ; adjectif : « bien-pensable » ; nom verbal : « bien-penseur ».

Les mots B n'étaient construits sur aucun plan étymologique. Les mots avec lesquels ils étaient formés pouvaient provenir de n'importe quelle partie du discours et pouvaient être placés dans n'importe quel ordre et arrangés de n'importe quelle façon afin qu'ils soient faciles à prononcer et qu'ils indiquent leur dérivation. Dans le mot « crime-pensée » (crime de la pensée), par exemple, « pensée » vient en seconde position, alors que dans « Penséepol » (Police de la Pensée), il vient en premier, et dans le dernier mot, « police » a perdu sa deuxième syllabe.

À cause de la grande difficulté à préserver l'euphonie, des formations irrégulières étaient plus courantes dans le vocabulaire B que dans le A. Par exemple, les formes adjectivales de « Minivrai », « Minipaix » et « Minilove » étaient « Minivéritable », « Minipaisible » et « Minilovable », simplement parce que « Minivraiable », « Minipaixable » et « Miniamourable » étaient légèrement difficiles à prononcer. Cela dit, en principe, tous les mots B pouvaient être conjugués, et ce exactement de la même façon.

Quelques-uns des mots B possédaient des significations très largement subtilisées, tout juste compréhensibles pour quiconque ne maîtrisait pas complètement le novlang. Prenons par exemple une phrase typique extraite d'un article de fond du *Times* : « vieux-penser non-sentir-ventre Angsoc. » La traduction la plus courte que quelqu'un puisse donner en vieille-langue serait : « Ceux dont les idées ont été formées avant la Révolution ne peuvent totalement comprendre émotionnellement les principes du socialisme anglais. » Mais il ne s'agit pas d'une bonne traduction. Pour commencer, afin de saisir tout le sens de la phrase novlangue citée ci-dessus, il faut avoir une idée claire de ce que signifie l'Angsoc. De plus, seule une personne totalement axée sur l'Angsoc pourrait apprécier la puissance du mot « sentir-ventre », qui sous-entendait une acceptation aveugle et enthousiaste difficile à imaginer de nos jours. Le mot « vieux-penser », quant à lui, est inextricablement mélangé à l'idée de cruauté et de décadence. Mais la fonction spéciale de certains mots novlangs, dont « vieux-penser », n'était pas tant d'exprimer des significations que de les détruire. Ces mots, nécessairement peu nombreux, avaient eu leurs sens étendus jusqu'à ce qu'ils abritent en eux de multiples batteries de mots qui, vu qu'ils étaient suffisamment couverts par un seul terme global, pouvaient à présent être supprimés et oubliés. La plus grande difficulté à laquelle les compilateurs du Dictionnaire Novlang furent confrontés n'était pas d'inventer de nouveaux mots, mais de s'assurer du sens qu'ils avaient, étant donné qu'ils les avaient créés ; c'est-à-dire qu'ils devaient s'assurer de savoir quelles séries de mots ils annulaient par leur existence.

Comme nous l'avons déjà vu avec le cas du mot « libre », les mots qui étaient autrefois porteurs d'un sens hérétique étaient parfois retenus car ils possédaient une utilité, mais seulement après les avoir purgés de leurs significations indésirables. D'innombrables mots comme « honneur », « justice », « moralité », « internationalisme », « démocratie », « science » et « religion » avaient simplement cessé d'exister. Quelques mots généraux les couvraient et, par là même, les abolissait. Par exemple, tous les mots regroupant en eux les concepts de liberté et d'égalité étaient contenus dans le seul mot « crime-pensée », alors que tous les mots représentant les concepts d'objectivité et de rationalisme se trouvaient dans le mot « vieux-penser ». Une précision plus grande aurait été dangereuse. Ce qu'on attendait d'un membre du Parti était une vision similaire à celle de l'ancien Hébreu qui savait, sans en savoir beaucoup plus, que toutes les nations autres que la sienne vénéraient de « faux dieux ». Pour lui, peu importait si ces dieux s'appelaient Baal,

Osiris, Moloch, Ashtaroth ou autre ; probablement que moins il savait de choses sur eux, le mieux pour son orthodoxie. Il connaissait Jéhovah et les commandements de Jéhovah ; il savait donc que tous les dieux avec d'autres noms ou attributs étaient de faux dieux. Plus ou moins de la même façon, le membre du Parti savait en quoi consistait la bonne conduite, et en des termes excessivement vagues et généraux, il savait quels genres d'écarts étaient possibles. Sa vie sexuelle, par exemple, était entièrement réglementée par les deux mots novlangs « crime-sexe » (immoralité sexuelle) et « bien-sexe » (chasteté). « Crime-sexe » couvrait tous les méfaits sexuels de toutes sortes. Cela englobait la fornication, l'adultère, l'homosexualité et autres perversions, ainsi que les rapports sexuels pratiqués pour son propre plaisir. Il était inutile de les énumérer un par un, puisqu'ils représentaient tous la même culpabilité et, en principe, étaient tous punis de mort. Dans le vocabulaire C, qui abrite des mots scientifiques et techniques, il aurait pu être nécessaire de donner des noms spéciaux à certaines aberrations sexuelles, mais le citoyen lambda n'en avait pas besoin. Il savait ce qu'impliquait le mot « bien-sexe » : un rapport sexuel normal entre un homme et sa femme, dans le seul but de procréer, et sans plaisir physique pour la femme ; tout le reste était du « crime-sexe ». En novlang, il était rarement possible de suivre une pensée hérétique plus loin que la perception qu'elle était hérétique ; au-delà, les mots nécessaires n'existaient pas.

Aucun mot du vocabulaire B n'était neutre idéologiquement. Un grand nombre d'entre eux étaient des euphémismes. Par exemple, des mots comme « camp-joie » (camp de travaux forcés) ou Minipaix (ministère de la Paix, c'est-à-dire ministère de la Guerre) signifiaient pratiquement l'opposé de ce qu'ils semblaient vouloir dire. En revanche, d'autres mots démontraient une compréhension franche et méprisante de la vraie nature de la société océanienne. Un exemple : « prolo-nourrir » désignait le divertissement de pacotille et les fausses nouvelles que le Parti servait aux masses. Aussi, d'autres mots étaient ambivalents : ils avaient une connotation du « bien » quand ils s'appliquaient au Parti, et du « mal » lorsqu'ils s'adressaient à ses ennemis. Mais en plus de cela, il y avait bon nombre de mots qui, à première vue, semblaient être de simples abréviations et qui dérivaient de leur couleur idéologique non pas par leur sens, mais par leur construction.

Autant que possible, tout ce qui avait ou devait avoir un sens politique de quelque sorte que ce soit était classé dans le vocabulaire B. Le nom de chaque organisation, groupe de personnes, doctrine, pays, institution ou bâtiment public était invariablement abrégé dans une forme familière ; c'est-à-dire un seul mot facilement prononçable qui préservait la dérivation originale. Au ministère de la Vérité, par exemple, le département des Archives, dans lequel Winston travaillait, était appelé DEPARCH ; le département des Fictions, DEPFIC ; le département des Téléprogrammes, DEPTELE, etc. Ceci n'était pas fait uniquement pour gagner du temps. Même durant les premières décennies du XXe siècle, des mots et des expressions condensés avaient été l'un des traits caractéristiques du langage politique, et on avait remarqué que cette tendance à utiliser des abréviations de ce genre était plus marquée dans les pays et les organisations totalitaires. Comme exemple, des mots tels que « Gestapo », « IC », « Imprecorr », « Agitprop ». Au début, cette pratique avait été adoptée comme instinctivement, mais en novlang, elle était utilisée dans un but précis. On percevait qu'en abrégeant un nom, on réduisait et modifiait subtilement son sens, en supprimant la plupart des associations qui y seraient sinon impliquées. Les mots « internationale communiste », par exemple, appellent une image composée de fraternité humaine universelle, de drapeaux rouges, de barricades, de Karl Marx et de la Commune de Paris. Le mot « IC », en revanche, suggère simplement une organisation soudée et un corps de doctrine bien défini. Il fait référence à une chose presque aussi facilement reconnaissable et limitée qu'une chaise ou une table. « IC » est un mot facile à prononcer sans avoir à réfléchir, tandis qu'« internationale communiste » est une expression sur laquelle on est obligé de s'arrêter au moins un instant. De la même façon, les associations nommées par un mot tel que « Minivrai » sont moins nombreuses et plus faciles à contrôler que celles appelées « ministère de la Vérité ». Cela se produisait non seulement par habitude d'abréger chaque fois que cela était possible, mais aussi par une précaution presque exagérée de rendre chaque mot facile à prononcer.

En novlang, l'euphonie l'emportait sur toute considération autre que l'exactitude du sens. La régularité grammaticale était toujours sacrifiée à cette fin lorsque cela semblait nécessaire. Et à juste titre, puisque l'on voulait obtenir, surtout à des fins politiques, des mots courts, abrégés, dont le sens était sans ambiguïté, qui pouvaient être prononcés avec rapidité et trouvaient le moins d'écho possible dans l'esprit de celui qui les prononçait. Les mots appartenant au vocabulaire B gagnaient même en force du fait qu'ils se ressemblaient tous beaucoup. Ces mots – *bien-pensée*, *Minipaix*, *prolo-nourrir*, *crime-sexe*, *camp-joie*, *Angsoc*, *sentir-ventre*, *Penséepol* et tant d'autres – étaient presque toujours constitués de deux ou trois syllabes, dont l'accent était partagé équitablement entre la première et la dernière syllabe. L'emploi de ces mots encourageait une élocution babillarde, à la fois saccadée et monotone. Et c'était exactement ce que l'on visait. L'idée était de créer une parole aussi indépendante de la conscience que possible, et en particulier concernant quelque sujet que ce soit qui ne serait pas idéologiquement neutre.

Dans la vie de tous les jours, il était assurément nécessaire – parfois, en tout cas – de réfléchir avant de parler, mais un membre du Parti à qui l'on demandait d'émettre un jugement politique ou éthique devait être capable de répandre les bonnes opinions d'une façon aussi automatique qu'une mitrailleuse tirait des balles. Sa formation lui apprenait à le faire, la langue lui fournissait un outil presque infaillible, et la texture des mots, avec leurs sons agressifs et une certaine laideur voulue qui étaient en accord avec l'esprit de l'Angsoc, renforçait encore cet automatisme, tout comme le fait d'avoir un choix de mots très restreint.

Comparé au nôtre, le vocabulaire novlang était minuscule, et de nouvelles façons de le réduire encore un peu plus étaient constamment inventées. En effet, le novlang différait de la plupart des langues car son vocabulaire se réduisait au lieu de s'enrichir année après année. Chaque réduction représentait un gain, car plus maigre était l'éventail de choix, plus maigre était la tentation de réfléchir. En définitive, on espérait faire sortir des paroles claires et précises du larynx sans impliquer les centres les plus élevés du cerveau. Ce but était franchement admis dans le mot novlang « cancanlang », qui signifiait « cancaner comme un canard ». Comme tant d'autres mots du vocabulaire B, « cancanlang » avait un double sens. Lorsque les opinions exprimées en cancanlang étaient orthodoxes, cela restait un simple éloge ; mais lorsque *Le Times* faisait référence à l'un des orateurs du Parti comme étant un *cancanlang doubleplus*, cela impliquait un compliment chaleureux qui lui donnait une grande importance.

Le vocabulaire C

Le vocabulaire C complétait les autres et ne contenait que des termes scientifiques et techniques. Ces derniers ressemblaient aux termes scientifiques en vigueur de nos jours et étaient construits à partir de la même racine, mais en général, on veillait à les définir de façon stricte, leur ôtant tout sens indésirable. Ils suivaient les mêmes règles grammaticales que les mots des deux autres vocabulaires. Très peu de mots C étaient employés couramment dans les discours politiques ou dans la vie de tous les jours. N'importe quel scientifique ou technicien pouvait trouver tous les mots dont il avait besoin dans la liste dédiée à sa propre spécialité, et il avait rarement plus que de vagues notions quant aux mots qu'abritaient les autres listes. Seul un nombre très restreint de mots était commun à toutes les listes, et aucun vocabulaire n'exprimait la fonction de la Science comme étant un état d'esprit, une méthode ou une réflexion, indépendamment de ses branches spécifiques. En effet, il n'existait aucun mot pour « Science », puisque n'importe quel sens qu'il pouvait éventuellement porter était déjà suffisamment couvert par le mot « Angsoc ».

Par le précédent constat, on remarque qu'en novlang, l'expression d'opinions non orthodoxes, au-dessus d'un niveau très bas, était presque impossible. Bien sûr, on pouvait proférer des hérésies d'un genre très grossier, une sorte de blasphème. Par exemple, il aurait été possible de dire : « Big Brother est non-bien. » Mais cette déclaration, qui évoquait une absurdité évidente pour une oreille orthodoxe, n'aurait pas pu être soutenue par un argument raisonné, car les mots nécessaires pour l'exprimer n'existaient pas. Les idées hostiles à l'Angsoc pouvaient seulement être envisagées sous une vague forme muette et ne pouvaient être nommées que par des termes très génériques regroupés et qui condamnaient des groupes entiers d'hérésies sans les définir comme tels. En réalité, on pouvait utiliser le novlang à des fins non orthodoxes en traduisant illégitimement certains mots en vieille-langue. Par exemple, « tous les hommes sont égaux » était une phrase possible en novlang, mais seulement dans le même sens où « tous les hommes sont roux » est une phrase possible en vieille-langue. Elle ne contenait pas d'erreur grammaticale, mais elle exprimait un mensonge évident – c'est-à-dire que tous les hommes mesurent tous la même taille, font le même poids ou possèdent la même force. Le concept d'égalité politique n'existait plus, et ce deuxième sens avait donc été éliminé du mot « égal ». En 1984, lorsque la vieille-langue était toujours le moyen de communication normal, le danger résidait théoriquement dans le fait qu'en employant des mots novlangs, on pourrait se souvenir de leurs sens d'origine. En pratique, ce n'était pas difficile d'éviter cela pour des personnes qui connaissaient bien la double-pensée, mais en moins de deux générations, la possibilité même d'une telle erreur se serait évaporée. Une personne grandissant avec le novlang comme seule langue ne saurait pas plus que le mot « égal » avait autrefois eu le deuxième sens de « politiquement égal », ou que « libre » signifiait par le passé « libre intellectuellement », qu'une personne qui ne connaît rien aux échecs et qui ignore les deuxièmes sens attribués à « reine » et « tour ». Il y aurait un grand nombre de crimes et d'erreurs qu'elle n'aurait jamais le pouvoir de commettre, simplement parce qu'ils n'avaient pas de noms et étaient donc inimaginables. Il était également prévu qu'avec le temps, les caractéristiques distinctives du novlang deviendraient de moins en moins prononcées – son éventail de mots devenant de plus en plus réduit, leurs sens de plus en plus stricts, et la possibilité de les employer à des fins indécentes diminuait toujours plus.

Lorsque la vieille-langue avait été remplacée une fois pour toutes, le dernier lien avec le passé avait été rompu. L'Histoire avait déjà été réécrite, mais des fragments de la littérature du passé avaient survécu ici et là, censurés de façon imparfaite, et tant que quelqu'un gardait la connaissance de la vieille-langue, il était possible de les lire. Dans l'avenir, de tels fragments, même s'ils avaient réussi à survivre, deviendraient incompréhensibles et impossibles à traduire. Traduire un passage en vieille-langue en novlang était irréalisable, à moins qu'il n'ait un lien avec des processus techniques ou des actions très simples de la vie de tous les jours, ou qu'il ait déjà des tendances orthodoxes (« bien-pensant » en deviendrait l'expression en novlang). En pratique, cela impliquait qu'aucun livre écrit avant environ 1960 ne pourrait être traduit dans son intégralité. La littérature prérévolutionnaire pouvait seulement être soumise à une traduction idéologique – c'est-à-dire en modifiant autant le texte que son sens. Prenons par exemple le célèbre passage de la Déclaration d'indépendance :

Nous tenons pour évidentes pour elles-mêmes les vérités suivantes : tous les hommes sont créés égaux ; ils sont doués par le Créateur de certains droits inaliénables ; parmi ces droits se trouvent la vie, la liberté et la recherche du bonheur.
Les gouvernements sont établis parmi les hommes pour garantir ces droits, et leur juste pouvoir émane du consentement des gouvernés. Toutes les fois qu'une forme de gouvernement devient destructive de ce but, le peuple a le droit de la changer ou de l'abolir et d'établir un nouveau gouvernement...

Il aurait été relativement impossible de traduire cela en novlang tout en gardant le sens du texte original. La traduction la plus proche de ce sens original serait en résumant tout ce passage avec un seul mot : « crime-pensée ». Une traduction complète ne pourrait être qu'idéologique, où les mots de Jefferson deviendraient un panégyrique sur le pouvoir absolu.

En effet, une grande partie de la littérature du passé était déjà transformée de cette façon. Des considérations de prestige rendaient souhaitable de préserver la mémoire de certaines figures historiques, tout en alignant leurs exploits avec la philosophie de l'Angsoc. De nombreux auteurs, tels que Shakespeare, Milton, Swift, Byron, Dick et d'autres, étaient en train d'être traduits : lorsque la tâche était accomplie, leurs écrits originaux, avec tout ce qui avait survécu de la littérature du passé, seraient détruits. Ces traductions représentaient un travail lent et difficile, et on ne s'attendait pas à ce qu'elles soient terminées avant la première ou la deuxième décennie du XXIe siècle. Il y avait également de la littérature utilitaire – des manuels techniques indispensables et autres – qui devait subir le même sort. Ceci principalement pour laisser le temps à ce travail préliminaire de traduction de se faire, car l'adoption définitive du novlang avait été fixée à une date tardive : 2050.

Découvrez la version illustrée
de notre traduction

Découvrez toutes nos traductions
de George Orwell

ŒUVRES ESSENTIELLES

George Orwell

1984 - La ferme des animaux - Souvenirs de librairie
Confessions d'un critique littéraire - Les bons mauvais livres - Livres VS cigarettes - Tuer un éléphant - Une pendaison

Memoria Books

L'Édredon

La revue littéraire de JDH Éditions

Venez découvrir les textes de la revue

Textes et articles dans un rubriquage varié
(chroniques, billets d'humeur, cinéma, poésie…)

JDH
ÉDITIONS

JDH
ÉDITIONS